WARRIORS
貓戰士 外傳之XIII

虎心的陰影
Tigerheart's Shadow

艾琳・杭特(Erin Hunter) 著
鐘岸真 譯

晨星出版

特別感謝凱特・卡里

風族 *Windclan*

族長　**兔星**：棕白相間的公貓。

副手　**鴉羽**：暗灰色公貓。
所指導的見習生，蕨掌：灰色虎斑母貓。

巫醫　**隼翔**：毛色斑駁的灰色公貓，身上的白色斑點很像隼羽毛。

戰士　（公貓，以及沒有年幼子女的母貓）

風皮：琥珀色眼睛的黑色公貓。

夜雲：黑色母貓。
所指導的見習生，斑掌：棕色斑點母貓。

金雀尾：藍色眼睛的淺灰白相間母貓。

葉尾：琥珀色眼睛的暗色虎斑公貓。

燼足：灰色公貓，有兩隻暗色腳掌。
所指導的見習生，煙掌：灰色母貓。

雲雀翅：淺棕色虎斑母貓。

莎草鬚：淺棕色虎斑母貓。

微足：黑色公貓，胸前有閃電狀的白毛。

燕麥爪：淺棕色虎斑公貓。

羽皮：灰色虎斑公貓。

呼鬚：暗灰色公貓。

石楠尾：藍眼睛的淺棕色虎斑母貓。

長老　**白尾**：體型嬌小的白色母貓。

各族成員

影族 *Shadowclan*

族長　**花楸星**：薑黃色公貓。

副手　**虎心**：暗棕虎斑公貓。

巫醫　**水塘光**：帶有白斑點的棕色公貓。

戰士　（公貓，以及沒有年幼子女的母貓）

褐皮：綠色眼睛的雜黃褐色母貓。
所指導的見習生，蛇掌：蜂蜜色的虎斑母貓。

刺柏爪：黑色公貓。
所指導的見習生，螺紋掌：灰白相間的公貓。

爆發石：棕色虎斑公貓。

石翅：白色公貓。

草心：淺棕色虎斑母貓。

焦毛：暗灰色公貓，耳朵有裂痕。
所指導的見習生，花掌：銀色母貓。

貓后　（懷孕或照顧幼貓的母貓）

雪鳥：綠色眼睛的純白色母貓。（生了白色小母貓小海鷗、白灰色小公貓小松果、灰色虎斑小母貓小蕨葉）

長老　（退休的戰士或退位的貓后）

橡毛：棕色公貓，體型較小。

鼠疤：瘦削的暗棕色公貓，帶有傷疤。

藤池：深藍色眼睛的銀白色虎斑母貓。
所指導的見習生，嫩枝掌：綠色眼睛的灰色母貓。

鴿翅：綠色眼睛的淺灰色母貓。

櫻桃落：薑黃色母貓。

錢鼠鬚：棕黃乳白色相間的公貓。

雪灌木：毛絨絨的白色公貓。

琥珀月：淺薑黃色母貓。

露鼻：灰白相間的公貓。

暴雲：灰色虎斑公貓。

冬青叢：黑色母貓。

蕨歌：黃色虎斑公貓。

栗紋：暗棕色母貓。

葉蔭：雜黃褐色母貓。

雲雀歌：黑色公貓。

蜂蜜毛：有黃色斑點的白色母貓。

火花皮：橘色虎斑母貓。

貓后　（懷孕或照顧幼貓的母貓）

黛西：來自馬場的奶油色長毛貓。

煤心：灰色虎斑母貓。

花落：雜黃褐色和白色相間的母貓，有花瓣形狀的白色斑塊。（生了黃白小公貓小莖、薑黃色小母貓小鷹、深薑黃色小母貓小梅、小公貓小殼）

長老　（退休的戰士或退位的貓后）

灰紋：長毛的灰色公貓。

蜜妮：藍色眼睛的銀條紋虎斑母貓。

雷族 *Thunderclan*

族長　**棘星**：琥珀色眼睛的暗棕虎斑公貓。

副手　**松鼠飛**：綠色眼睛的暗薑黃色母貓，有一隻白腳掌是白色的。

巫醫　**葉池**：琥珀色眼睛、有白色腳掌和胸毛的淺棕虎斑母貓。

松鴉羽：藍色眼睛的盲眼灰色虎斑公貓。

赤楊心：琥珀色眼睛的暗薑黃色公貓。

戰士　（公貓，以及沒有年幼子女的母貓）

蕨毛：金棕色的虎斑公貓。

雲尾：藍色眼睛的白色長毛公貓。

亮心：帶有薑黃色斑點的白色母貓。

刺爪：金棕色虎斑公貓。

白翅：綠色眼睛的白色母貓。

樺落：淺棕色虎斑公貓。

莓鼻：乳白色公貓，尾巴只剩下短短一截。

鼠鬚：灰白相間的公貓。

罌粟霜：雜黃褐色母貓。

獅燄：琥珀色眼睛的金色虎斑公貓。

玫瑰瓣：深乳色母貓。

薔光：暗棕色母貓，後腿癱瘓。

百合心：嬌小，藍色眼睛，雜黃褐色和白色的相間的母貓。

蜂紋：淺棕色公貓，有黑色條紋。

松鴉爪：灰色公貓。

鴞鼻：棕色虎斑公貓。

冰翅：藍色眼睛的白色母貓。

長老　**苔皮**：雜黃褐色和白色相間的母貓。

天族 *Skyclan*

族長　**葉星**：棕色和奶油色相間的虎斑母貓，眼睛琥珀色。

副手　**鷹翅**：黃色眼睛的暗灰色公貓。

戰士　（公貓，以及沒有年幼子女的母貓）

雀皮：暗棕色虎斑公貓。

馬蓋先：黑白相間的公貓。
所指導的見習生，露掌：身材結實的灰色公貓。

梅子柳：暗灰色母貓。

鼠尾草鼻：淺灰色公貓。

哈利溪：灰色公貓。

花心：薑黃色和白色相間的母貓。
所指導的見習生，鰭掌：棕色公貓。

沙鼻：矮壯的淺棕色公貓，腿部薑黃色。

兔跳：棕色公貓。
所指導的見習生，紫羅蘭掌：黃色眼睛的黑白相間母貓。

貝拉葉：綠色眼睛的淺橘色母貓。
所指導的見習生，蘆葦掌：身形嬌小的虎斑母貓。

貓后　**微雲**：身形嬌小的白色母貓。（生了耳朵鴉黑色的小公貓小鵪鶉、灰白相間的小母貓小鴿、和灰色虎斑母貓小陽光）

長老　**鹿蕨**：聽力喪失的淺棕色母貓。

河族 *Riverclan*

族長　**霧星**：藍色眼睛的灰色母貓。

副手　**蘆葦鬚**：黑色公貓。

巫醫　**蛾翅**：有斑紋的金色母貓。

柳光：灰色虎斑母貓。

戰士　（公貓，以及沒有年幼子女的母貓）

薄荷毛：淺灰色虎斑公貓。
所指導的見習生，溫柔掌：灰色母貓。

塵毛：棕色虎斑母貓。
所指導的見習生，斑紋掌：灰白相間的公貓。

鯉尾：暗灰色母貓。
所指導的見習生，微掌：棕白相間的母貓。

錦葵鼻：淺棕色虎斑公貓。

甲蟲鬚：棕白相間的虎斑公貓。
所指導的見習生，兔掌：白色公貓。

捲羽：淺棕色母貓。

豆莢光：灰白相間的公貓。

鷺翅：暗灰白相間的公貓。

閃皮：銀色母貓。
所指導的見習生，夜掌：有著藍色眼睛的深灰色母貓。

蜥蜴尾：淺棕色公貓。

黑文皮：黑白相間的母貓。

噴嚏雲：灰白相間的公貓。

蕨皮：雜黃褐色母貓。
所指導的見習生，金雀花掌：灰色耳朵的白色公貓。

月池
被遺棄的
兩腳獸窩
天族營地
舊雷族小徑
雷族營地
天空橡樹
湖
風族營地
斷半橋
兩腳獸地盤
轟雷路
符號說明
部族
雷族
河族
影族
風族
天族
星族
北方

綠葉
兩腳獸地盤
兩腳獸窩
兩腳獸小徑
兩腳獸小徑
空地
影族營地
半橋
小轟雷路
綠葉
兩腳獸地盤
半橋
貓兒視角
小島
小河
河族營地
馬兒地盤

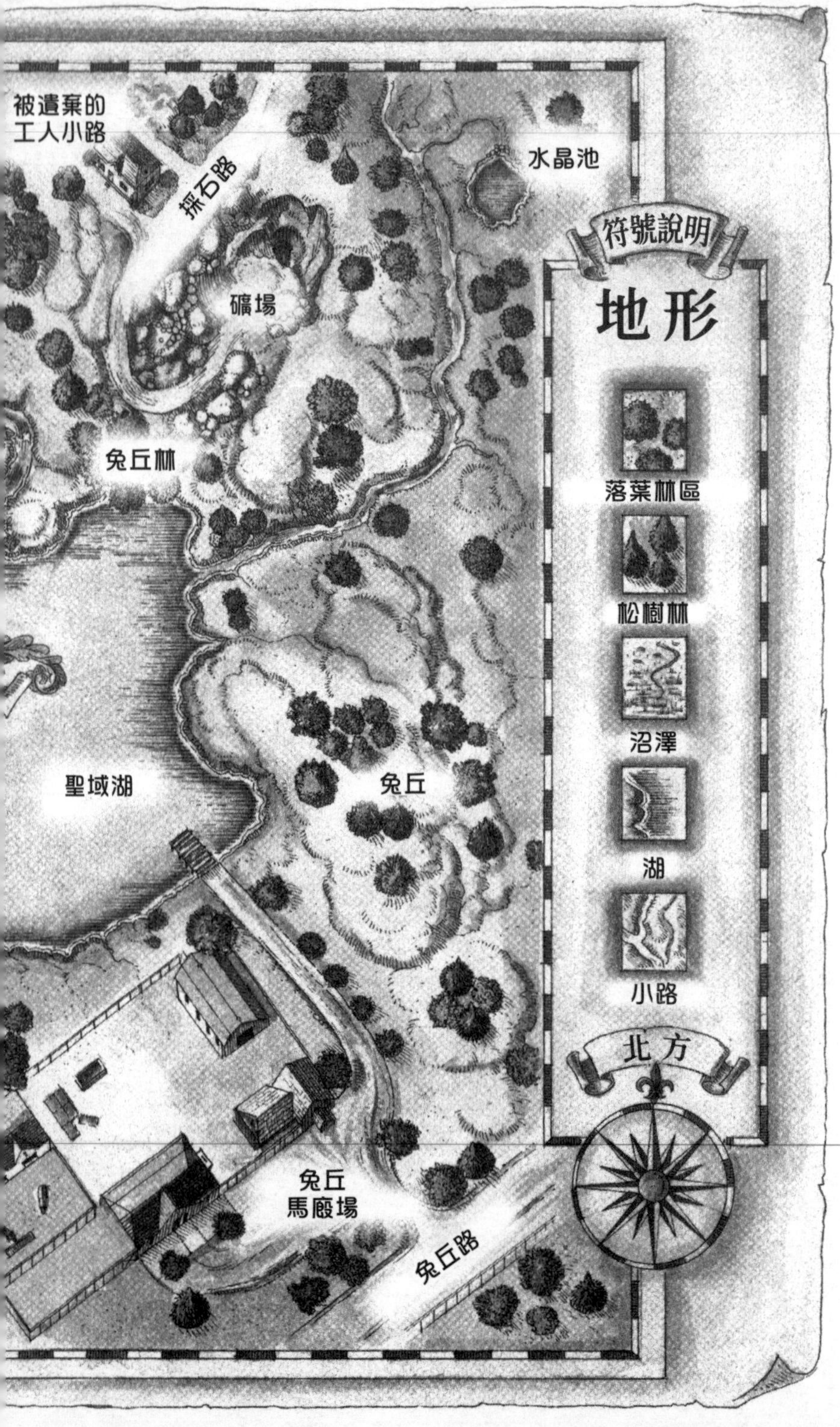

被遺棄的
工人小路
採石路
水晶池
符號說明
地形
礦場
落葉林區
兔丘林
松樹林
沼澤
聖域湖
兔丘
湖
小路
北方
兔丘
馬廄場
兔丘路

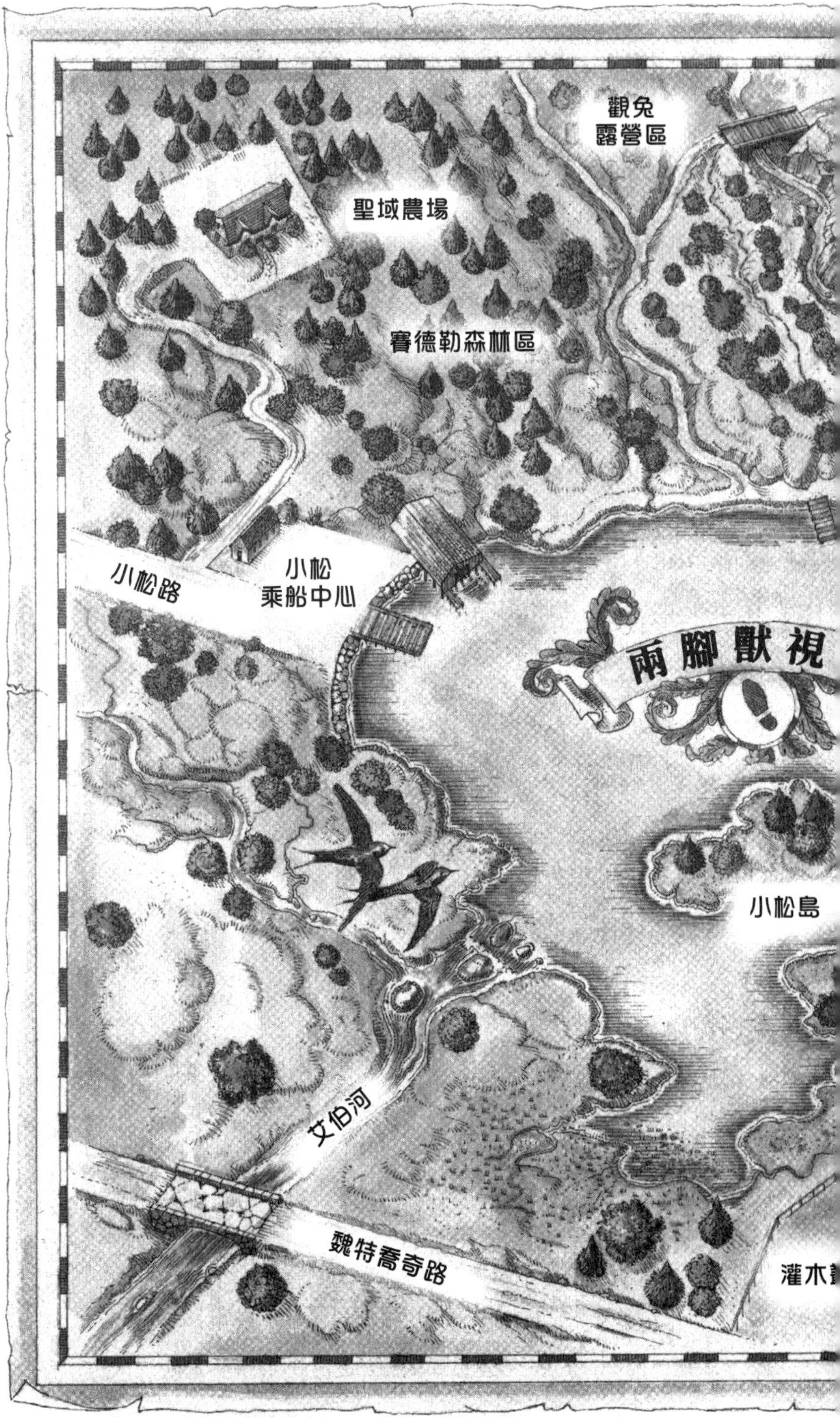
觀兔
露營區
聖域農場
賽德勒森林區
小松路
小松
乘船中心
兩腳獸視
小松島
艾伯河
魏特喬奇路
灌木

序章

黑公貓以前就做過這樣的夢了，夢境是在森林裡——他這一輩子都沒去過這樣的地方。對於一隻從小在轟雷路周圍長大的貓來說，這裡實在太安靜了。隨著夢境逐漸成形，他感覺到自己的腳底踩著松針，鼻腔充斥著麝香氣味。他站著的這塊空地，有濃密的荊棘圍籬環繞，圍籬裡有一個個突起，那是織就而成的窩，貓兒就在那裡進進出出的。有些穿過空地，有些停下來彼此交談，有些則匆忙走到另一邊的獵物堆。他們有時會跟黑貓擦肩而過，但好像都沒看見他似地。

因為他們沒看到他，就表示他並非真正到了那裡。

他每次來到這樣的夢境，就會看到這些貓，他已經開始認得出他們了。現在一隻藍眼、白斑點的棕色公貓正帶著一包有香味的葉子，朝一處貓窩走去。一隻瘦削的老公貓出來迎他，「還好你回來了。」老公貓把他推進去，「他已經咳了一整夜了。」

空地的另一邊，一隻雜黃褐色母貓正焦慮地跟一隻高大的薑黃色公貓低聲耳語。一隻純白色母貓在那兒看著，身旁有三隻小貓不安踱步著。

做夢的公貓豎起耳朵，**這些貓從沒那麼憂慮過……他們不知如何是好。**

他開始焦慮起來，為什麼他老是夢到這個地方？這到底意味著什麼？就在他納悶的時候，四周的森林逐漸模糊，腳底的地面也開始變換，然後突然之間完全消失，接著他被捲進一片黑暗當中。

星星開始在他四周環繞，突然一震，他又感覺到腳掌實實在在地踩到地面。柔軟如茵的綠草在他四周展開，他抬頭可以看到廣闊的藍天伸展到地平線的一端。

這裡有更多的貓。做夢的公貓眨眨眼，他看到一排一排閃耀著星光的貓兒羅列在他面前，他們的眼光熱切地閃爍著，全都盯著他看，他內心一驚。「怎麼……你們怎麼都看得到我？」

一隻黑色母貓走上前來跟他點頭打招呼，她的毛色黝亮、身材結實，似乎從未經歷過飢餓與寒冷。「不要害怕，」她輕柔地說，「我們並不是要傷害你。」

一隻肩膀寬闊的暗色虎斑公貓也走過來，「我們需要你幫我們做件事。」

「我能做什麼？」這做夢的公貓看著她。「我又跟你們不一樣……」

「你一直在照顧身邊的貓，不是嗎？」黑色母貓問。

「我只是盡我所能讓他們的病痛得到舒緩和治療。」

母貓慢慢眨眨眼，「你懂得關心身邊的貓，這對我們來說是非常特別的，」她說，「這就是我們選你做我們信使的原因。」

「將會有陌生的貓來到你家，」壯碩的虎斑貓繼續說，「他們需要你幫忙，就像我們需要你一樣。」

做夢的公貓困惑地皺起眉頭，「你們要我傳達什麼信息嗎？」

「也不盡然是這樣，」黑貓很快的回答，「就讓他們引導你的腳步吧。」

做夢公貓的眼神飄向母貓身後的那一群閃著星光的貓，他們用熱切的眼神盯著他，他不禁倒退一步，心臟快速跳動。為什麼他們會選上他？「我不懂。」

「拜託！」黑色母貓的聲音帶著恐懼，「**如果你不幫忙的話……**」接著她的聲音開始飄遠，星光閃爍的貓群和草地也逐漸消散在黑暗中。這時候做夢的公貓又再次看到森林裡的那塊空地，不過荊棘圍籬已經被破壞，窩穴也被撕裂開了。雜黃褐色的母貓躺在空地的頂端，血從她身上被劃破的傷口汩汩流出來；他之前看到的那三隻小貓都倒臥在地，其中一隻肚皮被劃出一道很深的傷口；一隻老公貓躺在斷裂的樹枝旁喘氣；一隻瘦到皮包骨的棕貓坐在附近，用那淡藍色的眼睛絕望地望著橫躺在地上的貓，好像被他們的痛苦凍結成一塊石頭了。

做夢貓一震，驚醒過來。醒來後感覺到的第一件事是，在他肚皮上沉睡的小公貓重量。他抬起頭來對著暗夜眨眨眼，心怦怦直跳。這時小貓發出陣陣嗚咽聲，還不時抽搐著，顯然也在做夢。

一時之間，他思忖著，難道小貓也在做跟他相似的夢？

「好好休息，小東西。」公貓靠過來，用舌頭輕柔舔拭，安撫小貓。那夢境仍盤旋攪擾著他。如果你不幫忙的話……那黑色母貓語帶驚恐的話語一直在腦中揮之不去。他試圖告訴自己那只是些無意義的聲音，但他就是無法甩開一種感覺，感覺這可能是很重要的事……荊棘圍籬的場景他以前就夢過，但是星空中的貓還是頭一遭，他不知道這意味著什麼。就在小貓再度安靜熟睡後，他凝望著夜空。**夢就是夢，**他試圖將一切拋諸腦後。但這個夢實在太真實了，他無法置之不理。

第一章

虎心憂慮地在松林間快速移動，深怕把他們的氣味跟丟了。

我得跟上鴿翅……

他跳過盤踞的樹根、尾巴掃過樹幹、四肢擦過蔓生的雜草，渾身毛髮豎了起來充滿期待，肚子緊張得微微刺痛。

遠離影族總是讓他感到神經緊繃，畢竟影族還在辛苦的重建階段。他們才經歷了惡棍貓首領暗尾的挑撥——先是煽動年輕族貓，再挑戰花楸星的領導地位。族貓因而背棄了他們的族長，選擇追隨惡棍貓。花楸星、褐皮和虎心也因此把整個影族都讓給了暗尾與他的爪牙，而事後證明暗尾比虎心想像的更殘暴邪惡多了。許多影族的貓兒因此而喪命或失蹤；河族也在暗尾對他們發動戰爭之後損失慘重。最後，所有的部族總算聯合起來，才得以反擊。但即使到現在，虎心還是無法鬆懈下來，他一直擔心危機還在某處蠢蠢欲動。

而今天，最讓他擔心的是，鴿翅不等他了。

他在溼滑的坡地上緊急煞住腳步，再跳過小水溝。此時太陽就要下山了。

我想念她，我已經習慣每天都能見到她了，他不得不承認。

在暗尾的惡棍貓把他們趕出影族之後，虎心、花楸星和褐皮就到雷族尋求庇護。虎心和鴿翅朝夕相處的結果，就是重新燃起壓抑已久的愛意。雖然剛開始鴿翅刻意跟他保持距離，不過他知道她對他的感情還在，如同他一樣。就在他們一起尋找嫩枝掌的那一次任務當中，他們彼此的距離拉得更近了。

影族收回舊有的領地之後，他們就約定好，只要情況允許，他們就要在影族和雷族邊界，也就是天族的那塊陽光斑駁小坑地碰面。

虎心知道他這樣做對部族並不忠誠，他跟花楸星說要去邊界巡邏，卻跑來私會鴿翅。撒謊讓他很不安，此刻他的部族最要不得的就是不忠。花楸星對自己的領導地位已經失去信心，他們的族貓所剩不多，狩獵與邊界巡邏就已經非常吃緊，更遑論還要整修營地迎接禿葉季的來臨。就快下雪了，獵物變得非常稀少，殘破的窩穴都還沒修補好。花楸星現在比任何時候更需要他的支持。

虎心很想為部族重建信心，身為副手的他應該支持父親所做的每項決策，為族貓立下模範。然而這樣的重責大任讓他感到疲累，和鴿翅在一起可以讓他暫時拋開這一切。跟她一起，他用不著背負部族重擔，可以把包袱暫時卸下來，單純就當他自己。只要追上她，他腳掌焦慮的刺痛感就會消失無蹤。

他豎起耳朵，繞過荊棘叢，再穿過一片枯蕨叢。一想到鴿翅望著樹林期盼他的到來，他就心跳加速、喉嚨發出愉悅的震動聲。他渾身浸潤著山林霧氣，就快到了。**拜託請等我！**

他衝上一片林木稀疏的坡地，映入眼前的是霧氣裊裊、陽光斑駁的林間空地。就在蕨叢的一邊，他瞥見灰色身影，一顆心不禁飛揚起來。**鴿翅，**分開兩天已經太長了。他鑽過潮溼樹叢，飛奔到她身邊。

她露出放鬆的眼神，「你來了。」鴿翅的口鼻湊到他頸毛上磨蹭。她在發抖，他感覺到她的喵聲裡帶著一絲憂慮。

接著她不發一語，虎心整個憂慮起來。「我們的事被發現了？」

「沒有。」鴿翅的耳朵緊張地抽動著。

「那、怎麼了？」虎心毫無頭緒地看著她。到底是什麼事讓她難以啟齒？「一定有什麼事，我感覺出來了……」**難道妳不愛我了嗎？**他做了心理準備。

「我懷上小貓了。」

小貓？他驚呆了，「我的？」這話沒經過大腦就脫口而出。

「當然是你的！」鴿翅滿眼怒火，伸掌搧他一記耳光。

他感覺不到疼痛，因為她的話讓他太震驚了。**小貓……我們的小貓！**

他深吸一口氣打起精神，這時候鴿翅需要的不是手足無措的他。

「我怎麼說出這種蠢話，對不起。只是妳……把我嚇到了。」接著那股才剛浮現的喜悅心情開始消退了。「妳告訴藤池了嗎？」鴿翅跟她妹妹一直很親。

「藤池最近都沒有跟我講話，我想她已經開始懷疑我跟你私會了。」她盯著地上，眼裡滿是悲傷。虎心聽了一驚，呼吸急促起來。這樣的話，他們的關係還藏得住嗎？這祕密會對影族造成什麼影響？打從惡棍貓走後，影族已經夠脆弱了。發生這種醜聞時，貓兒都會選邊站，可能的結果就是會破壞影族好不容易才得到的平靜與合一。

虎心看著鴿翅一句話也說不出來，鴿翅的眼神由期盼轉為失望。虎心的思緒不斷打轉，就是不知道該說什麼。

她別過頭去，「這讓一切變得更難了，對吧？」

虎心搖搖頭，鴿翅懷上自己的孩子，這是他夢寐以求的事，只不過……「時機不對，鴿翅。我們影族戰士對花楸星失去信心，他們不斷來找我，好像我應該取而代之一樣。」

「那就是你想要的嗎？」鴿翅睜大眼睛盯著他。

虎心原地踱步，拚命想找合適的措辭。「影族從來沒像現在這麼脆弱過，他們需要一個值得信賴的領袖。」

鴿翅猛然吸口氣，「而這領袖一定得是你嗎？」

「我不知道。」虎心盯著腳邊的草，「我只是不斷地支持花楸星，可是這似乎還不夠。」

「那我呢？」鴿翅語帶哽咽，「那**我們**呢？」

虎心感覺到自己的心碎了，一定要有**我們，沒有妳的日子我已經熬得太久了……**「我愛妳，鴿翅，我永遠愛妳。我們可以找出解決辦法的，我保證。」

他抬起頭，把種種有關族貓、責任這些壓得喘不過氣的思緒全拋諸腦後，定睛看著鴿翅。

他看出她的肚子已經微微隆起，一想到有小貓在裡面，他的喉嚨不禁發出愉悅的呼嚕聲。**我們的孩子**。他繞著鴿翅穿梭打轉，讓那呼嚕嚕的震動聲傳遍他和鴿翅全身。「我們的孩子一定又漂亮又勇敢，他們會成為好戰士的。」

他說這話時，滿懷希望。或許這是命中注定，或許這些小貓就是要來幫忙修復影族力量的。「妳可以加入影族，我們就可以在一起。再也不用躲躲藏藏、再也不用說謊。我們可以在同一個部族裡把小貓帶大。」這似乎是完美的解決辦法，雖然他還是懷有些許疑慮，但他希望鴿翅也對這件事同樣感到興奮。要她適應影族生活可能要花上一些時間，不過她會受到良好照顧的，虎心相信她在那裡會過得很快樂的。

他知道**他們**在那裡會快樂的。

他的思緒不斷地快速翻轉，根本沒注意到鴿翅冰冷的反應。一直等到他把鼻子貼近她臉頰時才發現，她整個僵在那兒像塊石頭。

「我辦不到。」她盯著地面，眼神帶著沉重的挫敗感。

「我知道這會很辛苦，但是鴿翅，這對小貓來說可能是最好的安排。」虎心試著接觸她的眼神，「對**我們**也是。」**還有對影族也是**。

她慢慢抬起頭，眼神中帶著恐懼，「但願一切就像你說的那樣，」她語帶遲疑，「但是……我最近一直做夢。」

「做夢？」虎心有些不太理解。鴿翅不是巫醫貓，幾個月前，在黑暗森林被擊退時，她就失去超能力了。「所有的貓都會做夢。」

「不是那種夢。」鴿翅的眼神不安地閃爍著。不管她現在要說的是什麼，她一定是堅信不疑。「這些夢是有意義的，我感覺得出來。」

虎心一時之間驚恐得全身毛髮豎立，「是……惡夢嗎？」

「我夢到雷族的育兒室。我獨自在營地裡，從空地看著育兒室，感覺不太對勁，就走到裡面查看。」說到這裡她脊椎上的毛都豎了起來。「裡頭是空的，床位又破又舊，有黑影從角落不斷爬過來，吞噬了地面及床位。我往外跑，黑影也緊跟過來，就像黑色火焰一樣竄到入口、舔舐圍牆，黑影的勢力愈來愈黑、愈來愈強，直到整個育兒室都沒入一片黑暗中。」

就在她述說這一切的時候，虎心感覺到自己似乎看得到她描述的夢境，所有事歷歷在目，他得甩甩頭才能拋開腦中的景象。「那只是夢而已。」他這樣跟鴿翅說，卻不確定是否也說服得了自己。

鴿翅往後退，「不是！」她的喵聲中帶著恐懼，「這個夢我做了一次又一次，每次做這種夢，我就會驚醒，因為我知道這是個預兆。」

虎心眨眨眼看著她，她眼中的恐懼是那麼的真實。不過他試著告訴自己，那只是因為她獨自憂心過久所致，現在他可以分擔她的憂慮了。「妳找過松鴉羽或赤楊心問這件事了嗎？」

「怎麼可以？」鴿翅甩動尾巴。「他們會猜的。」她看著自己一天比一天大的肚子。「我懷孕一個月了，開始看得出來。他們說不定已經在懷疑了，如果我又告訴他們我做了有關育兒室的夢，那就等於確認這件事！」

虎心試著讓自己的聲音聽起來開心些，「如果巫醫認為這育兒室的夢是正常的，說不定就沒事。」

「這個不一樣！」鴿翅嘶吼著。

「嗯，妳可以問問他們有沒有來自星族的預兆。」虎心開始有些惱怒，為什麼鴿翅這麼確定她的夢有特殊意義？「或許有些兆頭能解釋妳的夢境，畢竟他們是巫醫，而妳不是。」

「我不需要巫醫來解釋我的夢境！」鴿翅滿眼挫折，「我知道那代表什麼，那意味著我們的孩子不能在雷族出生！」

虎心熱切地鼓脹起全身，「所以……妳的意思是說要加入影族！那太棒了。我知道妳跟我們在一起會很快樂的。妳不用理會別的貓兒的看法，他們現在根本沒有時間找碴，族裡有雷族貓這種事不會來管的。而且，我們還為影族帶來了新生命，大家都會很高興的，因為我們為影族添了生力軍。」

「不。」鴿翅瞪著他，「我不要在影族生小貓。相信我，我考慮過了。我知道那是你想要的，不過……那裡也不適合我們。」虎心試圖讓自己心情平靜下來。**不在雷族也不在影族？**那麼，她到底是在想什麼？

鴿翅語氣堅定的喵道，「我們必須離開部族。」

虎心盯著她，一時瞠目結舌。**離開部族？**

「我們必須這麼做。」鴿翅腳掌緊抓地面，「我夢到我們要去的地方，那是一處巨大的兩腳獸地盤，那裡有他們高聳入天的巢穴。我看到那個巢穴有五個尖頂直上天際，就像金雀花的刺一樣。我們一定要找到那巢穴，我們的孩子在那裡會安全的。」

虎心豎起怒髮，「真是荒謬！」他與她對視，「我們的孩子在陌生的兩腳獸地盤怎麼會安全？我們怎麼能在遠離部族的地方扶養小貓？部族就是保障我們安全的所在啊！」

鴿翅瞇起眼睛，「現在的部族亂七八糟！許多貓兒為了捍衛領土失去性命，誰敢說未來數個月之後還有部族存在？」

「所以妳的意思是我們私奔？」虎心幾乎不敢相信，「妳要拋開妳的族貓？妳要孩子不認識他們的親族、也不知道有戰士守則的存在？」

「不！」鴿翅的喵聲裡盡是絕望，「我也不想這樣！我只知道我們必須離開。我每天都做到那個夢，不只看到，還感覺到。如果我無視這一切的話，我怕會有可怕的事發生在我們的孩子身上！」

虎心焦慮地繞著圈子打轉，思緒糾結成一團。

「這對我來說並不是選擇題，」鴿翅的語氣堅定，「我一定要走。」

虎心覺得很為難，「我不能就這麼一走了之。」

一時之間鴿翅眼露驚慌，虎心趕緊把眼神移開。他前腳抽搐著，似乎就要跟著她浪跡天涯了；然而他的後腳卻沉重難當，就像要把他釘在地上再也離不開影族。他渴望和她在一起，卻又無法在這麼艱難的時刻撇下他父親。他感覺自己的身體就要撕裂成兩半了。

「虎心！」她的聲音聽起來很焦慮。

他感覺到臉頰有她的氣息，於是強迫自己轉過來看著她。

「我不想自己一個走，虎心！」她的喵聲顫抖著，「我需要你。」

「影族需要我，」虎心絕望地說，「花楸星若沒有我的支持，恐怕難以服眾。妳說的沒錯，影族現在亂七八糟。如果我離開的話，影族恐怕無法存續下去。」

「那就留下來吧！」鴿翅的綠眼裡盡是怒氣，「如果部族比你的孩子更重要的話，那就留下來跟他們在一起吧。我自己走。」她往後退，滿臉愁容，「我的部族能自己照顧自己，我要保護我的孩子。」

「鴿翅！」虎心絕望地豎起全身毛髮，「如果我們待在部族裡，更能保護好我們的孩子。」

她看著他，「我三天後就要離開，如果你想跟我一起走的話，就在這裡碰頭吧。如果你沒來，那我……」她豎起尾巴，視線倉促轉向地面，似乎接下來要說的話難以啟齒，「我就自己走。」

話一說完，她隨即轉身走入樹叢。

虎心望著她離去的背影，心跳聲猛烈撞擊著耳膜，讓他連周遭鳥鳴都聽不見了。一陣風吹來林間裊繞的霧氣，也晃動著樹枝，讓他感到一陣暈眩。鴿翅丟給他一個兩難的抉擇，她需要他，他還沒出生的孩子也需要他，但是影族也需要他啊！**誰的需要才是最迫切的呢？**

第二章

我可以離開嗎？還是要留下來呢？自從鴿翅下了最後通牒，已經過去兩天了。虎心的思緒就像小貓追著自己的尾巴一樣，還在腦袋裡打轉。他還有一天可以下決定，不過最佳抉擇就像獵物般怎麼抓都抓不著。**我該怎麼做？**

「虎心？」草心的喵聲把他從思緒中拉回來。

他眼神失焦的望著她，發現這隻淡棕色虎斑貓正朝著他眨眼睛。「我們現在是在打獵，對吧？」她語氣透露著不耐煩。

「對，」虎心甩甩身體，「對不起，我正好在想別的事。」

「晚一點再想吧，族貓們都還餓著肚子呢。」草心四處嗅聞，銳利的眼光環顧林間。「我們得帶些東西回獵物堆，你注意到鼠疤的肋骨都凸出來了嗎？」

虎心滿懷沉重的罪惡感，他的族貓挨餓

著；鴿翅正懷著孩子；他父親還拚命想重新贏得族貓的尊重，他應該要能搞定這一切的，但是他竟然連在打獵都心神不寧。

幾條尾巴遠的枯萎蕨叢裡出現雪鳥的白色身影，這隻母貓正嗅著鋪滿松針的地面，「我好像聞到兔子的味道。」

草心趕緊湊過去，「還很新鮮嗎？」

「蠻新鮮的。」雪鳥開始從蕨叢退出來，尾巴尖端興奮的抽動著。就在草心跟著雪鳥追過去時，虎心望著天族邊界，他依稀聞到天族在山頂松林留下的邊界記號。當初他建議把影族的一些領土讓給天族，這樣的決定是對的嗎？如果他們狩獵的範圍更大些，或許能找到更多獵物；可是這樣的話，他們得動員多少貓，才能維護這麼大的領土？他甩甩尾巴，這樣的決定是對的。天族需要一個家，尤其在各大部族經歷了和惡棍貓的纏鬥之後，或許星族老天也會眷顧在此時還能釋出善意的部族。但願族貓也能跟他有同感。不過焦毛、雪鳥和石翅已經清楚表明不同意把土地讓給其他部族。這些煩惱盤據虎心心頭，他不禁閉上眼睛。

虎心頭上傳來鶇鳥的叫聲，牠們似乎也為了領域爭吵不休。一陣冷風吹動樹梢，草心和雪鳥早已不見蹤影，追蹤兔子去了。就在虎心轉身要追上她們時，山頂傳來雜沓的腳步聲。

「嘿，虎心！」沙鼻站在天族邊界，身旁還有兔跳。他們毛髮蓬鬆、眼神炯亮。沙鼻還喘著氣、身側上下起伏著。「這林子裡的松鼠跑得真快啊！」他往身邊那棵松樹的樹幹望去，只見一條尾巴往上竄，然後消失在枝葉間。

兔跳很有禮貌地向虎心點頭致意，「希望你們的運氣比我們好。」

「我們也還沒有著落呢。」虎心的語氣沉重，難道這真的跟運氣有關？如果他更厲害一些的話，說不定就能輕易餵飽族貓；如果他是個更稱職的兒子的話，花楸星當族長就不會做得這麼辛苦；如果他是好一點的伴侶的話——

忽然有小腳掌跑過來的聲音。

草心急促的喵聲從林間傳來，「獵物！」

一隻兔子從他面前竄過，快速往上坡跑，虎心根本來不及回過神來追捕獵物。兔子就這麼越過邊界，距離沙鼻僅僅一尾之距。

這隻天族公貓趕緊追上去，兔跳也興奮的豎起全身毛髮，緊追不捨。

虎心整個呆住了，他竟硬生生地把獵物拱手讓給別族。

「你這個鼠腦袋！」草心跑過來停在他身邊，「你幹嘛不抓住牠？」

雪鳥也追上來了，她滿眼怒火。「我們把獵物趕過來給你耶！」她朝草心使了個眼色，「我還以為只有花楸星不牢靠。」

「有其父必有其子。」草心傲慢地哼了一聲。

「這麼說不公平！」虎心馬上回嘴，「花楸星的狩獵技巧你們誰也比不上，而且我剛才只是分心——」

他發現這兩隻母貓根本不想聽，她們正望著那片荒蕪的山坡，鼻子抽動著。

「我聞到天族的氣味了。」雪鳥朝虎心撇一撇嘴，「這就是你分心的原因？剛剛天族貓在這兒？」

「我剛才跟沙鼻和兔跳在講話。」虎心承認，他還真希望他只是為了這個原因分心。

草心望著兔子脫逃的方向皺眉，「是你讓我們的獵物落入別族之手。」她怒吼著。

虎心感到厭煩極了，他受夠了必須不斷說服族貓：讓天族與他們為鄰並不會削弱他們的力量，反而能使他們更加安全。他受夠了要不斷為花楸星找藉口。他受夠了追趕老是愛跑到別族領地的獵物。**或許我就應該和鴿翅一走了之！**鴿翅會讓他感到幸福快樂的，她需要他，他們的孩子也需要他，而且他愛她。

山頂上傳來松針窸窣的聲音，沙鼻和兔跳現身邊界處。虎心沒能抓住的那隻肥兔，正被沙鼻啣在口中晃盪著。

雪鳥發出嘶嘶聲，眼底盡是怒火，「現在你是拿著**我們的**獵物來炫耀嗎？」

沙鼻把死兔子扔下山坡，「我們是來還獵物的。」他高傲地瞪了白色母貓一眼。

雪鳥豎起毛髮，「用不著你們幫我們打獵！」

虎心朝她使了個眼色，要她安靜。當族貓挨餓時，偶爾是必須將尊嚴嚥下去的。

草心走向那隻兔子，回頭看了雪鳥一眼。「這一餐會讓鼠疤很高興的。」

雪鳥瞇起眼睛，虎心滿心期待地望著她，她一定也聞到鮮血溫暖的氣味了？難道飢餓還不足以讓她接受天族的善意？虎心的肚子已經餓到痛了，從昨天中午到現在他都沒吃過東西。

草心把眼光轉向虎心，「我們應該接受。」

虎心點點頭，「這本來應該是我們的獵物，如果我動作快一點的話。」

就在雪鳥還悶聲低吼時，草心向沙鼻和兔跳點頭致謝，「謝謝你們把獵物歸還。」

沙鼻生硬地點點頭，然後轉身離去。天族戰士什麼話也沒說，就這樣走了。

雪鳥嗤之以鼻，「他們就跟雷族一樣自以為是。」

「他們是一片好意。」草心提醒。

虎心感到羞愧不已，應該抓到獵物的是他，不是外族。不過他試圖把這份恥辱拋諸腦後，至少透過這次機會正好可以讓雪鳥明瞭，把一部分領土讓給天族並沒有那麼糟。「我們很幸運，有那麼可敬的戰士當鄰居。」

雪鳥轉身朝蕨叢走，尾巴抽動著，「都失掉大半領土了，只有你還覺得很幸運。」她喃喃發牢騷。

草心朝虎心使了個眼色，「等到雪鳥看見鼠疤吃這兔子的時候，她就會沒事了。」說完她就把兔子叼起來，朝回家的路走去。

⚡⚡⚡

虎心帶著草心和雪鳥回營地，一進空地後就環顧營地。「鼠疤呢？」他朝螺紋掌喊道，螺紋掌正和花掌在營地邊緣互舔彼此的毛皮，四下就是不見那瘦削長老的蹤跡。

螺紋掌抬起頭，「他和刺柏爪去巡邏邊界了。」

虎心眨眨眼，長老是不用出勤的。

焦毛在獵物堆旁開口說，「我說要代替他去，他說影族的貓已經夠少了，他應該幫忙。」

焦毛把目光移向草心帶回來的兔子，「這獵物真不錯。」他滿心期待地看著雪鳥，「還能抓到更多這樣的獵物嗎？」

「我們很快會再出去的。」虎心承諾。說完他望著空地上方的花楸星和褐皮，他們正在交談，氣氛似乎很焦慮。他們不是應該要帶狩獵隊出去嗎？坐而言是無法拯救部族的。

突然荊棘入口傳來窸窣的聲響，虎心轉頭，驚訝地發現螺紋掌正領著柳光和赤楊心進到營地。他豎起耳朵，雷族巫醫來這裡就已經夠奇怪了，竟然連河族巫醫也來了。霧星不是決定要重建河族嗎，上次大集會之後她就決定要關閉河族邊境了，那為什麼柳光還出來閒晃呢？

鼠疤這時也尾隨進來，他一身凌亂的皮毛不安地伏動著。

虎心坐在岩石旁的陰影處，看著這兩隻巫醫貓走向花楸星。他們看起來很憂慮的樣子，難道是星族告訴他們什麼壞消息了嗎？他們也夢到和鴿翅一樣的凶兆？還是赤楊心發現鴿翅懷孕了？他看著雷族巫醫的眼神，想搜尋出一點蛛絲馬跡，但赤楊心只是盯著花楸星看，讓柳光負責發言。

「我有個異象，我們必須找出腳掌上多出一根腳趾的貓。」她告訴影族族長，「這是抵禦未來風暴的唯一辦法。」

「你們有認識六根趾頭的貓嗎？」赤楊心上前緊盯著花楸星追問。

他們帶來的不是有關雷族育兒室被黑影吞噬的異象，也跟鴿翅懷孕沒有任何關係。虎心的思緒又飄開了，**我可以鬆一口氣了嗎？**如果巫醫並沒有夢到和鴿翅一樣的夢境，或許就代表**鴿翅搞錯了**。這六趾貓的新預言就足以讓她明白，她做的夢就只是一般的夢而已。如果真的意味著什麼，那星族一定也會跟巫醫分享，不會只讓她知道而已。

突然焦毛尖銳的喵叫聲把虎心拉回現實，「我們怎麼可能派搜尋隊出去找？我們連巡邏邊界的貓都不夠了。」

花楸星也贊同地點頭，「我們和天族的邊界不能不派員巡邏。」

虎心滿懷焦慮，他怎麼能離開連搜尋隊都組不成的部族？**一定有辦法可以說服鴿翅留下來的。**他想著明天日落時分和她碰面的場景，他要說什麼才能讓她明白，把小貓留在湖邊部族裡扶養才更安全？然而另一方面，他又甩不開心中憂慮，或許她是對的：當初暗尾幾乎要把他們滅族了，或許部族再也無力保護他們的孩子。

一聲憤怒的嘶吼把他從思緒裡扯回來，焦毛和褐皮正對峙著，滿眼怒火。

「妳知道我們當初為什麼選惡棍貓而不選花楸星嗎？」焦毛怒吼，「他當時是個軟弱的族長，而他現在還是一樣軟弱。」

褐皮怒髮直豎，發出咯咯怒咬聲，然後揮掌劃過焦毛的口鼻。

虎心愣住了，怎麼回事？為什麼起內鬨了？他眼看著焦毛往褐皮臉上揮掌。

褐皮一個閃身，然後痛苦嚎叫著。

她的眼睛！虎心連忙一躍而起，吆喝一聲，跳到兩隻打架的貓中間。他把焦毛頂開，然後護著褐皮，發出嘶吼。

花楸星就只盯著看，整個呆住了。

虎心轉向褐皮，「妳還好嗎？」看到血汨汨從母親眼角旁流下來，他不禁倒抽一口氣。他感覺水塘光走近身邊，輕輕地把他支開。

看在星族老天的份上，他們到底在吵什麼？虎心被這麼一弄給嚇傻了，他轉頭看，赤楊心和柳光正匆匆離開營地，焦毛則退到了空地邊緣。

花楸星毫不掩飾地睥睨著暗灰色公貓，「我們怎麼能信任翻臉比翻書還快的夥伴？」焦毛也老大不客氣地瞪回去，「我們怎麼能信任一個看到危險就落跑的族長。」

虎心的眼光從這兩隻公貓移回他母親的身上，水塘光正舔著她眼角流出來的血，「這只是皮肉傷，」他要她放心，「妳的視力並沒有受損。」

看著水塘光把褐皮帶回巫醫窩，虎心總算鬆了一口氣。他簡直不敢相信，族貓們會互相傷害，這實在已經大大偏離了戰士守則。他知道最近族裡一直有股壓抑的情緒，但何以演變至此？**我應該可以防範於未然的**，如果他沒有一直想著鴿翅，或許就能及時制止這一切。**我竟然還滿腦子想著到底該不該離開**。沉重的罪惡感讓他快要窒息，他又想到懷孕的鴿翅正痴痴地等著他，既孤單又害怕。這樣的愛似乎就要把他的心撕裂成兩半，他心痛得快要喘不過氣來了。

「虎心。」水塘光走向他，花楸星也隨後跟過來。

「褐皮還好嗎？」虎心焦慮地看著他。

水塘光點點頭，「她在我那裡，我已經幫她上了藥，她正在休息。但我要跟你和你父親談談。」

虎心皺皺眉頭，「為什麼？」

巫醫貓的視線從父親移到兒子身上，陰沉的眼神帶著濃濃的警告意味，「有件事我必須告訴你們二位。」

第三章

虎心不安地環顧營地四周，這時候還有時間和水塘光說話嗎？焦毛和褐皮打起來這件事已經對部族帶來震撼，或許他們應該先安撫大家才對。

「蛇掌，」爆發石甩動尾巴叫見習生過來，「跟我走吧，我們一起去打獵。」他顯然是想幫忙，要讓蛇掌把注意力從她導師褐皮受傷這事上轉移，並且化解營地的緊張氣氛。

這蜂蜜色的虎斑母貓躍躍欲試地看著爆發石，「螺紋掌和花掌也可以一起去嗎？」

爆發石轉向他們的導師，刺柏爪和焦毛，「我們可以一起打獵，獵物堆需要再補貨了，而且年輕的貓兒也可以練習團體狩獵技巧。」他小心翼翼地瞄著焦毛，好像深怕這暗灰色公貓餘怒未消，伸掌就往夥伴的眼睛扒過去。

不過焦毛就只點頭應了一聲，「好吧。」說完就動動鼻子示意螺紋掌往營地門口走，自己也跟著出去。花掌和蛇掌交換眼神後，也跟上去，而爆發石走在最後面。

虎心走到這棕色虎斑公貓身邊說，「謝謝你。」

爆發石向他點點頭，「沒什麼。」說完就跟著其他夥伴走出營地。虎心看著他們離去的背影，焦慮感似乎減輕了不少。看到戰士們合作帶開見習生，化解緊張氣氛，這種感覺真好。然而花楸星竟然什麼都沒注意到，只是盯著水塘光，「你想告訴我們什麼？」

就在水塘光抬起下巴時，虎心才突然記起這巫醫貓是這麼的年輕。他得到巫醫的名號也不過是這幾個月的事而已，不過就已經有許多歷練了。其實他們都是，他幾乎都快忘了水塘光從一個月大開始就接受葉池訓練，一路培養成巫醫。而現在虎心信任他，就像他從前信任小雲一樣。水塘光開口說話時，他從那淡藍色的眼裡看到真誠。

「我今天早晨看到了異象。當時我看著逐漸甦醒的營地，族貓們陸續從窩裡爬出來在空地活動，晨光穿過樹枝投射出長長的陰影。我看著他們穿梭在陰影中，光線愈來愈強烈。森林那一邊的太陽，變得愈來愈熱，在這同時，營地裡的陰影也變得更長、更黑暗了——」

「你確定這是異象？」花楸星很疑惑的樣子，「這聽起來不就是一般日出時的景象嗎？」

水塘光緩緩點頭，「不過那陽光非常炙熱，」他喘口氣，「好像整個森林隨時都要燒起來了。陰影處非常黑暗，就像是從黑夜切過來貼上的一樣；而陰影之間的亮光則非常刺眼，跟早晨的陽光大不相同。那光線強到讓我無法直視。」話說到這裡，他停下來踱步。「然後，突然陽光變暗了。光線逐漸從林間退去，漸漸融入早晨黯淡的天際。在這同時，陰影也逐漸變淡了，原本空地上鮮明的長條陰影也不見蹤跡。一時之間，整個森林沐浴在極為柔和的陽光中，幾乎沒有日照與陰影處的分別。」

「陰影消失了。」虎心說出了這幾個字，他幾乎無法想像。他們的營地一直以來都是被陰影包圍住。即使日正當中的時候，松林和棘叢仍然在空地上留下斑斑樹影。

水塘光對他眨眨眼，「沒有了陰影，何以為影族？」

虎心知道其他部族流傳著一些有關影族的故事——說什麼黑暗塑造了影族貓兒的心；還說影族在陰影中找到了賴以生存的力量，不像其他部族在黑暗中只會凋零。當然，這只是育兒室用來嚇小貓的故事，不過這些故事難道不也帶著一些真實性？影族貓生長在幽暗森林包圍的環境，在裡面有隱密性、有安全感，還能學習如何在幽暗環境中活動，利用環境的掩護防止偷襲。「但是你剛才不是說一開始的時候，陽光非常強烈。」

水塘光點點頭，「而且陰影也非常明顯。」

花楸星尾巴一彈，「陽光愈強，陰影**本來**就會更明顯，這是大家都知道的事。」

水塘光看著他，「這個異象是要提醒我們，太陽愈強，陰影也會愈強。」

感受到不祥預兆的虎心全身毛髮豎了起來，「也就是說太陽變弱的時候，陰影也跟著變弱了。」

水塘光的耳朵緊張地抽動著，「在異象裡，陰影**消失**了。」

虎心緊張地嚥了嚥口水，水塘光是想警告他們，影族可能會消失嗎？

「可是我們有辦法控制太陽嗎？」花楸星一副疑惑的樣子。

水塘光的眼神一沉，「或許我們用不著這麼做，我想太陽可能是象徵著某樣東西。」他喃喃自語。

花楸星看著他，渾身毛髮不耐煩地豎了起來，「那代表什麼呢？」

你，虎心盯著他的父親。他怎麼還不了解呢？**太陽指的就是你**。他的喉頭發緊。如果花楸星太弱的話，影族就會消失。這不是已經在發生了嗎？他想起焦毛揮掌劃過褐皮眼睛的那一幕，部族已經開始分崩離析了。**你得要夠強啊**。這樣的話塞在嘴裡說不出口，他怎麼可以在族貓面前數落父親的不是呢？他會承受不住的。

他滿懷期待地看著水塘光，或許**他會提醒花楸星**。

「所以呢？」花楸星不耐煩地看著水塘光，「告訴我太陽所代表的意義，你是巫醫貓，你應該曉得這些事。」

虎心胸口一緊，**告訴他**。

水塘光充滿歉意地看著花楸星，「我們只是被提醒，影族可能會消失。」

告訴他，他就是那個太陽！難道水塘光並不了解這個異象所代表的意義；還是他覺得直接跟花楸星說他很弱，可能會使他變得更脆弱。虎心試著解讀水塘光的眼神，可是他看到的只有憂慮。

「我們該怎麼辦呢？」花楸星彈動尾巴。

虎心直視父親的眼睛，「我們必須變得更強，」他說，「就像太陽一樣。」

然而花楸星只是怔怔地望著他，虎心和他對視著，期盼從這隻薑黃色公貓的眼中看到理解的神情。

不過，花楸星看起來跟其他搞不清楚狀況的貓一樣，虎心不知道是不是該對他父親說些什麼……

不過如果還要他這副手來跟他解釋這異象所代表的意義，不是會讓他看起來更弱嗎？

他轉過身去，覺得疲憊無力。明天，鴿翅就等著他一起遠走高飛。但是他怎麼能夠在部族最需要他的時候，拋下他們不管呢？花楸星顯然需要幫忙，如果虎心現在離開，那陰影就會消失，影族也將不復存在。

不過如此一來，鴿翅就會獨自踏上旅程。他必須阻止她。一旦他讓花楸星和影族再度強盛起來，無論她到天涯海角，他都願意相伴相隨。

他穿過空地，不自覺焦慮起來。他朝營地入口走，穿過荊棘隧道，一路往雷族邊境走去。落葉季的溼氣滲入他的毛皮，地面的冰冷也竄入他的腳底，他不禁感到一陣寒意。他必須找誰談談，他必須拯救他的部族，他必須挽回鴿翅。

靠近邊界時，林間開始飄著雷族氣味，他把腳步慢下來，內心的恐懼轉而變成恐慌，**我在做什麼？**他不能把他們的祕密跟任何貓兒透露！如果鴿翅被她的部族排擠的話，那她絕對不會原諒他的。她已經計劃好了。他不能出賣她，把她的計畫搞砸了。

他停下腳步，不過如果是鴿翅自己透漏出自己懷孕的事呢？說不定她有親近的貓兒可以分擔她內心的恐懼？

藤池！當然！她們姐妹本來一直很親近的，不過現在鴿翅卻抱怨她妹妹不跟她說話了，她一定很懷念和藤池無話不說的時光。**如果我能修補她們的關係，鴿翅可能就會告訴藤池所有事**

情。虎心熱切地抬起頭，**那麼藤池就可以說服她留下來。**

虎心緊抱著這一線希望，開始狂奔，他必須找藤池談談！

⚡⚡⚡

虎心蹲伏在雷族邊界，等到太陽下山，都還不見藤池的蹤影，他只好越過邊界。他在黑暗中潛行，張嘴嚐著氣味，在雷族的領土到處搜尋。如果藤池在別的地方巡邏的話怎麼辦？要不然乾脆到營地外頭守著，等她回來再叫住她？

他焦慮得不得了，覺得實在不應該跑到雷族領土的，但他一定要見到藤池。

突然他聞到了她的氣味，這氣味還很新鮮。他的心不禁飛揚起來，**星族老天還是眷顧我們的！**他往幽暗森林望去，暮光早已退去，暗夜中他睜大眼睛試圖找出她的身影，突然在蕨叢的另一邊有腳步聲傳來。那味道跟鴿翅很像，不過又更強烈一點。他打算冒險一試，往幽暗處低聲喊，「藤池。」

突然有動靜傳來，那是貓兒快速轉身、穿過蕨叢的聲音。只見他前方的枝葉顫動，然後藤池鑽了出來。

「虎心？」她眼裡閃現敵意，「你在這裡做什麼？」

「我得跟妳談談。」

「跟我談？」她撇撇嘴，「你確定你不是在找鴿翅？」

「我確定。」

藤池怒氣沖沖地說，「嫩枝掌看到你和我姊姊在邊界私會，你知道那是違反戰士守則的吧？你會讓她惹上麻煩的。」

虎心看著她憤怒的眼睛，一時心急如焚，「藤池，我愛她，而且她也愛我。但是她需要妳。」

藤池瞇起眼睛，「這就是你在這裡的原因？告訴我你們相愛，然後一切都沒問題？」她語帶輕慢。

「她說妳不理她了，」虎心繼續說下去，「我知道妳生她的氣，但她真的需要有訴苦的對象。」

「你的意思是說，要我同意她現在的所作所為，好讓她沒有罪惡感！」藤池怒嗆。

「妳難道不在乎她嗎？」虎心哀求。

藤池怒髮直豎，「你竟敢質疑？」她怒斥，「我當然在乎她，如果你在乎她的話，就應該別來招惹她。」

「我沒辦法。」虎心無助極了，很想乾脆告訴她實情——鴿翅懷孕了。他多麼希望只要實話一說，所有事情就解決了。他希望藤池原諒鴿翅，並且說服她留在部族把孩子帶大。但他知道如果他真這樣做的話，事情只會變得更糟。而且就算是要說出來，也應該讓鴿翅自己說，而不是他。

「藤池，」他絕望的看著她，「拜託，跟她說說話。」

「我會的，」藤池怒吼一聲轉身，「只要她不再跟你碰面。」她尾巴一甩，鑽過蕨叢消失於幽暗之中。

虎心看著她離去的背影，內心感到十分恐慌。藤池是他最後的希望，現在連這個希望都破滅了。鴿翅只有他了。**虎心，我獨自一個沒有辦法，我需要你。**一想到她睜大眼睛凝望著他，他的心就痛了起來。

虎心的爪子掐住地面。花楸星是影族族長，部族的興亡是他的責任，**維繫部族團結根本不是我的事。**虎心一路往邊界走，**這個包袱我已經背得太久了。**他想起焦毛攻擊褐皮時那張猙獰的臉，又想起那些變節的見習生把惡棍貓帶進部族。**讓他們自己團結起來，**他喉嚨一陣苦澀，**或者讓他們自己分崩離析吧。**暗夜裡他下定決心，**鴿翅和我的孩子才是我的責任。**

我愛妳，鴿翅，我不會讓妳失望的。

第四章

虎心從風吹來的味道察覺要下雨了。松樹林上方的天空烏雲密布，整座森林籠罩在一片幽暗當中。**這種天氣實在不適合遠行**。想到就要和鴿翅會合了，他不禁胸口一緊。中午已經過了很久，該走了，鴿翅還在等他。

他站起來，順手把育兒室歧出的荊棘枝條又塞回去。花楸星已經下令所有的窩穴都應該要好好加強整修。快要下雨了，他希望族貓都能有一個乾爽舒適的家。草心和爆發石正在戰士窩忙進忙出；花掌、蛇掌和螺紋掌忙著用一塊塊的青苔補他們窩裡的洞；而褐皮和雪鳥則把更多的荊棘編進長老窩的牆上。

虎心喉嚨一緊，他真的能離開嗎？這是他熟悉的生活，想到他可能再也見不到這些貓，突然一陣感傷。他就要離開森林，去住兩腳獸地盤！他不禁緊張得全身毛髮豎了起來。

環顧周遭，族貓們都同心協力地聽從花楸星的指示。他推開心中的猶豫，**鴿翅比他們更**

需要我。

花楸星在營地來回巡視，檢查大家工作的情形。他經過螺紋掌時，稱許地點頭並提醒，牆壁底部還需要補強。螺紋掌向族長點點頭，趕緊再去拿一塊青苔來補上。虎心看了滿懷希望，部族裡沒有他也會很好的。

「虎心！」花楸星穿過空地。

虎心全身緊繃，花楸星想做什麼？他望著愈來愈暗的天色，真希望可以立刻溜走。他讓自己保持鎮定，隨手整理了兩條荊棘，然後轉身面向父親，「什麼事？」

「帶一組狩獵隊出去。」花楸星站在獵物堆旁，上午捕獲的獵物只剩下一隻鶇鳥和一隻田鼠。

虎心鬆了一口氣，太好了，**只要到森林裡，我就可以輕易溜走。**

「帶草心、雪鳥、刺柏爪和焦毛一起去。」花楸星的綠眼睛掃視營地一圈。

虎心也跟著環顧四周。刺柏爪和焦毛上哪去了？難道他們沒幫忙草心和爆發石整修戰士窩？或許他們在營地外面，採集蕨類植物好修補窩穴外牆。「我去找他們。」虎心說完，就甩動尾巴召喚草心和雪鳥，朝營地入口走去。

虎心一走到營地外不遠處，就俯身張嘴，讓落葉季腐朽的氣味充滿舌尖。他嗅到族貓的味道了，不過在濃霧之中很難判別他們前進的方向。

草心跟過來停在他身邊。

「妳分辨得出焦毛和刺柏爪往哪邊走嗎？」他問她。

「別擔心，」她迅速回應，「沒有他們我們也可以打獵。」**狩獵隊的成員愈多，我才愈好脫身啊！**虎心看著這隻淺棕色的虎斑母貓，看得她不自在地豎起毛髮。「妳知道他們去哪嗎？」

「誰？我嗎？」草心的眼神投向剛走近的白色母貓雪鳥，她倆的神色十分可疑，「我最後一次看到他們的時候，他們還在幫忙修補窩穴。」

虎心豎起耳朵，草心和雪鳥一定有事瞞著他。「到底怎麼回事？」

雪鳥向草心使了個眼色。

草心尾巴彈動著，「我們答應不說的。」她抱歉地說。

「答應誰？」

「焦毛和刺柏爪。」草心低下頭。

「他們做什麼去了？」虎心把臉逼近，渾身怒毛波動著。

「他們……去投靠天族了。」

投靠天族？虎心簡直不敢相信自己的耳朵。同族夥伴竟然可以如此不忠，他感到萬分震驚，但這種感覺隨即被濃濃的罪惡感取代，他覺得自己自私到噁心。**影族今晚不是只會失去一個戰士而已嗎，怎麼會是三個。**「什麼時候？」

「現在。」草心避開他的眼神。

「可是他們討厭天族啊。」焦毛和刺柏爪一直強烈反對天族成為他們的鄰居。

「他們說他們想成為真正的部族成員。」草心不安地交換著腳步。

雪鳥湊上前來，「他們在這裡很不開心，」她說，「而且焦毛其實很不安，他差點把褐皮弄瞎了，他擔心如果繼續待在影族的話，後果會不堪設想。」

虎心對她眨眨眼，「他害怕自己的族貓？」

草心不安地踱步著，「他怕自己又發脾氣，或者褐皮和花楸星會伺機報復。」

「可是我們是**同族夥伴！**」虎心難以置信地眨眨眼，「我們應該彼此照顧啊！」

「刺柏爪說影族的貓兒已經忘了什麼叫做忠誠了。」雪鳥說。

虎心頸毛直豎，「不就是刺柏爪背棄部族，加入惡棍貓嗎！」他自己是第一個背叛的，竟敢反指控族貓不忠?虎心整個怒火中燒，不過他又冷靜下來。現在不是互相指控的時候，影族愈來愈弱了，他怎麼能在這時候離開？水塘光的預言就要成真，影族就要完全消失了。「我必須阻止他們。」說完隨即奔向天族邊界。

虎心身後的針葉林窸窣作響，雪鳥和草心也追上來了。

「你們去打獵吧！」他甩動尾巴打發她們走，「這件事我來處理。」他想盡快把事情做個了結。太陽就要下山了，他得趕快說服他們回影族，他自己則要在鴿翅獨自離去前，趕緊和她碰面。

我真是一副狡詐蛇心腸啊，他試圖不去理會腦中自我控訴的聲音，**我說服他們留下，是為了讓自己可以離開。**

不，他只是設法做出，對鴿翅和影族，最好的決定。一旦他離開，影族就會更需要焦毛和刺柏爪。

他邁開腳步在林間奔跑，心臟怦怦狂跳。他聞到焦毛的味道了，刺柏爪就在他旁邊。他一路追蹤氣味跳過溝渠，來到與天族為界的山坡。就在山坡下的一處棘叢，他瞥見他們的身影。

「停下！」他的嚎叫聲穿過潮溼森林，只見他們停下腳步轉過身來面向他。「讓我跟你們談談吧！」他爬上坡，緊盯著他們，「草心告訴我，你們打算加入天族。」

他倆彼此對望一眼，然後踱步走向他，眼中充滿不信任。

「拜託不要走。」他在他們面前，喘著氣說道。

焦毛瞇起眼睛，「為什麼？」

「因為你是影族貓！」虎心盯著他，「這點你永遠無法遺忘，這是你生長的地方。你用影族的方式思考、影族的方式打獵、影族的方式戰鬥。你對天族的生活方式一點概念也沒有！在那裡你永遠不會有歸屬感。」

刺柏爪緊張地望著焦毛，「或許他說得沒錯。」

焦毛皺了皺眉頭，「影族不再是從前的影族了，天族或許更好。我們還可以教他們一些有用的技能。」

「教他們有用的技能？」虎心拚命壓抑著不要亮出爪子，「如果天族學會了我們戰鬥和打獵的方式，那他們就能輕易打敗我們。」他絕望地把目光轉向刺柏爪，「他們或許會攻占整座森林，這不會是你們想要的結果吧？」

刺柏爪驚訝地瞪大眼睛，「我從沒想過會這樣。」他焦慮地看著焦毛。

焦毛哼了一聲，「你不是說天族是我們的朋友。」

「朋友也有吵架的時候，」虎心又逼近他們一點，「如果天族和影族在邊界有小糾紛，你們會為了天族和我們打起來嗎？」

焦毛不安地豎起毛髮，「影族不會有任何戰鬥了，因為不用多久，影族就不存在了。」**如果你們離開，影族就真的會消失了。**虎心又趕緊想出另一個理由把他們留下來。「如果你們真要加入天族的話，可能要重新受訓，像嫩枝掌那樣。她加入天族時早就通過雷族戰士的考核了，可是她仍然得重新接受天族戰士的訓練。」

刺柏爪豎起耳朵，「你覺得他們不會再把我變成見習生吧？」

虎心聳聳肩，他試圖讓自己看起來很平靜，即使時間像逃走的獵物一般慢慢溜走。所剩的時間不多了，他得趕快去和鴿翅會合。「可能會吧，一旦他們發現你的戰士名是惡棍貓幫你取的。」他是故意虛張聲勢的，不過他感覺刺柏爪的態度已經動搖了。

「你是故意嚇唬我們的。」焦毛嗤之以鼻。

「就算他們沒讓你們變成見習生，你覺得他們會尊重你們嗎？」虎心追問。

焦毛用充滿挑釁的目光迎向他，「那麼我跟褐皮打了那一架之後，影族還會尊重我嗎？」他語帶怒氣，但那怒氣顯然是朝自己發的。「真希望我當時沒有攻擊她眼睛，那個舉動的確很莽撞，我太生氣了。」

「我應該早點介入的。」虎心說。

「是**花楸星**應該早點介入才對。」刺柏爪犀利地回應。

「他會的，如果再發生這種情況的話，」虎心保證，「只是事發突然，我們都嚇了一跳。」他試圖再說些什麼，他感覺到他們已經後悔，只要再多說一些，或許坦白才是上策。「我們需要你們。影族有麻煩了，沒有你們的話我們可能無法存活下去。你們兩個都是很棒的戰士，我知道我們可以摒除一己之私，為了部族的共同利益再次合作。我們一起經歷了暗尾、黑暗森林存活下來；這次只要我們一起努力，同樣可以安然度過的。」他毫無掩飾地說出深藏內心的話。如果他想要安心離開的話，就一定要說服他們留下來。

焦毛耳朵彈了一下，「好吧，」他朝邊界望了一眼，「我留下。」

「我也是。」刺柏爪似乎鬆了一口氣。

虎心喜悅之情溢於言表，馬上轉身抬頭挺胸帶著他們走回森林。他只要帶他們走到半路就好，遠到他們不能再改變心意的地方，然後他就可以藉故離開，趕去和鴿翅會合。「你們不會後悔的。」

「我還是擔心花楸星，」焦毛上前和他一起走，「他剛當上族長的時候，似乎還蠻強悍的。不過現在，只要我們一有麻煩，他就一副不知道該如何是好的樣子。」

「經歷暗尾的事情以後，他不是統一影族了嗎？」虎心提醒他，「那是需要力量的。」

焦毛膨起全身的毛，「他並沒有找回所有的貓，我們有些族貓還不知道在哪。」

「他們不會是死了吧？」刺柏爪暗暗嘀咕著。

「那為什麼沒發現他們的屍體呢？」焦毛質問。

刺柏爪對他投以焦慮的眼神，「你的意思是說，有些影族的貓兒還在外頭流浪？」

「當然不會這樣，」虎心快速回應，「哪有戰士會想遠離他的部族呢？」虎心說這話的時候，感覺字字句句就像荊棘一般扎痛他的舌頭。**我就要離開我的部族了**。罪惡感讓他的心痛了起來，**這不一樣，**他告訴自己。他必須聚焦自己要走的路，他馬上就要和鴿翅一起，那就不要再想影族的事了，**不要再有罪惡感**。

溝渠邊緣的蕨叢沙沙作響。**獵物？**虎心豎起耳朵；焦毛轉身，灰色毛髮興奮地顫動著；刺柏爪嗅聞著空中的氣味。

「是兔子嗎？」虎心這話才一出口，就看到刺柏爪熱切的眼神突然轉為驚恐。一股惡臭從溝渠那邊傳來，不是獵物的味道。就在虎心試圖辨認這氣味時，他瞥見蕨叢裡有黑白身影竄動，接著一聲怒吼，衝出一個兇殘的大口鼻。

獾！

這笨重的傢伙跌跌撞撞地越過溝渠，朝他們衝過來，那如豆般的黑眼珠散發出野性的光芒。怎麼會有獾在這裡？沒有任何巡邏隊回報說有獾接近他們領土啊！

虎心一時間嚇傻了，被那鋪天蓋地而來的臭氣逼得往後退。那獾一轉身，用尾巴把虎心撞進溝渠裡。就在他拚著命要爬起來時，那隻獾轉而攻擊刺柏爪。刺柏爪痛苦地嚎叫著，獾咬住了這黑公貓的腳。虎心豎起全身毛髮，亮出利爪躍上獾的背部猛刺，並往這傢伙脖子後面狠咬下去。

獾放下刺柏爪，笨重地轉身抬頭望著牠肩上的虎心。只見牠眼底燃起怒火，嚎叫一聲，縱身在地上翻滾起來。就在獾的身體壓住虎心時，虎心對著焦毛大叫，「攻擊牠的肚子！」這時灰公貓早已撲上去，亮出利爪往獾的腹部劃去。獾一聲怒吼，四肢一收把焦毛扣住了。

獾把自己撐起來，這時虎心仍然緊緊趴在牠背上；被困在牠下面的焦毛哀號著，他的臉暴露在獾的尖牙利齒之下。

刺柏爪趕緊朝著獾的鼻子揮過去，利爪劃過牠鼻頭，只見獾抬頭痛苦地嚎叫著。虎心再往前挪，往獾的耳朵用力咬下去。這隻獾好像被閃電擊中一樣痛苦地嚎叫著，牠撐起前腳扭動身軀，把虎心從背上甩下來。

虎心被用力一甩，撞擊到樹幹，一時天旋地轉，好像頭顱就要裂開了，那痛感讓他眼前一片空白，感覺自己就像死掉的獵物一樣掉落地面，肋骨戳到樹根。就在昏死之際，他眼角餘光瞥見黑白身影，感覺到地在震動。

「虎心！」

他聽到刺柏爪恐懼的叫聲，一股使命感拉扯著他。他的族貓正面臨危險，他拚著命站起來，甩甩身體。只見刺柏爪和焦毛正輪番上陣，對著獾左右攻擊。這隻獾眼神狂亂，不斷地轉動身軀，對空發出喀喀的咬牙聲。

恍惚間，虎心再度聞到一股惡臭傳來，還外加陣陣熱氣。這隻獾生病了，他還聽到牠在喘氣。難道這就是牠遠離家園獨自在這兒徘徊的原因？難道牠被夥伴趕出來了？

焦毛快如松鼠般從獾底下竄出來跳到刺柏爪身邊，那隻獾踉蹌了一下。黑公貓被咬傷的腳還淌著血，不過他仍然站立著。戰士倆就站在那裡和這隻眼露凶光的獾僵持著。

「牠病了！」虎心喊著，他不顧後腦傳來的陣陣刺痛，「我們聯手就可以打贏牠！」他衝過那隻亂竄的獾，和族貓們並肩站在一起。他們排成一列，壓平耳朵，正面和這隻臭獸對峙。

虎心把爪子扎入地面，刺柏爪齜牙咧嘴，焦毛壓低頭瞇起眼睛。他們緩緩前進，像蛇一般發出嘶嘶聲。

突然間，貛眼裡一陣困惑，牠呆住了。牠身上那股薰臭的熱氣朝虎心襲來，虎心不禁想起水塘光巫醫窩裡的味道，那時部族正爆發黃咳病。

這時焦毛抬起頭，挑釁地吼叫著。

貛眼中的困惑轉而變為恐懼，牠哼了一聲，開始往後退。**牠知道自己打不過了。**虎心滿懷勝利感，看著貛轉身跌跌撞撞地往遠離他們的方向逃離，接著跌進溝裡去，在那裡掙扎了好一會兒。

「我們給他帶點傷疤回去做紀念吧。」焦毛怒吼。

虎心一掌擋住他，「牠已經生病了，由牠去吧！我們晚一點再派巡邏隊過來查看，確定牠已經離開了。」**其實是你派巡邏隊，**他心裡想著，**到時候我已經不在這裡了。**

那隻貛努力從溝裡爬起來，踉踉蹌蹌穿過蕨叢，消失在陰暗的松林裡。

虎心望著天空，驚覺已經很晚了。太陽早就下山，森林裡一片漆黑。**鴿翅！**她可能已經走了！頭傳來的陣痛讓他抽搐了一下。他尾巴朝刺柏爪一揮，「你的腳還好吧？」

刺柏爪小心翼翼地舔著傷口，看著虎心時，還露出痛苦的神情，「骨頭沒斷，但傷口很深。」

「帶他去巫醫窩，」虎心指示焦毛，「跟水塘光說那隻貛病了，刺柏爪的傷口可能會感染。」

焦毛對他眨眨眼，「你不跟我們回去嗎？」

「我還有事要處理。」他說完隨即轉身跳過溝渠，朝著約定的地方前進。他現在就得走，在鴿翅離開前，在他失去勇氣前。

刺柏爪一副困惑的樣子，「你不是撞到頭嗎？」

「我沒事。」虎心的頭一陣陣抽痛，不過他刻意不去理會。

「你會離開很久嗎？」焦毛從後面喊他。

虎心沒有回答，他甚至連頭都沒回。他不想在離去的時候，還看著族貓，更不願去想關於他們的事。但他仍能感覺到他們在背後訝異的眼神，不禁全身發熱。

我不在乎。他必須在鴿翅離開前到達會合處。他焦急地在林間疾速奔馳，即使頭暈目眩，還是硬撐著繞過荊棘叢，笨拙地跳過傾圮的大樹。他已經盡力在離開前，為影族完成最後一件事了。**不過代價難道是犧牲我深愛的貓？**他想到鴿翅的綠眼睛、她溫柔的智慧、以及她開闊胸襟所給予無限的愛。她說她會在日落前離開，而現在夜幕已籠罩森林，他知道約定的時刻早就過了。他不斷的奔跑，感覺心臟都要跳到喉嚨了。**我來了！妳是我一生中最重要的貓……我不能失去妳。**

拜託，鴿翅……等等我，再等一會兒就好。

第五章

當他到達那塊林間空地的時候，一片空蕩蕩的。他呆立在那兒望著，一開始難以置信，接著絕望地確定了。一陣微風吹動樹梢，枯葉紛紛飄落下來。**她自己走了。**虎心憂傷滿懷，他頭頂的烏雲遮蔽了月光，雨滴開始飄落下來，輕輕打在樹頂天篷。接著雨愈下愈大，就在虎心呆立凝望時，大雨穿過濃密的針葉林，傾瀉在他身上。

他麻木地站在那裡，頭上的痛感愈來愈強。他感覺到耳後一陣灼熱，那就是他撞到樹幹的地方。

我該怎麼辦？他思緒煩亂，不自覺地往前走，張嘴在溼氣中找尋鴿翅的味道。空地裡還留有她的味道，這味兒還很濃，不禁讓他的心狂跳。他還能追上她，她一定多等了一會兒。

他俯身像狐狸般追蹤她的氣味，那個氣味沿著天族和影族邊界走了一陣子之後，轉入影族的領土。**她往轟雷路去了，**那條兩腳獸的路隔開了森林和沼澤，沿著影族邊境的外圍延伸。

她知道她該往哪裡走嗎？虎心的頭還是不斷地抽痛著，他試著回想鴿翅提到的夢境。**一處巨大的兩腳獸地盤，那裡有許多高聳入天的巢穴。我看到了一處巢穴有五個尖頂直上天際，就像金雀花的刺一樣。我們一定要找到那巢穴，我們的孩子在那裡會安全的。**

她知道這個巨大的兩腳獸地盤在哪裡嗎？他從來沒聽過任何部族的貓兒提過這樣的地方，或許鴿翅覺得沿著轟雷路就會把她帶到那裡。

壓迫著眼睛上方的疼痛，讓虎心的思路變得遲鈍。**我只要跟著她的氣味走就行了，**他思緒茫然，繼續往前走，讓腳掌和鴿翅的味道引導他，而同時還得忍受頭部的陣陣抽痛。雨愈下愈大了，如雷般的雨聲敲打著天蓬，最後他總算走到森林邊緣了。然而走進滂沱雨中的他，全身都溼透了，眼睛也幾乎看不見。

前方轟雷路上的怪獸呼嘯而過，一雙雙火眼探照著滂沱大雨，奔馳的腳掌激起水花，虎心不禁往後退縮。他從來沒見過轟雷路上有這麼多怪獸大排長龍，難道是兩腳獸在遷徙嗎？這些怪獸一隻接著一隻，就像飛往南方過冬的大雁一樣，完全沒有縫隙可以穿越過去。虎心退到與轟雷路相隔一條尾巴遠的地方，免得被骯髒的水花濺得一身。他左顧右盼著一隻隻疾駛而過的怪獸，鴿翅找到縫隙鑽過去了嗎？他試圖尋找機會，可是那一隻接著一隻快速奔跑的怪獸，搞得他頭暈目眩。大雨打在他身上，流到他的眼睛裡。他拚命眨眼，忍受脹痛的頭，無助地看著來來往往的怪獸，心情沉到谷底。**鴿翅，為什麼妳不等我？**他的心似乎被失落和挫折給擊碎了。他們應該一起面對這一切的，為什麼他就是不能及時趕到？只見夜幕包圍著他，怪獸的火眼也逐漸變得模糊。疾駛過的呼嘯聲和他的思緒糾結在一起，然後他陷入無意識當中。

他開始做夢。水塘光就站在他身邊，這時候太陽升起，照耀影族營地，虎心立刻明白他來到了巫醫貓的異象中。熾熱的陽光穿過樹叢，在空地留下長長的陰影。刺柏爪、褐皮、雪鳥和螺紋掌正從他們的窩裡走出來。草心在空地中間伸懶腰，樹影就落在她光亮的毛皮上。花楸星在他窩穴旁的一塊岩石旁邊走動，曙光中他的眼睛閃閃發亮。虎心對著穿過樹梢的強烈陽光猛眨眼，看得快睜不開眼，突然間陽光變得黯淡。

「水塘光。」虎心朝站在空地邊緣觀看的巫醫大喊，但這隻棕色公貓似乎聽不見。他的目光注視著空地，這時太陽漸漸地融入淡藍色的天空，黑影像雲霧一般逐漸飄散。

我看到巫醫看到的異象。虎心知道這不是一般的夢，他用心地看著。他看著他的父親，影族族長也會像影子一般飄散嗎？只見花楸星在岩石邊眨眨眼，空洞的眼神似乎並沒有察覺光線的變化。突然之間，陽光再度變亮起來，虎心轉過頭面向太陽。水塘光並沒有提到這一部份異象。他瞇起眼睛，看著太陽逐漸變紅變熱，直到變成一顆火球般在森林邊緣燃燒著。營地的陰影又再度出現，長長地延伸到整個空地，籠罩著整個營地。接著他看到自己站在空地邊緣，強烈的陽光映照出他黑色的剪影，他一邊的身體被強烈的光線照得閃閃發亮，另一邊則投射出長長的黑影，那黑影比其他的陰影還要黑，而空地另一邊的花楸星則融入乳白色的亮光中。

「當太陽光愈強，陰影也會愈強。」

水塘光的聲音從空地傳來，虎心感到一陣寒意。他被冷醒了，雨水浸透了他全身的毛皮。他睜開眼睛眨眨眼，水塘光的話語還在他耳邊迴響，**當太陽光愈強……**

他坐了起來。雨還是不停的下，微弱的曙光穿過灰色雲層，轟雷路上已經沒有怪獸了，遠方的沼澤地一片陰雨濛濛。他全身溼答答，頭仍然很痛。他打了一陣寒顫，甩甩身體。**當太陽光愈強……**水塘光的話像煩人的蒼蠅一樣，在耳邊嗡嗡響個不停。不安的情緒在虎心腹中拉扯，他感覺得到，這夢是有意義的。**太陽。**虎心愣住了，**當太陽光愈強，陰影也會愈強！**頓悟像星光一般出現在他腦中。讓影族強盛的太陽並不是花楸星，只有太陽才能夠拯救瀕臨滅亡的影族。**而這個太陽就是他！**

他的頭痛消失了，精力恢復了，他必須回到部族。只有他才能夠拯救他們！他從轟雷路掉頭，重返森林。為什麼他之前不了解呢？

他穿過潮溼的林地，雨聲敲打著頭頂上方的枝頭，滿懷內疚感。**鴿翅，**一想到她，他的心就刺痛起來，**對不起。**他的部族需要他。如果鴿翅真的需要他，她就會等……

她必須了解——他們全族危在旦夕。

他到達溝渠，然後就跳過去。每跳一步，他就感覺到肚子空蕩蕩的，內心充滿憂傷，**我一定要救他們。**當他看到營地的荊棘圍籬出現在眼前，他不禁挺起胸膛抬起頭。現在開始鴿翅要自己照顧自己和孩子了，他不再理會內心糾結的愧疚感。他必須回去，**幫助影族存活下去。**

第六章

鴿翅離開後的這些日子，雨一直下個不停。雨中，虎心走在石翅、刺柏爪和螺紋掌的後面，他們打完獵正要回家。虎心耳後的腫脹，在水塘光用泡過雨水的蕁麻治療後，已經好多了。

虎心嘴裡叼著一隻溼答答的麻雀，其他夥伴也都帶著自己捕獲的獵物。螺紋掌顯然為自己捕獲了小兔子感到非常自豪，他完全無視頭頂上的雨水和腳底下的泥濘，一個勁兒地抬頭挺胸邁步向前。

這次的收獲頗豐，是狩獵隊合作無間的結果。每當刺柏爪朝石翅大喊，有獵物跑向他的時候，虎心的內心就燃起無限希望：每當刺柏爪調整螺紋掌蹲伏的狩獵姿勢、或告訴他何處可能有獵物躲藏，螺紋掌都虛心受教時，虎心就確信，影族假以時日一定會再團結強盛起來。或許花楸星這族長沒那麼強勢也不要緊，或許只要有虎心在一旁支持就夠了。而在此同時，狩獵和巡邏的行動會把部族緊密連結在一起。把見習生訓練成很棒的戰士，也能讓他們變得忠誠又勇敢。隨著時間慢慢過去，惡棍貓的事情就會漸漸被遺忘，影族就會再度強盛起來。

但是到了那個時候，鴿翅和他的小貓會在哪裡？一想到這裡，虎心的胸口就刺痛起來。如果讓鴿翅了解小貓在部族裡也能平安成長的話，她會回來嗎？如果她不回來，他可以在確定影族的未來安全無虞之後，趕去跟她會合。

部族以外的世界潛藏著什麼危險，他簡直不敢想像。**她是一個戰士**，他這樣安慰自己。她經歷了黑暗森林、惡棍貓的戰鬥都存活下來了。但萬一這次她遇到什麼**不測**？他拚命推開這樣的想法，恐懼卻像利爪般刺痛他肚腹，讓他不禁縮了一下。為了部族犧牲他的伴侶和孩子值得嗎？他實在不知道如何是好，為什麼他得做這種抉擇？這不公平啊。

刺柏爪走到營地入口時停下腳步，石翅和螺紋掌也在他身邊停了下來。他丟下獵物，猜疑地嗅著空氣中的味道。「有雷族貓在這裡，」他看著虎心，「不知道他們要幹什麼。」

虎心不禁打了一身寒戰，他猜得出他們來這裡做什麼，尤其是他聞到了藤池的味道。他們是來找鴿翅的，她妹妹當然會來這裡找。他緊張得全身毛髮豎立。她跟花楸星說他們祕密私會的事情了嗎？

「虎心！」褐皮朝入口喊，「你們回來了啊。」她趕緊走出營地，把虎心推進來。

石翅問她，「雷族來做什麼？」

「他們有一個戰士不見了。」褐皮朝白公貓瞟了一眼，冷冷地甩動尾巴。「那是他們的問題，跟我們沒關係，不過他們來問我們有沒有看到她。」

刺柏爪瞇起眼睛，「但願花楸星沒讓我們捲進雷族的問題裡。」

「他當然不會。」褐皮尖銳地回答。

「我們自己的問題就夠多了，」刺柏爪沒好氣地說，「先是預言即將有風暴來臨，然後是六根趾頭的貓，現在又有戰士不見了。雷族一來準沒好事，希望花楸星的立場堅定一點。」

虎心一陣不悅，「他當然立場堅定，」他簡略地說，「怎麼會不堅定呢？」

石翅放下他的鶇鳥，「他最近做什麼都猶豫不決。」

「你竟敢？」虎心對石翅吼，接著眼神轉向刺柏爪，「雷族貓來的時候你們不在，你們又不知道他們說了什麼，別老是以為花楸星會被牽著鼻子走。你們要信任他！」他豎起頸毛，「他是我們的族長。」他就這麼直狠狠地盯著刺柏爪和石翅，直到他們的眼神迴避為止。

螺紋掌不安的挪動腳步，「是哪個戰士不見了？」

「鴿翅。」褐皮的語氣平穩。

螺紋掌瞪大眼睛，「說不定她遇上那隻生病的獾了。」

「胡說。」褐皮不耐煩地彈動尾巴，「我們不是派巡邏隊去檢查了嗎？獾已經走了，打從開始下雨，我們這裡已經沒有獾的氣味了。」

「說不定獾去了雷族的領土。」螺紋掌繼續說。

「如果她在他們自己的領土被獾攻擊，他們應該會知道。」刺柏爪指出。

虎心不安地挪動腳步，他是唯一知道實情的貓，不禁低下頭來。藤池一定擔心得不得了，雷族也一定陷入一片憂愁。

褐皮把虎心推到一旁，向狩獵隊甩動尾巴，「把你們捕獲的獵物拿進去，」她說，「獵物堆該補貨了。」隊員們順從地穿過荊棘隧道離開後，褐皮看著虎心的眼睛，「你知道鴿翅不見的事嗎？」

「我不知道，」虎心全身發熱，在他母親的注視下試圖裝出一副無辜的樣子，「我怎麼會知道？」

「當初我們住在雷族的時候，我看到你跟她在一起的樣子了。你跟她講話、和她一起吃東西的時候，眼裡好像只有她。而且不只我注意到你們這樣，藤池跑來還特別問起你，問你知不知道鴿翅失蹤的事，顯然在懷疑你。她在前往天族的路上，想去問問看天族有沒有見到鴿翅。不過我知道她並不預期會找到答案。」她抖動鬍鬚，「你和鴿翅之間是不是有什麼？」

虎心猶豫了一下，然後避開這個問題，「我不知道鴿翅在哪裡。」

褐皮瞇起眼睛，虎心感覺到這眼神背後的懷疑，不過她不再追究。「影族需要你，虎心，你爸爸需要你。」

一股惱怒從虎心內心油然升起，「妳以為我不知道嗎？」**如果我不知道的話，我現在早就跟鴿翅在一起了！不管天涯海角我都會跟隨她的。**

褐皮和他對望了好一會兒，然後轉頭，「一個忠心的戰士，凡事會以部族的利益為優先考量。」

褐皮掉頭往營地走時，虎心在背後喊著，「妳用不著跟我提戰士守則！」她根本不知道他為了忠於部族放棄了什麼。不只鴿翅，還有他的孩子，他可能永遠不認得他們。

當褐皮走出荊棘隧道後，虎心的腳再也按捺不住了。他不管滂沱的雨勢，朝著雷族的邊界走去。他必須在藤池引起更多騷動前跟她談談，他不想所有貓兒都默默認為鴿翅的失蹤和他有關。那是鴿翅自己的決定，藤池必須了解這點。**我要跟她說鴿翅往哪兒去嗎？**他內心糾結著。**我不能出賣她！如果雷族去把她帶回來怎麼辦？**他思緒慢下來，**不過如果真的那樣的話，有那麼糟嗎？她獨自在外不安全啊。**他就這樣反覆思索，一路越過邊界。褐皮說藤池去了天族，那他可以在藤池回到雷族營地之前攔截她。虎心爬過灑滿落葉的山坡，鑽過蕨叢，來到了雷族小徑。才剛聞到藤池的氣味，就聽到她喊著。

「虎心。」這叫聲裡帶著怒氣。他停下腳步，只見藤池走向他。她獨自一個，怒髮直豎地瞪著他。「你出現在我們的領土，我知道為什麼。你又要來撒謊，你是想跟我說鴿翅的失蹤和你無關。但其實你知道她在哪裡，對吧？」

「不是這樣的。」

「你**知道**她要離開！」藤池控訴。

「沒錯，」虎心承認。「我阻止過她，可是她心意已決。」

「她要去哪裡？」

一處巨大的兩腳獸地盤，那裡有高聳入天的巢穴……

他還清楚記得當時鴿翅說的話，她那雙綠眼裡有著滿滿的決心。他不能出賣她，她深信他們孩子的生命全仰仗這金雀花刺般的巢穴。他看著藤池，「我追蹤她到轟雷路旁的沼澤地。」

「只到那裡，沒再繼續？」藤池滿眼不屑，「難道是怪獸嚇到你了？」

「我的部族需要我，」虎心說，「我不能拋下他們不管。」

「但是你拋下了鴿翅？」藤池伸出利爪。

是她拋下我！虎心滿腹委屈，「我以為妳不想看到我們在一起。」他怒嗆。

藤池怒斥，「你以為我想看到她獨自在外嗎？」

虎心內疚極了，藤池說的對，他選擇了他的部族，讓鴿翅獨自面對森林以外的未知世界。

藤池把臉湊近，「我早就知道你是個麻煩，你根本不在乎鴿翅。如果你在乎的話，就不應該讓她離開。」她一聲怒吼，揮掌劃過他的口鼻。

虎心沒有閃躲，他罪有應得。他感到一陣刺痛，血汨汨從鼻頭流出來。他一動也不動地迎向藤池的凌厲眼神，「我愛她，」他坦言，「我是應該要阻止她的，但我卻沒有。」他被焦毛和刺柏爪耽擱了，如果當時他讓他們去天族，他就來得及去和鴿翅會合，說不定就可以說服她留下來。然而他卻為了他的部族，放棄了他所愛的一切。他的眼睛因悲傷而脹熱起來。

藤池嫌惡的瞪著他，「你是個懦夫，狼心狗肺。鴿翅應該找個更好的伴侶才對。」她尾巴一甩轉身離去，留下虎心獨自在雨滴不斷落下的松林中。

她說的沒錯，他喉嚨一緊，悲傷得幾乎快窒息。**鴿翅，我真的非常抱歉。**

第七章

「大雨把獵物都趕到地底下去了。」草心掀起一堆軟爛潮溼的葉子，往底下看，「這裡有一個老鼠洞。」她把手掌伸進去，卻只挖出一把爛泥。

虎心的肚子咕嚕咕嚕響，雨還是下個不停，被藤池劃傷的地方還在痛。尤其到了夜晚，每當夢到鴿翅獨自在外流浪，那傷口更是疼痛難耐。而早晨醒來時，內心的傷痛又更深了。獵物堆的東西已經所剩無幾，這雨一直下個沒完，森林裡的動物都跑去躲起來了。此時和狩獵隊在一起的虎心，悶聲跟草心說，「獵物終究會出來找東西吃的，他們比我們容易餓。」他嗅著空中的氣息，除了溼木頭的味兒外什麼也沒有。

刺柏爪在他後頭踱步走，爆發石和蛇掌擠在荊棘叢下躲雨，他們都瘦得皮包骨了。

「那邊的溝裡可能會有青蛙，」刺柏爪建議，「我們可以去抓。」

「現在有的應該剩下魚吧，」草心嘀咕著，「已經積水積了好多天了。」

「今天早上你們到邊界做記號的時候，褐皮帶了一支狩獵隊去過溝渠那邊。」虎心告訴刺柏爪，「他們帶回來一隻淹死的田鼠和四隻蛞蝓。」

蛇掌不寒而慄地皺起鼻子來，「或許我們應該到天族邊境那邊的山毛櫸林地看看，」她提議。「山毛櫸堅果可能會吸引一些比蛞蝓還好的東西。」

虎心看著這隻蜂蜜色的虎斑貓，心想這真是個好主意。他尾巴一甩，「好點子，蛇掌。」蛇掌害羞地低頭看自己的腳，草心甩甩身上的雨水，往那塊林地前進。那是一塊松林裡的空地，幾個月前，山毛櫸趁虛而入，在裡頭瘋長起來，像是慶祝它們勝過長青針葉林一樣。在落葉季冷風吹拂下，山毛櫸葉子已經發黃，稀疏無力地掛在禿枝上，不過大部分葉子掉落了一地，潮溼軟爛地覆蓋著樹根。這塊小林地缺乏遮蔽，向天敞開，虎心抵達時還得瞇起眼睛對抗雨勢。往這塊林地再過去一點，就是一段通往天族邊境的上坡，有許多山毛櫸堅果灑了一地，外殼都被剝開來，裡面的果肉都不見了。

草心沮喪地踢著堅果空殼，「看來獵物來過、又走了。」

「他們並沒帶走所有東西。」蛇掌眼睛一亮，用腳掌撥弄著一顆還沒被撬開的果實。

虎心的尾巴朝夥伴們一彈，「我們就埋伏在這裡吧，可能要花上一些時間，不過總是會等到獵物出來找東西吃的。」他鑽進一棵山毛櫸旁的蕨叢，蹲伏在糾結的樹根外頭。狩獵隊的其他成員也一樣，埋伏在林地四周。虎心壓低身體緊貼地面，讓自己的毛色和腐葉融合在一起；他的族貓也都蹲低著身子，直到他看不見他們為止。

現在我們只能等待。他硬撐著抵擋四周的寒氣，肚子開始咕嚕咕嚕作響，這不禁讓他想起鴿翅。自從她離開以後，虎心就故意讓自己很忙，因為只要一空下來，他的思緒就會飄向鴿翅。她在哪兒？那裡也在下雨嗎？她也又溼又餓嗎？她肚子裡的孩子和她都需要食物。他會再見到她嗎？他會見到他的孩子嗎？想到這裡不禁悲從中來。他試圖推開這一切，儘管雨水打在身上，依然無法洗去鴿翅留在他身上的氣味。或許這一切都來自他的想像，不過他已經分辨不清了。

有腳步聲接近，他定住不動，瞪大眼睛。是**獵物**嗎？他的心臟狂跳，只見一隻兔子從天族邊境朝山毛櫸林地狂奔而來。樹叢外，他看到刺柏爪興奮地睜大眼睛。**還沒，**他甩動尾巴示意要戰士們再等等。他要確定兔子被團團圍住，無法脫逃。

突然間，有個天族戰士越過邊界而來，緊追在兔子後面。**是梅子柳！**這隻母貓的目光緊盯著獵物，毛髮興奮的膨起來，顯然已經追蹤了好一陣子。這隻兔子剛跑到山毛櫸林地邊緣時，梅子柳縱身一跳，快如飛鳥一般撲向這隻受驚的獵物身上，往脖子一咬，給予致命一擊。

她神采奕奕地站起身來，腳還踩在肥美的兔子身上。

「妳在做什麼？」刺柏爪的怒吼讓她愣了一下。她轉頭，瞪大眼睛，看著影族戰士從蕨叢後的藏身處走出來。

草心從山毛櫸後面走出來，怒毛直豎，「那是**我們**的兔子！」

梅子柳驚訝地眨眨眼，「是我抓到的。」

「在**我們的**領土上抓到的！」刺柏爪怒目而視。

「是我從天族追過來的，」梅子柳辯駁，「那是天族的獵物。」

這時蛇掌跟爆發石加入，虎心也走了過來。他們怒目而視，滂沱大雨就打在林地上。「或許天族還不了解部族貓的規矩，」虎心試圖理解地說，然後向梅子柳點頭致意，「獵物在什麼地方被抓到，就屬於那個地方的。」

梅子柳的頭歪向一邊，「真的嗎？」她一副難以置信的樣子，「那上次沙鼻和兔跳抓給你們的那隻兔子呢？那是在天族的領土抓到的，不是嗎？就因為是從影族跑過去的，你們就把那獵物帶走。」她眨眨眼抖掉眼睛上的雨水。

刺柏爪嗤之以鼻，「沙鼻和兔跳想把獵物送給我們，那是他們的決定，反正我們得養活我們自己的部族。」

「我們也一樣啊，」梅子柳把兔子挪靠近自己一些，「難道影族餓肚子比我們天族餓肚子更重要？」

「沒有誰比誰更重要。」虎心看到爆發石亮出爪子，刺柏爪的頸毛也顫動起來，他的族貓正準備發動攻擊。「就因為這樣，才需要有戰士守則來協調糾紛。」

梅子柳警戒地看著影族貓，然後抬頭挺胸，「如果你們想要我的獵物，就得從我這裡拿去。這是我一路追過來抓到的，這獵物屬於天族。」

刺柏爪抖動鬍鬚威嚇地說，「天族就是這樣回報我們的嗎？我們把一些領土讓給你們，那是在幫你們。現在妳竟然來偷我們的獵物。」

「我沒偷。」梅子柳眼露怒色，「我們搬到這新家，其實也幫了你們大忙。當初你們承認自己還不夠強大，無力戍守這一大片領土。有我們幫忙巡邏，你們才能確保邊界不受**惡棍貓**的侵襲。」她還故意強調惡棍貓這三個字。

草心難以置信地望著她，「難道天族以為這樣是在**保護**我們？」

梅子柳甩動尾巴，「你們的成員少到難以成為一個部族，我們這樣**當然**是在保護你們，雷族也是在幫你們啊。我們確保你們邊界無戰事，好讓你們養精蓄銳，休養生息。」

虎心趕緊走到族貓和梅子柳中間。這天族戰士的話雖然犀利，但也不無道理：在邊界有盟友對他們來說是很有利的。影族這時候如果把梅子柳的獵物搶走，硬生生挑起爭端是明智之舉嗎？而這天族戰士準備好應戰了嗎？影族貓或許身體狀況較弱，但四個戰士加一個見習生對付一個落單的戰士絕對綽綽有餘。他朝山坡上望去，查看有沒有其他天族狩獵隊隊員，發現她的確獨自在此。**她很勇敢，**他欣賞她的勇氣。突然間一陣心痛，這讓他不禁想起鴿翅。

「虎心？」刺柏爪盯著他，「我們把兔子拿了就走吧。」

「不行。」虎心面向族貓。梅子柳說的沒錯，是她一路把獵物追趕到這兒捕獲的。「沙鼻和兔跳曾經把他們抓到的兔子讓給我們，影族欠他們一次人情。」

「戰士守則怎麼說的？」草心怒目而視。

「獵物在哪裡捉到，就屬於那裡的。」蛇掌提醒他。

「戰士守則怎麼說的，我很清楚。」虎心踱著步。先是他母親，接著是這見習生。大家都以為他們比他更熟知戰士守則嗎？一股不耐煩的情緒油然而生。他現在應該跟鴿翅在一起的，而不是在這裡管這種搶獵物的蠢事。他尾巴一甩，「這兔子是從天族跑過來的，梅子柳抓到它的時候，才剛越界一點點。」

刺柏爪瞪大眼睛看著虎心，「你不是在開玩笑吧？」接著他壓低聲音，「你知道我們有多需要這獵物。」

「但我們是戰士，」虎心斷聲回話，然後抬起頭，「戰士守則也說戰士要有榮譽感、要公平，現在搶走梅子柳的獵物就是不公平。不過從今以後，我們都要記住，獵物在哪一族的領土捕獲，就屬於那一族的。」他嚴正地看著梅子柳，「對吧？」她草草點頭。

蛇掌望著爆發石，滿眼疑竇。

爆發石對她聳聳肩，「他是副族長。」

「沒錯，」虎心怒吼，「照我的話做，讓梅子柳拿著她的獵物回去。」他向梅子柳使了個眼色，要她快走。

天族貓叼起兔子，倉促地點個頭，朝邊界離去。

看著她消失於山坡的那一邊，刺柏爪尾巴一甩，「你瘋了嗎？」

虎心不理會他，「我們繼續打獵吧。」他又回去蹲伏在蕨叢間，望著山毛櫸空地。

刺柏爪和草心怒目互望了一眼，爆發石則推著蛇掌往灌木叢走。漸漸地他們都回到了原來的位置，蹲伏著伺機而動。

虎心不安地豎起毛髮，這樣的決定是對的嗎？**我這樣做當然是對的**。規定是死的，戰士要知所變通。在這關頭，和天族維持友好的關係當然比一隻兔子還重要？**不過影族在挨餓啊**。他感覺到雨水滲進了他的毛皮，他無法推開一種啃蝕他內心的想法。他想像遠方的鴿翅正睜大眼睛忍受著飢餓，因為有一隻比他還強壯的貓搶走了她剛捕獲的獵物。想到這裡他不禁全身發顫起來。難道是他把對鴿翅的憂慮轉嫁到梅子柳身上，他才會對她心軟？

⸙⸙⸙

「就這樣？」花楸星看著虎心他們丟進去的田鼠和溼透的松鼠，這獵物堆東西實在少得可憐。

「我們能找到這些就已經很幸運了，」虎心說，「如果不是蛇掌想到去那塊山毛櫸林地的話，我們可能什麼都抓不到。」他朝蜂蜜色見習生投以讚賞的眼光，蛇掌不禁自豪地全身暖烘烘的。

「什麼都抓不到？」刺柏爪走到虎心身邊，眼光直視花楸星，「你怎麼不告訴我們的族長，你把那兔子讓給別族的事啊？」

花楸星的目光投向虎心，「怎麼回事？」

虎心看到父親眼中燃起怒火，「那樣做是對的，」他說，「那兔子是梅子柳一路追趕捕獲的。」

「在我們的領土。」草心補充。

「她才剛過邊界一點。」他不耐煩地提醒她。他為了族貓拋下了鴿翅，而現在他們竟然出賣他。他對她投以責備的眼神。

花楸星怒吼，「如果獵物已經過界了，那就是我們的，戰士守則就是這樣規定的。」

「那不久前，沙鼻把兔子讓給我們又怎麼說呢？」虎心據理力爭，難道就**沒有貓**站出來挺他。「如果你這麼信守戰士守則，那當初你就應該堅持把兔子還回去啊。」

「如果天族想要表現得那麼軟弱的話，那是他們的選擇。我們不要挨餓，做出跟他們一樣的選擇，我們是影族。」花楸星抬起頭，「這意味著我們不一樣。」

虎心感到厭惡至極，這會兒花楸星表現得像個族長了，就為了**一隻獵物！**

「我做的沒錯，」虎心此時非常確定，他並沒有被鴿翅影響判斷力。他的直覺是對的：戰士必須要公平，與鄰近部族維持友好的關係比一隻獵物更重要。「那明明就是梅子柳的兔子。如果林子裡出現一隻兔子，那就表示還有更多。我們要就自己去抓，不要去搶別族的。」

花楸星瞇起眼睛，「那是**我們的**兔子，」他低聲怒吼，「我們要讓天族付出代價。」

「是我讓給他們的！」虎心感到十分挫折。

但是他父親不聽。影族族長朝刺柏爪點頭示意，「跟我來。」接著環顧四周，對著觀望的貓兒喊著，「雪鳥、螺紋掌、焦毛、花掌、草心、石翅！一起走。」

他帶隊走出營地，貓兒一路跟著，他們彼此交換贊同的眼神，身體興奮地波動著。虎心怒爪掐入地面，他留下來是為了挽救部族的，而他們根本不聽。難道花楸星真的要為了一隻兔子開戰嗎？

他感覺到身旁有貓靠近，褐皮的聲音在耳邊響起，「他似乎恢復往日的樣子了。」她若有所思地喃喃自語，看著戰士們走出營地。

虎心的眼光並沒有轉向她，「他錯了。」

「他正在為部族而戰，」她語氣中滿是寬慰，顯然很高興花楸星又強勢起來了。「你為什麼不一起跟過去？讓他教教你怎麼帶領部族，有一天你會接棒成為族長的。」

恐懼讓虎心的心一沉，**我接棒**。我將永遠被綁在影族，那鴿翅怎麼辦？

褐皮推他往前，「去吧。」

虎心心不甘情不願地，跟著父親和族貓走出營地。花楸星似乎一心想挑起戰端，或許現在去阻止還不算太遲。他快速穿過樹林，越過鋪滿松針的小徑，他不得不想起梅子柳說過的話，她說的沒錯，**我們確保你們邊界無戰事，好讓你們養精蓄銳，休養生息**。影族還很弱，在這段恢復期，邊境需要的是盟友，而不是敵人。

他想起他之前做的夢，夢裡強烈的陽光照在他身上，他身邊投射出陰影，那陰影又黑又長。**我一定就是水塘光異象裡的太陽，花楸星只會把大家帶向災難的**。

在靠近天族營地時，虎心跟上了影族巡邏隊。天族一定早就聽到他們的聲音？他們絲毫不隱藏自己的腳步聲，從老遠就聽到他們的聲音了。

「我們要讓他們瞧瞧！」刺柏爪生氣抱怨著。

「誰也不能偷走我們的獵物。」雪鳥怒吼。

「虎心。」花楸星轉身看到了虎心超越過石翅、焦毛趕了上來。「你好好看看一個部族如何為尊嚴而戰。」看到他父親熱切捍衛他那可憐的自尊心，虎心不禁感到一陣悲哀。**你錯了**。不過此時刺柏爪和雪鳥興奮地抓耙地面，而草心和焦毛的身體也起伏波動著，顯然他們已經有作戰的心理準備。

突然遮蔽天族營地入口的蕨叢顫動著，葉星從那裡鑽出來，梅子柳、沙鼻和雀皮緊跟在後。天族戰士們停下腳步，疑惑地望著影族巡邏隊。

「發生什麼事了嗎？」葉星問。

「你們偷走了我們的兔子。」花楸星直接切入主題。

刺柏爪鼻子噴著氣，石翅的頸毛不懷好意地豎了起來。

葉星還是一副困惑的樣子。

「我把兔子追過界了，然後在影族的領土上獵殺了牠。」梅子柳解釋。

葉星的眼神持續定在花楸星身上。

梅子柳繼續說，「可是虎心說我可以拿走，所以我就把兔子帶回來了。」

「虎心錯了。」花楸星瞪著葉星，「天族早就該知道，在別族領土上殺的獵物是不可取的。不然就是你們在峽谷時忘了戰士守則。」

葉星怒毛沿著脊椎抖動著，不過她的眼神依然保持鎮靜。「我們當然知道戰士守則，而且同樣的，我認為虎心也知道。他允許梅子柳把兔子拿走，我想一定有他的道理。」

虎心不安的挪動腳步，他依然相信自己做的決定是對的。與天族維持友好的關係絕對是值得的，但他的族貓顯然持不同意見。焦毛用責怪的眼神瞪了他一眼，虎心不予理會。這是花楸星的重要時刻，或許他可以藉此重新贏回族貓對他的尊重與忠誠。

不過，也可能讓影族在這多事之秋，再次樹敵。

「虎心錯了。」花楸星再次怒吼重申。

葉星輕彈一下尾巴，「就算他錯了，我們也不可能把已經吃掉的獵物還給你們。」

「已經吃掉了？」刺柏爪一副不相信的樣子瞪著葉星。

「你以為我在說謊嗎？」葉星毫無畏懼地直視這戰士。

「我認為我們應該教教天族什麼叫做尊重。」黑色公貓嘶吼。他望著花楸星，似乎在要求他下達攻擊指令。

花楸星環顧他四周的戰士，接著尾巴一揮，「戰鬥準備！」他一聲令下。

不！虎心震驚的全身毛髮豎立。就在刺柏爪、焦毛、草心，以及其他族貓都擺出蹲伏的攻擊姿態時，他跳出來站在兩軍之間。「我們不能為了一隻兔子就打起來！」他嚎叫著，咧牙瞪著自己的族貓。

大夥兒看著他，意外地楞在原地不動。

「與天族保持友好關係比拿回那隻兔子更重要！」虎心以請求的眼神看著他父親，希望他能了解，友好的鄰邦意味著穩固的邊境。

花楸星毛髮豎立、眉頭深鎖地望著虎心。在他開口前，葉星說話了。

「如果你們要的只是隻兔子，那我們下次抓到就還給你們。」

虎心鬆了一氣，總算有個族長願意釋出善意，他滿懷期盼地看著花楸星，「這聽起來還算公平。」他說。

花楸星仍盯著他，虎心看出他眼中的惱怒。族貓們開始不安地挪動腳步，似乎有些不知所措。他們看著花楸星，而花楸星的眼神卻還是定在虎心身上。

「我覺得下次再還給我們也可以啦。」雪鳥勉為其難地說。

「我想這也算是一種尊重吧。」石翅也讓步接受了。

虎心看到族貓們的毛逐漸平順下來，也不再擺出戰鬥姿態，他索性把眼光從花楸星身上移開來，轉而向葉星點頭致意。「這似乎是個公平的解決方式。」他希望她能從他眼中看到感激之意。

「我們下次只要一抓到兔子，就會把牠留在邊界。」說到這裡她停頓了一下，意味深長地環顧影族貓，「用來表達我們的善意。」接著葉星的尾巴一彈，隨即轉身帶著她的戰士們穿過蕨叢而去。

就在他們消失於眼前時，虎心緊張地看著族貓。

「我覺得我們還是要到兔子了，」爆發石開始朝邊界走，「而且還不用流血打架。」

「不過我還是想修理他們一下。」刺柏爪哼了一聲跟了上去。雪鳥和草心用責怪的眼神看了花楸星一眼，然後掉頭離去，花掌和蛇掌也趕緊跟過去。

虎心看著父親，心跳的聲音在耳邊鼓動著。花楸星仍然在原地不動。「這問題我解決了。」他先開口，希望父親能明瞭，葉星已經做出讓步了，其實當初那兔子也不是用偷的。這絕對是場勝利？

「你竟敢藐視我的存在？」花楸星的語氣冰冷。

虎心的心一沉，花楸星確實誤解他了。他只是盡力想維持和平，因為影族的安全比族長的自尊重要得多。「現在和天族交惡的話，後果不堪設想。」他在白費唇舌嗎？「我們現在還無力保衛自己的疆界，我們需要和他們保持友好關係。」

花楸星向他投以厭惡的眼神，接著與他錯身而去。

虎心隨即跟上，感到非常不舒服。對部族而言，他是對的，但他知道戳到父親難以釋懷的痛處了。和父親作對感覺很痛苦，但更糟的是，看到花楸星這麼缺乏遠見，讓他更加擔憂不已。如果父親無法看到比一隻獵物更遠的大局，那他又如何期盼自己能留在影族力挽狂瀾呢？無力感幾乎要吞沒了他。他要父親的愛，還是要挽救影族，兩者之間該如何取捨？這難道就是他拋下鴿翅和孩子所要面臨的狀況？

第八章

虎心獨自狩獵到天黑，他把三隻老鼠和兩隻鶇鳥放進獵物堆，這是獵物堆僅剩的食物了。族貓們吃得出獵物鮮美的滋味，但他們可能吃不出他瘋狂狩獵背後內心的苦楚。

他蹲伏在戰士窩旁邊一簇糾結突出的荊棘叢下。夜晚寒冷，他溼透的毛皮根本抵擋不了寒氣。滂沱大雨不斷地下著，雪鳥和焦毛去邊界巡邏了，其他貓兒早就回到窩裡休息。虎心還不想回窩休息，他不想聽石翅和草心打呼。他知道他睡不著，因為只要他一閉眼，滿腦子都在擔心鴿翅。此刻他內心隱隱作痛，鴿翅找到乾爽安全的地方過夜了沒？或許她早已遠離這連綿不停的雨。

他看見花楸星窩外有兩個身影晃動著。

「去跟他談談吧。」褐皮的聲音透過傾盆的雨勢傳來有些模糊，虎心看著她把花楸星朝他這裡推。

父親走近時，他坐起身來，尾巴緊靠著腳

掌捲起，雨水不斷地從他鬍鬚流下來。

「你不該介入的。」花楸星在他面前停下腳步。

虎心看出父親眼底仍有怒火，更深層的是，傷痛。「我很抱歉。」他低下頭來。兔子的事或許他是對的，但他知道介入這件事，已經深深羞辱了父親。「我只是不想再看到有任何不必要的傷害。」他想再次提醒和天族保持友好關係的重要性，可是想想或許並不合適，於是他決定改從花楸星心軟的一面下手。「經過和暗尾的惡鬥之後，我不想再看到有貓兒受傷了。」

花楸星似乎退縮了一下，顯然這段回憶仍讓他感到傷痛。「我了解你的感受，虎心，你關心族貓，你是一個好戰士。但帶領被惡棍貓搞得支離破碎的部族已經夠辛苦了，若同時又被身兼副手的兒子當眾質疑更是難堪。」他看著虎心，黑暗中眼神相當嚴肅。

「我並非有意讓你難堪，」虎心趕緊說，「我只是想做對的事。」

花楸星看著他，「你的計劃成功了，天族承諾要還回獵物，而大家都相安無事。」他低頭看著泥濘的土地好一會兒，然後再度抬頭看著虎心。「我以你為榮，我知道有一天你會成為很棒的族長。但你要知道被藐視的心情是很難受的。」

虎心感到十分同情，花楸星一心為部族著想，但卻不知該如何做。他一直是這樣嗎？自從星族立他為族長以來，他就這麼難以勝任嗎？**或許我還太年輕無法理解這一切**。虎心柔和地望著父親，「你怎麼知道你會當上族長？」

花楸星眨眨眼看著他，「我當時並不知道，不過當黑星選我當副手時，我才了解身為族長和戰士的區別。」虎心往前靠，豎耳傾聽。「身為族長必須忠於他的部族，身為戰士必須忠於他的族長。」花楸星的眼神似乎探入虎心內心深處，觸動潛藏心底的罪咎感。**他在跟我說要信任他，但我怎麼有辦法呢？當太陽光愈強，陰影也會愈強。**

「你想要帶領影族嗎？」

花楸星突如其來的提問讓他嚇了一跳，難道他的眼睛透露出什麼蛛絲馬跡嗎？

「等時機成熟時，我……」虎心一時支吾其詞，「不過現在想這個還太早，你還有好多歲月。」

「我的意思是現在。」花楸星的眼神非常篤定，「從前也有過這樣的例子，只要對部族有益處，族長是可以提早下台把領導權交棒給副手的。如果你想接替我的位置，我會支持你的。你除了比較年輕以外，我相信你會是個既強勢又有智慧的領導者。如果你已經準備好了，我不會占著位置不走的。」

虎心幾乎無法相信自己的耳朵，「現在？」突然間，雨勢似乎變大了，雨水灌入他的眼睛及鼻腔，從四面八方湧現的壓力快要把虎心淹沒了。**族長？**那樣的重責大任幾乎讓他喘不過氣。族裡每隻貓都尋求他的帶領，仰賴他的蔽護。**而我再也無法和鴿翅會合了。**想到這裡他的心都快撕裂，他多想逃離這營地，遠遠拋開這永無止盡的雨水和責任，奔向鴿翅和孩子。

他知道花楸星等著他回應。「我、我……」他支支吾吾難以啟齒。

「你還沒準備好，」花楸星溫和地替他回答，並且同理地點點頭。「你還年輕沒經驗，成為領袖是需要勇氣的。」

「我不怕，」虎心接著說，「只不過還有些事要考慮——」

花楸星似乎根本不在意他要說些什麼，只是顧著把自己心裡的話說出來，「如果你不想當族長，那你必須先學會順服。」他抬起下巴，似乎對打在臉上的雨水毫無感覺。「我做的決定，你必須服從。不能質疑，不准挑戰，你必須無條件跟隨。」

虎心點點頭，除了同意之外他還能怎麼辦呢？如果他拒絕當族長，那就不能扯族長的後腿。「我做得到。」他承諾。

「但願如此。」花楸星嚴正地把話說完，尾巴一甩隨即轉身往回走，和褐皮會合後再一同走入族長窩，消失於虎心眼前。

虎心穿過空地，想找一塊沒有樹枝阻擋的地方仰望天空。他凝望遮蔽夜空的烏雲，在雨中深呼吸。他剛剛有機會成為影族族長的，他應該接受嗎？

就在他感到疑惑不已時，營地入口有腳步聲響起。

焦毛和雪鳥走進營地，焦毛的嘴裡還啣著一隻兔子。他把兔子放在虎心的腳邊，「天族把這留在邊界。」

雪鳥看著被雨水浸透的兔子，「我想這次的事件就此告一段落了。」

「你出來阻止這場紛爭是對的。」焦毛向虎心點頭致意，「你不費一兵一卒就讓天族知道，影族是值得尊重的。」

雪鳥環顧空蕩蕩的空地，「花楸星只會帶我們去打仗，」她壓低音量，「真的打起來的話，水塘光現在就得忙著治療傷兵囉。多虧你，我們現在得到的是這隻兔子，而不是一堆傷兵。」

焦毛點點頭，「如果你一開始就是族長的話，影族也不會落到如今這般境地。」

虎心呆住了，「不是這樣的，我們的苦難不是花楸星造成的，這一切都是暗尾的錯。」

「如果我們有強而有力的族長，根本不會讓暗尾得逞。」雪鳥說。

「花楸星根本不會領導，」焦毛附和，「從現在開始，我們只聽從你的號令。」

虎心肚子一緊，**不！**他才剛答應父親不能扯後腿。「你們不行——」話才說到這裡，雪鳥就已經朝著她的窩穴走去，焦毛則再度把兔子啣起來，拿到獵物堆放。

我不是族長，但我必須引導大家，虎心的心念一轉，**絕不能讓花楸星知道我在做什麼。**但這怎麼可能呢？他覺得自己卡在幫助部族和尊重父親之間進退兩難，他可以逃離這一切嗎？**鴿翅怎麼辦？部族怎麼辦？**他的心拉扯得痛了起來，他的思緒糾結成團。**我該怎麼辦？難道我注定要孤獨一生，和鴿翅和孩子們永不相見嗎？**

第九章

虎心在他的窩裡輾轉反側，雪鳥和焦毛說的話言猶在耳。**從現在開始，我們只聽從你的號令。**戰士窩裡非常潮溼，他床鋪底下的青苔都被雨水浸透了，他不禁打了個寒顫。石翅和草心在他身旁平穩地呼吸，睡得很沉。爆發石哼了一聲轉過身去，又開始打呼。虎心試著把自己安頓好，趕緊入睡。

他該怎麼做呢？他不可能取悅每隻貓。所有他在乎的貓對他都有不同的期待。鴿翅需要伴侶，他未出世的小貓需要爸爸，花楸星需要他的順服，他的族貓需要他的帶領。如果他順了爹意，就會失了娘意。

星族，引導我！他在床上坐了起來，抬頭看戰士窩窩頂，透過荊棘叢和雨勢，遙望星空。他的祖靈看到這一切了嗎？

我的直覺告訴我什麼？保護我的孩子、保護我部族的夥伴、保護我父親。他怎麼可能全都做到呢？**我的夢境。**他想起陽光照在他身上，背後拉著長長的陰影。難道是他誤會了這異象所代表的意義？

水塘光會知道的。

虎心輕輕下床，溜出窩外。他匆匆穿過傾盆雨勢，走向水塘光的窩。虎心鑽進狹窄的入口，窩裡傳來陣陣微弱的鼾聲，黑暗中他看到水塘光在床上睡覺。虎心悄悄靠近，站在他旁邊，「水塘光。」他用氣音喊著，想把他叫醒。

水塘光的眼睛突然睜開，這巫醫貓一躍而起，站在他床的後面，瞇起眼睛，發出防衛性的嘶吼聲。

虎心一時之間嚇呆了，為什麼水塘光這麼害怕？「是我，沒事，一切都沒事。」他安撫水塘光。

水塘光對他眨眨眼，弓起的背逐漸放鬆下來。這隻毛髮凌亂的公貓從他的床位跳過來，那身白色斑紋在幽暗中微微泛光。「對不起，」他低聲咕噥著，「我剛剛在做夢，夢裡有一隻貓擋在我面前，而我一醒過來，你就正好……」他的聲音拉長好像在想著什麼。他低頭想了一下，然後突然愣住，「那就是你！」他看著虎心，「你就是我夢裡的那隻貓。」

虎心滿懷驚恐，難道星族真的顯現什麼預兆了？

「你站在我面前，即使陽光普照，我還是覺得好冷；一片藍天，我仍然感到冰冷。」他不禁顫抖起來，「就好像在冰冷洞穴一樣，永遠見不到太陽。」

「太陽？」虎心像回音般又說一遍，他的嘴巴發乾。**又是另一個有關太陽的夢**，「那我在做什麼？」

「你矗立我面前，巨大又陰暗，我知道太陽就照在你身上，只不過你把陽光擋住了。」水塘光若有所思地說話速度變慢，「你把陽光擋住了。」

虎心盯著他，思緒跑回自己的夢境，那時他全身沐浴在陽光之下，**不過我的影子比營地的其他東西還要更黑暗**。他突然知道這夢境的寓意了。其實他根本不是太陽!就是他在阻擋陽光!他父親在夢境中不是逐漸消失了嗎？「我不應該在這裡的，」他說，悔恨就像喜鵲尖叫聲般劃開他糾結的思緒。他竟然毫無意義地讓鴿翅離開，浪費了那麼多時間。「太陽光愈強，陰影也會愈強，我必須離開了。」

「不是這樣的！」水塘光靠向他，「你只是投下陰影，就這樣而已。這不就是我們所需要的嗎?你的陰影是最強的。」

水塘光的話虎心根本聽不進去，他只是一勁兒地在自己的思緒裡打轉，而且愈轉愈快。這一切這麼混亂，難怪他搞錯了。他怎麼有可能同時支持父親又帶領部族呢?當然是不可能的，他根本不應該在這裡，他應該在鴿翅身邊的。他待得愈久，他父親更難將影族帶向強盛之路。

「虎心！」黑暗中水塘光的眼神閃爍著，「影族需要你。」

虎心對他眨眨眼，「水塘光，你不用擔心，我知道該做什麼。」他向巫醫點頭致意，「謝謝你幫我。」

「你要去哪裡？」水塘光向轉身離去的虎心喊著。

「我要去睡一下，」虎心對他說。這話其實也沒錯，他已經好幾天沒睡好了，不過他現在並不打算去睡覺，他還有更重要的事情要做。「你再回去睡吧。」他告訴水塘光，然後匆匆走入雨中。

他環顧空地，沒有一絲動靜，只有貓兒在溫暖潮溼窩裡睡覺的氣味。他又回頭看一下水塘光的窩，這巫醫並沒有跟出來。他豎起耳朵，聽見水塘光窸窸窣窣爬進床鋪的聲音。

他點頭向沉睡中的部族道別，然後靜靜爬出營地，鑽過隧道悄悄走向森林。一直到他確定滂沱的雨聲遮掩得住他的腳步聲，他才邁開大步奔跑。**我來了，鴿翅**。這是這些日子以來他第一次感到這麼輕鬆，他的心跟頭腦第一次能和諧共處。他衝往轟雷路，像飛往南方的候鳥，雖不知道前程如何，但他知道必須踏上旅程——這本來就是他最應該做的事。遠在轟雷路另一邊的某處，鴿翅正獨自奮鬥著。他一定要找到她，因為再過一個月就可以和她一起，在那像金雀花刺一樣的奇怪新家，迎接他們的孩子。

第十章

虎心在天亮前睡了一覺。他毫不費力地穿過靜悄悄的轟雷路，沿著鴿翅可能會走的路線前進。沼澤地過後就是一片平原，沿著灌木圍籬走向環繞山丘的谷地，接著就是一處農園，高低起伏的地勢形成自然的小徑。他邊走邊向星族祈禱，希望自己走的路線是對的。他想像鴿翅也看到了同樣的景象，試著跟著她的腳步前進；同時希望鴿翅在這一路上不要想著他對她造成的傷害。他拋下她，讓她獨自踏上旅程。**對不起，鴿翅，我來了。**

連日來的大雨把所有的氣味都沖刷掉了，引導他前行的就只有盼望。天剛露出曙光時，他找到一塊突岩遮蔽處來睡覺。接著陽光再度喚醒他，他獵殺了一隻老鼠，吃飽休息過後，又重新燃起希望，感覺鴿翅就在前方。

他繼續踏上旅程，看到前方晴空萬里，心情頓時飛揚起來。走著走著渾身暖了起來，連日來籠罩的陰霾也一掃而空。他感受到睽違已久的乾爽舒適，全身毛髮開心地蓬脹起來。此時影族的是是非非已離他非常遙遠了，他每一個腳步都感到非常輕盈，長久以來積壓在胸口的憂慮終於卸下了。他非找到鴿翅不可，即使必須這樣永遠一直走下去。

當夕陽西下，斜斜的陰影慵懶地投射在小徑上。他看到前方山谷座落著一處兩腳獸地盤，低矮的岩石巢穴錯落在山谷中，還有如迷宮般的轟雷路交織其間。直覺告訴他要繞道而行，但是有兩腳獸巢穴的地方，就會有寵物貓。而寵物貓可能會知道鴿翅要去的地方，就是她夢境裡像金雀花的刺一樣的巢穴。一想到這裡，虎心就膨起全身的毛對抗入夜的涼意，接著轉頭往兩腳獸地盤前進。

他穿過一塊草坪，那草坪邊緣有一排兩腳獸巢穴。接著走到草坪背後一片被籬笆圍起來的地方。一走到這裡，立刻有一股兩腳獸氣味竄入鼻腔，怪獸的臭氣也隨即迎面而來。貓在這種地方怎麼可能打獵呢？獵物的味道早就被這些不自然的臭氣給掩蓋了。或許這就是寵物貓吃兩腳獸提供的食物的原因。

就在他覺得寵物貓很奇怪的時候，有個意念讓他重新燃起希望。鴿翅很有可能也來過這裡打探消息，或許有寵物貓和她說過話，他覺得自己來對地方了。接著他瞄準一處木頭圍籬，縱身往上一跳，用爪子勾住圍籬，把自己往上拉，圍籬經這麼一拉，搖晃出許多碎屑灑落一地。他就在圍籬頂端，小心地勘查兩腳獸巢穴後面的綠地。這裡有茂密的樹林，樹上有小鳥在唱歌。他終於鬆了一口氣，全身的毛都平順下來。沒有兩腳獸的蹤影，也沒有狗的味道，不過也沒有寵物貓。他不禁皺起眉頭，這麼一來，他就得再深入兩腳獸地盤，才能打聽到有關鴿翅的消息。他發現兩處巢穴之間有一個缺口，立刻往下跳、穿過草地，接著豎起耳朵鑽過灌木叢，溜進那幽暗的缺口。

他爬進去之後，看見那石板路的盡頭有光線，這才鬆了一口氣。他繼續往前走，全身的毛都豎了起來。怪獸就在前方不遠處隆隆作響，兩腳獸小孩的尖叫聲幾乎要刺穿耳膜。他走到缺口盡頭的時候緩下腳步，忐忑不安地往外看。一條轟雷路就穿過兩排巢穴之間，路的兩旁零星點綴著草地、灌木叢和小樹。鴿翅到過這裡嗎？思念一時之間讓他心痛起來，他應該和她在一起的。他嗅著空氣，皺起鼻子。沒有熟悉的氣味指引他，但他也不能就這樣原地不動。他從陰影處衝出來，走到路邊。就在此時，一隻怪獸從轟雷路上呼嘯而過，他趕緊躲到一棵低矮柳樹下，蹲在那裡直到怪獸揚長而去。

他的心像籠中鳥一般攪擾不安，他只是想找到一隻友善的寵物貓。

突然間，一陣興奮的喵聲從他背後傳來。他轉身，感到一團柔軟的毛球擦過他的臉，笨拙地把他撞倒。他一個翻身，聞到寵物貓的味道。那味道很微弱，是一隻年輕公貓。虎心從柳樹下衝出來，寵物貓也追了上來。那是一隻有薑黃斑紋的長毛虎斑貓，比螺紋掌沒大多少。他的黃眼睛興奮地散發光芒，嚎叫一聲後，撐起後腿又想發動另一次撲擊。虎心立刻擋掉，難道寵物貓就是這樣打架的？

這隻薑黃虎斑貓似乎並沒有意識到自己的動作有多笨拙。他的腳掌在耳朵邊像蝴蝶般揮舞，虎心蹲低又躲過一次撲擊。然後寵物貓繞著他跳，耳朵抽動，全身的毛髮豎起。「來啊！」他興致勃勃地叫著，「還擊啊！」

虎心隱忍住笑意，這隻寵物貓真的以為這樣就是在打架嗎？虎心收起爪子，這隻虎斑貓又再度撲擊。他蹲低躲過那拳打腳踢，用鼻子抵住著寵物貓的腹部，頭一頂，就把公貓翻了個四腳朝天。

「哇！這招好！」寵物貓翻身爬起來，又繼續轉向虎心。這次換他瞄準虎心的肚子，好像要模仿他的招式，不過就在他想把他頂起來的時候，虎心俐落一躍閃過。寵物貓轉身，「你到哪裡去了？」

「我在這裡。」虎心坐下來，看著這隻暈頭轉向的虎斑貓又擺出一個難看的攻擊姿勢。就在他扭腰擺臀準備攻擊的時候，虎心舉起腳掌，「停。」

虎斑貓對他眨眨眼，「為什麼？我贏了嗎？」

虎心看著他喵聲說，「我不是來打架的。」

虎斑貓停頓了一下，「不過我贏了，對吧？」

這時似乎有什麼分散了虎斑貓的注意力，因為他的目光飄向虎心背後的兩腳獸巢穴。他全身的毛興奮地膨起來，「我得走了！」他說，「改天再打。」

虎心什麼都還來不及說，虎斑貓就和他擦身而過，跳過一小簇灌木叢，消失於兩個巢穴之間的陰暗處。

虎心盯著他離去的身影，這是怎麼回事？剛才那寵物貓是在保衛他的領土嗎？如果是的話，那他實在是做得不太好。或許他只是想嚇跑他，難道他以為那樣的花拳繡腿就足以嚇跑戰士嗎？寵物貓的腦袋一定有蜜峰跑進去了。他抖抖身體穿過草地，沿著轟雷路旁的那排兩腳獸巢穴走。這時候太陽已經下山了。

「嗨！」一個柔和的喵聲讓他停下腳步，這聲音是從兩腳獸巢穴那裡傳來的，他朝那裡望去。一隻淡奶油色的母貓蹲在前方突出來的木頭檯子上，居高臨下地望著他，毛茸茸的尾巴尖端還抽動著。「你不是住在這附近的，你迷路了嗎？」

虎心往上頭望去，這寵物貓的眼神看來非常的溫和。「我在尋找一隻貓。」他走向那高檯，充滿期待地望著她，「一隻叫做鴿翅的灰貓，妳有見過嗎？幾天前她可能路過這裡，她在找尋有尖尖屋頂的巢穴，就像金雀花的刺一樣。」

寵物貓一臉困惑，「像刺一樣？」

「那是一處兩腳獸地盤，那裡的巢穴都高聳入天。」虎心解釋。

寵物貓環顧四周低矮的兩腳獸巢穴，「那就不會是這裡。」她語帶歉意地說。

「說不定妳見過鴿翅？」虎心還是抱著一絲希望地看著寵物貓的臉。

「攻擊！」一陣興奮的嚎叫聲從背後傳來，他轉頭只見那隻薑黃虎斑貓又朝著他衝過來。

虎心無奈極了，**不會吧，又是你！**他撐起身子抵擋他的攻擊，一掌朝他腹部一揮，讓他後腿站立不穩，另一掌再揮過去，把他擊倒在地。接著他收起爪子，把他按壓在地，腳掌緊緊地壓住他的身體。這隻寵物貓的身體非常柔軟，感覺好像按在青苔上。

「嘿！」寵物貓怒嚎，想要掙脫他的掌控。

「我沒有時間跟你打，」虎心堅定地說。「我在找一隻貓。如果我放開你，你會停手嗎？」

寵物貓在那裡扭來扭去，「可是為什麼?很好玩耶！」

「就是不要再來煩我。」虎心怒吼。

寵物貓停止扭動，「好吧。」

虎心這才放開他。

寵物貓一躍而起，往後退，眼睛發亮。「剛剛那個招式很棒，」他說，「你可以教我嗎？」

「我剛剛不是說了，我沒時間。」虎心不耐煩地豎起毛髮，隨著時間流逝，鴿翅又走得更遠了。

「你要回去兩腳獸那裡了嗎？」這隻公寵物貓問。

「我沒有兩腳獸，」虎心告訴他，「我是戰士。」

「戰士！」寵物貓驚奇地睜大眼睛，「難怪你這麼會打架，我聽過戰士，你戰士當很久了嗎？」

「我生下來就是。」虎心想雖然這樣的說法有點不正確，他生下來之後，先是小貓，然後是見習生，但是他實在不想跟這隻寵物貓解釋得這麼清楚。這隻貓好奇的瞪大眼睛。

「你住在荒野嗎？」

「對。」

「為什麼？」

虎心停頓了一下，這是什麼蠢問題。「那你為什麼跟兩腳獸住在一起？」

比起自己的生活，這隻寵物貓似乎對虎心的更有興趣。「你不會覺得又冷又餓嗎？」

「有時候會。」

「你們真的會跟狐狸和獾打架嗎？」

「有必要的時候會。」虎心的毛皮沿著脊椎波動著，這樣搞實在太久了。

「絨毛球，」母貓溫和地打斷他們的對話，顯然感覺到虎心的不耐煩，「問到這裡就好了。」

「絨毛球？」虎心驚奇地抖動鬍鬚，「那是你的名字？」

絨毛球朝他眨眨眼，「當然。」

這寵物貓難道不介意自己有這種蠢名字？虎心盯著他看，「我從來沒聽過有貓叫做絨毛球。」

「那你叫做什麼名字？」絨毛球問。

「虎心。」

這隻薑黃虎斑貓睜大眼睛，感到很新奇。「這是個偉大的名字！」他對著母貓眨眨眼，「虎心。」他又把名字說一次，興味盎然地呼嚕呼嚕發出震動聲，「我也想叫做虎心。」

母貓疼惜地看著他，「我覺得絨毛球比較適合你。」

「聽起來沒有虎心厲害。」

就在絨毛球作勢挺起胸膛的時候，這隻母貓跟虎心點頭致意。「我的名字叫蘿絲，很抱歉沒能幫上什麼忙，不過你說你的朋友在找尋一個地方，那裡有高聳入天的兩腳獸巢穴。」說到這兒她轉向絨毛球，「你聽說過這樣的地方嗎？」

終於被問到話，絨毛球看起來很高興，「沒聽過。」他看著虎心，「不過艾杰克斯可能知道。他跟我說過，他跟他的兩腳獸從前就是住在非常高的巢穴裡，可以從上頭俯瞰小鳥。」

虎心壓抑住內心的驚恐，明明沒有翅膀，為什麼還要住在這麼高的地方？

「走吧，」絨毛球朝兩腳獸巢穴的轉角處走，「我帶你去找艾杰克斯。」

虎心快速地朝蘿絲點點頭，「謝謝妳的協助。」

她把頭歪向一邊，「祝你好運！」看著他跟著絨毛球離去的背影，「希望你能找到你的朋友。」

絨毛球或許不是一個好戰士，但如何穿梭於兩腳獸地盤，他絕對是個行家。虎心緊跟著這隻薑黃寵物貓，穿過如迷宮般的巷弄小徑，越過草地，繞過圍牆。面對在巢穴前睡覺的怪獸，這隻公貓可以毫無畏懼的從牠底下鑽過去；遇到在轟雷路旁休息的一隻隻怪獸，他也可以勇敢的從牠們之間穿過去。

「到了。」他說著，最後在一塊方形草地停了下來，這草地是在一間黃色兩腳獸巢穴的後面。虎心終於鬆了一口氣，這一路上數不清的氣味和從未聽過的噪音，快把他壓得喘不過氣來。絨毛球抬起頭高聲喊，「艾杰克斯！」他滿懷期待地看著那巢穴。

沒過多久，只見那巢穴底部傳來清脆的喀搭聲，一隻壯碩的黑白花公貓從一個小洞口擠出來。他高舉尾巴看著絨毛球，「嘿，絨毛球！想打架嗎？」他流露溫暖的眼神。

「今天不打了，」絨毛球回答，「雖然這裡有隻貓可以跟你過招，他有些招式可厲害了，完全把我打敗了。」

「就算是蘿絲，也可以一招就把你打敗。」艾杰克斯捉弄他。

絨毛球尾巴一甩，「總有一天我要成為這裡的戰鬥高手。」

艾杰克斯繞著絨毛球，和這隻毛絨絨的公貓互相摩挲身體。「好吧，」他讓著他，「不過你得要吃少一點，花多一點時間巡邏領土。」

虎心驚訝的豎起耳朵，「寵物貓也要巡邏領土嗎？」

艾杰克斯那張寬大的臉轉向虎心，瞇起眼睛，「當然啊，如果我們有領土可以巡邏的話。」

「可是你們不是戰士啊。」虎心質疑。

「什麼是戰士？」艾杰克斯把鼻子湊過去嗅著虎心。

「你沒聽說過戰士嗎？」絨毛球尾巴一甩，很開心自己比朋友懂得還多。「他們是住在荒野的流浪貓。」

艾杰克斯同情地看著虎心，「你找不到兩腳獸領養你嗎？」

虎心全身的毛髮豎立，「我才不想被兩腳獸領養。」

絨毛球抬起口鼻，「他喜歡當流浪貓。」

「是戰士。」虎心糾正他。

「好啦，不管你是什麼……」艾杰克斯慢慢地繞著他打轉，「你看起來好像迷路了。」

虎心警戒地看著艾杰克斯身後的兩腳獸巢穴，如果兩腳獸在這時候出來怎麼辦？「我是要到一個地方找我朋友。」他解釋。

「他的朋友要到一個地方，那裡有兩腳獸高聳入天的巢穴，就跟你以前住過的地方一樣。」絨毛球告訴艾杰克斯。

「她做了一個夢，那個夢境告訴她，那裡的兩腳獸巢穴有尖尖的屋頂。」

「她？」艾杰克斯和絨毛球交換了個興味盎然的眼神。「所以這是一個尋愛的旅程？」並沒有等他回答又接著說，「如果你想要追尋一個羅曼史，我們這裡有很多母貓。」

「她不一樣。」虎心全身發熱，毛髮都豎了起來。難道寵物貓都不談戀愛的嗎？

「隨便啦，」艾杰克斯聳聳肩。「如果你朋友要去的地方，是有高聳入天的巢穴，那她可能就是要去我從前住過的兩腳獸地盤。」這隻黑白公貓不屑地望著他身後的巢穴，「那裡可比這裡大多了。我住在一個超級巨大的洞穴裡，裡面擠滿了兩腳獸巢穴。從那裡的窗戶俯瞰出去，轟雷路變得很小，其實所有東西都變小了。從上面看下去，兩腳獸好像獵物一樣，連怪獸也變得像獵物了。」

虎心嚥了嚥口水。鴿翅要去的竟是這種地方，從那高聳的窩穴看下來，連怪獸都變得很渺小，他必須去找她。「那裡有屋頂像金雀花刺一樣尖尖的嗎？」

艾杰克斯瞇起眼睛，「像金雀花的刺？」他似乎陷入沉思，「聽起來像是兩腳獸的聚會所。」

虎心困惑地看著他。

「從我以前的家可以看到聚會所，」艾杰克斯告訴他，「每四分之一個月，很多兩腳獸都要到那裡一起嚎叫。」

「為什麼？」絨毛球問。

「那就是兩腳獸會做的事。」艾杰克斯哼了一下。

虎心又燃起希望，鴿翅說的沒錯，真的有這樣的地方，他朝這邊走是對的。「我要怎麼去那個兩腳獸地盤呢？」他問艾杰克斯。

艾杰克斯回頭望了一下他的兩腳獸巢穴，然後尾巴一甩，「跟我來，我帶你們去。」

就在虎心穿過這片草地的時候，絨毛球緊張地望著他，「你確定要去那裡？」

虎心點點頭，「我必須去那裡。」

艾杰克斯從草地的另一頭喊著，「你們兩個到底要不要來？」

虎心趕緊跟上來，讓兩隻寵物貓帶路，這兩隻寵物貓閃躲兩腳獸和怪獸的技巧顯然比他高明得多。他們專挑巢穴之間的陰暗巷弄走；碰到要穿越轟雷路的時候，他們也能夠算準該何時衝出去才不會被怪獸壓到；在路邊看到兩腳獸的時候，他們會悄悄地從旁邊繞過；如果有兩腳獸彎腰想碰他們，他們會機警地蹲低下來。

他們到達兩腳獸地盤最外圍的一大片草地時，虎心喘著氣說，「你們這麼會躲兩腳獸和怪獸，那學習戰鬥一定也不成問題。」

絨毛球充滿期盼的對他眨眨眼，「你真的這麼想嗎？」

「當然。」虎心終於鬆了一口氣，回頭望著那一大片窩穴和交織其間的小徑，「你們只需要學一些戰鬥招式，然後把這些招式練熟，熟到完全不用思考為止。」

絨毛球開心地發出呼嚕嚕的震動聲。

艾杰克斯穿過雜亂的草地繼續往前走，虎心緊跟在後。他看到兩條閃亮的軌道貫穿前方的灌木區。再過去一點的地方，有個寬廣的岩石平台就四平八穩地坐落在軌道旁，上頭還有一個小巢穴。艾杰克斯停下腳步，點頭指向那裡，「那就是兩腳獸等轟雷蛇的地方。」

「轟雷蛇？」虎心不安的豎起毛髮，「那是什麼？」

艾杰克斯看著他，「你不知道？你在開玩笑嗎？」

虎心不自在的膨起全身的毛髮，「森林裡面沒有轟雷蛇啊。」

絨毛球走到他和艾杰克斯中間，「轟雷蛇就是沿著銀軌走的一種巨大的怪獸。」說著就點頭指向在他們前方的那兩條閃亮軌道。

「這銀軌就通往那巨大的兩腳獸地盤。」艾杰克斯補充說明，「這就是為什麼兩腳獸要在那裡等，牠們等轟雷蛇到達時，就會爬進蛇的肚子裡，被牠帶到那裡。」

爬進蛇的肚子裡？虎心感到一陣驚恐，同時隨著他的視線望去，看到平台上已經有許多兩腳獸在那裡。有些翹首望著軌道的另一邊，有些站著不動，有的則來回踱步。虎心感受到兩腳獸的這些舉動有些不耐煩，「轟雷蛇要等多久才會來？」

「很快。」艾杰克斯轉頭，充滿期待地看著閃亮的軌道。

虎心看著平台上的兩腳獸，其中有一個放下牠掌中拿著的沉重包裹，蹲在一旁。那兩腳獸用前掌把包裹打開，裡頭裝著各色外皮。「那是什麼？」虎心用鼻子推推艾杰克斯。

艾杰克斯轉頭看，「那是殼，」他說，「兩腳獸外出時，用那東西來裝牠們備用的外皮。」他突然打住，轉頭沿著軌道望去，「轟雷蛇就要來了。」

虎心跟著他的視線望去，抖動著耳朵，聽見軌道開始嗡嗡作響。他感到四周的空氣顫抖起來，那震動的感覺愈來愈強。突然間，遠方山谷的軌道上出現一隻怪獸，牠像暴風雨一般呼嘯而至。

虎心嚇得動彈不得，這條轟雷蛇超級巨大，比他從前所看過的怪獸都還要大多了。隨著牠的逼近，整個地面震動起來。牠的腳沿著軌道切割過來，軌道承受著巨大的壓力似乎都要尖叫起來。他望著艾杰克斯和絨毛球，為什麼他們不逃跑？他只好把腳定在他們身邊，當轟雷蛇呼嘯而過時，拚命壓抑住想逃跑的衝動。就像是森林大火肆虐而過一般，熱氣從轟雷蛇身側噴發，一節又一節的，虎心覺得轟雷蛇根本走個沒完沒了。他瞇起眼睛抵擋那令人窒息的臭氣，爪子深深掐入地面。轟雷蛇帶來的風吹亂他一身毛髮，他只得壓平耳朵抵擋那震耳欲聾的呼號。他整個嚇呆了，屏住呼吸，感覺周圍的世界就要炸開來了。這真的會帶他走向鴿翅夢中的那個地方嗎？

第十一章

虎心把身體緊貼地面，在轟雷蛇的長尾巴拖曳而過時，試圖讓自己別發抖。這蛇的身軀抵達岩石平台時，終於停了下來。兩腳獸絲毫不畏懼這停靠在平台低吼的怪獸。牠們怎麼有辦法這麼冷靜呢？兩腳獸真是出乎意外地怪異啊。當轟雷蛇身側的缺口打開時，裡頭湧出許多兩腳獸，平台上的兩腳獸把路讓開，接著再與離去的兩腳獸擦身而過，爬進轟雷蛇肚子。虎心嚇得寒毛直豎，牠們怎麼能這麼放心呢？牠們真的相信轟雷蛇到達兩腳獸地盤的時候，會把牠們從肚子裡放出來？如果牠真的餓了怎麼辦？

「快！」艾杰克斯在虎心的耳邊喊，「如果用跑的，你還趕得上。」

虎心驚恐地看著他。

「趕快啊！」艾杰克斯把他推向平台，「你必須在那缺口關起來之前衝進去，然後轟雷蛇就會把你帶到兩腳獸地盤。」

「我不要到轟雷蛇的肚子裡！」虎心對他眨眨眼。

「兩腳獸都這樣啊！」艾杰克斯催促。

「兩腳獸都瘋了。」虎心衝口而出。

「他說的沒錯。」絨毛球附和。

「我就進去過啊！」艾杰克斯提醒他們。

「牠讓你出來了？」

「廢話。」

「牠肚子裡長什麼樣子？」虎心無法想像待在裡頭會安全。

艾杰克斯想了一下，「裡面很吵又很臭，充滿了兩腳獸的味道。我的兩腳獸把我放在一個籠子裡。」他移動了一下腳步，「好啦，我承認，那一天的確不太好受，可是我熬過來了。要不然，你還能有什麼有辦法到那裡呢？」

「用走的。」

「那得走到天荒地老啊。」艾杰克斯盯著他。突然間，轟雷蛇一聲長鳴，動了起來。「快點！」他甩動尾巴，「牠要走了。」

「好極了。」虎心眼看著轟雷蛇的缺口關了起來，這才鬆了一口氣。隨著這巨大的怪獸逐漸遠離，他身上的毛也慢慢平順了下來。

「你不可能一路走到那裡，」艾杰克斯說，「太遠了。」

「到任何地方我都可以用走的，」他告訴艾杰克斯，「我的部族為了找尋新的家園，曾經翻山越嶺。」

艾杰克斯聳聳肩，「我不認識你的部族，但他們聽起來跟兩腳獸一樣瘋狂。」

「他們感覺超酷的，」絨毛球瞪大眼睛看著他，「他們是你的家人嗎？」

「有些是。」一想起花楸星和褐皮，滿腔失落感讓虎心心痛起來，他可能永遠再也見不著他們了，他趕緊轉移話題。「我會沿著銀軌走，可能會久一點，但我寧願相信我的腳，也不想相信轟雷蛇。」

艾杰克斯聳聳肩，「好吧，如果你執意要這麼做。」這隻黑白花公貓望著天邊，太陽就要下山了，「你什麼時候要出發？」

「你今天晚上可以住在我的兩腳獸那邊，」絨毛球說，「牠們會餵流浪貓。」他的尾巴彈了一下，「我常常得分我的食物給流浪貓。」

「戰士可以自己養活自己。」虎心語氣尖銳地回答。他環伺這片霞光中的草原，心想可能有獵物就躲在低矮灌木裡。他心懷感激地看著這兩隻寵物貓，即使他們一直叫他流浪貓。「絨毛球，謝謝你的邀請，但我想盡快出發，今晚我就在這裡吃了。」

「怎麼吃？」絨毛球對著他眨眼睛，「這裡沒有裝食物的碗啊。」

「誰需要什麼裝食物的碗？」虎心尾巴一甩，「我們直接去打獵。」

「抓我們要吃的食物？」艾杰克斯一臉難以置信的樣子。

絨毛球興奮地踱步，「打獵？我喜歡。我在院子裡追過小鳥和老鼠，但是從來沒有抓到過。」

「你今天會抓到的。」虎心朝這隻年輕的公貓點點頭。

「聽起來蠻有趣的。」這時艾杰克斯走到了銀軌的另一邊，夕陽餘暉照得他全身發亮，他繼續朝著灌木叢前進，「回家前，我也想一展身手。」

虎心也跳過銀軌，小心翼翼地不想去碰到軌道。那軌道在夕陽下閃著詭異的光芒，而且上頭還殘留轟雷蛇的氣味。絨毛球也隨後跟上。虎心在銀軌的另一邊，嗅著空氣中的氣味。在轟雷蛇的臭氣散去後，他聞到了樹葉的清香，再深吸一口氣，還聞到獵物的麝香氣息。他舔一舔嘴唇，「我們往這邊走。」只見他蹲低身子，往兩株刺刺的灌木叢之間鑽進去，在草叢中追蹤獵物的足跡。獵物的氣味愈來愈濃，他的鼻子不禁抽動了起來。他看見灌木周圍留有鳥嘴的啄痕，而且那氣味非常新鮮。從那啄痕的樣子看上去，他判斷是一種大型的鳥。

絨毛球和艾杰克斯隨後也穿過草叢而來，並且窸窸窣窣地發出巨大聲響。

「我們在追蹤什麼嗎？」絨毛球大聲地問。

「噓！」虎心轉頭瞪著這隻寵物貓。如果他還要繼續這樣大呼小叫，獵物全部都會被他嚇跑了。

絨毛球一副很抱歉的樣子，安安靜靜地跟了一會兒，然後又叫了起來。「我聞到好東西的味道了，那就是我們要抓的嗎？」

就在他們眼前，一隻肥美的松雞振翅高飛，頓時草叢裡揚起一陣灰塵。

虎心壓平耳朵，非常沮喪，他轉向絨毛球，「我們不是來這裡講話的，我們是來打獵的，好嗎？」他咬著牙用氣音說。接著他點頭指向一條通往灌木叢另一邊的小徑，「我要你往那邊走，一直走到看不見我為止，然後安安靜靜地坐在那裡守著，注意有沒有獵接近。」

「獵？」絨毛球皺著眉頭，一臉困惑的樣子，「這裡不會有獵啊。」

「那就注意狐狸，或者是狗。」**或者什麼都可以！只要不要干擾我就好。**就在他要把絨毛球打發走的時候，發現艾杰克斯也不見了。他翻了個白眼，**這簡直就像帶了一群小貓咪出來狩獵。**他不禁呼嚕呼嚕的發出震動的聲音，乾脆就這麼想吧，反正也要早點習慣，因為他很快就要見到自己的孩子了，有一天他也要教他們怎麼打獵。「艾杰克斯上哪去了？」

「我不知道，」絨毛球開心地回答，「我猜他走岔路了，這裡有太多好味道了。」他望著虎心指示的那條路，「所以我要往這邊走，對吧？」

就在他說話的時候，虎心聽到一陣兔子狂奔的腳步聲，他定住不動，察看灌木叢的動靜。絨毛球像松鼠般舉起前腳站立，往灌木叢的頂端望去。「我看到兔子！就在那邊！」他大叫一聲往灌木叢衝去。

虎心壓抑著沮喪的情緒，絨毛球像隻狗一樣大喇喇地衝出去，這樣一來，還能聽得見什麼風吹草動。

埋伏在一旁小徑的艾杰克斯突然冒出來說，「抓到什麼了沒有？」

虎心伸出爪子掐住地面，為什麼他要邀請這兩隻寵物貓一起來打獵？他們這麼吵，他永遠也抓不到任何獵物。他再次壓抑著滿腔不耐煩的情緒，飢餓感讓他愈來愈不耐煩了。

突然絨毛球的叫聲劃破天空，「牠往你那邊跑過去了！」

虎心驚訝地轉身，一團棕色的毛從他面前跑過去，消失在矮樹叢中。他趕緊跟上去，毛髮興奮地豎了起來。這兔子很胖，卻跑得很快，在一株鼠尾草處轉了個彎。虎心縱身一跳，在一棵矮樹叢下煞住腳步，腹部貼住地面。這兔子從另外一邊衝出來，轉個方向往上坡跑。虎心緊追在後，然後一個急轉抄近路攔截這隻兔子。兔子停下腳步，眼神驚恐地瞪著他。他即刻猛撲過去壓住兔子的肩膀，予以致命一咬。

接著腳步聲朝他奔來，「你抓到了！」絨毛球興奮的臉從樹叢中蹦出來，他開心地看著虎心的戰利品，「是我把牠趕過來的！」他驕傲地宣稱。

虎心看著他，用舌頭舔掉嘴角的血，「沒錯，做得好。」絨毛球或許有點鼠腦袋，但他有一顆好心腸，而且重要的是他們抓到獵物了。他叼起兔子，帶到山坡邊一塊空地。他把兔子放下，坐著眺望夕陽西下，享受餘暉帶來的溫暖。

絨毛球也跟過來坐著。艾杰克斯隨後也穿過樹叢而來，他聞聞兔子，然後皺起鼻子，「我們現在要做什麼？」

「要吃牠呀！」虎心低頭從兔子的身上咬了一塊肉，這兔肉吃在嘴裡既溫暖又多汁。「一起來啊。」他把兔子推向絨毛球。

絨毛球小心翼翼地聞聞看，咬一小口，咀嚼了好一會兒，然後滿嘴含糊地說，「都是毛。」顯然有些失望。

「試試這個，」虎心的腳掌按住兔子，用牙齒撕了一塊後腿肉，然後再把這一塊鮮肉放到絨毛球面前，「這一塊都是肉。」

絨毛球盯著這塊肉，吞了吞口水，然後低頭咬了第二口，興趣缺缺地咀嚼著，「這就是你們平常吃的東西嗎？」他疑惑地問，好像很怕聽到答案。

「有時候會吃老鼠、田鼠，或者是小鳥。」虎心回答。

「吃起來味道都這樣嗎？」他舔舔嘴唇，一副不敢恭維的樣子。

「不太一樣。」怎麼有貓會以為兔子的味道跟老鼠或小鳥一樣呢？

艾杰克斯坐下來，離兔子遠遠的。「我想我回家再吃好了，那聞起來不像**真正的**食物，而且看起來血淋淋的。」

「當然血淋淋的啊，這是獵物。」虎心看著他眨眨眼，這些寵物貓根本不懂得享受貓的生活，他實在替他們感到很遺憾。不過他們似乎很快樂，而此刻在夕陽餘暉中，他也很快樂。這兔子非常美味，而且他還可以獨享。這是頭一回他不用跟族貓分享食物，這些寵物貓根本不想吃。如果這趟旅程就像艾杰克斯說的非常漫長，那他就得吃飽喝足，好好養精蓄銳。他開始開心地大啖兔肉，心想總算找到鴿翅走的路線了。這些日子以來，從未感到如此輕鬆自在，他實在等不及要踏上下一階段的旅程了。

他快速用餐，把大部分的兔肉都吞下肚。寵物貓不想吃，就靜靜地看著他吃。好像在看松鼠啃著自己的腿一樣，看得目瞪口呆。

他坐起身來舔舔嘴唇，感到非常飽足。「謝謝你們的幫忙。」他向艾杰克斯和絨毛球點頭致意。

艾杰克斯順著銀軌望去，這條軌道沿著山谷蜿蜒到山的另一邊，「你真的要用走的？」

「是啊。」虎心膨起全身的毛，他很想知道鴿翅是不是也用走的。或許她敢爬進轟雷蛇的肚子，**她一直都比我勇敢**。她能原諒我沒跟她一起出發嗎？如果找到她，而她卻不肯接受自己的話該怎麼辦？**她不會的，她肚子裡的小貓也是我的孩子啊！**他希望能和她一起把孩子帶大。

「我該走了。」站在這裡煩惱改變不了什麼，他朝銀軌走去。

「再見！」絨毛球在後面喊著，「你回來的時候，要帶我去你的部族看看喔？」

虎心回頭看了薑黃色公貓一眼，滿眼關愛。**傻寵物貓**。他想像帶著絨毛球走回營地時，族貓臉上的神情。萬一絨毛球向族貓展示他的狩獵技巧的話怎麼辦？虎心興味盎然的抽動鬍鬚，但突然有個意念潑了他一桶冷水。他會再回到影族嗎？他有可能再見到他的族貓嗎？

他加快腳步走向銀軌，強迫自己別再往後看了。他跳到兩軌之間，沿著軌道走在木條和小碎石上，想像鴿翅就在前方。即使此時太陽已西沉、夜幕低垂，他仍挺胸邁步向前。

當他沿著銀軌走到山腳下的時候，腳掌被小碎石刮得疼痛不已。他只好跳下軌道走向一旁的草地，讓潮溼的草皮舒緩他的腳掌。隨著夜愈來愈深，天空開始出現點點星光和皎潔的明月。虎心拚命往前看，想知道銀軌到底通往哪裡。只見這軌道一路往上坡延伸，到了山的那一邊就看不見了。要爬上這麼陡的山坡，**轟雷蛇**夠力嗎？

等他再走近一點時，他發現這條路似乎到了陰暗山谷那一頭就沒了。頓時他滿心焦慮，難道這是一條死路？他走錯路了嗎？他又走近了一點，往黑暗中看去，這才驚訝地發現，這條軌道鑽到山裡消失不見了。他瞇起眼睛仔細看，看到一個洞口。難道那就是**轟雷蛇**的窩？牠把兩腳獸帶進地下巢穴了？他一時之間嚇呆了，接著又鼓起勇氣往前走。**別傻了**，他嚴肅的告訴自己。為什麼兩腳獸敢爬進牠肚子？牠們一定知道牠要往哪裡去。連艾杰克斯都在裡頭待過了，轟雷蛇的確把他從舊的居住地帶到這裡。**那一定是個隧道**。想到這兒，虎心終於鬆了一口氣，**當然就是條隧道，我只要穿過去就可以了。**

他走向那張開大口的黑洞，緊張地心臟狂跳。那洞裡竟一片漆黑，**鴿翅也往這裡走嗎？**他顫抖地走進去，讓這片漆黑將他吞沒。進去後他只能貼著隧道的石牆走，讓牆面引導他向前行。一向在黑暗中視覺敏銳的他，現在竟然什麼也看不見。他小心翼翼地踩著每一個腳步，仔細感受鬍鬚尖端有沒有偵測到前方任何障礙物。突然一陣冷風從隧道口湧入，他膨脹起全身毛髮抵禦寒風，胸口心臟怦怦直跳，多麼希望能見到一絲月光。

接著他繼續往前行，回頭一看，背後的隧道口已經看不見了。突然有種震動聲傳來，他不禁停下腳步，那是一陣隆隆的低吟。不久他身邊的銀軌開始震動，他的鬍鬚也跟著抖動起來。前方突然出現一道光芒，是隧道的出口嗎？即使他滿心期望如此，但他知道事情並不如他想的那樣。轟雷蛇的臭氣開始愈來愈濃，隨之而來的光線愈來愈亮，隆隆聲也愈變愈大。一隻轟雷蛇正朝他狂奔而來。

虎心整個驚呆了，他有地方可躲嗎？他趕緊採取行動，把自己的身體擠到牆邊，肚子緊貼地面。那迎面而來的陣風愈來愈強，像冰水打在臉上一般；即使眼睛已經瞇成一條細縫了，那轟雷蛇獨眼射出來的光芒，還是把他的眼睛扎得刺痛；那隆隆的呼吼聲愈來愈大，虎心覺得耳膜就要被震破了。他只得壓平耳朵，把身體往牆壁和地面再擠壓，兩掌摀住頭，做好隨時迎擊的準備。只見那轟雷蛇如颶風般呼嘯而過，大地開始震動，那巨大的咆哮聲似乎快把他整個撕裂開來。

當牠疾馳而過，所有的聲響遠去、強風止息，虎心一時之間還以為他耳聾了。然後，他聽到附近有水滴滴落的聲音，這時他才全身癱軟，趴在原地不動。他就一直趴著，等到身體不再發抖、心跳恢復正常、呼吸也平復為止。當他搖搖晃晃地站起身時，一種喜悅之情湧上心頭，**我存活下來了**。他從未經歷過這種瀕臨死亡的感覺，**部族族長失掉一條命的時候，感覺就像這樣嗎？**

他抬起頭，在黑暗中繼續前行。這次他加快腳步，希望趕緊走出隧道。心想就算被小碎石刮傷腳掌，總比再次遇上轟雷蛇好得多。

就在他急著趕路，期盼快點看到月光的時候，一股新的氣味讓他忍不住停下腳步、心跳加快。接著他低頭四處嗅聞，突然有撮毛碰得他鼻頭癢癢的，那熟悉的味道讓他高興的心快炸開來。是鴿翅的毛！沒有血、也沒有絲毫恐懼的氣息，可能是停下來抓癢的時候，抓掉幾撮毛。她也走過這條路！虎心難以抑制滿腔的喜悅，他走對路了，鴿翅就在這條路的盡頭等著他。

第十二章

虎心驚醒，心臟狂跳。他夢到自己回到了影族，他看著大家，而大家卻看不到他，感覺自己就好像是星族貓靈一樣。根本沒有貓察覺他在場，甚至根本不認識他，他們似乎住在一個他完全認不出來的地方。

營地四周的松樹長得非常茂密，幾乎遮蔽了天空。暗尾，眼窩凹陷，在空地來回踱步。族貓在他的指使下，紛紛前往邊界抵擋天族入侵。虎心跟蹤他們來到邊境，驚恐目睹了他們與天族戰鬥的慘烈畫面。藤池和天族站在同一陣線，她以勝利的睥睨眼神，看著影族貓一一倒下。焦毛倒臥在血泊中痛苦尖叫；螺紋掌在蛇掌殘破的屍體旁悲鳴；花掌在鷹翅齜牙咧嘴的咆哮聲中，節節敗退；雪鳥在葉星利爪的攻擊下撲倒在地，她那張白臉上還留有紅色血跡。而在這打鬥的當下，暗尾就一直在陰影中來回走動，教唆他們繼續戰鬥，這使得影族的傷亡更加慘重。而他自己卻從未加入戰場，只是不斷讓他們平白犧牲。

虎心抖動毛髮站起身來，望著迷濛的晨光。他昨夜就睡在一棵傾圮大樹旁的落葉堆上。連日來不斷趕路，白天沿銀軌走，夜晚打獵及休息，他已經四肢痠痛，覺得一天比一天還要寒冷。現在他對轟雷蛇經過時的吼聲和強風已經習以為常，而且他還不止一次吃了被轟雷蛇殺死的獵物。他猜那獵物應該是被轟雷蛇殺死的沒錯，因為他發現時那屍體就躺在軌道旁，而且已經發餿了。那是他這輩子第一次吃鹿肉，雖然已經有些不太新鮮，不過有得吃他就已經非常感謝了。一想到自己竟然流落到吃鴉食，他就感到羞愧不已。但直接吃轟雷蛇留下的食物，能讓他節省時間多趕些路。

這一路走來，兩腳獸的巢穴愈來愈多。昨夜他睡在離軌道較遠的地方，也遠離銀軌旁的兩腳獸巢穴。他猜想可能快走到轟雷蛇的另一個停靠站了，在那裡又會有許多兩腳獸進出轟雷蛇。他環顧自己昨晚吃剩的獵物殘骸，再聞聞空氣中的味道。雖然昨晚睡前才打獵進食過，但他現在又餓了。這個地方又沒有獵物的氣味，只好先上路再說。

他從樹林遮蔽處走向毛毛細雨當中，昨晚的夢境一直糾纏著他。不禁愧疚不已，是他讓影族毫無招架之力的嗎？**星族，請庇佑他們**。他鼓脹起全身毛髮抵擋雨水，一心想著鴿翅。她需要他，他離開影族的決定是對的，水塘光不是看見他擋住陽光嗎？

他鑽過潮溼草地，穿過兩個巢穴間的小巷，走向銀軌那一邊。突然看見軌道間有塊泛著金光的小水窪，口渴難耐的虎心走過去，低頭喝了起來。一入口的那股臭油味兒不禁讓他倒退三步，他只好悻悻然往前走，滿心想著森林小水塘裡的新鮮雨水。

他沿著銀軌往下坡走，兩腳獸巢穴愈來愈密集；這時候雨愈下愈大，他全身都溼透了。他開始聞到前方有轟雷路的氣味，也聽到怪獸吼叫的聲音。這時軌道繼續往下坡延伸，軌道兩旁的地勢高聳陡峭讓虎心看得膽戰心驚。陡峭的地勢頂端還有兩腳獸的圍籬，他感覺自己就像峭壁中的獵物，被困在裡面。而就在前方，有條拱起的轟雷路從上空橫跨銀軌，虎心不禁緊張地回頭望，**轟雷蛇千萬不要在這個時候來**。他心跳加快，希望這條銀軌會再次通往鄉村地區。

前方，一座岩石平台四平八穩地坐落在軌道旁，又是一個轟雷蛇的停靠站。平台因雨水沖刷的關係顯得十分光滑。虎心緊張地往平台望去，沒有兩腳獸的蹤影，這才鬆了口氣。就在他想匆匆走過時，一隻老鼠倉皇穿過軌道。肚子空空的他，立刻豎起耳朵擺出狩獵的蹲伏姿勢，盯著這隻老鼠穿過軌道、爬上陡坡、到了平台上面。飢腸轆轆的虎心看著這隻老鼠，心想到底要不要追上去。現在這平台空蕩蕩的，跳上去抓住老鼠，帶到遠離轟雷蛇的地方大快朵頤，根本是件輕而易舉的事。餓著肚子的他，覺得值得冒這個險。

看那隻匆匆奔走的老鼠，虎心一躍而上，輕手輕腳地在潮溼平台上跟蹤。老鼠衝向平台跟牆壁的隱蔽交接處，沿著牆角逃竄。虎心開始心跳加速，邁步向前衝，他縱身一躍，把老鼠抓個正著。只聽見老鼠脊椎喀嚓一聲，虎心立時滿嘴鮮美獵物的滋味。

此時背後傳來聲響，虎心轉身發現一隻兩腳獸走上平台，接著後面又來一個，然後又出現第三個。突然有個兩腳獸轉身盯著他，把他嚇得瞪大眼睛，全身發麻。

他無暇多想，直接衝到一堆兩腳獸的殼那裡躲。那堆殼就放置在木棧板上，堆得像影族營地的荊棘圍籬一樣高。殼與殼之間有縫隙，大小剛好可以讓他擠進去躲在裡面。他一路往裡面鑽，嘴裡還叼著那隻老鼠，一直擠到縫隙深處才喘口氣。兩腳獸的腳步聲愈來愈多，虎心從縫隙間望出去，看到平台上有許多兩腳獸匆忙來去。一定是轟雷蛇就要到了，只要等那怪獸一走，兩腳獸也就會跟著離開，平台會再恢復平靜，他只要在這裡耐心等候就可以了。

突然有個兩腳獸走過來，虎心趕緊再往後退。只見牠掌中拎著一個沉重的殼，低哼了一聲，把那殼一把甩到最上面然後走開。虎心周圍的殼稍微震動了一下，然後又恢復平靜。虎心又安心的退回縫隙中，享用他的鼠肉大餐。在這裡誰也看不到他，他大可以安安心心的填飽肚子再說。

就在他吞下最後一口鼠肉的時候，他聽到轟雷蛇呼嘯而至，停靠在平台邊上。**很好，**等兩腳獸一走，他很快就可以再上路了。他在那縫隙間準備蓄勢待發。

突然間，一陣天搖地動，這堆殼開始朝轟雷蛇前進。**我在移動。**虎心驚恐地發現這一整堆東西正在平台上滾動，而他周圍的殼也都跟著晃動。

他試圖逃脫，但尾巴正好被殼給壓住。等到這堆東西全滑進轟雷蛇的幽暗肚子裡時，他才得以掙脫從縫隙裡跑出來。接著，他看到轟雷蛇身側的缺口逐漸滑動變小，不禁全身寒毛直豎。眼看著外頭明亮光線逐漸縮成一條細縫，就在他快要衝出去的時候，那光線消失了。

他抓扒著那奇怪的牆面，想要用爪子挖出一個洞鑽出去，但卻一點用也沒有。

我被困在轟雷蛇的肚子裡！

被黑暗包圍著的虎心嗅著空氣中的味道，他聞到一股霉味，兩腳獸的氣味倒是比較淡。他從那一堆堆的東西望去，發現這裡有些比較大的殼，被固定在牆面和地上。虎心總算鬆了一口氣，心想這一定是專門存放兩腳獸東西的地方。他試著讓自己鎮定下來，至少他沒有跟兩腳獸困在同一個地方。

隨著腳下的轟雷蛇隆隆作響，他在這一包包的東西之間走來走去，希望能找出一條出路。有光線從牆面高處穿透進來，他很快爬上冰冷的支架，沿著上頭走，一直到他可以看到轟雷蛇外面為止。

他看到外頭有兩腳獸的巢穴飛快閃過，那些巢穴比他以前看過的都還要高大，從裡面看不到頂端。隨著轟雷蛇飛快疾駛，那巢穴變得更寬廣，石牆更黑暗。突然間，轟雷蛇衝進黑暗之中。這時轟雷蛇肚子裡的燈光亮了起來，而那透明牆以外的世界盡是一片黑暗，轟雷蛇就這樣隆隆駛向更深的幽暗之中。**這只是隧道**，虎心這樣告訴自己，他用爪子抵住那堅硬的牆面。轟雷蛇的速度開始慢下來，外頭開始有些亮光，虎心一心想在透明牆外找到陽光，但這裡看不到天空，更別說有陽光了。就在轟雷蛇停止滑動之後，一道強烈的黃光照亮了外頭的岩石洞穴。

我像獵物一樣，被轟雷蛇帶到牠的巢穴了！

虎心身體緊貼著地面，當轟雷蛇身側的缺口打開，兩腳獸蜂擁而出時，他感到驚恐不已。

他嚇呆了，**我該怎麼辦？**一定是瘋了，才會想進到轟雷蛇巢穴吧？從那缺口望出去，他看到另外一條轟雷蛇。牠就停在平台的另一邊，隨著川流的兩腳獸走過，靠在那裡噴氣喘息。這就是轟雷蛇的營地！

渾身顫慄不已的虎心，盯著轟雷蛇營地，驅策自己移動腳步。如果不動的話，就找不到鴿翅了，**我一定要勇敢，**他告訴自己。

然後他衝出轟雷蛇身側的缺口，進入川流不息的巢穴中。

第十三章

虎心在兩條轟雷蛇之間的平台上不斷奔跑，這裡的地面非常光滑，他在兩腳獸之間前後閃躲、繞來繞去，腳掌打滑難以抓緊地面。兩腳獸在他衝過時不斷發出尖叫。虎心一心想擺脫轟雷蛇和這些兩腳獸，但這地底大洞穴卻向四方無邊無際地延伸。洞穴邊緣有許多隧道，強光讓他看不清那些隧道到底通往何方。兩腳獸的聲音在牆壁以及拱形屋頂之間迴盪，空氣中充滿撞擊與隆隆的顫動聲，無數的氣味衝擊著他的感官。

他驚恐得心跳加速，以為擺脫了轟雷蛇，回頭一看，平台兩側卻還有更多。只見兩腳獸匆忙進出轟雷蛇，有的走進這條的肚子裡，有些從另一條的肚子裡湧出來。

虎心本能地衝向離他最近的牆面，像獵物尋求庇護一樣，身體不斷向牆角陰影處退縮。雖然兩腳獸在他經過時驚聲尖叫，但卻沒理會他，也沒想要跟蹤他。虎心就這樣躲在角落，張大眼睛觀望。

這個地底洞穴巨大無邊，洞穴的牆面有許多亮晃晃的巢穴，裡頭擠滿了兩腳獸。洞穴裡還有拱門和隧道錯落其間。虎心穩住呼吸，試圖平息恐懼，靜下心來思考。如果他能習慣轟雷蛇和兩腳獸刺鼻的臭味，或許就可以偵查出哪裡有新鮮的空氣。他瞇起眼讓呼吸緩和下來，張開嘴讓舌頭上的味蕾感受周遭的五味雜陳。雖然一開始難以承受，不過慢慢地也就習慣了，就連耳朵好像也開始適應這永無止盡的喧囂。

有些味道聞起來還蠻可口，有些酸酸的，還有一些聞起來苦苦的，像是腐敗的味道，但就是聞不到新鮮空氣。他想或許應該要從藏身處走出去，一次探索一個隧道，其中總有一條會帶著他重見天日吧？

虎心蹲低身子沿著牆走到一個明亮的巢穴入口，一隻兩腳獸從裡面出來，往大洞穴走去。虎心趕緊衝過入口，繼續沿著另一側的牆邊走。接著眼前出現一個明亮的隧道！他張嘴渴望聞到新鮮空氣，找到出口，但卻只聞到刺鼻的氣味。**就算這樣，這隧道確實可以帶他離開地底大洞穴**，或許會接上另一條通往出口的隧道。

腳下光滑的地面感覺很冰涼，這條路並沒有兩腳獸，虎心不禁鬆了一口氣。這條隧道很快通往另一個洞穴，這洞穴比之前的還小，而且沒有轟雷蛇，但周遭卻有更多明亮的巢穴。虎心快速走過各個巢穴，一路躲避兩腳獸，不理會牠們的驚聲尖叫。他張開嘴想找出路，環顧四周高牆，希望可以看到一片天空。但這裡的牆面都被奇怪的圖案和造型給覆蓋住，根本找不出任何脫身的線索。

突然，有種氣味觸及舌尖，他不禁為之一振。

貓。

這裡有隻貓！他很訝異竟然能在這裡聞到公貓的味道，於是又更仔細地四下查看。這味道有剛剛才留下的，又有已經在這兒好一段時間的，彷彿這隻貓經常在這裡出現，或者根本就**住**在這裡？

現在虎心開始了解到這裡的兩腳獸並不會追他，他只需留意避開牠們笨拙的腳掌。他在一間明亮的巢穴入口旁停下來，仔細琢磨這隻公貓的味道。從這邊聞起來，這味道像已經有一段時間了；但在入口的另一邊，那味道又像是剛留下的。他往那一邊走去，開心地發現這味道很濃，這隻公貓一定不久前才從這裡經過。

他追蹤這氣味，在一根根如樹木般的石柱間穿梭，走著走著，發現一面牆的下方有個小洞，洞口有一張鬆脫的鐵網。虎心往洞口鑽了進去，慶幸裡頭漆黑一片，公貓的味道在這裡更濃烈了。

陰暗處突然傳來一陣嘶吼，虎心嚇了一跳。

「我叫虎心，」他趕緊報上名字，「我不是來打架的，我是來求救的。」虎心警戒地收起爪子，這公貓可能不想自己的領域受到侵犯。等虎心眼睛慢慢適應黑暗之後，他才看清楚有隻瘦削的黑白貓，正瞇著眼睛打量他。

公貓弓起背齜牙咧嘴，「趕快滾，不然我就要撕爛你的嘴。」

虎心向後退，「拜託，」他乞求，「我只想找到出口，離開這裡。」虎心拚命克制讓自己別皺起鼻子，這隻公貓聞起來就像兩腳獸吃剩的食物。

這隻貓上下打量虎心，弓起的背脊漸漸放鬆，「所以你不是來偷食物的？」

「我不需要用偷的，」虎心告訴他，「我會自己打獵。」

「所以你也不是來打架的？」公貓半信半疑地說。

「不是的。」就在虎心等候回應時，這公貓深吸口氣，顯然是在判讀虎心的氣味。

「你聞起來不像是垃圾堆貓。」公貓說。

「什麼是垃圾堆貓？」虎心心想這裡的貓難道也有不同部族。

「有一群貓占據了車站後面的垃圾堆，」公貓解釋，「他們老是要把我趕走，我不知道為什麼。兩腳獸丟在那裡的垃圾，明明就夠所有的貓吃。」

垃圾堆？車站？垃圾？這隻貓怎麼講一些奇奇怪怪的話。虎心看著公貓，頓時意識到自己離家已經非常遙遠，遠到連這隻貓的語言他都聽不懂。他緊張地豎起一身毛髮，挺起胸膛，

「那你為什麼不跟他們打？」

「他們有三個，」公貓看著虎心，好像覺得他是個笨蛋，「我只有自己一個。」

「這裡有你的同族嗎？」

「同族？」公貓困惑地看著他。

虎心努力找尋另一個他可能聽得懂的字眼，「親屬。」

「我是這車站裡唯一的貓。」

「車站指的是這裡嗎？」虎心豎起耳朵回答，「我以為這裡是轟雷蛇的巢穴。」

公貓眨眨眼睛打量虎心，「你不是這城市裡的貓，對吧？只有外地來的才會把火車叫成**轟雷蛇**。」

城市？虎心眨著眼睛對公貓說，「我從森林裡來找朋友的。」

「那你的朋友也是森林裡來的嗎？」

「是的。」

公貓歪著頭說，「我不知道原來森林裡也有流浪貓。」

「我們不是流浪貓，」虎心糾正他，「我們是戰士。」

公貓這才露出興味盎然的表情，眼睛在黯淡的洞裡突然發出亮光，「戰士？意思就是說你很會打架？」

虎心不喜歡公貓打探的口氣，「如果非打不可的話。」他謹慎地回答。**他到底想幹什麼？**

公貓這才向他點頭致意，「我叫達西，順道一提，我住在這裡。」

「我想也是。」虎心還沒打算跟眼前這隻充滿戒心的貓變得太熱絡，他心裡似乎有另外的盤算。

「所以？」達西往前靠近，「那你知道你朋友去哪了嗎？」

虎心迴避達西的問題，「請問這裡有沒有一處很大的兩腳獸巢穴，屋頂上就像金雀花的刺一樣高聳入天？」

達西皺起眉頭，「金雀花嗎？」

「長得像這個樣子。」虎心伸出前掌露出爪子。

達西側著頭思考，「有一個很大的巢穴附近有幾株小荊棘和一株大荊棘，那是兩腳獸聚會的地方。」

兩腳獸聚會的地方！那不就正是艾杰克斯說過的！那裡該不會就是鴿翅曾經夢到的有金雀花刺的巢穴？他一定得問清楚，「那個地方離這裡近嗎？」

「不遠。」

「那你可以帶我去嗎？」

達西低頭盯著自己的腳，「如果你幫我的話，我就幫你。」

「你需要幫忙？」虎心瞇起眼睛，達西一副小心謹慎的樣子，難道是想要虎心做什麼壞事嗎？

「我跟你說過，」達西說，「垃圾堆那邊的貓一直把我趕走，如果讓他們以為我有個不好惹的朋友，那他們或許就不會來煩我。」

「你要我幫你跟他們打架？」那剛剛為什麼不直說呢？

達西看著別的地方，「我不太會打架。」

「你一定能打的，你是貓耶。」

「他們也是啊。」達西說出重點了。

虎心突然有點同情這隻公貓，畢竟誰也不想被霸凌。「他們有自己的部族嗎？」他想知道這些貓是不是有什麼特殊的戰鬥技巧。

「部族？」達西看起來很困惑，「我們住在城裡的貓沒有部族，那些貓都是流浪貓。」

流浪貓？希望他們不懂任何戰士的格鬥技巧。虎心轉向達西的巢穴入口，「你能帶我去他們那裡嗎？」

「他們都在垃圾堆附近出沒。」達西說完就起身走過虎心身邊，帶頭走出巢穴。

虎心跟著他，慶幸這次有朋友帶路。他緊緊跟在達西後面沿著牆邊走，轉個彎，然後爬向上坡的隧道。這裡有大批兩腳獸不斷從他們身邊經過，兩腳獸根本無暇注意到他們。接著一個急轉彎，隧道出現岔路。突然有新鮮空氣迎面而來，虎心渾身毛髮興奮地豎了起來，儘管空氣中還夾雜著怪獸的臭味。鴿翅一定就在這裡的某個地方，有可能就在附近。如果他對付得了那幾隻垃圾堆貓，達西就會帶他去找鴿翅。

虎心加快腳步跟上達西，他們轉進了一個比較窄小的隧道，這裡沒有兩腳獸。

達西疾行向前，前方被一道牆擋住，達西朝前方點頭示意，那裡有一塊鐵網，就跟他巢穴入口的那塊很像，「這通風口就通到外面。」鐵網鬆垮地遮住入口，達西用鼻子輕易地推開，鑽了進去。虎心也跟著這隻車站貓進入了狹小黑暗的隧道。一陣冷風颼颼吹過，他看到隧道遠端露出亮光，那不是車站刺眼的黃光，而是清澈明亮的陽光。

虎心感到如釋重負，先前困在轟雷蛇肚子裡的那些恐慌慢慢退去。他擠出洞口來到戶外時，不禁大口大口深呼吸。

虎心立刻聞到鴉食的味道，那臭酸的刺鼻味一股腦兒充斥鼻腔。達西這時朝一塊狹長的空地望去，上頭擺了四個紅色的龐然大物，很像方形的怪獸並排站在那裡，四周散落著兩腳獸丟棄的臭垃圾。

「那些就是垃圾堆嗎？」虎心一邊猜想一邊退到車站牆邊的陰暗處。

「沒錯。」達西在他身旁蹲下。從他們藏身處望去，虎心看到兩隻邋遢骯髒的公貓在垃圾堆底下聞來聞去，還有一隻棕色虎斑母貓在垃圾堆上頭東挖西挖。

「就是他們。」達西輕聲說。

「哪一隻最兇？」虎心問。

「弗洛伊德。」達西點頭指向體型較小的那隻公貓。他的毛色棕白相間，口鼻處很骯髒，耳朵尖端有打架的撕裂傷。

「好，」虎心快速評估了這三隻貓的戰力，「我需要你幫忙——」

「可是我不會打架。」達西低聲抗議。

「你只需要做一個動作。」虎心轉向達西，緩慢而穩定的將前掌伸向他前肢下方，用力一拐，接著輕輕伸出另一隻前掌，揮向他的耳朵。

達西失去重心往側邊倒下，虎心及時將他扶住。

「現在換你試試，向我出招。」虎心命令。

達西眨眨眼，訝異地回過神來，若有所思地皺起眉頭。只見他集中精神笨手笨腳地想將虎心絆倒，動作雖然快卻不精準，接著笨拙地揮掌朝虎心的耳朵打過去。

「還不賴嘛，」虎心晃了一下，不過立刻穩住腳步。「我把那隻母貓從垃圾堆上趕下來，一等到她落地，你就用我教你的這招對付弗洛伊德。」

「對付弗洛伊德？」達西看起來很害怕，「萬一他反擊怎麼辦？」

「不要擔心，你只管發動攻擊，接下來的交給我，」虎心要他安心，「不過這一切要看起來像是你帶頭的樣子，要不然他們還是會繼續騷擾你。」

達西點點頭。

「要記住，」虎心鼓勵他，「你是為了自己的領土而戰，好嗎？」

達西露出焦慮的眼神，虎心沒給他商量的機會，「跟我來。」虎心走向前面的石板地，跳上那虎斑母貓正在翻找的垃圾堆，他的腳掌立時陷進垃圾堆裡。虎心感覺到垃圾的髒水滲進他的毛皮，頓時噁心得不斷吞嚥口水。

虎斑貓訝異地看著虎心，散發出一股暖暖的氣味。「嗨，」她搖著尾巴跟虎心調情，「你是新來的。」

底下傳來嘶嘶聲，「梅！妳在跟誰說話？」

梅走到垃圾桶邊緣往下看，「只是個陌生客，」然後回頭朝虎心眨眨眼，「好不容易來了一隻像樣的公貓，看來似乎能養活自己。」

虎心看到達西已走向那兩隻公貓，「我剛搬到車站達西那裡了，」虎心很快又接著說，「我們認為這裡的食物不夠跟你們三個分。」他壓低耳朵對母貓發出警告的嘶嘶聲。

母貓的眼神立刻變得凌厲起來，「難道你真的以為，光憑你跟那渾身都是跳蚤的髒東西，就可以把我們趕跑嗎？」母貓嘴唇翻起，「這些桶子都歸我們管，你們最好趁早搞清楚。」她發出一聲嘶吼，撲向虎心。虎心俐落躲開，腳陷在垃圾裡實在不好動手。接著他轉身準備迎接另一波攻擊，卻發覺腳掌愈陷愈深。只聽見下方傳來憤怒的嚎叫聲。

「你以為你現在會打架了嗎，車站貓？」

虎心掙扎著站穩腳步，撐起後腿迎接梅的攻擊。他用前腳掌緊箝住母貓，側身滾向垃圾桶邊緣。接著拖著母貓跟他一起從上頭掉下來。墜落時，他彎起後腿吸收落地時的衝擊，懷裡還緊揪著梅不放。

梅在他的掌控中不斷掙扎嘶吼。後方傳來一聲嚎叫，虎心回頭看，只見弗洛伊德跌在地上，達西朝他的臉頰揮了一拳。**幹得好，漂亮！**虎心把梅拋開，接著縱身跳到達西和剛爬起身來的公貓之間。

「嘿！」虎心怒吼，「我是達西的新朋友。」接著伸爪朝這邋遢的公貓臉上劃過去。

他聽到虎斑母貓在背後發出嘶嘶聲，虎心的後腳往後一蹬，正中母貓胸前，她哀哼了一聲踉蹌走開。

另一隻公貓在垃圾堆旁瞪大眼睛，一動也不敢動。弗洛伊德往後退，嘴裡還發出嘶嘶聲。虎心走到達西身邊，梅全身的毛波動著，憤怒地瞪著弗洛伊德。

「你就這點能耐？」她對那棕白相間的公貓說，「你不再還擊了嗎？」

「那**妳**上啊，」弗洛伊德回嗆她，「他的爪子很利。」公貓邊說邊按著滿是鮮血的口鼻。

「他把我從垃圾堆上面丟下來！」梅氣沖沖的說，接著望著另一隻公貓，「那你呢，史卡瑞普，你也不打算保護我嗎？」

史卡瑞普緊張地看著虎心，接著又看達西，「我們為什麼不另起爐灶呢？」他說，「這條街再下去一點，還有好幾個垃圾堆。」

虎心齜牙說，「這個主意不錯。」這幾隻貓都膽小如鼠，「你們就去別的地方翻垃圾吧，這裡是達西的領土。」

這幾隻垃圾堆貓彼此對望，猶豫了一會兒，接著弗洛伊德聳聳肩，「也好，我們去找其他垃圾堆吧，反正這裡也沒有什麼好東西。」說完就轉身沿著石板路走到一個開口處，那開口就通向怪獸咆嘯經過的地方。史卡瑞普跟著他走，臨走時還用責怪的眼神看著達西。梅狠狠地瞪了虎心一眼說，「你不必做的這麼**絕**。」

「你們一直在欺負達西。」虎心瞪著她。

「他搞得這麼狼狽全是自己的錯。」她朝達西嘶吼，也跟著另外兩隻公貓離開。

「至少他願意為自己的東西奮戰。」虎心在她背後叫著。

「對！」達西脹起全身毛髮，「所以別想再回到這裡。」

虎心看著他，「如果我離開了，你不會有事吧？」

「當然不會。」達西開心地朝虎心眨眼睛，「現在我知道了，原來他們這麼容易放棄。」

「如果他們學會彼此合作，那可就危險了。」虎心警告。

「他們不會的，」達西望著他們消失於轉彎處，「這裡的貓只管自己的事。」

「我們那邊的貓都彼此合作。」虎心說著不由得想起以前跟族貓打獵的快樂時光，內心浮現一陣淡淡哀傷。

「為什麼？」

虎心看著他，心想這貓怎麼弄不明白呢？「團結力量大。」

「自己管自己的事，不是容易多了嗎？」達西看起來很困惑。

公貓的話讓虎心內心產生一絲罪咎感，當初他離開影族的時候，心裡不也是這麼想的嗎？**不！我要去找鴿翅，她需要我。**他看著達西，「你好像連自己都照顧不好。」

「我不是讓你幫我了嗎？」達西甩甩尾巴，「我覺得這招挺聰明的。」

「你無法讓我為你做任何事情，」虎心告訴他，「我是自願的。」

「當真？」達西看起來很訝異。

「當然是真的！」虎心望著剛剛那幾隻貓走過的石板路，這走道通向一條轟雷路，「請問兩腳獸聚會的地方是往那邊去嗎？」

達西隨著虎心的目光望去，「沒錯，」接著他飢渴地看著垃圾堆，「你要不要先吃點東西？」

虎心的腳掌還殘留著垃圾酸臭的味道，「不用了，謝謝，我晚一點會自己打獵。」他拉長脖子，環顧四周高大的兩腳獸巢穴，感覺就像在一座森林裡，銀色天空襯著高聳入天的屋頂顯出剪影，太陽正要漸漸往下沉。

達西還一直看著垃圾堆，「來吧，我們來找一些吃的，我相信你會喜歡的，有些味道真的很不錯。」

「不用，謝謝。」虎心希望達西不要再一直叫他吃了，他一心只想知道，那個兩腳獸聚會所是不是鴿翅一直在尋找的那個荊棘巢穴。「我不吃鴉食，除非在不得已的情況下。」

「**鴉食？**」達西皺起眉頭。

「就是吃剩的東西。」虎心解釋。

「鴉食？」達西若有所思地不斷重複這句話，安靜了好一會兒，接著聳聳肩說，「如果烏鴉會吃的話，那我也可以吃。」

虎心不安地豎起毛髮，竟然有貓不認為自己比烏鴉強！鴿翅怎麼會相信，孩子在這種環境下成長比較好呢？「走吧。」他踏上石板路，壓低耳朵抵擋前方怪獸奔馳的隆隆聲。

他們走到牆邊一隻熟睡的怪獸旁，達西這時走在虎心旁邊。這怪獸的一隻腳不見了，外皮顏色看起來很灰暗，虎心懷疑牠是不是死了。達西從怪獸旁邊走過，看起來絲毫不以為意，虎心趕緊跟上。這條路走到底時，風從角落灌進來，吹得虎心幾乎睜不開眼，前方往來的怪獸和兩腳獸，在眼裡模糊成一片。虎心猶豫不前，驚恐地看著達西踏上轟雷路旁邊的石頭步道。

「走啊。」車站貓用尾巴招呼虎心快點跟上。

虎心強迫自己走進這一片喧囂，刺鼻的氣流不斷吹向他，閃亮的高牆和高聳入天的巢穴讓虎心頭暈目眩。高低的屋頂在天際勾勒出曲曲折折的線條。虎心為了躲避兩腳獸，緊緊靠著牆邊走。「為什麼這裡的兩腳獸需要這麼大的巢穴？」虎心問，試圖分散內心的恐懼。

「因為城市裡的兩腳獸實在太多了。」達西為了閃避兩腳獸也走到虎心旁邊，「牠們總要有地方睡覺吧。」

虎心眨眨眼看著這隻車站貓，他怎麼有辦法這麼冷靜？這裡除了兩腳獸之外，轟雷路上的怪獸也無止盡地湧現，還像鵝一樣不斷發出叭叭聲。他很慶幸之前在那個比較小的兩腳獸地盤，艾杰克斯和絨毛球已經教過他怎麼閃躲兩腳獸。不過那裡只是有些忙碌，而這裡根本難以招架。他瞪大眼睛看著達西，「你怎麼有辦法行動自如？這裡實在是太擁擠了！」

達西聳聳肩，「這裡一切都在動，但也沒動那麼快，其實兩腳獸和怪獸對貓不太感興趣。只要低頭走，不擋路就沒事。跟我來。」他沿著石頭步道的牆邊走，一直走到與另一條轟雷路交會的地方。

「接下來往哪兒走？」虎心往兩條轟雷路的交叉口望去，只見兩腳獸巢穴之間有個縫隙。而在他們頭頂上方有根柱子，柱子上有燈光閃爍，一下紅一下綠。

「要等燈變綠，」達西點頭示意，要虎心注意看一個長得像兩腳獸的燈號，「等綠燈亮了我們才能跟兩腳獸一起穿越轟雷路，小心不要絆到牠們，不然牠們會很生氣。」

虎心盯著燈號，看見綠燈突然亮起，怪獸們立刻停住，好像前面有一道隱形的牆擋住牠們，然後兩腳獸才魚貫川流走過轟雷路。

「就是現在！」達西用肩膀推著虎心向前走。

虎心跟在他旁邊快速移動，內心忐忑不安，他盯著腳下平整光滑的轟雷路，告訴自己不要奔跑，千萬不能絆到身旁如潮水般湧現的兩腳獸。好不容易到了路的另一邊，虎心才鬆了一口氣。達西帶著他走上另一條石頭步道，步道旁是另外一條更寬廣的轟雷路。

虎心注視前方，周圍嘈雜的聲音把他弄得暈頭轉向。鴿翅是怎麼穿過這一片吵雜擁擠的路線呢？「兩腳獸的聚會所還很遠嗎？」

「還有一小段路。」達西在兩腳獸變少的地方開始加快腳步。他轉了個彎走到一條更安靜的步道，比之前還要窄些，兩腳獸和怪獸也少多了。

他們又繼續穿過好幾條轟雷路，一條比一條安靜，一直到最後虎心看到櫛比鱗次的兩腳獸巢穴中間出現一缺口，裡頭有一塊綠地。終於看到草地和樹木，虎心的心不禁飛揚了起來。草地的中間有一個巢穴，跟四周高聳的巢穴相比下來較矮胖。那巢穴的石板外牆上鑲嵌著許多彩色岩石，在午後夕陽映照下，像破碎的彩虹閃閃發亮。那屋脊就像脊椎骨一般蓋在巢穴上方，巢穴兩側有高聳入天的小尖塔，中間還有一個更大的尖塔像要刺入雲霄，「這些就是金雀花的刺啊！」虎心停下來注視，這就是鴿翅夢到的地方吧？一定是的。他沿著銀軌一路走來，果然就找到這裡了。

達西停下腳步，「從這裡開始你就可以自己走了。」他向虎心點頭致意，「謝謝你幫我趕跑弗洛伊德他們，我終於可以安穩地睡個好覺了。」

虎心把視線從荊棘巢穴那裡拉回來，「如果他們再找你麻煩的話，別忘了我教你的那一招。」

「我不會忘的。」達西開心地對他眨眨眼，「祝你好運，希望你能找到你的朋友。」

「但願如此。」

就在達西踏上歸途時，虎心注視著兩腳獸聚會所。這巢穴看起來空空的，周圍的草地也是空蕩蕩的，只有一些整齊豎立的石板排列在那裡。虎心快步向前，穿梭其間，腳下踩著草皮讓他心裡踏實多了。他張口嗅著這一帶的空氣，希望聞到鴿翅的氣味；看著前方閃亮巨大的巢穴，不禁胸口一緊。**我來了……希望鴿翅也在這裡。**

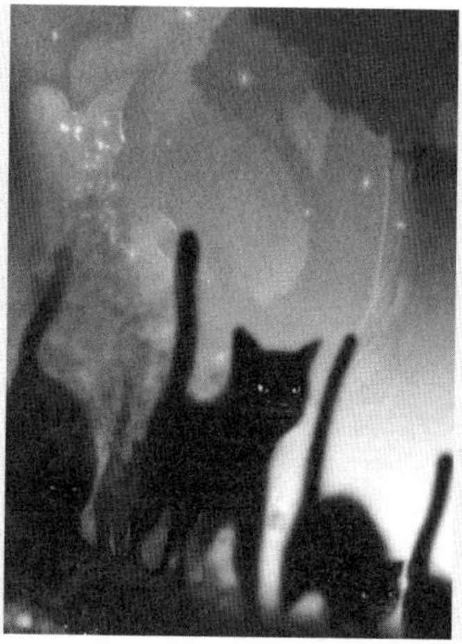

第十四章

草地上的薄石板在夕照下，投射出長長的影子，此時太陽已經沉到兩腳獸巨大巢穴的後方了。虎心抖一抖身上的毛，這裡沒那麼多怪獸的呼嘯聲。周圍的樹似乎隔絕了這個城市的喧囂，讓這片綠地顯得靜宓許多。交錯的枝葉伸向天際，在風中微微顫動，讓這充滿兩腳獸臭味的地方透露出森林的氣息。這場景也讓虎心想起從前他跟鴿翅私會的地方，他沒能來得及在鴿翅出發之前和她會合，鴿翅會原諒他嗎？他焦急地嗅著空中的氣味，希望能夠聞到一點鴿翅的蛛絲馬跡。

「你是誰？」夜色中傳來一聲咆哮。

虎心防禦性地伸出爪子，環顧那些石板。

一雙綠眼睛在暮光中閃閃發亮，接著出現黑色口鼻，有隻雜黃褐色的母貓正盯著他看。還有兩隻公貓一左一右跟在母貓身邊，其中一隻是棕黑相間的花貓，矮小精壯；另外一隻是霧灰色長毛貓。

這三隻貓壓平耳朵，充滿攻擊性地緩緩逼近。

「我是來找朋友的。」虎心趕緊告訴他們。話才說出口，他的心一沉，鴿翅是不是也遇上這三隻貓，這三隻貓看起來並不好惹。他們會不會把鴿翅趕走了？或者傷害了她呢？

母貓的尾巴一揮，公貓立刻停下腳步。她齜牙咧嘴地走向虎心，「你是誰？」她又緩緩地再問一次。

「我叫虎心。」他看著母貓後面的聚會所，太陽已西沉，聚會所陷入一片幽暗之中，牆壁和屋頂不再閃亮，看起來有些陰森森的。

「我朋友不惜路途遙遠，就為了找尋這個地方，我也跟著來，就是希望能找到她。」

母貓的眼神充滿好奇，「你是來找一隻母貓？」

「她是我的伴侶，」這話一出口，虎心立刻喉嚨一緊，心裡封存已久的悲傷就這樣被打開了。長久以來他一直刻意忽視這樣的感覺，幾乎都忘了自己有多麼想念鴿翅，「她懷了我的小貓。」

母貓把頭歪向一邊，豎起耳朵，眼神不再帶有威脅，「她叫什麼名字？」

「鴿翅。」虎心的語氣激動，突然覺得很累。

母貓回頭向那隻棕黑相間的公貓說，「螞蟻，你去問看看這裡有沒有一隻叫鴿翅的貓。」

公貓快速離去，母貓又把目光移到虎心身上。

就在螞蟻消失在聚會所轉角的陰暗處時，虎心滿懷希望地看著母貓。

「我叫姬烈，」母貓說，接著頭轉向灰色公貓，「那是蛛網。」

「你們住在這裡嗎?」

姬烈用不信任的眼神看著虎心,「你旅行多久了?」

「好多天。」

「那你一定累了。」

虎心抬起下巴,儘管已經累到骨子裡了,還是強打起精神,「也沒有累到走不動啦,如果有必要我還是會繼續走下去,我必須找到鴿翅。」如果虎心繼續追問下去,說不定她就會告訴他鴿翅是否來過這裡。

姬烈不回應,只是靜靜的看著他。

虎心注視她的綠眼睛,迫切想讀出眼底的訊息。難道她在隱瞞些什麼嗎?結果,他什麼都讀不出來,只在她眼珠中看到身後兩腳獸點點燈火的倒影。

隨著暮色變得更深,蛛網也變得更加坐立難安。虎心終於看到有東西在黑影中移動,是螞蟻在石板間穿梭而來,他停在姬烈身邊耳語。

虎心屏住呼吸,鴿翅在這裡嗎?

「她說要見你,」姬烈簡短地說,「跟我來。」

虎心難掩內心狂喜,「她在這裡?」他簡直不敢相信。

姬烈轉身走向聚會所,虎心緊跟在後,興奮的四肢顫抖。他終於找到她了!鴿翅果然在這裡!他在石板間穿梭而行,螞蟻和蛛網也跟隨在後。姬烈把虎心帶往地面上的一個開口,有石階通往地底一道透明牆面,這透明牆旁的石頭被移開了,露出一個開口。姬烈就從這洞口鑽進去，虎心隨後跟上。接著出現一個平台，從平台向下望去是一個方形的洞穴。虎心緊張地四下張望，「兩腳獸會來這裡嗎？」

「現在不會了。」姬烈站在平台的邊緣。

方形洞穴的牆面平滑，一定是兩腳獸刻意雕琢出來的。牆面的高處裝置著成排的透明岩石面板，暮光可以從那裡透進來。靠牆的地方成堆擺放著兩腳獸的雜物，他無法相信像鴿翅這樣的戰士，竟然會把這種地方當成家。**她真的相信她的夢境對我們的孩子是一個不好的預兆？**虎心納悶。

他看到一隻貓在幽暗中移動，另一隻穿過那寬敞發亮的地板。

「鴿翅在哪裡？」他走到姬烈前面。

「你等一下。」她把虎心推到旁邊，然後往下跳到一個木製平台，接著再跳到地板上。就在虎心觀望的時候，蛛網和螞蟻也跟著跳下去。

我不能再等下去了！「鴿翅！」虎心的聲音在幽暗的空間裡迴盪。

「小聲一點！」姬烈瞪了虎心一眼警告他，「這裡有生病的貓，他們可不希望你在這兒大聲喧譁。」接著姬烈甩動尾巴要虎心跟上，虎心立刻跳到姬烈踩過的木頭平台，平台搖晃了一下，接著迅速跳到地板。那地板冰涼平滑，充滿兩腳獸的刺鼻臭味。虎心就這麼跟著姬烈走，踩在黏答答的地板上，感覺每走一步都要把腳掌從地面剝開。

蛛網和螞蟻走在虎心兩側，悄然無聲。

當他們經過一個用無毛的皮鋪成的窩時，虎心聞到疾病的氣息。有隻獨眼虎斑貓正靠著窩邊，舔著一隻臭臭的淡色母貓，這隻母貓癱軟無力地躺在窩裡。另一隻貓咬著一塊軟軟的東西，走到從牆邊突出的一根管子那裡。有水從管子滴到地板上，她把那塊軟軟的東西放在底下，等它吸滿水。姬烈隨著虎心的視線望去，「她在幫忙取水給那些重病的貓喝，那些貓無法自己走到這裡。」

「這就是你們喝水的地方？」虎心看著那塊被水潑灑的潮溼發臭地面。

「沒有生病的貓到外頭喝水，這管子滴出來的水是給生病的貓喝的。」姬烈解釋得理所當然的樣子。

虎心注意到另外一個窩裡，有隻貓舔著另外一隻的腳掌。那裡太暗看不太清楚，但虎心聞到了血還有藥草的味道，「請問那是巫醫貓嗎？」

「是什麼？」姬烈看著虎心。

「就是專門照顧生病同伴的貓。」

蛛網順著虎心的目光望去，「那是蕨肯，他正在治療搗蛋鬼被老鼠咬到的傷口。」

「我們都會彼此照顧傷患。」螞蟻解釋。

虎心這時才注意到螞蟻臉頰上的舊傷疤，蛛網有半只耳朵不見了，姬烈有一隻腳比較短，站著的時候身體還歪一邊。難道這裡的貓全都受傷或者生病了?他的心頭一緊，鴿翅是不是也因為受了傷才跟他們在一起?或者是病了?「她在哪？」虎心再度焦急地問。

「你是說鴿翅嗎？」姬烈再度往前走。

「是的！」虎心焦躁地豎起全身的毛，這時他們經過一個窩，裡頭有兩隻貓靠在一起，呼吸聲濃濁。

「她在這裡。」姬烈從一個木頭平台下穿過去，牆邊有一疊無毛的皮堆成的貓窩。

虎心在混雜的氣味中聞到的一絲熟悉但是微弱的氣息，他的心臟幾乎跳到喉嚨了，「鴿翅？」

他看到她灰色的毛在那一堆奇怪的皮之間挪動，等到他眼睛慢慢適應黑暗之後，終於認出鴿翅的臉。她正睜大眼睛注視著他。

「鴿翅！」虎心一陣狂喜衝向鴿翅，把臉貼在她臉頰上。

她往後退，發出嘶嘶聲，「你沒來和我會合！」

虎心彷彿被狠狠打臉一樣向後退縮，他的心撕裂般疼痛，「對不起，我本來要去，事實上我已經出發了，但是焦毛和刺柏爪要離開，我不得不阻止他們，就在那時有隻獾突然出現攻擊我們。等我到達約定的地點時，妳已經走了！我本來想跟上去，可是怪獸太多了，而且當時我的頭又受傷。」他一股腦兒劈哩啪啦、語無倫次地說了一大堆。之前他沒有想過該怎麼說，而現在這些話就這樣毫無章法地跑出來，像是小貓咪玩大亂鬥一樣。**請妳理解！**「在跟獾對打的時候我撞到頭，讓我穿越不了轟雷路，接著我又做了一個夢，夢境告訴我不能離開影族。我真的想來找妳，不過如果我當時來了，現在影族可能已經不存在了。」

鴿翅望著虎心身後的姬烈、蛛網和螞蟻，他們退到平台後面遠遠地望著，並非偷聽而是在保護她。鴿翅跟他們點頭示意，他們便離開了。接著她轉向虎心，「如果你的部族這麼需要你，那你還來這裡做什麼？」

「我錯了，我原本以為我是太陽，但後來才明白我才是影子。」虎心愈說聲音愈小，突然意識到自己這番話聽起來一定莫名其妙。

鴿翅看起來還是不為所動，依舊冷眼看著虎心，「所以，現在你的部族沒有你也不會消失嗎？」

「不會……」虎心注視著鴿翅，希望在她的眼中找到一絲溫暖可以依靠。「但願不會，但我也不知道。我只知道我必須來找妳，影族必須自求多福。」

「所以你是在你的部族不需要你的時候，才選擇了我？」

鴿翅的質疑讓虎心啞口無言，他選擇她是因為水塘光所做的一個夢，但萬一他真的是太陽呢？那他豈不是要成為族長，然後永遠留在部族？「我選擇妳是因為我知道，妳比我的部族還需要我。」

這是實話。

不過萬一影族真的更需要我的話，那該怎麼辦？

他試著不去想這個問題，現在必須得讓鴿翅相信，她高於一切選項，甚至是他的部族。

「我愛妳，」他殷切地看著她，「我要照顧我們的孩子，我必須在妳身邊。」

這時，鴿翅才露出悲傷的眼神，「所以你有試圖要來找我？」

虎心點頭，「我已經出發了，但是那隻獾、還有我做的那個夢、還有──」

「現在你總算來了。」鴿翅撐著站起身來。

虎心這才看到她的肚子已經這麼大了，他立即衝上前去充滿愛意地與她耳鬢廝磨，「我很想妳，這麼長的一段路，妳自己一個是怎麼走過來的？妳是沿著銀軌走來的嗎？」

鴿翅吃力地坐下，虎心聽得到她在喘息，驚覺怎麼有血的味道。他嗅著她，鬍鬚碰到鴿翅肩上的傷口，頓時鼻腔充滿了血跟藥草的味道。「妳受傷了！」虎心眨眨眼看她，心跳加快，「這是在路上發生的嗎？妳是不是被攻擊了？」

「我沒事，」鴿翅鎮定地安慰虎心，「是狐狸咬傷的，尖塔已經幫我治療了，傷口好得很快。」

「被狐狸咬傷？」剎那間，虎心腦海裡再度出現鴿翅離開後不斷困擾他的可怕場景。她是那麼的脆弱，他怎麼能讓她獨自經歷這樣的旅程呢？

「有一次我跟守護貓一起出去的時候，事情就發生了。」鴿翅一邊慢慢躺下，一邊輕描淡寫地說。

「守護貓？」虎心愣愣地望著她。

「就是這裡的貓。」鴿翅環顧這洞穴，「他們彼此照顧，也照顧任何需要幫助或需要治療的陌生客。」鴿翅圓睜雙眼看著虎心，「你看？我的夢境是真的，我注定是要來這裡的，我們的孩子在這裡會很安全。」

那又能待多久呢？虎心千頭萬緒。沒錯，這裡的守護貓看起來很善良，又樂意提供協助，就像是一整個部族全都是巫醫。但是達西呢，他根本不懂團結力量大的道理。至於弗洛伊德、史卡瑞普和梅？他們也只想到自己。難道這裡真是個養兒育女的好地方嗎？如果周遭都是流浪貓和獨行貓，小貓又如何學習成為戰士呢？

鴿翅依舊看著虎心，大而深邃的眼睛在黑暗中閃閃發亮。她需要虎心扮演好戰士的角色，在身邊堅強地守護她。

「我們的孩子在這裡會很安全，」虎心同意。他走進窩裡跟鴿翅依偎在一起，她身體的溫暖讓虎心整個放鬆下來。他用尾巴緊緊環繞鴿翅，鼻頭塞到她耳下，「妳的夢境是真的，就是妳的夢把我們帶來這裡。」那窩很舒服，虎心躺在那無毛的皮上，感覺很柔軟。他整個放鬆下來，閉上眼睛，「妳餓嗎？」有鴿翅依偎著在身旁，虎心帶著睡意喃喃說道，「我去打獵幫妳找吃的，希望我們的孩子長得健康強壯。」

「我自己也可以打獵，」她小聲說，「這個聚會所的老鼠很多。」

「可是我想趕快適應，開始照顧我的親人。」虎心已經睏到話講不清楚。

「你本來就很會照顧人，」鴿翅喃喃地說，「以後也不會變。」

他緊緊的依偎著鴿翅，鼻腔充滿她的氣息。快樂就像綠葉季的微風一般，吹得他渾身輕飄飄的。虎心就這樣在她溫暖的懷抱中，呼吸愈來愈平穩深沉，慢慢地飄入夢鄉。

「趕快起床，瞌睡蟲。」

鴿翅輕柔的喵叫聲，把虎心從沉睡中喚醒。**鴿翅！**他終於找到她了，重逢的喜悅再度襲上心頭。他聞到新鮮老鼠的味道，睜開眼睛。一睜開眼感到有些驚訝，天已經亮了。現在是早晨！他竟然一覺到天明，他猛地抬起頭，「我應該要去打獵的。」虎心困惑地環顧四周，慢慢地，這一路上的場景，轟雷蛇、達西、垃圾堆、守護貓，一一浮現。

「我幫你帶吃的來了。」她把一隻老鼠推到他面前，「你一定很餓了。」

虎心的確很餓，他的肚子就像是荒廢的兔子洞，空蕩蕩的。他舔舔嘴唇，「應該是我去找吃的給妳才對。」

「難道你擔心會忘了怎麼抓老鼠嗎？」鴿翅的綠眼睛揶揄地看著虎心，看來很快樂，「不用擔心，虎心，以後還有很多機會的，這裡有很多張嘴等著被餵飽呢。」

虎心順著鴿翅的目光打量這洞穴一圈，在明亮的晨光中，這個地方看起來不再那麼格格不入。但是光滑的牆壁，發亮的地板，以及兩腳獸的雜物，看在眼裡還是很難以適應。他靠向鴿翅，「我們現在住在兩腳獸的巢穴裡，妳不覺得奇怪嗎？」

鴿翅聳聳肩，「不會啊，兩腳獸已經不使用這裡，」她告訴虎心，「他們每隔幾天會在樓上聚會，不過他們沒有住在這裡，而且從來不會到下面來。」

虎心看著平整方型的天花板，「可是這巢穴是他們蓋的，為什麼蓋了又不用了呢？」

鴿翅用前掌把老鼠撥進窩裡，「不要擔心那麼多，趕快吃吧。」

老鼠的味道嘗起來有點霉味，沒有森林的鮮甜，不過虎心已經非常感激了。就在他吃老鼠的時候，鴿翅轉頭看到一隻瘦削的黑色公貓正朝他們走來，她立刻爬進窩裡，緊緊靠在虎心身旁。難道她怕這隻公貓？這隻公貓看起來並不具威脅性，而且後面還跟了一隻身形瘦小的黃白相間小貓。

黑公貓在他們的窩前停下來，那小貓興奮地在旁邊繞來繞去，「這就是你說的貓嗎？」

虎心嚼著鼠肉，感到非常好奇。這黑公貓緩緩地對他眨眨眼，眼神看起來空洞遙遠，不曉得到底在想些什麼。

「沒錯，他是第二個。」公貓打量著虎心，「我等的兩個，現在終於都到了。」

虎心皺起眉頭納悶，他到底在說些什麼？難道他早就知道他們會來這裡？這怎麼可能？

鴿翅在他旁邊挪動身體，「這是尖塔，」接著朝他點頭致意，「他是這裡的治療師。」

小貓咪驕傲地挺起胸膛，「他是這裡醫術最高明的治療師，知道一些其他的貓不知道的事，而且他也會夢到一些事情。啊，對了，我叫熾燄，是他的幫手，然後他也照顧我。」

尖塔對小貓說的話不置可否，甚至還轉身離去，就像他剛才來的時候一樣，那麼突然。

虎心一邊看著這治療師，一邊吞下口中的老鼠肉。這隻貓對他們的到來好像很感興趣，難道他不想多留一會兒跟他們談談嗎？「很高興認識你。」虎心喊道。

這隻公貓好像根本沒有在聽，他的頭微微抬起，仰望半空中的某個點，自言自語。接著目光下移，搖搖頭，好像正在回答只有他才聽得到的問題；而那提問的貓，也只有他才看得見。

熾燄隨後加快腳步跟上，「你餓了嗎，尖塔？我們去找東西吃好不好？」

姬烈走過小貓身邊，關愛地用尾巴輕撫他的背脊，「去找手套帶你一起去打獵。」她告訴小貓。

「好。」熾燄趕忙跟上尖塔，把他推向一隻在一道光束下曬太陽的虎斑貓身邊。

姬烈走向鴿翅的窩，虎心剛吞下最後一口鼠肉，蛛網和另外一隻虎斑母貓也跟著過來。

「我看到你已經見過尖塔了。」姬烈喵聲說。

「他說他在等我們。」虎心回答說。

「尖塔常講一些奇奇怪怪的事，」姬烈尾巴一彈，「大部分都是無稽之談。他腦袋不太清楚，但我們一直照顧他。另外，他的醫術很高明。」

「熾燄也這樣說。」虎心望著在洞穴一邊的熾燄，他正想把一隻虎斑貓扶起來。

姬烈接著說，「熾燄對尖塔很好，他可以讓天馬行空的尖塔不致於太脫離現實。我也搞不懂為什麼一隻小貓，會花那麼多的時間跟這怪貓在一起，不過他們的確彼此照顧。」

虎心看著鴿翅，「妳告訴我尖塔幫妳治療被狐狸咬到的傷口，」他接著說，「妳覺得他是巫醫嗎？」

鴿翅聳聳肩，「我真的不知道，他說他做很多夢……但我不知道那夢境是否來自星族。有時候他好像看到一些我們看不到的東西，」講到這裡鴿翅覺得有點毛骨悚然，「我就是不喜歡他看我的時候，好像知道什麼關於我的祕密一樣。」她抬頭看著姬烈，「他剛剛跟虎心說話的時候，也是這麼怪裡怪氣的。」

姬烈瞪大眼睛興味盎然，「真的嗎？」

在一旁的母虎斑貓耳朵抖動了一下，「有時候尖塔會把夢跟現實搞在一起，說不定他認為你會飛。」她對虎心呼嚕嚕地說。

「這是肉桂。」姬烈介紹她身邊的棕色虎斑貓，她害羞地移動白色腳掌，點頭致意。

「嗨！肉桂。」

就在虎心點頭回應的時候，姬烈對鴿翅眨眨眼，「很開心妳的伴侶終於來了。」她接著轉向虎心，「鴿翅跟我們提過你。」

虎心感到很內疚，不知道鴿翅到底跟他們說了些什麼，「我應該陪她一起踏上旅程的。」他不自在地豎起毛髮，難道他們以為他辜負了她？

「不過你現在總算來了，」姬烈說，「我希望你能幫幫我們，鴿翅說你也是戰士。」

蛛網走向前，「鴿翅說你們那裡的貓都是戰士，說你們住在部族裡，這樣的生活方式聽起來很奇怪。」

「沒比你們這裡奇怪，」虎心看著這個地底洞穴，這些貓跟達西以及其他垃圾堆的貓不一樣，這裡的貓懂得彼此照顧，「你們是怎麼發展出這樣的生活方式呢？」

姬烈聳聳肩，「誰知道呢？生病的貓來來去去，有些傷勢沒法完全痊癒的貓就繼續留在這裡。」她看著自己一隻比較短的腳，「有朋友總是比較安全一些，我們各挑自己擅長的事情來做，有些醫病、有些打獵、有些看家護院。」

肉桂仔細打量著虎心，「他看起來很靈活，或許對我們很有用。」

「他當然會很有用，」鴿翅驕傲地抬起頭，「希望我也能夠幫上忙。」

姬烈很嚴厲的看著鴿翅，「妳只要保護自己孩子的安全就好，上次就是想幫忙，看看發生了什麼？」她看著鴿翅肩上的傷。

鴿翅滿眼挫折，「我當時也沒想到肚子大了，有些招式竟施展不開。」

虎心一驚，「妳還打架！」

「我們跟一隻狐狸槓上了。」姬烈告訴他。

「牠阻撓我們採藥草。」蛛網解釋。

肉桂彈動尾巴尖端，「鴿翅說只要一兩招就可以搞定，結果沒派上用場。」

「她教了我們幾招。」蛛網插話。

「鴿翅很快就要生小貓了，沒辦法好好教我們，」姬烈一邊說一邊轉頭環顧在洞穴中四處走動的貓兒，「我們的確學到一些招式，但是鴿翅說，如果要把狐狸趕跑的話，我們必須打群體戰。」

「看來你們已經合作的很好了。」虎心環顧四周，螞蟻拿一塊無毛的皮在水管旁邊吸水，一隻雜黃褐色的母貓正把樹葉從樹枝上剝下來，放在搗蛋鬼的窩旁，一隻棕白相間的公貓正從上方透明牆旁的入口跳下來，叼著老鼠放到生病母貓躺著的地方，「你們的醫病技術是在哪裡學的？」

「有隻叫南瓜的流浪貓來這裡待過一陣子，他也在森林貓那裡待過，學了一些實用的藥草知識。」姬烈解釋。

森林貓？難道這隻貓曾經跟部族住在一起過嗎？虎心從來沒有聽過這隻貓，猜想南瓜或許曾經跟天族一起在峽谷待過。

姬烈又繼續說，「他知道不少藥草，像是聞起來什麼味道，看起來什麼樣子，把這些都教給我們。他離開之後，我們又繼續摸索，拿些新藥草來試驗看看，知道什麼有效，什麼沒效。我們了解到在治療病貓和傷患的時候，常識跟藥草一樣重要。在治療的過程中，我們學會了許多新知識。但打架完全是另一回事，希望你可以教教我們。」

這就是尖塔看到虎心之後如釋重負的原因吧，他一直盼著有隻貓會來幫他們把狐狸趕跑，不要妨礙他們採藥。

「怎麼樣？」姬烈看著虎心。

虎心點點頭，非常欣賞姬烈率直的作風。她的要求很簡單，而且不求回報。達西和她簡直不能相比。虎心很慶幸並非所有城市裡的貓都一樣，「所以有隻狐狸阻撓你們採藥草嗎？」

「這附近的藥草不多，」蛛網說，「不過我們發現有個地方，那裡幾乎有我們需要的，一直以來我們都是去那裡採。」

虎心點頭，「不過現在那裡被狐狸霸占了。」虎心看著鴿翅的傷口，「這就是那隻狐狸咬的？」

「沒錯，我們必須趕快把狐狸趕跑，這樣才能在植物被寒冷的天氣凍死之前把藥草帶回來。」姬烈意志堅決地看著虎心，「你願意幫我們嗎？」

「當然。」如果這裡是他們暫時的家，虎心就會像捍衛影族領土一樣捍衛這裡。「帶我去那裡看看，我必須先搞清楚狀況。」

虎心感受到一旁的鴿翅情緒開始緊繃起來，「你會小心吧？」

「這次的出巡只是先去勘查地形，」虎心告訴鴿翅，「先摸清楚那狐狸是要在那裡築窩、還是只是路過。」他看著姬烈，「牠可能只是隻年輕的狐狸，想找地方安頓下來；也可能是一隻母狐狸，想找地方生小狐狸。無論如何，都必須先搞清楚，因為事情可能會變得很棘手。」

姬烈點頭表示同意，「謝謝你，」隨即轉身走向洞穴入口，果斷地甩動尾巴，「我帶你過去。蛛網、肉桂、螞蟻。」她提高音量對著一隻臉上有疤的棕黑相間公貓大叫，那公貓正把最後一口鼠肉吞下肚。螞蟻熱切地抬起頭。

「我們帶虎心去勘查那一塊採藥草的地方。」姬烈告訴他。

「要跟狐狸打架嗎？」螞蟻急忙跑過來加入他們。

「先去看看狀況，」虎心告訴他，「跟狐狸打架是一回事；要一勞永逸地把牠們趕跑又是另外一回事。」

姬烈穿過洞穴、跳上木頭平台。虎心跟其他的貓隨後跟上，只見她穿過透明牆面旁邊的開口，消失在外頭。虎心在木頭平台上面停了一下，蛛網、肉桂和螞蟻從他身邊魚貫而過。虎心回頭望著鴿翅，她正躺在窩裡打著呵欠。他滿眼愛意地看著她蜷著身體、大腹便便。再過不久，他們就會有一個家庭了，虎心喃喃自語，**感謝星族，一路把我帶來這裡。**

第十五章

虎心跟著姬烈、螞蟻、肉桂、蛛網，一路在高聳的巢穴和洶湧的轟雷路之間穿梭閃躲，他根本不敢東張西望，就怕跟丟了。今早城裡更加忙碌喧囂，到處都是兩腳獸。玻璃帷幕反射著強烈的陽光，怪獸一路狂吠尖叫。

虎心壓平耳朵快步跟在蛛網後面，他們從一隻熟睡的怪獸底下鑽過去，然後又在一群戛然而止的怪獸面前衝過去。他們怎麼知道何時可以安全穿越呢？這裡的各種氣味讓他難以招架，噪音和不停移動的事物使他失去方向感。他告訴自己要緊盯著守護貓，不然跟丟的話，他自己怎麼有可能走回到聚會所、回到鴿翅的身邊？

這麼一想他更加緊張了，蛛網轉了個彎走向一條更安靜的石頭步道，虎心不敢鬆懈地緊緊地跟上去。

這時姬烈放慢速度，仰望著兩腳獸巷弄之間的狹長藍天，虎心覺得自己好像從峽谷的底部往上看。「我們要到了嗎？」他問，這顯然是條遙遠危險的路程。

「走過了這條巷子之後，就沒有兩腳獸的巢穴了，」姬烈告訴他，「也沒有兩腳獸，那邊只有怪獸和轟雷路。」

只有怪獸和轟雷路！她話說得很輕鬆。「那不是更危險嗎？」

「還好啦，」螞蟻要他放心，「我們知道一條安全的路線。」

虎心懷疑地看著這隻公貓，這種地方怎麼可能有**任何**安全路線？

走到巷底的時候，眼前突然豁然開朗。這裡不再有兩腳獸巢穴，而是一片有著迷宮般交錯轟雷路的大地。怪獸在上頭疾駛而過，到處瀰漫著牠們排放的臭氣。一條拱起的轟雷路跨越過許多條轟雷路，它那寬大的腳掌支撐著長長的腿插入地面，虎心一時之間看得目瞪口呆。

肉桂用鼻子指向高架轟雷路底下的綠色坡地，「藥草就長在那裡。」

虎心望著這片交織在他和藥草之間的轟雷路，「看著老天的份上，我們到底要怎麼過去啊？」

「從這邊走。」姬烈快速走向一條寬大的轟雷路，沿著路邊走。飛奔而過的怪獸吹亂他們的毛髮，隆隆的呼嘯聲震動他們的耳膜。不過當看到姬烈走向轟雷路旁的一條溝渠時，虎心總算鬆了一口氣。那溝渠底下有個洞，**隧道！**

虎心就這樣興奮地跟著姬烈、蛛網、螞蟻和肉桂鑽進黑洞裡。這個洞還沒有獾的地道大，牆面圓滑平整，隧道底部還有淺淺的水流過。當他們涉水而過時，還有回音迴盪其間。虎心感覺腳底黏黏滑滑的，還聞到臭臭的味道，不禁皺著鼻子。不過，這終究是一條安全的路。

姬烈帶著他們從這條隧道接上另一條隧道，最後，他們終於到達高架轟雷路底下的綠色坡地。

虎心緊張地望著他們頭頂的巨大轟雷路，它的大腳就穩穩地盤踞在坡地上。矮樹叢和野草蔓生其上，還有許多灌木叢點綴其間，它們的葉子都因轟雷路的臭氣蒙上一層灰。「你們用的藥草都在這裡摘的嗎？那聞起來不是很臭嗎？」

「我們使用之前會先把怪獸的臭味洗掉。」姬烈告訴他。

蛛網快速走向那大腳，興奮地聞著旁邊的一株植物，「這柳葉菜長得很好。」

螞蟻繞著一棵開著黃白花的深綠灌木，「這小白菊可以採了。」

「還好狐狸不吃藥草。」姬烈警戒地環顧四周。

虎心也跟著四下張望，他嗅著空氣，想要在怪獸的臭氣中分辨出狐狸的氣味。他深吸一口氣，然後呆住了，這狐狸味是剛剛留下的。「我們大家應該要緊靠在一起。」他提醒姬烈。

姬烈用尾巴一甩示意，「我們先把狐狸的問題解決了，再來採藥草。」

「但現在已經是夜冷季了，」蛛網焦急地說，「如果我們等到冰冷季的話，那霜雪會把新鮮的葉子都凍壞的。」

虎心猜想夜冷季一定是落葉季，而冰冷季就是禿葉季了。

姬烈望著這片坡地，「離降霜的時節還有半個月。」

「如果運氣好的話才這樣。」蛛網辯稱，「如果現在不趕快採的話，我們恐怕要等到暖時季了。」

他的意思是新葉季嗎？先不管這些奇怪的講法，這些貓和森林裡的巫醫面臨同樣的問題。虎心要離開森林前，水塘光不就一直催促花楸星要趕快派巡邏隊出去採藥草嗎？

「我們先全面的檢查一下，」他建議，「我想先了解這隻狐狸築巢了沒有，我需要更多的線索來判斷這是一隻公狐狸還是母狐狸。」母狐狸就比較麻煩了，特別是牠築巢了的話。

姬烈點點頭，帶著大家穿過草叢。虎心豎起耳朵，這狐狸才剛來不久，他知道狐狸都是在白天睡覺，或許這時候牠正在休息。虎心嗅著狐狸的氣味，低聲對姬烈說，「往這邊走。」他朝著一堆茂盛的草叢走去，走到氣味發散的源頭。頭頂的轟雷路在坡地上投下寬廣的遮蔭，從上頭吹來的冷風讓虎心打了個寒顫。蛛網和螞蟻緊跟在後，肉桂和姬烈也隨後跟上。就在虎心帶著大家往上坡走的時候，一隻巨大的怪獸從下坡的轟雷路呼嘯而過。他壓平耳朵抵擋隆隆呼嘯聲，眯著眼睛觀察前方的動靜。

一陣怒吼在他們身邊響起，虎心的胸口一緊。**狐狸！**他猛然轉身亮出利爪，那隻紅狐狸從草叢裡猛衝出來，把蛛網和螞蟻撲倒。虎心這時嗅出那是隻公狐狸，牠咬住蛛網，蛛網拚命想要掙脫。虎心無暇多想，立刻撲過去，用利爪刺進狐狸的身體，及時纏住牠讓蛛網逃脫。

螞蟻這時候已經站穩腳步，他一聲嘶吼，往狐狸的鼻頭一掌揮過去。狐狸滿眼怒火朝他衝過去，螞蟻及時閃過，蹲低身體，朝狐狸的嘴邊再出一拳。這時姬烈跳上狐狸的背，狠狠地往肩膀咬下去；肉桂也瞄準後腿，用力咬下去。狐狸一聲哀號，把姬烈甩開，轉身朝肉桂怒吼。

虎心看著守護貓戰鬥，一時之間猶豫不前。這些守護貓勇敢又敏捷，但他們攻擊得太過倉促，彼此之間又缺乏協調，每隻貓都好像在獨立作戰。每個招式都好像把狐狸搞得暈頭轉向，但那力道就是不足以把牠擊退。**他們只是不斷的激怒他**。虎心看出了狐狸滿眼挫折，疲於應付接二連三的攻擊。突然一聲怒吼，牠撲向蛛網，咬住這公貓的脊椎左右甩動。蛛網痛苦恐懼地尖叫著。

虎心縱身竄到狐狸肚子底下。「咬牠的尾巴！」他命令姬烈。「跳到牠背上！」他對螞蟻大喊。「劃過牠的喉嚨！」他告訴肉桂。這三隻守護貓立刻聽命行動，虎心在狐狸的肚子底下一翻身，用後腿猛踢牠脆弱柔軟的腹部。

隨著群貓蜂擁而上，狐狸痛苦哀嚎一聲，放開了蛛網。蛛網被丟到地上，一時間，一動也不動。虎心望著他，他死了嗎？霧灰色的公貓這才抽動了一下，在草地上呻吟。狐狸轉向群貓，虎心從牠肚子底下一躍而出，和群貓站在一起。就在狐狸瞪著他們的時候，蛛網也掙扎地站起來。虎心這時感到一陣獲勝的欣喜，因為他看到狐狸眼中的疑懼。**牠害怕了**。

突然，這隻狐狸的眼神飄向他們背後，神情立刻轉為欣喜。那狂喜的邪惡眼神，讓虎心的血液為之凍結。一陣怒吼從他們背後傳來，這裡有**兩隻狐狸！**他一轉身，看到一隻母狐狸齜牙咧嘴地朝他們逼近。

「蛛網！快起來！」虎心急切的望著這受傷的公貓，「我們要趕快離開這裡。」這些貓無法同時應付兩隻狐狸。

姬烈縱身跳向公狐狸，張牙舞爪不斷嘶吼，把牠往後逼退。螞蟻則跳到蛛網身邊，把他扶起來。虎心趕緊轉向不斷逼近的母狐狸，肉桂也過來和他並肩對抗。他們撐起後腿，狂亂揮舞，把母狐狸逼退。「快跑！」虎心朝姬烈和螞蟻大喊，他們正扶著蛛網往下坡走。然後虎心再轉向肉桂，「妳也是！」

肉桂看著他，「那你呢？」

「我會跟上的。」他說。

就在肉桂轉身追上夥伴時，虎心獨自面對這兩隻狐狸。兩隻狐狸並肩朝他怒吼，雖然他嚇得口乾舌燥，但還是得拖延時間讓守護貓帶著蛛網安全離開。他是絕對無法一打二的，只好一步步慢慢後退。他豎起全身的毛髮，齜牙咧嘴，還聽得見自己血脈賁張的聲音。他往下坡望去，看到姬烈已經帶著蛛網和其他守護貓進入隧道。這時狐狸向他衝過來，一副見獵心喜的樣子。虎心趕緊左一拳右一掌，朝牠們的臉劃過去。不過牠們還是占上風，壯碩的身體不斷把他擊倒。他笨拙地前撲後滾，最後開始逃跑。他不斷往下坡跑，尾巴一直感受到熱氣緊追在後。隧道口就在眼前了，**快跑啊！**其他夥伴都已經消失於洞口陰影處。他慌亂地縱身往入口一跳，尾巴還被咬住了。隨著尾端傳來火燒般的撕裂疼痛，他繼續往前進，拚命跑，邊跑邊感受到水從身邊流過。尾巴還帶著疼痛，他轉頭往後看，只見兩雙眼睛在洞口瞪著他。這兩隻狐狸就在那兒看著他揚長而去。

他往前看，守護貓的身影透過隧道出口投射進來的光線依稀可見。他繼續涉水前行，不一會兒也跟著守護貓鑽出來到一小片草地上，這片髒髒的草地就夾在兩條轟雷路之間。兩旁怪獸疾駛而過的呼嘯聲震耳欲聾，他瞪大眼睛看著守護貓。「牠們是伴侶，」他氣喘吁吁地說，「那兩隻狐狸是一對的。」黑暗中他看到姬烈理解的眼神。如果讓一對狐狸占領了那塊地，不久就會有小狐狸。意思就是——狐狸多到他們再也無法到那裡採藥草了。

第十六章

「我們是治療師，不是戰士。」小不點，一隻棕白色公貓，走上前去質問虎心，這時他們已回到聚會所底下的洞穴中。

「姬烈不是說，這裡的貓都可以挑自己擅長的事情做嗎？」虎心提醒他，「有些醫病、有些打獵、有些看家護院。」

點點，一隻淡黃白色母貓，也走到小不點身邊，「危險的時候自我防衛，和主動攻擊狐狸完全是兩回事。」

他們跟狐狸正面交鋒以來已經兩天了，虎心的尾巴已經好得差不多，這都要感謝尖塔幫他塗了藥膏。剛開始虎心還擔心尖塔沒經驗，因為在治療過程中，他不斷自言自語地說，「這樣對嗎？」不過慢慢的，他開始覺得，尖塔說不定正在尋求無形導師的指引？

守護貓的藥草存量愈來愈少了，冷冽的空氣不斷提醒他們，很快就要降霜了。一旦降下霜雪，藥草就會被凍壞，庫存的藥草根本不足以支撐過禿葉季。除此之外，他們還必須在狐狸築巢前把牠們趕走。如果等到小狐狸生出來了，那後果將不堪設想。虎心很清楚只要母狐狸一懷孕，就會拚命保護牠們的孩子。到時候想要奪回那塊地就不可能了，守護貓將再也無法接近他們珍貴的藥草來源。

虎心把守護貓集合起來，圍成一個圓圈，這時鴿翅正在窩裡休息。虎心想教大家一些戰鬥招式。

虎心環顧周圍貓群。姬烈退居貓群後面，一雙明亮的綠眼睛充滿好奇。熾燄在尖塔身邊興奮地觀望，尖塔的眼神就跟平常一樣游移空中，望著灑進來的光線裡的飛揚微粒。螞蟻和肉桂不安的踱步，虎心看得出來，至少，他們很想學。被狐狸咬到的蛛網還在復原中，照顧他的獨眼虎斑貓靴子說，還好只是皮肉傷，沒傷及脊椎。這受傷的長毛灰公貓此時也在窩裡觀望，只是眼神痛苦無力，靴子則隨侍在一旁。最會打獵的搗蛋鬼和手套也興致勃勃的看著虎心，當小不點和點點挑戰虎心時，他倆不禁面面相覷。

治療師花生，此時上前對虎心說，「我們要趕快補充藥草的存量，」她說完把目光轉向點點，「如果這意味著要戰鬥，我們就得上戰場，因為這是我們賴以生存的依據。」

點點瞪著她，「上場打仗的又不是妳，」她說，「妳是這裡的治療師，連打獵都不用去。」

姬烈終於走上前來，虎心燃起一線希望。

「如果妳不想打，那就不用上場。」她的喵聲若無其事。

虎心看著她，「妳應該激勵大家啊！」

她睜大眼睛，「為什麼我要這麼做？」

「妳是領袖啊！」她一直表現得像是個族長，大家看到她的時候，也都向她恭敬致意。

「你可能誤會了，」姬烈尾巴一甩，「在這裡，我們都是平等的，這裡不是**部族**。」她此話一出，好像無法理解戰士的生活方式。

虎心開始有點不耐煩，「如果你們想保衛領土，你們就得開始用部族的方式思考。」

「我們又**沒有**領土，」點點沒好氣地說，「我們只是藏身在這裡，彼此互相照顧。」

「如果沒有領土的話，那你們採藥草的那塊地是什麼？」虎心質問。

「那就只是一塊地啊。」小不點說。

虎心耳朵抖動著，「所以你們不在乎狐狸占據那裡？」

「我們當然在乎，」小不點生氣回嘴，「我們需要藥草。」

「那你們就要去爭取啊！」虎心提高音量，用乞求的眼光看著姬烈。她不是要求他幫忙嗎？怎麼這會兒不支持他呢？

姬烈走到小不點和點點身邊，「這戰士說的話有理，」她輕描淡寫地說，「我們當初都因需要幫助而躲到這裡，如果沒有藥草的話，我們當中一些成員早就不在了。我們欠未來的訪客，一個有同樣可以接受照顧的機會。」

小不點若有所思地歪著頭，「妳的意思是要我們去打仗？」

虎心再度燃起一線希望。

姬烈的眼神飄向照射進來的陽光，「如果我們學習一些戰鬥技巧，我們就可以把狐狸趕跑，把我們需要的藥草趕緊採回來。不過要不要學，是你們的選擇，你們自己決定。」

點點瞇起眼睛，「姬烈，妳也要讓這個戰士教妳怎麼打鬥嗎？」

「當然。」姬烈走到虎心前面，「我想他懂得不少這方面的知識，不跟他學學的話就太傻了。」

虎心充滿感激地朝她眨眨眼，她正在說服大家！

螞蟻也走上前，「我也想學學一些打鬥招式。」

「我也想學。」肉桂也上前加入。

搗蛋鬼和手套彼此對望一眼。

「這城市到處都可能出現狐狸。」搗蛋鬼說。

「還有狗。」手套尾巴一甩，「有機會跟戰士學打架還不要，我們一定是頭殼壞去了。」

虎心看著小不點和點點，他們也會想加入嗎？

「我想……學一下也不會掉一塊肉。」小不點讓步了。

「只要這個新來的，別自以為這樣就變成我們的領袖了。」點點說。

「在這裡我們都是平等的。」小不點提醒虎心。

「我只是想幫忙。」虎心低調地點點頭，思緒飄回影族。回想當時焦毛和雪鳥不斷請求他帶領他們，而這裡的貓卻不需要任何貓帶領，尤其不希望是他。他剛剛的挫折感一下子消失無蹤，不用承擔責任的感覺實在太棒了。這些貓只想學一些打鬥招式，然後把那一塊採草藥的地奪回來。他們的單純讓他倍感溫暖，不禁發出呼嚕呼嚕的聲音。「我們開始吧。」他走到洞穴中央，擺出從前橡毛教他的第一個蹲伏招式，接著他環顧四周觀望的貓群，「這是最簡單的入門招式。」

很快地，這些守護貓開始彼此對打練習，虎心穿梭在他們之間調整姿勢，指導該用哪一掌攻擊或用哪一掌防禦。在指導守護貓時，虎心想起他曾花大把的時間在見習生光滑掌身上，教導她如何擊敗雷族、迷惑河族和拉倒風族。直到見習生們背棄了自己的部族，加入惡棍貓並撕裂了影族。這記憶就像荊棘一樣刺痛他的心，虎心趕緊把思緒拉回現實。這些貓的對手是狐狸，不是戰士。這裡沒有惡棍貓，沒有背叛。

虎心望著在窩裡休息的鴿翅，她下巴靠在窩邊上，看起來平靜滿足，閉著眼在睡夢中抖動耳朵。他現在要擔心的只有她和他們的孩子。

姬烈的喵聲嚇了他一跳，「我想這些基本招式就夠了，我們還要有計畫才行。」

鴿翅睜開眼睛，睡眼惺忪地看著貓群。虎心朝她眨眨眼讓她安心，然後再轉向姬烈。「妳是說對付狐狸的計畫嗎？」

姬烈點點頭。

「記住我們不要單打獨鬥，要打團體戰。」虎心想起他們在坡地的那場仗，打得很賣力卻毫無章法。他表情認真地看著圍觀的守護貓，「要隨時注意身邊的同伴，你出的招式要跟他們配合。要見縫插針，看哪裡防守有漏洞，隨時補位。如果看到族貓被纏上了，就要趕緊引開對手的注意力。」他看到大家一臉疑惑的樣子，趕快改口，「如果看到你的**朋友**被纏上了。」他猶豫了一下，這裡的貓把彼此當成朋友嗎？還是只是住在一起的貓而已？

虎心眼角餘光有灰色身影移動著，是鴿翅朝他緩緩走來。「我想到怎麼對付狐狸了。」她走到虎心身邊笨重地坐下來，顯然還想睡。「大家先在坡地那邊部署好位置，然後派一隻貓上前去當作誘餌。」

「誘餌？」虎心看著她，渾身不安地波動著。

「目的是要讓狐狸放鬆警戒，我們就可以出其不意地對付牠們。」她解釋，「要派一隻看起來毫無招架之力的貓。」她挺著大肚子挪動身體，看起來好像不太舒服。「比如我。」

「不行！」姬烈比虎心先開口阻止。

「妳怎麼可以拿妳肚子裡的孩子開玩笑？」點點驚訝的看著她。

「妳的肚子已經大到跑不動了。」螞蟻說。

虎心嚴肅地看著鴿翅，「妳就是連到現場都不行。」

「可是我也想幫忙，」鴿翅抗議，「而且如果我不去的話，我會擔心。」

「我可以當誘餌。」尖塔走上前，這是他第一次注視著大家。他的眼神看著姬烈又轉向虎心，「我又瘦又小，看起來弱不禁風又神智不清。」

「你沒有看起來神智不──」

尖塔打斷姬烈的話，「我知道我的思緒常常飄向遠方，而且看起來老是心不在焉，但我並不是傻瓜。這些狐狸一定要趕走，那塊長著藥草的地非常重要。我跑得很快，而且我相信你們會保護我。」他的目光環顧守護貓。

大家都嚴肅地點頭。

「你確定？」姬烈問，「你要知道你在做什麼。」

「我確定，」尖塔要她放心，「我會的。」

虎心焦慮地看著這隻怪怪公貓的眼睛，「你會……集中注意力吧？」他還是搞不懂為什麼尖塔會跟隱形的貓對話，他講話的對象該不會是星族吧。虎心還是忍不住擔心，萬一他正在當狐狸的誘餌的時候，隱形貓又突然跑出來跟他講話，那該怎麼辦。

尖塔尾巴一彈，「會的。」他看著虎心，「我知道你以為我是個怪胎，不過事情並不是你看到的那麼簡單，以後你也可能會像我一樣，說不定我們還會變成好朋友。」

虎心望著他眨眨眼。難道他們會長住在這裡，甚至和這裡的貓變成好朋友？只要等到鴿翅一生完孩子，孩子斷奶可以旅行之後，他或許就可以說服鴿翅一起回部族。不過話說回來，為什麼他們一定得回去呢？他喜歡這群單純的貓兒：沒有族長、沒有仇恨、除了照顧弱小之外，沒有其他責任。難道他真的想回去那個瀕臨瓦解的部族，再度捲入不信任、背叛和控訴的風暴中嗎？

熾燄跳上前去，在尖塔身邊摩娑，「你好勇敢啊！我想跟你一起去，我也可以當誘餌，狐狸對小貓不會有戒心的。」

尖塔用鼻子碰碰小貓的頭，「你必須留在這裡陪鴿翅，你可以把她搞得很忙，她就不會擔心虎心了。」

那治療師朝虎心使了個眼色，虎心不禁好笑地抽動鬍鬚。尖塔完全知道怎麼整治熾燄，或許他並不是真的那麼瘋癲。

熾燄挺起胸膛，「這個我會，」他立刻跑到鴿翅身邊，「這我最拿手了，尖塔總說我把他搞得好忙。有我在身邊，妳根本沒時間**想**虎心。」

「她也沒有那個必要，」姬烈抬起下巴，「再多訓練一下，我們就可以輕而易舉地把狐狸趕跑。」

搗蛋鬼若有所思地瞇起眼睛，「我們怎麼能確定牠們走了呢？」

手套點點頭，「我們可不想每採一次藥草，就要打一次架。」

守護貓望著虎心想知道答案，他朝他們眨眨眼，不相信自己怎麼忘了講。「很簡單，我們只要把牠們挖的巢穴堵起來。我的導師教過我，只要把狐狸的巢穴堵住，牠們就不會再回來。狐狸懶得在同樣的地方築兩次巢。」

姬烈環繞著貓群踱步，她尾巴一甩，「那麼我們再繼續加強訓練，愈快趕走狐狸愈好。」

⚡⚡⚡

隔天，當太陽爬到轟雷路上方時，底下的那塊藥草坡地被籠罩在一片遮蔭當中。虎心蹲伏在坡地上方的灌木叢中，從那裡他可以俯瞰草地上的一動一靜。守護貓都各自藏匿在守備位置。在坡地中央，一塊植物稀疏的空地上，尖塔就在那裡心不在焉地來回走動，還不時對著空中的隱形獵物揮拳，虎心希望那是他假裝的。

不過當虎心看到尖塔的眼神，他立刻明白這一切都在瘦公貓的掌握之中。只見尖塔尾巴一甩，仰頭發出痛苦的嚎叫聲。

虎心豎起全身毛髮，他知道這麼一叫一定會引起狐狸的注意。

這時候，在坡地最頂端，也就是轟雷路的腿伸入地面的地方，傳來一陣怒吼。虎心猛然頭一轉，看到紅色身影從灌木叢上方衝過來。尖塔看到，立刻轉身鑽進低矮的杜松叢中。那狐狸緊追不捨，這時姬烈從藏身處衝出來，一聲嘶吼，揮掌往狐狸的身上劃過去。

狐狸立刻轉身朝她怒吼，眼神由驚訝轉為憤怒，接著壓低身體，朝她猛撲過去。虎心強作鎮靜，雖然他很想衝出去幫忙，但他知道必須相信守護貓們會依計行事。這時肉桂和螞蟻從藏身處跳出來圍住狐狸兩側，小不點也跳到狐狸背後包抄，虎心這才鬆了一口氣。狐狸扭轉過身來，看到自己被團團圍住，眼中閃過一絲恐懼。牠壓低頭、齜牙咧嘴，虎心仍然屏息以待。他知道一隻被逼到絕境的狐狸，比一堆獾還更可怕。牠眼露凶光撲向姬烈，朝她的腳猛咬過去，姬烈及時跳開。肉桂和螞蟻此時縱身跳到牠身上，伸出利爪猛烈抓耙，小不點則往牠的尾巴狠狠咬下去。

狐狸哀號著扭動身體，拚命想甩掉守護貓的糾纏。這時姬烈一聲嘶吼，利爪一揮，劃過牠的口鼻。

虎心依然按兵不動。母狐狸一定就在附近了，成對的狐狸很少會把伴侶拋在一邊不管的。他看到轟雷路的腳附近有紅色身影，牠們的巢穴一定就在那裡。「牠來了！」虎心嚎叫一聲衝出去，擋住母狐狸的去路。牠正從樹叢那邊衝過來，虎心與牠正面交鋒。牠怒氣沖沖地張嘴撲過來，朝他耳朵喀擦猛咬過去，虎心蹲低身體剛好閃過。這時只見搗蛋鬼和手套從藏身處跳出來，點點也依計劃跳出來往狐狸的尾巴咬下去。就在她猛咬狐狸尾巴的時候，搗蛋鬼和手套也拷貝肉桂和螞蟻的戰術，跳到母狐狸的身上。虎心和母狐狸近距離面對面，感覺已經勝利在望了。母狐狸這時因背上的重量開始搖搖晃晃，虎心趁勢揮掌往牠的口鼻劃過去。母狐狸一時之間既困惑又恐慌，牠的伴侶已經被擊倒在地。姬烈、螞蟻、肉桂和小不點，以迅雷不及掩耳的雷霆之勢攻向公狐狸，牠只有對空猛咬、拳打腳踢的份。母狐狸見狀，朝伴侶大叫一聲；公狐狸連忙掙脫，驚聲呼吼。兩狐狸一同穿過樹叢逃之夭夭，那離去的尾巴就在樹叢間忽上忽下，漸漸消失無蹤。

姬烈看著虎心，興奮得毛髮直豎，「我們辦到了！」肉桂、螞蟻和小不點開心地彼此摩娑環繞；而搗蛋鬼、手套和點點則高興得彼此讚揚。

「你的動作好快啊！」點點跟手套說。

「牠的尾巴被妳緊緊牽制住了，牠都不曉得該怎麼辦才好！」搗蛋鬼稱讚她。

虎心甩甩身體看著所有的守護貓，不禁開心地發出呼嚕呼嚕的顫動聲。大家都沒有受傷就把狐狸趕跑了，他們贏了！

他轉頭往轟雷路大腳旁狐狸的巢穴望去，「我們先去把牠們的巢穴堵起來，免得牠們又回來了。」

他回到鴿翅身邊的時候，四肢已經痠痛得不得了。這時兩腳獸巢穴整個籠罩在瑰麗的夕陽下，他和大夥兒花了整個下午的時間搬石頭、挖泥土，把狐狸的巢穴封得嚴嚴實實的，不會再有狐狸想回來築巢了。

那時候搗蛋鬼和手套先行離開打獵去了，而現在他們正從巢穴入口進來，嘴裡還叼著老鼠。他們從平台上跳下來，穿過空地，大夥兒正聚集在那裡慶祝這場勝利。他們倆把捕獲的獵物放在中間，向姬烈點頭致意，這時姬烈正舔著腳掌清理上頭的泥巴。

「我們打獵的時候，碰到了靴子和蕨肯，」手套告訴她，「他們會帶回更多獵物的，到時候大家都有得吃。」

姬烈向虎斑公貓點點頭，眼神發亮，「謝謝你。」

手套咬著兩隻老鼠的尾巴，拿到虎心和鴿翅面前，然後把老鼠丟在他們腳下，「謝謝你今天幫忙。」

「也要謝謝你們。」虎心用鼻子指向洞穴旁邊的一大堆藥草，「尖塔和花生採了一大堆葉子。」

尖塔躺在熾燄身邊，眼神清澈愉快，「等我把這些葉子分類好曬乾，我們就有足夠的藥草撐過這個月了。」

熾燄朝瘦公貓身邊擠，「你可以教我辨認藥草嗎？」

「當然可以啊。」尖塔舔舔小貓的頭。

小不點和點點也開心地在陽光照射進來的地面伸懶腰。

「真沒想到我們竟然辦到了。」小不點說。

虎心對他眨眨眼，「只要貓兒團結合作，什麼事都可以達成。」

就在他說話的時候，靴子和蕨肯從入口跳了下來。他們也把捕獲的獵物帶過來，放在中間。

看著一隻隻守護貓都安頓下來吃東西，虎心的臉頰不禁湊到鴿翅的耳鬢廝磨。「我很開心我們來到了這裡。」他喃喃低語。

「真的嗎？」她瞪大眼睛，對他眨眨眼。

「我們幫上忙了，而且大家好像都很高興。」經歷影族長久以來的不安和不信任，守護貓這種單純的喜怒哀樂讓他覺得完全沒有負擔。

鴿翅的眼神軟化了，「所以……你對這裡開始有歸屬感了嗎？」

虎心突然愣住，他不是這個意思，「我在想，」他告訴她，「暫時吧。」

鴿翅什麼話也沒說，只是倚靠著他。虎心從她脹大的身體感覺到她發出心滿意足的呼嚕震動聲。「很高興你喜歡這裡……」她喃喃地說。

虎心內心不住翻騰，和守護貓並肩作戰的感覺是不錯，但他認為，他們終究還是要回到湖邊的……即使，他的族貓近日來疲於內鬥，無力抵抗外侮。畢竟，他和鴿翅都是戰士，他們的孩子當然也要教養成為戰士才對？

這裡的生活或許單純，他想，**但是，沒有親族、沒有部族——我們的孩子有可能會變成流浪貓？**

第十七章

虎心睜開眼睛，看到早晨的陽光已經從高處的透明牆面照進來，身邊的鴿翅還熟睡著，他索性讓自己再賴一下床。自從幫忙趕走狐狸以來，他已經漸漸習慣守護貓這裡緩慢的生活步調。這裡早晨不用出去巡邏，不用做邊界記號，也沒有貓營圍牆需要修補。他想什麼時候去打獵就什麼時候去，抓回來的獵物可以與其他貓分享也可以自己吃。他也陪著大家一起去採藥草，檢查被封起來的狐狸巢穴。那裡完全沒有狐狸回來的跡象，狐狸的味道沒了，取而代之的是轟雷路的臭味。

他懶洋洋地環顧周遭塞滿雜物的洞穴，守護貓們都還在睡覺，除了靴子以外。他正溫柔地對金盞低聲耳語，這老黑貓打從虎心來到這裡就沒有離開過她的窩。金盞聽著聽著，眼光突然變得渙散無神。這時候靴子停止說話，開始溫柔地舔著她的頭，接著繼續溫柔地沿著脊椎舔舐。

虎心猜想這老貓已經死了，他慶幸這隻貓能得到守護貓的悉心照料。他從前還以為：流浪貓都會無依無靠地孤老而終。想著想著不禁心痛起來，索性趕緊把這樣的想法甩開。他不是流浪貓，永遠不會是的。而且他的孩子也絕對不會成為流浪貓。

他從窩裡爬出來，再轉身整整窩穴讓鴿翅不至於著涼，接著再走到晨光照耀的地方開始梳洗。在這寧靜的洞穴中，他舔舐身體的聲音顯得特別大聲。靴子抬起頭來看了他一眼，又低頭繼續清理金盞。

附近傳來窸窸窣窣的聲音，虎心一轉頭看到尖塔也起床了。這隻瘦削的黑公貓回頭看了熾燄一眼，他還在窩裡睡覺，然後躡手躡腳地穿過洞穴，跳上通往洞口的平台。

這隻公貓，像隻老鼠一樣靜悄悄地，從洞口鑽到外頭的晨光之中。

他為什麼把熾燄留在洞穴裡呢？他不是總是帶著這隻小貓到處跑嗎？他要做什麼？在好奇心的驅使下，虎心也躍上木頭平台，待尖塔走遠了，再跟著跳上去、鑽出洞口。虎心一走出洞口就抖落一身灰塵，從聚會所的遮蔭下走入晨光中。落葉季的陽光非常明亮，空氣冷冽，天空一片蔚藍。沾滿露珠的草地上有一排排整齊排列的石板，還有一條條石板留下的陰影。虎心發現有一個身影在石板間穿梭而行，是尖塔！他正往草地邊緣的一棵板栗樹走去。大樹的旁邊就是轟雷路了，上頭的怪獸低聲駛過。虎心在不知不覺中，竟對這一切變得很習慣了。他就這樣繼續盯著尖塔。

虎心躲在一塊石板後面，看著尖塔走向那棵板栗樹。這瘦公貓就坐在那裡望著草地，這片草地上有一條石頭路，虎心猜那是兩腳獸用來走向集會所用的。尖塔在等待什麼嗎？虎心好奇地再靠近一點，靜靜地停在最靠近板栗樹的那塊石板旁邊，躲著看尖塔下一步會做什麼。

「這就是**戰士**的行徑嗎？」尖塔尖銳地問。

虎心整個呆住了，一下子還沒會意過來。雖然從尖塔口中說出什麼話來都應該不奇怪，但他從沒想到他會說出戰士這兩個字。而且他自以為應該不會被發現才對。

「我想到外頭安靜思考一下。」尖塔繼續說。

虎心不好意思地從躲藏的地方走出來，跟這隻黑公貓點頭致意，「我只是在想，你怎麼會把熾燄留在窩裡，」他囁嚅地繼續說，「你通常都會帶著他的啊。」

「是他通常都會**跟著**我，」尖塔犀利地回應，「不過像我這樣神智不清的貓，有時候也需要有獨處的時間。」

「對不起，」虎心趕緊往後退，「我讓你靜一靜。」

就在他說話的時候，一隻怪獸停靠在石頭路旁，一個披著光鮮外皮的兩腳獸從裡頭走出來，往聚會所前進。虎心就這樣愣愣地看這兩腳獸消失在聚會所。

「那個入口打開了，」虎心大吃一驚。平常緊閉的聚會所木門竟然打開了，「牠們會走到我們的洞穴裡去嗎？」

「牠們連看都不會去看一眼，」尖塔說得一副理所當然的樣子。「現在是牠們的嚎叫時間，牠們每四分之一個月就會來這裡聚會一次，有時候晚上也會來。」

又有另外一隻怪獸停靠在轟雷路路邊，好幾個兩腳獸從裡面爬出來，接著也往聚會所入口前進。

虎心知道尖塔想獨處，但又不太想離開，他太想知道到底什麼是嚎叫時間了。他會離開的，但至少要再看一會兒。這時又有一群兩腳獸從石頭路那一頭走來，往聚會所入口前進。很快地，那尖頂巢穴裡已聚集了許多兩腳獸，虎心內疚地朝尖塔看了一眼，他的眼睛完全沒有從兩腳獸身上移開過。「我該走了。」虎心心不甘情不願地轉身準備往洞穴走。

「如果你想的話，就留下來聽吧。」尖塔挪動了一下。

「可是你不是想獨處。」虎心提醒他。

「被小貓纏著不放，跟和戰士並肩而坐是不一樣的。」尖塔沒正眼瞧他一眼，完全專注看著愈來愈多的兩腳獸，他一定這樣看過很多次了。

虎心這才走到公貓旁邊坐下來。

「我很喜歡熾燄在身邊，」尖塔突然開口，好像覺得應該解釋一下，「但小貓總是喜歡問個沒完，今天早上我需要思考。」

虎心內心一顫，不禁想起草心的孩子也喜歡問東問西，草心連想在陽光下小睡片刻都沒有辦法。那些見習生總是搞得大家很忙，跟他們玩之外，還得教他們打獵技巧，最後連長老都加入了，才有辦法讓草心休息片刻。他的孩子也會這樣問東問西嗎？沒有族貓的幫忙，他和鴿翅應付得來嗎？

「我做了個夢，」他的思緒突然被尖塔打斷，「我看到一棵倒塌的大樹……」公貓的眼睛飄向遠方，若有所思地繼續說，「那棵樹就倒向一片漆黑之中，劃開那片陰影。」

陰影？虎心愣住了。尖塔或許不是巫醫，而且遠在星族管轄的範圍以外，但他描述的夢境內容，讓虎心覺得這是有意義的。

「就在劃開的地方，」尖塔繼續說，「我可以看到更遠。」

虎心似乎有種預感，全身毛髮豎立，「你看到了什麼？」

尖塔的眼神突然亮了起來，好像從催眠狀態中醒過來，「亮光。」

虎心的思緒翻騰起來了，自從離開影族以來已經好久沒有這樣。他以為自己已經擺脫了一切凶兆和憂患，而現在，這隻完全沒聽過星族的貓，竟然如巫醫般說起奇怪的夢境。他的夢境好像水塘光說過的一樣，都是有關陰影。**又是陰影！**虎心不寒而慄。「那棵樹，」他盯著尖塔，「你說劃開陰影的那棵樹……是哪種樹？」**是花楸樹嗎？**

尖塔聳聳肩，「就是一棵樹，一棵高高的樹，一棵老樹。」

「是花楸樹嗎？」

「我不知道，」尖塔告訴他，「樹就是樹。」

「但這很重要！」他的父親會像那棵樹一樣毀掉影族嗎？或者他會劃開陰影，帶領影族撥雲見日、走向光明？「你看到那棵樹的時候是什麼感覺？你會害怕嗎？」虎心又湊近些，「或者你感到充滿希望？」

「我什麼感覺也沒有，只是覺得好奇。」尖塔眼神空洞地看著他，「怎麼了？難道這個夢對你有什麼意義嗎？」

虎心別過頭去，「我不知道。」他看著地面。尖塔不是部族貓，他的夢怎麼可能跟星族有關？「你常做夢，是嗎？」

「對。」尖塔把尾巴蜷在腳掌邊，繼續看著兩腳獸魚貫進入聚會所。「我醒著的時候偶爾也做夢。」

虎心試圖讓自己保持平靜，**或許這並不是異象**，他告訴自己。**或許尖塔只是……想像力比較豐富而已。**

聚會所開始傳出兩腳獸吟唱的嗡嗡聲，這聲音突然激昂起來，接著所有聲音齊聲高呼，這是虎心以前從未聽過的。牠們的叫聲忽高忽低、忽快忽慢，就像綠葉季的小鳥在唱歌一樣。虎心就這樣盯著那巨大巢穴，隨著兩腳獸的呼號聲，巢穴頂端也在晴空中閃閃發亮。

尖塔看著他，「我們回到洞穴裡去吧，」他說，「那嚎叫聲從地下洞穴聽起來會更有趣。」

虎心抖動一下耳朵，趕緊跟著尖塔朝洞穴走去，鴿翅一定在想他上哪去了。**我回來了**。他不禁邁開大步跑了起來，鴿翅需要他，他就是為了她才來這裡的。**忘掉影族**。為什麼要讓尖塔的夢困擾他呢？**但如果星族是透過這樣的方式找我呢？**他推開這惱人的想法，**影族已經有花楸星了**。**這裡才需要我，那裡不需要**。

他衝上前去，比尖塔更快鑽進洞穴，跳下木頭平台。鴿翅已經醒了，正坐在陽光照耀的地方看熾燄和螞蟻打著玩。

「我這樣對嗎？」熾燄熱切地望著鴿翅，他抱住螞蟻的前腳掌，然後再用後腳掌朝螞蟻的腿連環踢。

「你做得很棒！」鴿翅發出呼嚕呼嚕震動聲。

尖塔這時也跳向平台，和虎心並肩而立，熾燄的眼神飄向他們。

「你們回來啦！」他立刻鬆開螞蟻的腿，衝上前去，黑公貓這時也從平台上跳了下來。「你們去看兩腳獸嚎叫嗎？」

尖塔說得沒錯，此時整著洞穴隨著上頭傳來的聲音震動著。虎心的眼神和鴿翅交會，充滿愛意地對她眨眨眼。他也跟著從平台上跳下來，穿過地面走向她，「這聲音真厲害啊。」

還留在原地的螞蟻，這時也抬起頭，「我第一次聽到的時候，還以為有狗在樓上呼號。」

「聽起來真的有點像，」鴿翅說，「奇怪吧？」

虎心走過來和她相依在一起，「兩腳獸真的很怪異。」

「你去哪裡了？」她溫柔地問著。

他還沒來得及回答，螞蟻就伸伸懶腰開口對鴿翅說，「謝謝妳的指導，我要去打獵了。」接著轉向虎心，「你要一起來嗎？」

「我晚點再去。」虎心回答。他想先跟鴿翅說說話，尖塔的夢境搞得他心神不寧。

螞蟻尾巴一甩，「好吧。」

這棕黑色公貓話一說完就朝洞穴口走去，這時虎心湊到鴿翅身邊，「我剛剛跟蹤尖塔去了，」他告訴她，「他跟我說他曾經做過一個夢。」

鴿翅挪動一下身體。似乎想讓她那大肚子舒服一點，「尖塔一天到晚都在講他做的那些夢。」

「我知道，」虎心皺起眉頭，「他說有時候他連醒著都做夢。」他說到重點了，「他說的那夢境，像極了水塘光曾經做過的夢。」

「怎麼個像法？」鴿翅看著他，綠眼裡閃現一絲憂慮。

「他夢到陰影和一棵傾倒的大樹，那棵樹劃過陰影，然後他就在遠處看到亮光。」

鴿翅不耐煩地甩了一下尾巴，「我猜你一定認為這又是和影族有關的夢境。」

「說不定真的是。」

「為什麼？尖塔又不是巫醫，而且這些貓離部族那麼遙遠，他們以前根本不知道有我們存在。星族又為什麼會找上他呢？」

「或許是想藉由他聯繫上我。」

鴿翅翻了個白眼，「因為你對影族來說**好**重要啊。」

虎心不禁怒火中燒，「我**的確**對影族很重要啊，我是他們的副族長，還記得嗎？」

「你**以前**是他們的副族長，」她提醒他，「不過你放棄了一切，就為了來這裡跟我在一起啊。」

這不是長久之計。他打量鴿翅的眼神，難道她真的再也不想回去了嗎？

她回望著他，愁眉不展，「你真的放棄了嗎？」

虎心一陣內疚，「我想來找妳……」

她綠眼裡閃現怒火，「然後把我帶回去？」

「不是這樣的！」他喊著，「嗯，也可以這樣……我不知道，真的！我只知道我想跟妳在一起。」他困惑的垂下頭來，腳掌搓揉地面。

「在這裡，你可以跟我在一起。」

虎心感覺到好像有隻巨大腳掌壓在他頭上，讓他抬不起頭來，因為他怕從鴿翅眼裡看到他不想看到的——**失望？背叛？**

「虎心？」現在換她打探他的眼神，眼中閃現一絲恐懼，「你放棄影族，就為了和我在一起，對吧？」

一股暴風般的悲傷情緒突然襲上他心頭，「我……我以為……我沒想到這會是永遠。」他無助地說。

「現在就因為一隻貓做了個夢，」她嘶聲說道，「你就想回去？我好像還記得，不久前你根本沒把夢當一回事。」

虎心滿懷罪惡感地看著她，「妳**真的**認為我們可以永遠遠離部族生活嗎？妳真的要**在這裡**把孩子帶大嗎？他們將永遠無法知道什麼是族貓，什麼是導師，以及為何要為保衛領土而戰。」他看著她繼續說，「妳想要讓我們的孩子變成**流浪貓**嗎？」

鴿翅的臉上突然露出非常痛苦的表情。

虎心一時之間說不出話來，「對不起，」他趕緊靠在她身邊叫著，「我不是故意這麼兇的……」

鴿翅開始喘氣、搖搖晃晃的，「這跟那沒關係，你這笨蛋！」

她眼裡盡是恐慌，整個癱倒下來絕望地看著他。虎心的心狂跳，東張西望地找尋治療師。

這時姬烈已經匆忙走向他們，她尾巴朝尖塔一甩，「鴿翅現在需要幫忙。」

尖塔也趕快走過來。

「她怎麼了？」虎心哀嚎。

鴿翅在他身邊不斷喘氣，「小貓快出生了。」

虎心一聽嚇壞了，趕緊轉向尖塔，「產期到了嗎？」

尖塔冷靜地看著他，「我想這是你孩子決定的，時候到了。」

第十八章

尖塔把鴿翅扶回窩裡時，姬烈把虎心帶到一邊。

「她需要我。」虎心看著鴿翅，她痛苦扭曲地倒臥在窩裡。

「治療師會照顧她的。」姬烈說完後跟花生點頭示意，花生聽見鴿翅的哀嚎就過來了。

「花生生過孩子，也幫忙接生過。」她平靜地對虎心說，「我們這裡母貓很多，尖塔和花生這方面很有經驗。」

「我想跟她在一起。」虎心緊張得快喘不過氣來。

「你自己要先冷靜下來，」姬烈冷靜堅定地看著他，「我知道這是你們的第一胎，一切都沒問題的。」

「都是我害她陣痛的，」虎心滿懷罪惡感，「我惹她生氣。」

「如果母貓一生氣就會陣痛的話，那早產的小貓就會多了。」姬烈安慰他。

「我不應該亂說話的。」虎心開始亂想，他幹嘛在這時候提什麼水塘光的夢呢？鴿翅已經夠累的了。

「虎心！」鴿翅的叫聲打斷他的思緒。

他趕緊轉過頭來，只見鴿翅痛苦地瞪著他，「不要像隻傻兔一樣坐在那裡，幫幫忙！」她不斷喘氣，花生靠在窩邊持續按摩她的腹部。

虎心慌張地問，「我可以做什麼？」

「去找根棍子讓我咬住，」鴿翅邊喘氣邊說，「我不想讓大家聽到我像隻小貓咪一樣哇哇大叫！」

虎心點頭，趕緊往牆邊出口衝。他直接衝到外頭的那棵高大板栗樹附近，他和尖塔曾經在那棵樹下待過。這時候兩腳獸還在那巢穴裡嚎叫，有隻怪獸呼嘯而過，幾朵白雲在天上飄。虎心環顧草地四周，看到那樹下有根棍子。他彎下身把棍子咬起來，感覺這個棍子還蠻結實的，表面平整沒有小尖刺，蠻適合給鴿翅用。他立刻把木棍帶回洞穴，在進洞口時還花了好一陣功夫。先把木棍的一端推進去，木棍就這樣應聲掉落平台，接著再彈到地板上。

姬烈和搗蛋鬼轉頭看掉落在地板上的木棍，熾燄也匆匆走到木棍旁邊，「這是要做什麼用的？」虎心這時也剛好從平台上跳下來。

「這是要給鴿翅用的。」虎心說完就把棍子撿起來，走到鴿翅窩邊。

「她要這個做什麼？」熾燄跟在後面繼續追問。

「要咬住。」虎心咬著棍子含糊地說，接著把棍子放在窩邊，「讓她咬牙度過疼痛。」

熾燄就站在虎心旁邊看著鴿翅。花生這會兒已經爬到窩裡去，不斷溫柔地舔著鴿翅的耳後。尖塔也靠過去不斷用前掌撫順她的腹部。鴿翅的身體抽搐著，陣痛讓她的身體不斷扭動。

「為什麼貓會生小貓？」熾燄問。

這時尖塔轉頭看著這隻小公貓，「熾燄，」他輕聲喊著，「鴿翅需要水，你去找塊布，拿到水管底下沾些水來。記得要讓水溼透了再拿回來。」

熾燄熱心地點點頭，立刻轉身離去。

虎心盯著鴿翅，只見又有一陣陣痛襲來，「她還好嗎？」

鴿翅瞪了他一眼，「棍子在哪兒？」她咬牙低吼。

他趕緊把棍子推進窩裡，鴿翅立刻張口把棍子緊緊銜住，咬牙隱忍如潮水襲來的陣痛。突然一陣顫抖，接著一陣抽搐。

一個溼溼的小囊袋從她屁股後頭掉到窩裡，尖塔開心地發出震動聲。他很快咬開這囊袋的薄膜，把裡頭一團溼答答的毛球剝出來，放到鴿翅的臉頰旁。「看看這是妳的第一個孩子。」

鴿翅放開木棍，開心地發出呼嚕聲，不斷地舔舐著在她身旁扭動咪咪叫的小貓。

「你有女兒了。」尖塔開心地看著虎心。

虎心看著小貓，簡直不敢相信自己的眼睛。這兩個月以來所有的擔心跟憂慮就是為了這小毛球，他滿心喜樂地從喉嚨發出呼嚕聲，「她好漂亮啊！」他怎麼能三心二意，猶豫是不是應該來和鴿翅會合呢？他這時也把頭湊過去，親親小貓再親親鴿翅。

鴿翅也發出呼嚕聲，轉過頭來與他耳鬢廝磨。「她又軟又——」話才說到一半又被陣痛打斷。她把虎心推開，小貓塞到胸前，緊咬木棍再次抽搐、呻吟，然後另一隻小貓又落地了。

「是兒子。」尖塔開心的叫著，把這隻溼答答的毛球放在第一隻旁邊。

接著虎心看到鴿翅又再次咬住棍子。

「又是女兒。」尖塔又把第三隻小貓放到鴿翅身邊，然後再用前掌順順鴿翅的肚子，「妳這一胎都生完了。」尖塔這才坐了下來，看著花生。

花生也發出呼嚕聲，「在照顧這麼多傷病貓之後，幫忙接生的感覺真不錯。」她眼神飄向金盞的窩，那裡現在已經空空的了。

虎心也跟著她的視線望去，只見獨眼貓靴子正把金盞的窩拉到一邊拆開，並用牙咬著甩一甩。「金盞呢？」

尖塔把虎心推到一邊低聲說，「她昨天過世了，」又說，「她已經脫離病痛了。」

虎心不禁一陣感傷，不過花生的聲音把他拉了回來。

「妳做得很好。」花生對鴿翅點點頭，就在虎心匆匆走過來的時候，這隻雜黃褐色的貓也轉身離去。

尖塔也隨後跟著離去，虎心這才發現，此刻就剩下他和鴿翅以及三隻剛出生的小貓在一起了。他突然覺得很不自在，這時候他該做什麼呢？鴿翅一直舔著小貓，把他們舔得渾身的毛都蓬了起來；然後再把他們移到她腹部，讓他們自己吸奶。鴿翅抱著他們，發出呼嚕呼嚕的聲音。她似乎本能地就知道該怎麼做，小貓也是一樣。虎心這才感到一股巨大的責任感落在肩頭，他要好好照顧他們啊。從離開影族以來的自由自在的感覺，此刻就像晨霧一般消失無蹤。

那些曾經束縛他的責任，又再一次抓住他了。他離開了他的部族，但他的血脈卻跟著他。他的責任就是要保護他們、養育他們。他們跟影族一樣是他的一部分，而自己也是他們的一部分。

鴿翅看著他，惺忪的睡眼中充滿愛意，「他們真完美啊！不是嗎？」

「沒錯。」虎心笨拙地蹲伏在窩邊，把鼻子湊過去聞著他們。在平台底下的陰影中，他仍能看出他們的毛色。一隻小母貓是灰色的，像鴿翅；另一隻母虎斑貓，像他；那隻小公貓，是灰色虎斑貓，身體兩側有黑色寬條紋。虎心在小公貓吸奶的時候舔著他，把他搞的很生氣，拚命往鴿翅的肚子擠，「我覺得他不喜歡我。」虎心焦慮地說。

「他當然喜歡你，你是他爸爸。」鴿翅用腳掌輕觸虎心的臉，這溫柔的舉動讓虎心又再一次對他們之前的爭執內疚不已。

「對不起，」他喃喃地說，「或許我不應該跟妳提有關水塘光夢境的事，但我又不能跟妳說謊。妳一定要相信妳是我生命中最重要的，但是如果我不忠於我的部族的話，那我成了什麼呢？」

她溫柔地凝視著他，「我懂，你對部族的忠誠造就現在的你，而我知道你也會以同樣強烈的忠誠來愛你的孩子。我愛你，虎心。就算你沒有跟我來這裡，我也一樣永遠愛你。」她停了一下，眼裡閃著光芒，「不因為你是孩子的爸爸，而因為你就是**你**。很抱歉我強迫你在部族和我之間做選擇，任誰都不該面臨這樣的選擇啊！都因為我太害怕自己面對這一切了，我是個膽小鬼。」

「不！」他拚命舔著她的臉頰，很驕傲地說，「妳很勇敢，非常的勇敢。當初就算是部族的關係讓我沒能趕來，我也一樣永遠愛妳，我對妳的愛永遠不會改變。」

她轉頭以非常堅定的眼神看著他，「我們會永遠彼此相愛，但我們對我們的部族和孩子都有責任，因為我們是戰士——」

虎心打斷她的話，「而且我們的孩子也會成為戰士。」

鴿翅點點頭，「他們會在部族裡長大。」

虎心看著鴿翅的眼眸，在她深邃的綠眼睛裡終於看到共識，「會的。」他發出呼嚕嚕的聲音。

鴿翅也一起發出震動的聲音，「但要等到他們斷奶，夠強壯了，才可以上路。」

「絕對不要讓他們進到轟雷蛇的肚子裡。」虎心堅定地說。

「絕對不行。」鴿翅也贊同，「轟雷蛇的肚子裡只裝兩腳獸，我們的孩子要用走的。」

虎心看她一臉睡意，「妳一定累壞了，趕快睡吧，我來看守。」

鴿翅對他感激地眨眨眼，然後環顧洞穴。守護貓們三三兩兩的坐在一起，分享獵物；手套正要帶小不點和熾燄出去；姬烈正在陽光下打瞌睡。「用不著看守，」她睡意濃濃地說，「他們會守護我們的。」她閉上眼睛，讓下巴靠在腳掌上；小貓這會兒也都不動了，只聽見陣陣輕柔地震動聲。

虎心心滿意足地把頭靠在窩邊，看著鴿翅睡覺。就在這時，他聽到腳步聲從後面響起，不禁抬起頭四處張望。

只見尖塔朝他走過來。尖塔剛剛接生時清澈明亮眼神不見了，取而代之的是他們初次見面時的空洞眼神。他又看到異象了嗎？

虎心坐起身來，擋住他的去路。「尖塔？你還好嗎？」

尖塔的眼神飄到他背後，看著那深灰色的小公貓。他脊椎上的毛髮波動著，「他能看穿陰影。」

虎心全身緊繃起來，「你這話什麼意思？」

尖塔眼神空洞地望著他，然後轉身走開。

虎心抖一抖身體，想把尖塔帶來的不安感覺甩開。**別傻了，他又不是巫醫**。他看著尖塔離去的背影，**但為什麼他又提起陰影呢？**難道這隻貓和影族有什麼特殊關聯？難道星族是要透過他傳遞訊息？

虎心焦慮地來回踱步，抬頭望著平整的白色屋頂，不禁懷疑星族是否能看得見他們。**我們很快就要回家了**，他告訴自己。他轉頭再次看著鴿翅和他們的孩子，然後俯身聞著他們的氣味。這時被愛充滿的他，索性就在窩邊休憩。

第十九章

動作快啊！虎心沿著巷子望去，蛛網、手套和姬烈還在水漥邊喝水。翻兩腳獸的垃圾已經夠糟了，為什麼還要在那邊磨蹭那麼久？這裡根本不像在森林那樣，微風裡帶有甜美獵物的氣味。虎心很想帶著大家趕快走。

守護貓無憂無慮的慵懶生活方式已經難以滿足他，他開始感到不耐煩，他們整天只是在翻垃圾。自從小影、小撲、小光出生兩個月以來，落葉季已經轉為禿葉季了。獵物變得非常稀少，守護貓愈來愈依賴兩腳獸吃剩的東西。今天早晨，虎心醒來的時候，發現外頭已經降霜了，厚厚的霜在聚會所巢穴的透明牆上形成美麗圖案。不過當他跟著大家走上街頭時，他才發現這城市缺少了森林的酷寒冷冽，好像是隻活生生的巨獸一般，帶有自己的溫度。

姬烈建議大家先到巢穴後面的那些巷弄裡看看，那裡有他們最喜歡的垃圾桶。虎心如同往常一樣也跟著一起去，因為他覺得這是他欠守護貓的。不過他暗自希望可以抓到老鼠或小鳥這類的東西，帶回給小光、小撲和小影。他們現在斷奶了，需要吃些真正的食物。虎心不希望他們只吃兩腳獸的廚餘，萬一長不壯那該怎麼辦？城市裡的流浪貓雖然靈巧又機警，但通常都不像森林貓那樣強壯。其實他在聚會所附近打獵過，但到處都有呼嘯的怪獸或是粗手粗腳的兩腳獸，牠們都把他追蹤的獵物給嚇跑了。這半個月以來他什麼也沒抓到，或許這就是守護貓乾脆直接放棄打獵的原因。在這裡，就算天氣變得更冷，垃圾桶還是多到滿出來。一想起森林裡的禿葉季，虎心不禁心痛起來，那時候就算只抓到一隻兔子，就能讓全族高興得不得了，因為這表示當天晚上大家不用餓肚子睡覺了。

這些貓根本不知道什麼是飢餓，虎心一邊想一邊看著蛛網甩掉他鬍鬚上的水珠，姬烈又繼續多舔幾口髒水。他懷疑他們根本無法體會真正的寒冷。聚會所的巢穴的確變冷了，但和貫穿影族營牆和巢穴的刺骨寒風簡直無法比擬。而且窩裡都鋪著沒毛的皮布，一下子就暖起來了。

在過去這兩個月裡，他學了一些城市用語，像是**巷子**、**街道**、還有**垃圾桶**；對怪獸也愈來愈習慣，還學會了怎麼在牠們的腳下穿梭自如。現在他走在兩腳獸腳下時，也幾乎不會注意到牠們的存在。

他的孩子目前只知道城市生活，他們從來沒看過森林、小河和真正的獵物。他不知道還要多久，鴿翅才覺得孩子夠大了，可以帶他們回家。到那時候他們還能適應戰士生活嗎？

一想到這兒他就渾身不自在，虎心趕緊把這種想法推諸腦後。還有很多時間可以讓他們學習的。但如果這第一眼的生活方式根深蒂固地跟隨他們怎麼辦？如果他們覺得戰士的生活很奇怪那又該怎麼辦？

「我要去打獵了。」他要出門前，這樣告訴小撲。

她看著他眨眨眼，「你的意思是說去翻垃圾嗎？」她問，「別的貓都這麼說。」

「翻垃圾就像打獵一樣，」鴿翅看虎心一臉不自在，趕緊搶先回答，「虎心以前在影族的時候，是最會打獵的戰士。」

小撲好像根本沒在聽，「為什麼戰士不像城市貓那樣翻垃圾？」

虎心看著她，他該怎麼說呢？說戰士更有尊嚴、更懂打獵技巧？說他們和兩腳獸保持距離，絕對不吃牠們的廚餘？他不想汙辱守護貓，但他又希望讓小撲了解戰士的意義。

鴿翅又替他回答，「湖邊森林沒有垃圾桶可以翻。」她技巧性地告訴小撲，然後跟虎心使了個眼色，「而且，打獵比翻垃圾好玩多了，妳變成戰士之後就會知道。」

虎心表情凝重地轉身，跟著姬烈、蛛網、肉桂和手套走出聚會所。他希望很快就能讓小撲知道到底什麼是戰士。此刻，太陽已經爬到兩腳獸巢穴的頂端，虎心望著夾在屋頂之間的藍天。他們已經翻垃圾翻了整個早上，而他都還沒有聞到獵物的味道，他希望可以幫小貓抓到一些新鮮的獵物，補充斷奶後的營養。

姬烈開心地彈彈尾巴，「這樣的寒冷天氣讓兩腳獸容易肚子餓，」她又接著說，「這表示我們有更多的廚餘可以吃。」她領著大家走到另一垃圾區，跳上一個垃圾桶。就在她熟練地把垃圾桶撬開時，虎心也跳上旁邊的另一個垃圾桶，打開蓋子，蛛網和手套隨即往底部翻了起來。虎心挖到垃圾桶深處時，腳掌碰到一個軟軟的、好像可以吃的東西。他把它挖出來，一塊圓圓的東西聞起來有一點像肉，但他知道這東西已經發酸了。

蛛網看到，眼睛一亮，「是吃剩的肉！」

手套挖出一條軟軟白白的東西，「點點會喜歡這個，」他說，「這比較好嚼。」

姬烈從她的垃圾桶裡挖出一根骨頭，開心地往地上扔去。「這裡還有更多。」她往深處挖掘，又挖出另外一根。

就在她又把骨頭丟出來的時候，虎心拚命壓抑住嫌惡的表情。**戰士都把骨頭留給烏鴉**，這裡竟然當成寶。

姬烈從上頭跳下來，「我們把這些東西帶到肉桂那裡。」

肉桂在看守他們找到的第一批食物，那些食物是在聚會所附近的垃圾桶裡找到的。把食物先堆放在一處的做法是虎心在一個月以前建議的，這是戰士狩獵時的老作法，這樣可以讓他們騰出手腳來抓更多獵物。但在城市裡，到處都是貓和狐狸，通常他們回來的時候會發現，辛苦找到的東西竟然被偷走了。所以肉桂才會建議要有貓留守，虎心很高興守護貓終於開始發展出戰士的思維。

虎心匆匆往回走，去找肉桂。那塊奇怪的肉叼在嘴裡，把他的下巴都沾油了。他從巷子轉出去，沿著街道走向堆放食物的地方。一路上有成群的鴿子飛過頭頂，他真希望能抓到一隻。為什麼這些守護貓不想個辦法來抓鴿子呢？這些笨鳥一定就住在城市裡的某個地方，為什麼守護貓不想辦法把那地方找出來呢？

就在他轉進肉桂所在的狹窄巷弄時，全身的毛豎了起來。有四隻流浪貓把肉桂團團圍住，逼她到牆邊食物堆放的地方。肉桂不斷吐唾沫威嚇他們，弓著背全身毛髮豎立。有隻站在她身後的流浪貓還伸掌想要偷拿，肉桂一聲嘶吼，那公貓又退了回去，在那裡齜牙咧嘴。虎心震驚之餘，立刻丟下口中的肉，縱身跳到肉桂身邊。

他對著流浪貓怒吼，「這堆東西是我們的，」接著繼續吼，「想要的話自己去找。」

他說話時姬烈也走進這條巷子了，蛛網和手套從巷尾看到這樣的場景大吃一驚。虎心示意要他們靠過來，他需要壯大聲勢。這些流浪貓還站在原地不動，流露出貪婪的眼神。

其中有一隻體態輕盈的灰色母貓，瞇起藍眼睛，「妳的朋友**想**要分享。」她告訴虎心。

「不，她並不想。」虎心怒嗆。

這隻灰貓環顧守護貓，看到他們的嘴裡都叼著食物，接著點頭指向肉桂身後的食物堆，「東西夠嘛！」

虎心怒吼，「我們還有其他的貓也要吃。」

「我們也有好幾張嘴要餵飽啊。」這隻灰色母貓把頭歪向一邊。

「這不代表你就可以拿走我們抓到的東西。」虎心望著姬烈，她難道不說句話？

「為什麼我們不能？」灰貓說。

「這不是你們抓到的。」虎心怒吼。

「這也不是你們抓的呀。」這母貓一臉不屑地看著那堆東西，「那是你們找到的，現在我們也找到了啊。」

虎心羞愧得全身發熱，她說的沒錯，他們只是把這些東西從垃圾桶裡找出來。**我竟然在爭奪烏鴉的食物！**不過聚會所裡的貓就依賴這些鴉食來填飽肚子啊。**這也能餵飽我的孩子。**他抬起下巴，即使這不是獵物，也能讓大家不餓肚子。這時他胸口重新燃起一股怒火，**這是我們的東西！**這些貓到底有沒有一點羞恥心？他環顧在一旁不知所措的守護貓，「你們想偷走我朋友的東西。」他緩緩嘶吼。

「偷？」灰貓抬起下巴，「吃到肚子裡的東西才算你的，這裡的每一隻貓都只為自己打算。你顯然不是在城裡出生的，要不然你也會知道的。」

「我還真高興不是城裡出生的，」**不過我的孩子是**。虎心趕緊把這樣的想法推開。「我生在部族，在那裡我們會先讓族貓吃飽，然後自己才吃。」

灰貓聳聳肩，「可是你讓我們挨餓啊？」

虎心眨眨眼，她怎麼有辦法把**他**說成一隻壞貓？「妳不是我族貓，而且，這城裡還有很多垃圾桶，你們根本不可能挨餓。」

「『很多垃圾桶』，」母貓學他說話，「但願我們搶得過狐狸。」

「狐狸只在晚上夜深人靜的時候才會出來。」虎心說。

「新來的，你怎麼知道？」母貓圓睜雙眼，第一次露出不安的眼神。她毛皮波動著，朝同伴點頭示意，「走吧，我們到別的地方去看看。」她瞪了虎心一眼，「別太高興，你不屬於這裡，我聞得出來你腳上有草原的味道。」說完甩頭，往巷子的另一端走去。其他的貓也跟了過去，臨走前還轉頭惡狠狠地瞪了一眼。

「做得好。」姬烈熱切地看著他。

「用不著打架就把他們趕跑了。」肉桂鬆了一口氣。

這只是暫時的。虎心望著這群貓消失在轉角。**別太高興**。灰貓的這句臨別贈言，讓他覺得這只是風雨前的寧靜。

⚡⚡⚡

回到聚會所巢穴後，所有的守護貓都圍了過來，看他們帶回什麼好東西。虎心從貓群中走出來，往自己的窩望去。看到鴿翅和孩子們都在睡覺，不禁鬆了一口氣。

「那些東西聞起來還不錯。」

尖塔的聲音讓他嚇了一跳。

這隻瘦公貓正坐在木頭平台的陰影底下，看著熾燄和大夥兒分食。自從尖塔這怪貓跟他說小影能看穿陰影，虎心就盡可能地避開他。他也沒跟鴿翅提起尖塔的預言，即使是在她幫小公貓取名字之後。「小影，為了榮耀你的部族。」她都這麼說了，他又能跟她爭辯什麼呢？這巧合讓他很不自在，所以，乾脆離尖塔遠一點，免得這公貓又說出什麼驚人之語。

現在尖塔看著守護貓的眼神非常清醒正常，「你的孩子們都好吧？」

「很好，」虎心很快回答，「我想要抓一些真正的食物給他們吃。」

「食物就是食物。」尖塔一派輕鬆地說。

「吃剩的東西不是戰士的食物。」**那是烏鴉的食物**。虎心正眼都沒瞧他一下，「戰士吃現抓的獵物。」

「你的孩子也將成為戰士。」他一副理所當然的口吻。

虎心感覺到自己的身體快被尖塔緊盯的眼神給燒起來了，他不由自主地轉頭看他。這隻貓真知道他的孩子將成為戰士嗎？抑或是，**他說了我想聽的話，我才會把他的話當真？**

他用懷疑的眼神看著這隻公貓。

「有鴿翅和你這樣的父母，他們還能變成什麼呢？」尖塔說完，起身走向熾燄。

熾燄看著他，嘴裡還叼著油滋滋的東西。小公貓的眼神閃閃發亮，把嘴裡的東西放在尖塔的腳下，「看，這是我幫你留的！」

虎心抬頭往巢穴入口望去，暗自下決心，他**一定要**幫孩子們抓到新鮮的獵物。還來得及在他們醒來之前抓到吧？他迅速跳上木頭平台，往牆壁的缺口鑽出去。

一到外頭，他就看到成群的鴿子繞著荊棘巢穴最高的尖塔飛行。突然有一隻低空而來，虎心燃起一線希望；但一隻經過的怪獸又把牠趕向天空，看到那鴿子與同伴棲息在屋頂，虎心的心又沉到谷底。

他滿懷挫折地在石板之間穿梭而行，草地上的霜已經融化，冰水滲入他的腳掌。聚會所旁的這塊草地，是他來到城市之後看到的唯一一塊綠地。他渴望腳下再度踩到清脆的松針，再次嗅到老家熟悉的森林氣息。花楸星趕走陰影了嗎？影族恢復正常了嗎？他回去會不會遮住太陽，安全嗎？就算一切都沒事了，他知道現在要讓小貓踏上旅程還太早。

突然一陣吵雜的吱喳響起，虎心轉頭一看，一隻鶇鳥正在櫻桃樹枝頭上跳著，聚會所彩色的外牆就在背後閃閃發亮。

虎心趕緊蹲伏在草地上，雖然腹部的毛都沾溼了，還是緊盯著那隻鶇鳥。他靜靜等待，就像豎立的石板，一動也不動。鶇鳥又叫了起來，是警覺的叫聲嗎？難道牠看到他了？虎心的心一急，往樹幹看去，打量著是否能爬上去而不被發現。不過這棵樹的樹枝已經被冷風吹得光禿了，任何動靜都會被鶇鳥看到的。

虎心挫折地動動爪子，不禁想念起被松林籠罩的陰影。他眼看著鶇鳥又往高處枝頭飛，感到十分無助。只見這隻鳥啄著樹皮，然後又跳到另一處有青苔覆蓋的部位，開始啄起來。

失望就像石頭般往虎心的肚子裡沉，他找不出任何方法可以接近鶇鳥，又不會把牠嚇跑。今天他的孩子又要吃鴉食了，想到要這樣空手而回就覺得很內疚。不過就算他們醒了，至少他要在場跟小貓們一起吃鴉食才行。這樣一來，他就可以跟他們保證，總有一天會讓他們吃到真正的獵物。

突然有個動靜把他從思緒中拉回來，那隻鶇鳥突然飛下來，棲息在一塊石板前面。看到牠開始在草地上啄來啄去，虎心不禁重新燃起一線希望。他慢慢地移動腳掌往前匍匐而行，草地上的石板成了他的掩護，他開始加快腳步。他必須趕在鶇鳥飛走前有所行動，**不要急，**他告訴自己，千萬別因心急壞了大事。

這時候虎心已經在鶇鳥啄食的那塊石板後面停下腳步，他屏住呼吸，從石板邊緣望去，鶇鳥並沒有注意到他。他現身準備攻擊，此時他渾身亢奮至極，抖動鬍鬚縱身一跳，腳掌正好撲到鶇鳥身上，讓牠完全沒有振翅高飛的餘地。他就這樣把牠壓在地上，往脖子咬下，給予致命一擊。**感謝星族老天，**嚐到鮮血滋味的他滿心歡喜。他把獵物咬在口中，享受那溫暖的氣味，隨即匆匆走回巢穴。

「起床了！」他把獵物放在鴿翅的窩邊。

鴿翅抬起頭，鼻子抽動著，「鶇鳥！」她高興地坐了起來，看看虎心，又看看那隻鳥。接著她戳戳懷裡還在睡覺的小貓，「起來了，小撲！起來了，小光！」然後再舔舔小影的頭，「虎心拿吃的來了。」

小撲對著灑進巢穴的陽光眨眨眼，往窩邊看去。當她看到鶇鳥的時候，肩膀垂了下來，「那又不是食物，」她無精打采地說，「那只不過是一隻鳥。」

「**這**是獵物！」虎心氣得毛豎了起來，「這就是你們要吃的。」

小光爬到窩外，她一身棕色虎斑毛髮睡得亂七八糟。她聞聞鶇鳥，「這隻鳥聞起來甜甜的。」

小影站在窩邊，懷疑地抽動鼻子，「沒有廚餘嗎？」他往巢穴的中間望去，守護貓們正在那裡悠閒走動，他們帶回來的東西早就沒了。

小撲也順著他的眼神望去，鼻子嗅著，「我聞到肉的味道。」她還盯著巢穴另一邊看。

「這就是肉。」虎心戳戳鶇鳥。

「都是羽毛。」小撲不屑地嗤之以鼻。

虎心的肚子一緊，為什麼新鮮獵物的滋味無法引起他們的食慾？

這時候鴿翅爬到窩外，開始幫他們把鶇鳥的肉撕成一條一條，小貓咪看得驚訝萬分。接著她把有羽毛的部分放旁邊，再把小肉條放在他們面前。

虎心看得很不耐煩，「我小時候，褐皮從來沒有幫我把食物撕成這樣。」

鴿翅看了他一眼，「她一定也這樣做過。你要知道他們才兩個月大，你不能要求他們自己把獵物撕開。」

虎心坐了下來，或許她說的對，他必須要有耐心。

「吃吃看。」鴿翅溫柔地鼓勵小貓。

小撲不安地聞聞這紅色肉條，用舌頭舔舔看，接著她皺了皺眉頭，又再舔舔看。小影先用腳掌碰一碰，然後再咬咬看。小光先用嘴巴咬住肉條的一邊，再用腳掌抓住另外一邊，然後開始用牙齒拉扯。

鴿翅充滿愛意的看著虎心，「你真好，還幫我們抓了新鮮獵物。」

虎心沒有答話，只是滿心焦慮地看著小貓。如果他們一直沒有辦法接受新鮮獵物的話怎麼辦？如果把他們帶回影族，而他們拒絕進食的話怎麼辦？

「所有小貓一開始都會挑食的，」鴿翅喃喃地說，「藤池四個月大以前都不吃兔肉，而我討厭吃鼩鼱。」

「真的嗎？」虎心滿懷希望地看著她。

她和他對望了好一會兒，然後點頭指向小貓。只見那三隻小貓忙著咬他們的肉條，小影看起來有些疑慮，小撲還皺著眉頭，小光則因咬了太大口，塞了滿嘴。

「咬久一點再吞啊，」鴿翅提醒，「要不然會肚子痛。」

虎心看著他們吃東西，自豪不已。即使他們不喜歡鶇鳥，卻試著克服。**你的孩子會成為戰士的**。尖塔的話語又在耳邊響起。他們當然會的，特別是，如果他可以早點帶他們回家。

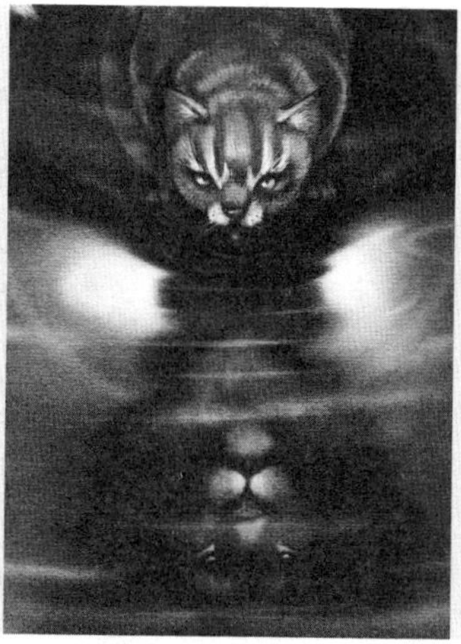

第二十章

虎心膨起全身毛髮禦寒，此時聚會所外有風雨吹打在石板上。姬烈、尖塔和螞蟻已經走到草地另一邊了；而鴿翅還跟在他身邊渾身直打哆嗦。

「妳確定要跟我們一起出來嗎？」虎心看著她，這是她生完孩子後第一次外出。

「我需要出來透透氣。」她迎著風抬起頭，半閉著眼讓雨打在臉上。接著她突然愣住，緊張地看著虎心，「熾燄和花生會照顧好小貓吧？」

「當然，」他要她放下心來。「熾燄會讓他們一刻不得閒的，花生也不會讓他們惹上麻——」他突然聞到一股熟悉的味道。

他現在已經學會在這五味雜陳的城市中，辨認獵物、貓咪、狐狸、還有兩腳獸酸腐食物的味道。他聞出這是前幾天他們遇到的那隻灰色母貓的氣味，他的耳朵開始不安地抽動著。螞蟻、姬烈、尖塔已經到達轟雷路邊，在那裡等著穿越過去。「回來！」

姬烈詫異地轉過頭，看到虎心甩動尾巴召喚他們，隨即往回走，螞蟻和尖塔也跟在後面。

「怎麼了？」

虎心又聞了一次，是那隻母貓的味道沒錯，還夾雜著其他貓的氣味。「那些流浪貓又來了，」一陣風把那味道又吹得更加明顯，「他們就在附近。」虎心把頭轉向一片雜亂的樹林，那是在聚會所的另一邊。那兒的一處草叢好像有動靜。他豎起毛髮，「他們入侵我們的領土！」話一說完隨即衝向那氣味。他停在樹林邊，盯著樹幹旁的草叢，「出來吧！」他命令。

一陣枝葉的沙沙聲之後，灰色母貓鑽了出來，面無表情的看著他，「嗨，又見面了。」

「妳在這裡做什麼？」虎心質問，這時鴿翅也跟過來。她有點喘，顯然是太久沒有活動了。接著姬烈、螞蟻和尖塔也慢慢走過來。

這隻灰色母貓盯著虎心，一臉疑惑。

虎心環顧守護貓，他們竟一副不在乎的樣子。「她在我們的領土上！」他怒吼。

「這又不是我們的領土。」姬烈彈動尾巴走向他。

虎心簡直不敢相信自己的耳朵，「這是你們生活和狩獵的地方。」

螞蟻皺皺眉頭，「我們在聚會所睡覺，在城市的每個角落覓食。」他顯然也無法了解。

「但這是你們的家。」虎心環伺聚會所巢穴周圍的這一大片草地。

又有一隻公貓從草叢裡走出來，接著又再冒出了三隻流浪貓。他們在灰色母貓身邊一字排開，好奇地看著虎心。

「現在是在吵什麼，迷霧？」一隻棕色公貓看著這灰母貓。

「鮪魚，我也搞不清楚。」迷霧盯著虎心，「這隻貓又在亂了。」

看到他們一點也不在乎，虎心被搞得一頭霧水，怎麼連身邊的鴿翅也不在意的樣子。如果在森林裡的話，早就劍拔弩張、火藥味十足了。他看著鴿翅，「我知道這是在城市，但所有的貓都有地域性不是嗎？難道他們不想占地盤？」

鴿翅看著他，「顯然他們並不介意分享。」她用詢問的眼神轉頭看姬烈。

姬烈聳聳肩，「為什麼要為了土地吵架呢？」

虎心盯著她看，「你們沒有邊界嗎？」

「沒有。」

「那麼，你們應該設立邊界。」他瞪著迷霧，「這樣別的貓就不敢越雷池一步了。」

這時姬烈望著迷霧，雨珠從她鬍鬚上滴滴滑落，「你們把巢穴築在這裡了嗎？」

「沒有築巢，」迷霧回答，「只是幾個窩而已，我們的家被狐狸入侵，我們需要有地方睡覺啊。」

虎心豎起耳朵，「所以你們想搬到這裡？」

迷霧聳聳肩，「不行嗎？我們又沒有干擾到你們。」

虎心眯起眼睛質問，「那昨天怎麼說？」他繼續追問，「你們還想偷我們的食物。」

鮪魚挪動腳步，「我們只是跟你們一樣在翻找食物啊。」

虎心怒吼，「從今以後，不要在我們這裡覓食。」

迷霧一副無辜的樣子看著他，「我們到這邊來之後還在適應，而且我們也不曉得那些垃圾桶歸你們管。」被雨淋得溼透了的她，毛髮根根豎立起來。

「別為難他們，」姬烈的尾巴朝虎心一甩，「他們碰上狐狸了，我們也知道那很麻煩。」虎心一點也不在乎，他很想知道到底還有多少貓藏在草叢裡。「你想讓他們待在你們的領土？」

「我不是跟你講過了嗎，」姬烈說，「這不是我們的領土，我們並沒有**自己的**領土。」

「那你們怎麼知道可以在哪裡打獵？」虎心不懂他們怎麼可以活得這麼散漫。「你們有病貓得餵飽，」他提醒她，「還有小貓。妳知道，你們應該要有足夠的領土，這樣在寒冷的天氣裡還可以餵飽大家。你們——」

迷霧打斷他的話，「這跟天氣有什麼關係？你以為天氣變冷了兩腳獸就不出來倒垃圾了嗎？冰冷季是翻找垃圾的最佳時節，食物腐敗的速度比較慢。」

「拜託。」姬烈開始轉身離去，「幹嘛做這種無謂的爭吵，這些貓又不具任何威脅性。」螞蟻和尖塔也默默轉身跟上。虎心和鴿翅你看我我看你，一種不好的預感讓虎心不知該如何是好。花楸星不就是這樣嗎？他以為惡棍貓不具任何威脅性，就讓他們住在影族旁邊？

迷霧甩甩身上的雨水，往樹叢走去，同伴們也跟著離去。

這時只剩下鴿翅和虎心在一起，虎心脊椎的毛髮整個豎立起來，「我可以預料就要有麻煩了。」

「我知道這裡的生活方式和部族很不一樣，但這兒的貓似乎都過得很開心。」鴿翅說完也轉身跟著姬烈、尖塔和螞蟻走。

虎心不明白，為什麼鴿翅就是看不出，這樣混亂的生活方式有多危險。「他們現在或許很快樂，但如果迷霧和她的同夥也想要有個溫暖的窩，然後就攻占了聚會所怎麼辦？那些生病的貓根本連保護自己的能力都沒有！不要以為那些守護貓趕走了一對狐狸，就有能力為保衛領土而戰。」說到這兒他暫停了一下，心跳加快。「他們甚至連領土是什麼都不懂！」

姬烈、螞蟻和尖塔都穿過處處積水的轟雷路了，鴿翅停在路邊看著虎心。「我們不能叫他們改變生活方式，」她說，「我們只是過客而已。」

「難道妳不想幫他們嗎？」他緊跟在她後頭。

「不想，如果他們不願意的話。」

「但這不是很明顯嗎，」他追上她，有些惱火，「他們只要去做些邊界記號，組織一些巡邏隊，然後大家就可以在窩裡睡個安穩的覺了。」

這時他們準備要過轟雷路，奔馳而過的怪獸濺起陣陣水花。鴿翅蹲伏著，等待空檔衝過去，虎心也緊緊跟隨。「虎心，這裡不是部族。這些貓連族長都沒有，他們只是一群對我們很好的治療師和翻垃圾的貓。別開始對他們指手畫腳。」

「我沒有對他們指手畫腳。」虎心開始生氣起來。

鴿翅繼續說，「我知道你以前是副族長，而且你相信有一天你會當上族長。但現在你不是在森林裡，**而且一時半會兒你也還回不去**。所以你最好還是先習慣城市貓的生活。」

走在前面的螞蟻、尖塔和姬烈在轉角轉彎了，鴿翅趕緊加快腳步。虎心在她身邊也快步跟上，他思緒翻騰著，**而且一時半會兒你也還回不去**。他盯著鴿翅看，想讀懂她心裡到底怎麼想的。小貓咪應該快要可以出遠門了吧？他們現在已經斷奶了，而且一天比一天還要強壯起來。

「妳還打算在這裡待多久？」

「你急著要回到湖邊嗎？」她的目光注視前方，轉彎時還特別留意來來往往的兩腳獸。

「我希望我們的孩子能在影族長大。」虎心告訴她。

「為什麼不在雷族？」鴿翅一邊說一邊躲避兩腳獸的腳掌，這時守護貓已經在另一條巷子的巷口等待了。

虎心看著鴿翅，難道她計畫帶他們的孩子回去雷族？他的肚子一緊，「我是影族的副族長，我沒辦法加入其他部族。」

「那我就可以，是嗎？」鴿翅瞟他一眼，「而且，你確定到時候還有影族可以回去？你不是說它可能會消失嗎？誰知道我們不在的期間發生了什麼？」

她怎麼有辦法說得這麼輕鬆？難道鴿翅已經不在乎部族了嗎？難道她已經忘記從前她是多麼熱愛部族生活？她已經忘記身為戰士的感覺了嗎？他感到非常不安。難怪她餵小貓廚餘的時候，從沒抱怨過；而沒有自己的領土，她也完全不以為意。**難道她喜歡這裡的生活？**想到這裡，虎心好像被重重一擊。他避開兩腳獸，把她帶到路邊。「妳不想回去嗎？」

「我當然想回去。」鴿翅看著他，一雙綠色的眼睛在雨中閃閃發亮。「但我希望小貓可以一路平安。這是一趟漫長的旅途，路上可能會有危險。」

「但他們需要遵循戰士守則，跟其他夥伴一起在部族裡長大，否則他們將無法明白成為戰士的真正意義。」

「即使會威脅到他們的生命？」鴿翅的頸毛豎了起來。

「當然不是這樣。」虎心也不悅地豎起毛髮。「我絕對不會讓我們的孩子受到傷害。」

「那你幹嘛急著要走？他們才兩個月大。」鴿翅沒有等他回答，就轉身跟上守護貓。

虎心跟在她後面，焦慮不已。

當姬烈帶著他們走到她最喜歡的垃圾桶放置區時，虎心悶不作聲。其他夥伴翻垃圾把食物丟下來，他就負責收集看守。接著他們朝另一條巷子走，虎心突然發現巷子底有動靜，某種小動物在那裡跑來跑去。虎心張嘴，讓潮溼空氣布滿他舌頭。**獵物**。他瞇起眼睛，看到了好幾隻毛色黝黑的老鼠。牠們擠在巷底，那裡有一個高高的鐵網圍籬圍住。

「看！」虎心推推鴿翅，轉頭指向那群老鼠。

在垃圾桶上面的姬烈停止挖掘，螞蟻和尖塔也停了下來，他們全都轉過去看。

「我們去抓牠們。」虎心伸伸爪子，躍躍欲試。

「但這一桶還有好多東西。」說著姬烈又把一塊軟爛的東西丟到地上。

「生病的貓吃新鮮的食物比較好，」虎心說，「小雲以前說過，新鮮獵物是最好的藥。」

尖塔點點頭，「不久前我們才收留的那隻瘦公貓應該吃些鮮肉。」

鴿翅左右移動腳步，「我想小貓咪終究得習慣吃新鮮獵物。」

妳想？虎心肚子一緊。「上吧。」虎心不假思索的衝上前去。

鴿翅和守護貓也跟上。

那些老鼠在巷底的鐵網圍籬那裡擠成一堆，應該很容易抓。虎心伸出舌頭舔舔嘴唇，然後開始匍匐前進。大夥也在他身旁呈扇形散開。

老鼠看到他們了，小小的黑眼睛裡充滿恐懼，全都擠在鐵網邊亂抓亂叫拚命想逃走。有一隻從鐵網的破洞鑽出去，逃到巷子的另一邊。很快地，其他的老鼠也都跟著擠出去。

「快！」虎心衝向圍籬，看著鐵網的破洞，用腳掌把鐵網捲起的邊緣拉開。他很開心這鐵網一拉就開，露出更大的開口足以讓他們穿過去。虎心趕緊鑽過去，緊追在後；跑到巷底的老鼠，轉了個彎就不見蹤影了。

虎心跟著轉彎，隨即看到老鼠往下坡跑，這時他聽到身後的守護貓也踏著積水跟上。只見老鼠沿著轟雷路邊走，然後跑進隧道裡去。

鴿翅追上虎心，「牠們到哪裡去了？」

「在那裡面。」他點頭指向隧道，又跑得更急了。鴿翅跟著他衝進一片漆黑之中，隧道裡怪獸呼嘯而過，牠們的熊熊火眼照亮了隧道裡的石牆。虎心在火眼的光束中瞥見鼠群，牠們正往隧道另一端的亮光逃竄。

虎心回頭往後看，姬烈、尖塔和螞蟻也都跟上來了；就在快要到另一端洞口時，他們都已經與他肩並肩了。他就跟他們一起衝進雨裡，「他們往那兒跑了！」

鼠群開始遠離轟雷路，往溝渠邊的一大片垃圾場跑。「我們要在牠們跑進垃圾堆之前把牠們抓住。」如果讓牠們跑進那片亂七八糟的兩腳獸垃圾堆的話，就別想再抓到牠們。此時他跑得更急，領著夥伴跑向垃圾堆。他就擋在垃圾堆邊，逼著老鼠轉往坡底泥濘的溝渠跑。那溝渠就可以困住牠們，延緩牠們脫逃的速度。那些脫隊落後的老鼠，就會很容易被抓住了。

突然間鼠群又改變動向，這群被嚇壞的獵物突然橫切過來。虎心毫無預期地往前衝，只見鼠群湧過來，從他腳邊倉皇逃竄。他伸出爪子想要抓住這些滑溜溜的老鼠，卻硬生生地讓牠們逃之夭夭。牠們為什麼會突然改變路線？他往上坡望去，迷霧和鮪魚正朝著他衝過來，後面還跟著一隻白色公貓。他們的眼睛全都盯著老鼠，而這群老鼠此刻全都竄到垃圾堆裡了。看著鼠群消失在那臭氣沖天的垃圾堆裡，迷霧、鮪魚和那隻白色公貓都停了下來。

「你把牠們嚇跑了！」虎心跟這群流浪貓對峙。

「你為什麼不把牠們抓住？」迷霧看著他，「牠們剛剛就在你腳下。」

「妳以前抓過老鼠嗎？牠們的動作快，身體又很滑。」虎心轉頭指向溝渠，「我的獵捕計畫全都被你們破壞了！你們把牠們趕往垃圾堆了。」這些貓打獵都不用頭腦。姬烈這時走到他身邊，虎心直視著她。「這就是你們需要邊界的原因！」他沒好氣地說，「如果你們知道自己的領土範圍到哪裡，你們就能好好打獵，不用擔心受到其他貓的干擾。」

螞蟻、尖塔和鴿翅這時也走過來，瞪著這群流浪貓。

鮪魚也瞪回去，對白色公貓點說，「條紋，這些貓就是我跟你提過的。」

條紋眯起眼睛看他們，「就是住在高大、溫暖又乾爽的巢穴裡的那些貓嗎？」

虎心瞪著迷霧，「妳答應要離我們遠一點的。」

她的尾巴一甩，「你要我們不要翻垃圾，我們就沒有翻垃圾啊；我們在打獵。」

姬烈甩甩身上的雨水，「我們再回到垃圾桶那裡吧，那些老鼠已經跑掉了，這裡牠們可躲的地方太多了。」

「妳難道不在乎他們把我們的獵物嚇跑？」虎心沒等她回答繼續說，「我們現在就必須設立邊界，弄清楚哪裡屬於我們，哪裡屬於他們。」

迷霧看著這大垃圾堆，「這塊地就歸你們吧！」她說。

姬烈皺起鼻子，「這邊的東西都餿掉了。」

「可是這裡有很多老鼠可以抓啊，」迷霧看著虎心睥睨的眼神，「請便！」

從垃圾堆裡冒出來的臭氣讓虎心作嘔，「不用，謝謝。」如果他早知道這是老鼠出沒的地方，他根本就不會追過來。

尖塔一陣哆嗦，「我冷了，我們回去垃圾桶那裡吧，我剛剛聞到裡面有骨頭的味道。」

條紋眼睛一亮，「哪個垃圾桶？」

鮪魚舔舔嘴唇，「我們可以幫你們找。」

「我已經跟你們說過，不要在我們的地盤找吃的。」虎心亮出他的爪子。

「我也跟你說過，這裡是城市，我們愛在哪裡找就在哪裡找。」迷霧的眼神突然一沉。

虎心看出他們不懷好意，這些貓是來找麻煩的。「我們需要邊界。」他怒吼。

「有邊界就需要巡邏，感覺要花很多力氣維護。」姬烈彈掉耳朵上的水珠。

「她說的沒錯，」迷霧嗤之以鼻，「把那些時間花來找食物還比較划算。」

鮪魚毫不為意地尾巴一甩，「這城裡到處都是貓，根本沒必要設什麼邊界。」

尖塔也贊同，「這樣只會引起更多爭端，我不想把藥草浪費在治療打架的傷口上。」

「我們自己要過活，也讓其他的貓活吧。」姬烈說完掉頭朝隧道回去。

「生命短暫，不要浪費力氣在無謂的爭吵上。」迷霧往上坡走，鮪魚和條紋隨後跟上。尖塔和螞蟻則轉身跟著姬烈走。

虎心看著他們離去的背影，「我不相信她。」他告訴鴿翅。

「誰？迷霧？」鴿翅看著他，「她只是一隻流浪貓，你知道城裡的貓就這樣，他們喜歡隨興的生活。」

「隨興的生活。」虎心哼了一聲，「沒有這種事。」

「守護貓不就過得很隨興嗎。」

「他們要懂得自我保護。」

「如果非必要的話，為什麼要引起爭端？」鴿翅用鼻尖碰碰虎心的臉頰，「我知道你想念部族，我們無須改變這些貓，你幹嘛做無謂的努力呢？」

她轉身跟上姬烈、螞蟻和尖塔。

如果非必要的話，為什麼要引起爭端？虎心望著她的背影。**當然有必要，等著瞧吧。**城裡那麼擁擠，能完全不受干擾地走動和覓食的空間非常少。很快他們就會發現，大家都在同一區爭奪垃圾桶。有這麼多的貓卻沒有邊界，最後他們將陷入無盡的爭奪之中。

冰冷的雨水滲入他的毛皮，為什麼城市貓一點榮譽感都沒有？他們沒有比狐狸好到哪裡去，而鴿翅竟然開始認同他們。他的心隱隱作痛起來，不由得開始想念戰士守則，想念完成一整天巡邏任務之後那種自豪的感覺。難道這裡就只有他覺得自己不該只會翻垃圾而已？

第二十一章

「為什麼現在這裡床位變多了呢？」小光在平台底下自己的窩裡往外瞧，而小影和小撲正在她後面繞著平台的木腳追逐玩耍。

虎心順著她的視線望去，看到兩個用皮布堆成的新床位，那是蕨肯、靴子和尖塔剛剛鋪好的。「手套和搗蛋鬼昨天出去找食物的時候，發現兩隻生病的貓，就把他們帶回來讓巫醫照顧。」

小光對他眨眨眼，「大家都叫他們治療師，你為什麼叫他們巫醫？」

「因為我們老家都這麼叫的。」虎心解釋。

小撲跑過來，在他們身邊煞住腳；小影也追過來，小腳在光溜溜的地板上滑了一下。

「鴿翅說老家在很遠的地方，要走很久很久才會到。」小撲說。

「我們會去那裡嗎？」小光熱切地問。

小影不安地左右挪步，「那森林很暗。」

虎心眼神銳利地看著他，他怎麼會知道森林是什麼樣子？虎心曾經提過樹林和獵物，但從來沒有說過什麼關於明亮還是黑暗的事。一隻小貓竟然會說出這麼嚴肅的話，話裡好像隱含什麼意義。**他能看穿陰影**。尖塔說過的話又在耳邊響起。難道小影知道些什麼？陰影吞噬了他的部族嗎？虎心拚命壓抑住內心的恐懼，**別傻了！**一隻小貓怎麼有可能知道影族發生什麼？他根本沒去過那裡。可能是鴿翅跟他們說過那裡很暗吧，畢竟她是雷族貓，松樹林對她來說或許真的太陰暗了。「森林裡確實有些陰暗，」他承認，「不過當你成為訓練有素的戰士時，你會發現陰影其實是你的好朋友。你可以在陰影裡躲藏，或者在陰暗處乘涼，甚至在天氣變糟的時候，還可以把遮蔽處當成避難所。」

「我不想躲在陰影裡。」小光望著透明牆面外的一片藍天，「我喜歡陽光。」

小撲走到巢穴中央，「我們可以去看看新來的貓嗎？」

「不行，」虎心說，「他們生病了，不要去吵他們。」

「可是尖塔都可以。」小撲說。尖塔現在倚在新床位邊，照料一隻氣喘的黑白公貓。

「他在照顧他們。」虎心一邊解釋，還一邊瞄著姬烈。只見這雜黃褐色母貓正在蛛網、螞蟻、搗蛋鬼、手套和點點之間來回走動，他們正準備出一趟特殊任務。

姬烈和其他守護貓這幾天都非常興奮地談論這件事，「我們稱之為戶外聚會，」姬烈告訴他，「每個月，兩腳獸都會在大廣場上搭起很多平台，把食物堆放在上面，不管下雨或下雪都照常舉行。而且會有煙和火，聞起來香噴噴的，很容易找到食物。雖然到處都是兩腳獸，但牠們不會去注意平台底下的事。有時候會有食物殘渣掉下來，有時候我們可以伸掌上去搆，平台上面放的大多都是肉。」姬烈邊說還邊舔嘴唇，「那些肉你可能看也沒看過、聞也沒聞過！每次戶外聚會之後，我們都可以大吃一頓。」

虎心也很想參與這趟任務。**快點回來，鴿翅！**他頻頻望著巢穴入口，她去穢物處了，而他又不能把小貓丟著不管。或許可以找熾燄和花生再幫忙照顧他們。才這麼一想，他就看到灰色的身影在透明牆面那邊出現，鴿翅回來了。

虎心交代小貓，「鴿翅回來了，你們要乖乖地跟她在一起，我要和姬烈出去。」

「我們什麼時候才可以到外面去？」小撲在他背後喊著。虎心急著出門，他垂著頭和鴿翅擦身而過，「但願這次我能帶回些真正的獵物。」他告訴她。

鴿翅玩笑地和他碰碰鼻子，「你帶什麼回來都不要緊，只要能餵飽小貓的肚子就行。」說完立刻往回走，小撲、小光和小影立刻衝向她。

這時熾燄從病貓的床位間衝出來，「我也可以去嗎？」他問。

「那裡會有很多兩腳獸。」虎心提醒他。這年輕公貓最近兩個月大了很多，不過他還是隻小貓，虎心可不希望讓他走丟了。

「拜託！」熾燄快步跟上虎心，「尖塔忙著照顧新來的貓，這裡好無聊，我也想去看看戶外聚會。」

他們走到姬烈身邊時，她正好抬起頭來，「你要一起來嗎？」她問虎心。

「要，我要去。」

「我也想一起去。」熾燄說。

姬烈看著年輕公貓，瞇著眼睛想了一下，「你幫忙把風倒是不錯，」接著又說，「你要幫點點看守我們堆放的食物。」說完朝著淡薑白色母貓使了個眼色。

點點同意地點點頭，「可別亂跑喔，」她警告熾燄，「到時候會很擁擠，你要緊跟著我，知道嗎？」

「沒問題。」熾燄開心點頭。

姬烈跳上木平台，朝窩穴出口走去。虎心等大家先走，自己在後面等著，等到搗蛋鬼和手套都出去了，他才跳上木台鑽出窩穴。

姬烈帶著大家走一條新的路線，之前虎心從沒走過。這條路安靜多了，很少怪獸或兩腳獸經過。接著她轉入一條狹窄巷弄，走到盡頭豁然開朗，通往一大片鋪著石板的廣場，廣場上排列著一排排的平台，就和姬烈描述的一樣。兩腳獸還用亮麗的顏色裝飾，有些還有屋頂。虎心看到上頭高高地堆放著食物，空氣中瀰漫著煙燻的氣味，**有火？**他警戒地環顧廣場四周，看到平台上有縷縷輕煙飄起，但並沒有火勢失控的跡象，而且煙裡還帶著令人垂涎的氣味。愈來愈多的兩腳獸聚集在平台之間，牠們在那裡挑選食物，拿起來聞聞看，再傳給其他兩腳獸包裝。那香味充滿虎心的鼻腔，他的肚子開始咕嚕咕嚕叫起來。打從他離開森林之後，就沒有聞過這麼誘人的獵物氣味。難怪守護貓每個月都甘冒危險，來到這麼多兩腳獸的地方覓食。

姬烈領著大家快速鑽到一排平台底下，雖然平台四周都有兩腳獸的腳圍繞著，但在平台的遮蔽下，虎心還是感到蠻安全的。兩腳獸要看到他們的話，得要趴下來四腳著地才行。

「我們可以先把食物堆在這裡。」點點在兩塊突起的石頭旁停下來，然後指向中間的空隙，「這裡比較容易看守。」

「為什麼要看守？」虎心納悶地問。

搗蛋鬼四下張望，「有些兩腳獸會帶狗來，雖然有藤蔓牽住，但是這些狗還是可以鑽進平台底下。」

「別擔心，」點點伸出爪子，「抓牠們幾下，就可以把牠們嚇跑。」

「不過，別打得太兇，」姬烈提醒，「記住，我們絕不能引起兩腳獸注意。」

手套高舉鼻子，眼睛發亮。「我要到有魚的平台那邊。」

蛛網呼嚕嚕地喵聲道，「我也跟你一起去。」

虎心看著這兩隻貓，「你們喜歡魚？」

「所有的貓都喜歡魚。」螞蟻說。

虎心皺起鼻子，「我們那裡的貓，除了河族以外，只吃有腿的獵物。」

大家好像覺得他瘋了一樣，詫異地望著他，看得他渾身不自在。

姬烈尾巴一甩，「我帶虎心和蛛網去看看兩腳獸這個月都準備了什麼食物。」然後她再朝手套、搗蛋鬼和螞蟻點個頭，「你們去找魚，熾燄和點點在這裡留守。」

他們分頭行動，虎心跟著姬烈和蛛網從平台底下鑽出去，在來來往往的兩腳獸腳下閃躲。直到他和夥伴躲進另一排平台底下，虎心才鬆了一口氣。

姬烈嚐嚐空氣中的味道，「這邊。」這時候平台底下就好像是一個隧道，兩側被兩腳獸的腳圍住，姬烈就這樣帶著他們沿著隧道走，然後再鑽出去閃躲另一群兩腳獸，然後又是另一個隧道，直到他們到達一個食物味道最強烈的平台。虎心開始流口水，姬烈就駐足在那平台底下，從一處缺口往上看，一隻松雞的頭就掛在邊上。姬烈抬起前腳，透過缺口四下觀望。

「現在沒有兩腳獸在看。」她小聲說，說完立刻伸出前掌，一把搆到松雞的頭。松雞移動了一下，然後整個從缺口掉下來。

虎心盯著這隻肥美的獵物，簡直不敢相信自己的眼睛。在城市中心掉下一隻松雞！他高興得不得了，小貓今晚有真正的獵物可以吃了。

「先拿去點點那裡，再回來這裡。」姬烈告訴他。

虎心興高采烈地把松雞啣在嘴裡，這重量讓他想起和影族一起狩獵的時光。垃圾桶裡撿來的食物，在重量和味道上，根本完全無法相比。他帶著松雞沿著平台隧道走，獵物的香氣充滿他的鼻腔。他從兩腳獸五顏六色的腳之間望去，找尋點點所在的那一排平台。他看到她了，她就和熾燄蹲伏在突出的石頭旁。他左顧右盼，等待機會穿過平台間熙來攘往的兩腳獸。一逮到機會，他就從這一排衝到那一排，總算到達堆放食物的地方。

「哇！」他把松雞放到石頭之間時，熾燄看得目瞪口呆，「我從來沒看過這麼大的獵物。」

「姬烈和蛛網還在收集更多。」就在虎心說話的時候，搗蛋鬼和手套衝向他，螞蟻也緊跟在後。他們每一個嘴裡都咬著閃亮亮的魚。

他們也把魚放到石頭中間。

「他們也來了。」搗蛋鬼喘著氣說。

「誰？」虎心覺得不妙。

「就是迷霧和她的同夥，」螞蟻說，「他們也來找東西吃了。」

虎心不禁豎起全身毛髮，望著排列如迷宮的平台。就在遠方空地的幽暗處，瞥見鮪魚穿梭其間，迷霧也跟他在一起，還有一隻橘色母貓也尾隨在後。迷霧停下腳步尾巴一甩，另一群貓就跟著冒出來。到底有多少貓跟隨迷霧？虎心感到十分不安。

點點隨著他的視線望去，緊張得毛髮直豎。「這裡有足夠的食物可以分享，對吧？」她說得有些心虛。

「**但願**她只是單純來分享，」虎心充滿防備地說。他不信任這隻母貓，她才剛剛把守護貓的老鼠趕跑。萬一她並非單純的不懂得打獵？萬一她是故意來搗蛋的怎麼辦？或許她是故意想讓對手抓不到獵物；或許她是故意來引起紛爭的，就像暗尾一樣。他跟螞蟻、搗蛋鬼和手套點個頭，「你們繼續收集獵物，我去通知姬烈。」

他趕緊跑去放肉的平台那裡找蛛網和姬烈。他們看見他回來，眼睛閃閃發亮，只見他們腳下堆滿獵物。「我們得多跑幾趟才搬得完。」姬烈開心地說。

「我們趕快把這些拿到點點那裡去。」虎心焦慮地說。

姬烈瞇起眼睛，「發生什麼事了嗎？」

「迷霧和她的同夥也來了。」

姬烈聳聳肩，「我想他們是來找食物的，沒什麼啊，他們跟我們一樣也要吃東西。」

虎心注視著她，她顯然沒對付過像暗尾那樣的貓，「不是所有的貓都那麼樂於分享。」

「什麼意思？」蛛網緊張地四處張望。

「當迷霧把老鼠趕進垃圾場的時候，妳覺得她看起來像是要抓老鼠的樣子嗎？」

姬烈一臉疑惑。

「她在獵捕牠們嗎？還是她只是想把老鼠嚇跑，好讓我們抓不到？」虎心追問。

姬烈皺皺眉頭，「你認為她想阻撓我們覓食，為什麼？」

「我還不確定，」虎心承認，「不過她就在你們的巢穴外頭紮營，而我們不管去哪裡似乎都會碰上她。我認為她有可能想要占領你們的領土。」

姬烈看起來不太相信的樣子，「可是我們並沒有領土啊。」

「妳老是這麼說。」虎心滿腔怒火，「但你們不是有自己住的地方、有自己找食物的地方嗎？想想看，如果你們不能再住聚會所底下怎麼辦？如果每次都得先打一架，才能去你們最喜歡的垃圾桶翻食物的話怎麼辦？」他想起垃圾堆貓，他們就不讓達西翻找食物。城市貓並非都如他們想像的那麼隨和，「想想，如果迷霧睡在妳的窩裡，那是什麼感覺。」

「不可能的！」姬烈這才首次露出驚恐的表情。

「為什麼不可能？」虎心追問，「每次我們碰到她，就發現有更多的貓跟隨她。她的勢力愈來愈龐大，又沒有病貓或小貓需要照顧。如果她真的決心要把你們趕走，她是辦得到的。」

就在他說話的時候，他看到蛛網一臉驚恐。他隨著灰色公貓的視線望去，看到迷霧、鮪魚、和一隻矮壯的黑白公貓朝他們走來。「你們把這些東西拿到點點那裡，」虎心指示，「我來跟迷霧說。」

姬烈和蛛網盡可能地把東西都帶走，只留下一隻兔子在虎心腳邊。

虎心轉過頭去和迷霧對峙。

這隻灰色母貓走向他，流露出見獵心喜的眼神。「我從來沒有見過這樣的地方。」她停在他面前，低頭看那隻兔子。「或許狐狸把我們趕出家園是件好事，這裡的伙食比我們去過的任何地方都還好。」她跟那隻黑白公貓使了個眼色。「我敢說你一定很高興加入我們吧，黑鱸。」

這隻公貓愉悅地發出震動聲，隨即把前掌伸向兔子。

虎心立刻把它撥開，伸出利爪。除非必要，他會盡量避免跟他們打起來。「妳不會是想來侵略我們的領土吧。」

「我以為你們沒有領土。」迷霧挑釁。

「守護貓或許沒有，但我有。」虎心對他們齜牙咧嘴。

迷霧向鮪魚和黑鱸使眼色，「難道你要單打獨鬥？」

「有我在，你們別想偷我們的獵物。」虎心把兔子拖到他腳邊。

「我不是跟你說過，」迷霧一臉不懷好意，「在城裡，每隻貓都只顧自己。」說完隨即衝上去，把兔子拉走。

虎心怒火中燒，一聲嘶吼，揮掌往她的臉頰劃過去。這時黑白公貓撲過來揮掌攻擊。虎心失去重心跌坐一旁，但隨即撐起後腿一躍而起，在鮪魚還沒來得及加入戰局前就把他踢飛。接著虎心靈巧地翻身，撐起後腿；黑鱸與他怒目而視，不斷嘶吼。迷霧這時衝過來，伸爪往虎心的臉頰劃過去；虎心及時閃過，往她的肚子撞過去，把她整個舉起來，拋向一邊。接著虎心轉身跟黑白公貓對峙，衝過去咬住黑鱸的腿，牙齒使勁箝住，嘴裡盡是鮮血和骨頭感覺；這公貓禁不住痛苦嚎叫，拔腿往後退。這時虎心感到尾巴有利爪劃過，一轉身看到鮪魚糾纏不放。虎心一聲怒吼，朝鮪魚的口鼻連環揮拳；只聽見一聲嚎叫，鮪魚也節節後退。這時虎心眼角餘光有灰色身影閃過，一轉身及時看到迷霧又再度發動攻擊。虎心撐起後腿迎向迷霧的攻勢，用後腿把她箝制住，讓她不支倒地。接著虎心抱著她翻滾、壓制在地，開始用後腳掌連環踢她的肚子。她尖叫著，拚命想掙脫他的箝制。虎心緊抓不放，在平台底下翻滾。一個不小心，虎心撞到了兩腳獸的腳，一時之間驚恐不已。只聽見兩腳獸開始驚聲尖叫。

這時廣場引爆一陣混亂，兩腳獸又是尖叫、又是不斷舞動牠們的前掌。接著牠們全都圍過來觀看，白色凹陷的眼裡，盡是驚訝的神情。虎心放開迷霧，拔腿狂奔。他沿著平台之間的小巷子跑，在尖叫的兩腳獸之間左閃右躲，然後鑽進幽暗之中。他終於看到點點在前方，姬烈和蛛網和她在一起。熾燄張大眼睛看著他；螞蟻、手套和搗蛋鬼的嘴裡都咬著一條魚，也朝他們走來。「能拿多少就拿多少，趕快離開這裡！」虎心大喊。大夥兒隨即咬起獵物，急忙朝回程的巷弄衝。虎心也叼起松雞，穿過石頭，跟上他們。

兩腳獸還在他們背後尖叫著，他們回頭望了廣場一眼，隨即轉向巷弄之間。他們就這樣一路狂奔，一直跑到聽不見尖叫聲為止。最後姬烈終於停下腳步，虎心也在她身邊停下來。虎心把松雞放下來喘口氣，螞蟻、蛛網、點點和熾燄也跟著停下來。搗蛋鬼和手套轉頭張望，嘴裡還咬著魚。

「怎麼回事？」姬烈這才放下嘴裡咬的那一大塊肉，質問起來。

「迷霧和她的同夥想要把兔子搶走。」虎心還喘著氣。

「那你幹嘛跟她打起來？」姬烈一副氣噗噗的樣子，「現在我們回不去了吧！兩腳獸會開始提防我們。」

「那妳是覺得，我應該讓她把兔子拿走？」虎心盯著她質問。

「那裡東西很多，大家都有份啊！」

「那她為什麼偏偏要**我們的**兔子？」虎心實在覺得很挫折。姬烈到底什麼時候才會了解？迷霧要的就是守護貓擁有的東西，她沒趕走他們是不會罷休的。她根本就跟暗尾一樣。

守護貓各個面面相覷，不知所以。

「真的很奇怪，她要吃為什麼自己不去找。」蛛網暗自嘀咕。

「為什麼她要搶虎心的東西？」搗蛋鬼也有同感。

姬烈瞪著虎心，「一定是虎心看到她就主動挑釁，」她怒嗆，「這可能就是戰士的習性吧。」

虎心毫無畏懼地向姬烈的目光，「戰士相信有些事情是值得爭取的。」

姬烈憤怒地轉過頭去，突然間豎起耳朵愣住了。虎心轉頭順著她的視線望去，只見迷霧和她的同夥也沿著巷弄朝他們走來。

虎心瞄了姬烈一眼，感到忿忿不平，索性閃到一邊，讓姬烈獨自面對這隻灰色母貓。「很好，就讓妳自己處理看看？」

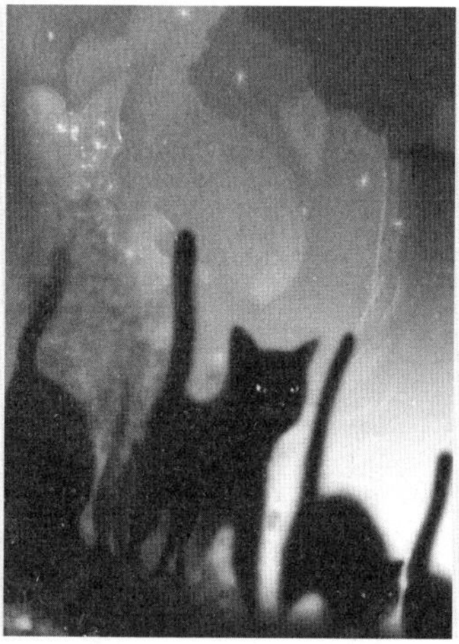

第二十二章

姬烈警戒地看著迷霧，這隻灰貓整個湊到她面前差點碰到鼻子。鮪魚和黑鱸隨侍兩側，後頭的條紋還帶著六隻流浪貓。

「你們知道嗎，我們可能再也沒有辦法到那邊找食物了，」姬烈沒好氣地說，「兩腳獸下次就會提高警覺的。」

「我們當然還會再去，」迷霧嗤之以鼻，「兩腳獸的記憶力就像小鳥一樣，我們才剛離開，他們就不記得了。」

「你們大可不必去搶虎心的兔子，」姬烈告訴她，「如果你們那時候自己去找食物的話，現在大家都可以皆大歡喜地滿載而歸的。」

迷霧看著守護貓腳邊的那堆食物，「我們現在還是有東西可以拿呀！」她舔舔嘴唇。

姬烈全身的毛髮豎了起來，「這些都是我們正大光明拿到的，是我們營裡的貓要吃的。」

迷霧把頭歪向一邊，背後同夥的貓立刻呈扇形散開。「不過看起來實在太好吃了。」

「如果你們沒來鬧的話，我們還可以拿到更多。」姬烈亮出爪子。

虎心內心燃起一線希望，這下姬烈總算了解了吧？就算是城裡貓也得保衛屬於自己的東西。他的目光在迷霧那夥和守護貓之間來回打轉。姬烈這邊在數量方面占下風，他們還記得他教過的打鬥招式嗎？這點他也不敢確定。如果真的打起來，一定會受傷，而且他們的食物也可能被搶走。他在兩個陣營之間來回踱步，一會兒看看姬烈、一會兒又看著迷霧。

「如果兩腳獸的記憶力真的這麼差，」他跟迷霧說，「那你們就回去自己找食物啊？我想你們一定可以找到比這些更好的，而且——」虎心的眼神移向迷霧背後的那群貓，「光這些也不夠餵飽你們全部。」

迷霧瞇起眼睛，「那倒不如直接把這些食物給我們，你們自己再去找更多更好的？」

「不行。」姬烈的聲音把虎心嚇一跳，她豎起全身的毛。「妳為什麼老是找我們麻煩？我們有對你們怎麼樣嗎？」

迷霧一副嘲笑的樣子，「你們何必對我們怎麼樣？我們只是一群又冷又餓的貓，只是想要有東西吃、有溫暖的地方可以睡而已。」

「我們不是說過，你們可以在這附近找地方睡。」姬烈怒嗆，「這樣還不夠嗎？為什麼你們還不肯善罷甘休？」

虎心豎起耳朵，想聽聽迷霧怎麼說。

「我也跟你們說過，」迷霧說，「我們的家園被狐狸占據了！那是一個很棒的家，是兩腳獸棄置巢穴之間的一片灌木林，那裡有很多遮蔽處，很多獵物。而現在都變成狐狸的了，我們需要找新的地方住。」

虎心感到一陣不安，再這樣繼續下去，難道迷霧連守護貓的家園都要占據？他瞪著她，膨起全身的毛讓自己看起來更巨大。「我是戰士，」他怒吼，「想從我們手裡搶走這些東西，沒妳想的那麼容易。很抱歉你們失去家園，但這是一個大城市，或許你們應該去別處尋覓適合你們居住的地點。」他亮出爪子，看著他剛剛在她嘴邊留下的傷口，「我一個打你們三個輕輕鬆鬆，一點傷痕都沒有。而且那些打鬥招式我都教給這些貓了。」

迷霧和鮪魚面面相覷，眼裡閃過一絲憂慮。虎心總算鬆了一口氣，繼續趁勢追擊。他逼近她，「如果妳想打，就來啊。」他尾巴一甩，「不過事情不會就這樣算了，別忘記，是妳決定要當我們鄰居的。我跟妳保證，如果你們真把食物拿走，那就永遠別想在窩裡睡個好覺。」他咧嘴露出尖牙，讓嘴裡的氣息哈得迷霧滿臉。

她往後退，「很好。」接著怒吼，「我們走，我們會找到比這些更好的獵物。」她尾巴一甩，隨即轉身。

鮪魚惡狠狠地瞪了虎心一眼，然後轉身跟上。黑艫也齜牙咧嘴，後頭的跟班也一個接一個地轉身離去。

虎心轉向姬烈，「妳現在知道為什麼需要邊界了吧？」

姬烈豎起毛髮，「我們從來沒想過要當戰士，我們是治療師，不是好戰者。在你來之前我們都過著平靜的生活，並非每次的爭端都要靠利爪來化解。」說完她拿起那塊肉往回走，蛛網、螞蟻、手套和搗蛋鬼都刻意避開他的眼神，拿起他們的東西跟著走。**在你來之前我們都過著平靜的生活。**虎心悶著氣動動爪子，**在我來之前你們根本不用對付迷霧**。姬烈怎麼這麼沒遠見？她難道不明白，愈是容忍迷霧，迷霧就會更得寸進尺？

「我想要成為一名戰士。」熾燄的聲音讓虎心一驚。

虎心看著這隻年輕公貓，他挺起胸膛一副自信滿滿的樣子。「我很高興不是只有我這麼想。」

ϟϟϟ

鴿翅和虎心飽食松雞之後，依偎地躺在窩邊休息，而小貓咪們則繞著平台木腳追逐玩耍。

「你們剛才在外頭有發生什麼事嗎？」

「就是我跟妳講的那些事。」虎心把他們遇到迷霧和她的同夥的事都講了，但他還是沒說出內心深處的憂慮。城市貓行事毫無法則，在他看來，他們其實也沒比惡棍貓好到哪裡去。他實在不想讓自己的孩子變成他們那樣子。

聚會所外頭夜幕低垂，兩腳獸巢穴的橘色燈光從透明牆面穿透進來。

「虎心。」小影爬到爸爸的背上，「你可以當『貛』讓我騎嗎？」

「我也要！」小撲也跳到上去，擠到弟弟旁邊。

小光也爬上去，「還有我。」

他們的小爪子扎得虎心時不時地縮著身體，「這不是騎『貛』，」他糾正，「是騎

『獾』。」他站起身，然後故意突然傾斜弄得他們哇哇大叫，接著開始大步前進。

「獾是什麼？」小光問。

「我不是告訴你們了嗎，」虎心停了一下讓他們坐穩，然後突然搖晃前進，小貓又叫了起來、抓得更緊。「獾是一種有黑白條紋的大型動物，住在森林裡。牠的嘴很大，眼睛很小。小貓如果被牠抓到的話——就會被吃掉。」

「為什麼獾不吃你？」小撲質問。

「因為我從來沒被抓到過。」虎心回答。

「獾追過你嗎？」小撲繼續追問。

「我和一隻獾對打過。」虎心回答。

「你們對打過？」小影倒抽一口氣，耳毛波動著。

「我那時候跟部族裡的兩個夥伴在一起，」虎心說道，「三個戰士對抗一隻獾，還差點打輸。」

「那你們是怎麼打贏的？」小光喘著氣問。

虎心突然急轉彎，小貓尖叫地緊抓他的毛。「我把所有厲害的戰鬥招式都使出來，」接著又說，「而且我和夥伴並肩作戰。當看到我們三個在牠面前一字排開，牠就驚叫著逃走了。」

「你們把獾嚇跑了！」小光抓著他的毛。

「你們是最棒的戰士。」小撲高聲呼喊。

小影從他背上滑下來，急忙跑回鴿翅身邊。「我們以後也要跟獾對抗嗎？」他問鴿翅。

她用鼻頭蹭蹭他的耳朵，充滿憐愛。「或許吧，」她說。「但只要你跟族貓並肩作戰，你就會很安全。」

虎心把身體傾斜抖了一下，把小光和小撲放回地面。

小撲一直緊抓不放，「我還想玩！」

「太晚了，」他堅定地說，「你們該睡了。」

「我還想要聽你說獾的事情！」小光也糾纏不放。

鴿翅起身走過去，把棕色虎斑小貓推向床鋪，「如果你們乖乖睡覺，我們明天會跟你們講有關老鷹的故事。」

「老鷹是什麼？」小光停在窩邊，這時小影和小撲都已經爬進窩裡了。

「那是一種鳥，牠的嘴就像利爪一樣又大又尖。」鴿翅說。

小光趕緊跳進窩裡和手足擠在一起，「好可怕喔。」

「真的很可怕。」鴿翅把孩子們安頓在溫暖的窩裡，然後走向虎心。她依偎在虎心身邊，虎心這時正趴在那兒清理腳掌。「我們可以在一起真好，不必去理會部族的看法。」鴿翅不經意地說。

虎心突然停止梳洗，她為什麼這樣說？難道她比較喜歡這裡？

鴿翅用鼻頭戳戳他肩膀，「你說對吧，是不是？」

他看著她的眼睛，試圖解讀她的內心。她改變心意了嗎？她想待在城市嗎？「應該吧。」他喃喃地說。

「不過一直這樣偷偷摸摸的也不是辦法。」她的眼光轉向在幽暗處活動的守護貓。尖塔在病貓的臥榻之間來回走動，姬烈在梳理她胸前的毛。螞蟻和蛛網還意猶未盡地啃著帶回來的肉骨頭；搗蛋鬼和手套則忙著清理卡在牙縫裡的魚刺；而熾燄早就已經在窩裡呼呼大睡，一整天的冒險把他累壞了。

虎心看著鴿翅。她是不是開始思考，一直待在這裡的話，生活會變成什麼樣子？「我們回老家的話，」他意有所指，「我們就用不著這樣偷偷摸摸，大可以正大光明的過生活了。我們只需要決定要讓孩子在哪一族長大。」

「我想就影族吧，」鴿翅嘆了一口氣，「我總不能要求你放棄成為影族族長的機會吧！」

「說不定我已經沒機會了。」這是虎心第一次認真思考，他驚覺影族副手的地位有可能已經被取代了，畢竟是他放棄了他們。

鴿翅用鼻子噴氣，「還有誰能帶領影族呢？你說過，在你要離開之前，你的族貓還求你要你領導他們，你當然還有機會。」

虎心緊張地觀察她，她的眼神還望著這巢穴。她是故意戲弄他嗎？他應該說他想放棄嗎？鴿翅把眼神拉回來定睛在他身上，「我知道這對你來說非常重要，而我希望你能快樂。」

「所以妳也會加入影族？」他滿心希望。

「應該吧，」她語氣不太堅定，「如果還有影族可以加入的話。」

他的心一緊，**那森林很暗**。他想起小影說的話，不由得渾身戰慄。**停！**他現在竟然變得杯弓蛇影，連小貓的話都讓他緊張兮兮。

鴿翅繼續說，「不過我們現在不用太早擔心，等到小貓大到可以上路再說都還不遲。」

那要等到什麼時候？他不敢問，但覺得愈早愈好。她現在沉浸在對孩子的愛裡，回不回家對她來說已經沒那麼重要。或許他們的安危才是她最關心的。他往窩裡望去，小貓咪靜靜地躺著在那兒，應該都睡著了。或許她是對的。此刻他內心滿溢著對鴿翅、小光、小撲和小影的愛，他應該把他們放在第一位的。不過話又說回來，趕快把他們帶回部族，讓他們在戰士圍繞的環境下成長，不也一樣重要嗎？如果他們不能成為戰士，那還能變成什麼呢？

身邊鴿翅的呼吸聲變得深長，他知道她已經睡著了。他緊緊地依著她，不要緊的，此刻他擁有鴿翅和他的孩子們，有一天他也會再度擁有他的部族。

他仰頭望著那片透明牆面，渴望在兩腳獸強烈的燈光下還能瞥見點點星光。突然虎心愣住了，他看到一張臉在那兒探頭探腦。從那寬大的耳朵和尖尖的口鼻，他認出那是**迷霧**。她來窺探守護貓住的地方，虎心不禁戰慄起來。她下一步打算要做什麼？難道她又看上了守護貓這在聚會所下面的溫暖巢穴。

我得阻止她。虎心打定主意，不管他們要不要離開這裡，他都要確定這裡的貓安全無虞，不讓他們受到迷霧他們那夥流浪貓的攻擊。

就在看著迷霧的剪影沿著透明牆面走過時，一個念頭閃過他腦海。該怎麼趕走她呢？他有個主意了。或許並不需要把她趕走，只要他能想出辦法把那些狐狸趕跑，或許她就會樂意回她的老家去。

第二十三章

「在我們有所行動之前，必須先搞清楚到底有幾隻狐狸住那兒。」姬烈在光滑的地板上踱步著。

「當然，」虎心有同感，「如果我們能說服迷霧他們也加入對抗行動，我想我們是能夠趕走牠們的。」

隔天早上，就在守護貓開始活動時，虎心召開了一個會議。小撲、小光和小影豎起耳朵瞪大眼睛從窩裡往外瞧，鴿翅嚴格叮嚀過，要他們在大家討論的時候保持安靜。鴿翅站在蛛網旁邊，視線緊盯著姬烈。虎心稍早之前就告訴鴿翅這計畫了，他感到鴿翅一直在一旁默默地支持他，然而這些守護貓卻不太感興趣的樣子。雖然熾燄好奇地在一旁觀望；花生和蕨肯也豎起毛髮、拉長耳朵焦急傾聽；螞蟻皺著眉頭，不安地移動腳步；點點、小不點和靴子在虎心說話時面面相覷。「如果迷霧一直待在附近，只會讓我們過得寢食難安。」他繼續說，

「昨天晚上，我看到她在窺探我們的巢穴。」他點頭指向那透明牆面，「在這種酷寒的氣候下，如果可以進來這裡面睡的話，他們是不會想睡在外頭的。」

點點一副疑惑的樣子，「我們為什麼不邀請他們加入我們呢？」

虎心豎起頸毛，不禁想起暗尾。「迷霧認為貓只要顧好自己就好，而且他們那一夥都這麼認為。你希望這裡的貓也這樣，大家都只管填飽自己的肚皮就好嗎？」他點頭指向羽毛和斯高躺著的窩，他倆是最近才來的病貓。尖塔正在他們床褥邊，忙著拔藥草葉子。「我以前碰過像迷霧這樣的貓。在森林裡，我們叫他們惡棍貓。他們對病貓一點同情心都沒有，他們把病貓當成負擔。邀請迷霧他們加入，就會破壞了你們在這裡所建立的一切！」

姬烈若有所思地聆聽，「不過你們想想，如果我們把狐狸趕走，迷霧他們真的就會回去嗎？」

「會的，」儘管虎心內心深處有一絲疑慮，「他們喜歡自己的老家，如果有得選的話，我想他們還是會選那裡的。」

小不點抖抖尾巴，「我們只是趕跑了一對狐狸，並不代表我們有能力跟一整族的狐狸對抗啊。」

「我們還不知道是不是一整族。」虎心澄清。

「光是趕走迷霧他們那一夥就夠嗆了。」搗蛋鬼沒好氣地說。

「如果我們合作的話……」他用乞求的眼光環顧守護貓，「如果迷霧和我們站在同一陣線，而不是跟我們對抗的話，我們就有可能成功。我可以把教過你們的打鬥招式也教他們。」

姬烈眨眨眼看著他，「你先是跟我們說，迷霧他們會對我們造成威脅；然後又告訴我們，你要教他們打架？」

鴿翅走上前去，站在虎心身邊。「虎心只是想幫忙，這種事他有經驗。惡棍貓把他的部族趕出家園，他們花了好大的力氣才重建家園，而他的部族現在也還在復原當中。」

「那他為什麼在這裡？」點點瞇著眼睛看他，「難道他的部族不需要他？」

一時之間虎心內心滿懷罪疚感，「我在這裡，是因為我認為自己暫時離開一下比較好。」

鴿翅站在他身邊，「除此之外，還因為他想跟我和我們的孩子在一起。」

點點歪著頭問鴿翅，「那妳為什麼要來？」接著又問，「你們一直提到部族，說他們比流浪貓好得多。那妳為什麼要離開他們？」

虎心感覺到鴿翅渾身毛髮不自在地豎了起來，他迎向點點質疑的眼神，「她夢到小貓咪要在這裡比較安全。」

點點翻了個白眼，「她怎麼跟尖塔說話一個樣兒。」

尖塔抬起頭，藥草渣還黏在鬍鬚上。「夢境有時候能反映事實。」他點頭指向鴿翅和虎心，「我夢到他們會來，不是嗎？」

「什麼夢境根本是無稽之談，」點點氣呼呼地說，「尖塔夢到你們會來又怎麼樣？那又能改變什麼。」

就在她說話的時候，搗蛋鬼和手套從入口鑽進來跳到地板上。手套流露出恐懼的眼神，搗蛋鬼全身毛髮波動著。

「石板那裡都是貓的氣味。」手套上氣不接下氣地說。

姬烈愣住，「是迷霧他們嗎？」

手套點點頭，「很顯然他們昨晚就在那裡鬼鬼祟祟了。」

「還有兩腳獸的氣味，」搗蛋鬼補充，「那味道還很新鮮，一定是在天亮前才留下的。」

虎心抬起頭，「一定是迷霧他們引起兩腳獸注意了，就像在戶外聚會的時候一樣。我們一定要在被兩腳獸發現前趕走他們。」

姬烈若有所思地盯著他端詳了好一會兒，然後點點頭。「那我們現在就來練習你教過我們的戰鬥招式吧。」她終於下決定。

小不點緊張的毛髮直豎，「我們又要跟狐狸打嗎？」

「我們得先搞清楚到底有多少狐狸，還有迷霧他們會不會跟我們合作才行，」姬烈告訴他。「不過不管怎麼樣，我們總是要保衛自己的家園，所以最好隨時做好準備。」

這時守護貓你看我我看你，一個個湊在一起低聲耳語。虎心緊張得腳掌微微刺痛起來。然後，他們一個接著一個，向姬烈點點頭。

此時虎心滿懷希望，相信自己這樣做是對的，他不能讓迷霧把守護貓趕走。「我們要在外面練習，」他建議。「我們必須習慣在不平的地面打鬥。」他的尾巴在平滑的地板上一甩，「希望戰場不會延伸到這裡。」

他讓姬烈帶頭出去，小不點、點點、搗蛋鬼和手套隨後跟上，再來螞蟻和蛛網也跟著出去。就在蕨肯、靴子和花生也要跟上的時候，虎心把他們叫住了。

「你們是治療師，」他說，「或許你們應該去採集更多的藥草，而不是接受戰鬥訓練。」他盯著他們看，並非有意要嚇唬他們，不過如果真的打起來，就必須要有所準備。

花生點點頭，「我們現在立刻去採藥草，」她說，「應該還有一些沒受到霜害的藥草。」就在花生領著靴子和蕨肯出去的時候，鴿翅望著小撲、小光和小影，他們還在一旁熱切觀看。鴿翅笑說，「他們也很想幫忙。」

虎心滿眼疼愛地看著他們，「或許可以讓他們來看看戰鬥訓練。」這種感覺真的有點像回到周遭都是戰士的環境。

鴿翅焦慮地抖動耳朵，「你的意思是，把他們帶到外面？」

「最遠不超過石板那邊，」虎心繼續鼓動說，「新鮮空氣對他們有益處，而且今天不是嚎叫的日子，不會有兩腳獸出現。」

「搗蛋鬼不是說聞到兩腳獸的氣味嗎？」

「牠們一定離開了，他沒有看到牠們，只是聞到氣味。」虎心不由得感到一絲心虛，鴿翅看出來了嗎？他那麼想讓孩子們出去，其實是因為他想讓他們早點體驗冷風吹拂、綠草接觸腳底的感受。他想知道他們的身體到底有沒有辦法抵擋禿葉季的寒風，腳掌有沒有辦法承受冰冷的大地？是可以上路回老家的時候了嗎？

鴿翅不置可否的看著他，然後看著小貓。

小撲已經在地板上衝來衝去，「虎心不是說我們可以出去嗎？」

小光趕上她姊姊，「我想第一個出去。」

「外面不是很冷嗎？」小影落在最後，有些猶豫。

「你身上不是有毛嗎，傻蛋！」小撲轉頭喊著。

鴿翅垂著尾巴，「我想帶他們出去是可以啦，」她退讓了，「但只能待一下下。」

小光攀著木腳試圖爬上平台，鴿翅一把把她拎上去帶到出口處。「待在這裡別出去，等我把小影和小撲都弄上來。」她叮囑。就在她跳下來帶他們的時候，虎心留意到尖塔，這治療師正在巢穴遠端一處陽光照耀的地方，直愣愣地凝望空中。難道他看到異象了？

「我待會再過去。」虎心對鴿翅喊著，她正把小影放下。

「別讓我們等太久。」鴿翅回答，接著把小貓一一推出牆邊洞口。

虎心走向瘦削黑公貓，尖塔的眼光完全沒有移開，那道照射進來的陽光似乎把他催眠了。

虎心遲疑著，不知是否該打擾他；但就在他靠近的時候，尖塔說話了，眼光仍飄向遠方。

「請照顧熾燄。」

一時之間，虎心還搞不清楚他到底在跟誰講話，但這裡除了羽毛和斯高之外沒有其他的貓，而他們都躺在窩裡。難道他在跟看不見的貓說話嗎？

「我不會跟你們去住在大水邊的，不過熾燄會去。」

大水？虎心立刻想起湖邊。難道他說的是他們的旅程？「你是說熾燄會跟我們一起回家？」

尖塔的黃眼睛轉向他，眼神突然聚焦，「當然。」

他是在跟我說話。虎心走上前去，「所以**大水**的意思是湖嗎？」

「那就是部族居住的地方，對吧？」

「沒錯。」虎心驚訝得毛髮直豎，「你怎麼知道？鴿翅有跟你提過那個湖嗎？」

「我不是告訴過你，」尖塔甩甩全身的毛，「是我看到的。」

「你預見了我們的旅程？我們可以安全回到家嗎？」

尖塔又望著遠方，「去教大家戰鬥招式吧，這是你承諾大家的。」

不安的感覺像蟲子一樣，在虎心的肚子裡鑽動，這治療師在迴避他的問題。「我們可以安全抵家嗎？你知道吧？」他追問。

尖塔越過他，走向病貓的窩，「我並不是什麼都看得到。」他急促地回答。

虎心匆匆走出巢穴，急著想趕快看到鴿翅和小貓。那黑公貓知道些什麼嗎？他隱藏著什麼不敢說嗎？

小撲、小光和小影正在石板旁的草地上跳來跳去，鴿翅在那裡看著他們，還不時環顧四周，確保他們安全無虞。她看見虎心走過來，開心的發出呼嚕呼嚕震動聲。「他們喜歡草地。」

「好柔軟啊。」小光尖叫。

「好癢啊。」小撲在草地上打滾，高興得喵喵叫。

小影則待在石板的陰影下，焦慮地觀望。

「我想探險。」小撲說。

「我想玩，」小光對虎心喊著，「你要跟我們一起玩嗎？」

虎心向守護貓望去，他們已經在練習之前那場狐狸之戰時，由他傳授的戰鬥招式了。「我得去幫忙姬烈，」他告訴小光，「我們下次再玩。」

小光根本沒在聽，一心跟著小撲後面跑。小撲這灰色小貓就像隻追蹤獵物的狐狸，到處聞來聞去。

虎心開心地發出震動聲，看到小貓頭頂著藍天、腳踩著綠地的感覺真好，這是他第一次能夠想像他們成為戰士的樣子。他把頭轉向守護貓，看到蛛網和螞蟻正圍住搗蛋鬼蹲伏著，而搗蛋鬼則以銳利的眼神瞪著他們。接著蛛網攻擊搗蛋鬼的前腳，螞蟻攻擊他的尾巴；搗蛋鬼及時翻滾閃躲開來。蛛網和螞蟻笨拙地撲了個空，搗蛋鬼成功擺脫他們的攻勢。

「這招好，搗蛋鬼！」虎心很高興，守護貓還記得他教過的技巧。

熾錟朝他蹦蹦跳跳地跑過來，「我想學新招！」他說，「所有舊的招式我都會了。」

「你都會了，真的嗎？」虎心與有榮焉的發出呼嚕聲，「秀給我看看。」

熾錟壓平耳朵、弓著背。他發出嘶嘶聲，逼向虎心側邊，盡可能讓自己看起來很巨大。虎心揮掌想把小貓撂倒，但竟然撲了個空；熾錟蹲低從他胸前鑽過去，纏著他的後腿，精力旺盛地連環出拳。

「非常好！」虎心說，「你天生就是戰士的料。」

「我嗎？」熾錟站了起來，興奮地看著虎心。

虎心玩笑地摳了他耳朵一下，**你離成為真正的戰士還有一條漫長的路要走。**不過這隻小貓確實有天份，聰明又敏捷。

樹林那邊有些動靜引起虎心注意，迷霧和鮪魚正透過草叢朝這邊觀望。條紋和黑鱸則走往另一邊。**他們還在我們的領土上鬼鬼祟祟，**虎心全身的毛都豎了起來。他真心希望守護貓能承認這就是他們的領土，願意做一些邊界記號，這樣一來他就可以去質問迷霧他們。但話又說回來，現在他怎麼能夠去和他們對抗呢？他需要和他們陣線聯盟趕走狐狸啊！迷霧跟他對到眼的時候，他趕緊把眼光避開。**專心訓練守護貓。**

姬烈抬起頭，「如果我們同時被兩隻狐狸攻擊怎麼辦？」

虎心認可地甩甩尾巴，她的思路總算像個戰士了。「我們和狐狸對打的時候，一定要兩兩一組，這樣我們才可以隨時注意來自兩側的攻擊。」他把搗蛋鬼和手套叫過來，「你們尾巴靠著尾巴站好，」他們就定位之後，虎心繞著圍觀的貓群，把小不點推向前去，「你當其中一隻狐狸。」說完隨即走向點點，「妳當另外一隻。」他把她帶到搗蛋鬼和手套的另一邊，他們正尾巴碰尾巴、臉朝外站著。「如果有兩隻狐狸從兩側攻擊，要立刻像這樣尾對尾站好。狐狸本能地會先攻擊腿，你要蹲低，在牠們攻擊時伸爪往牠們口鼻劃過去。然後立刻撐起後腿站起來，這時候你們就可以背靠著背，彼此互相支撐。接著避開狐狸的嘴跳到牠背上。當你們緊緊纏住牠們背脊的時候，牠們就會互相撞在一起。試試看。」虎心退居後面觀看，「記住，」他告訴小不點和點點，「你們是狐狸，要攻擊他們的腳。大家都先把爪子收起來，以免受傷。」

點點和小不點繞著搗蛋鬼和手套時，虎心專心地在一旁觀看。

「你們要一直面向狐狸，」虎心提醒，「當你們和大型動物對打的時候，尖牙和利爪是比體力更重要的武器。」

小不點和點點持續環繞著搗蛋鬼和手套，搗蛋鬼和手套也一直不斷移動保持面朝他們。忽然點點朝小不點使個眼色，立刻往前衝；小不點也隨即發動攻擊。搗蛋鬼和手套立刻朝他們的口鼻連環揮拳，然後馬上撐起後腿、背靠背相互支撐。接著縱身一跳，四平八穩地跳到他們背上，把他們壓得低低的。

小不點哼唉一聲，腳掌應聲落地，「搗蛋鬼，你很重耶！」他忿忿不平地在虎斑公貓的身體底下扭動。

點點也從手套身體底下爬出來，「這個策略好像不錯。」

「我們大家都來練習吧。」姬烈尾巴一甩，召喚螞蟻、蛛網、熾燄和搗蛋鬼組成一組練習。

蛛網看著熾燄猶豫著，「要和狐狸對打，他還太小。」他說出疑慮。

「真正打起來的時候，不會讓他參與的，」姬烈要他放心，「但他最好還是要學學，以備不時之需——」

突然有小貓的尖叫聲打斷她的話。

虎心愣住了，是**小撲**！他認得她的聲音。他的心急得快要跳出來，趕緊衝到小貓剛才待的那塊草地上。小貓不見了，他看到鴿翅飛快地衝過石板，也跟著追上去。

虎心跟著她衝到一個閃亮鐵籠子前停下來，這籠子就放在一片石板背後。小撲被困在裡面，透過鐵網，恐懼地瞪大眼睛。

「怎麼會這樣？」鴿翅鼻子貼著鐵網。

小撲把鼻尖擠向缺口，貼著媽媽臉頰的毛喵喵叫。「我聞到好好吃的味道，就爬進來拿。結果碰地一聲，就被關在裡面了。」

小影和小光的小掌子在籠子外面抓扒著。

「她被困住了！」小光尖叫著。

「它把她吃了。」小影黑黑圓圓的眼睛望著虎心，「她被永遠困在裡面了！」

第二十四章

虎心在籠子周圍聞來聞去，「開口在哪一邊？」他問小撲。

「在比較小的那一邊。」小撲叫著。

「不會有事的，寶貝，」鴿翅輕柔的哄著，「我們會把妳救出來的。」她望著虎心，綠眼睛裡滿是自責。「她才離開我視線一下子而已。」

「她會沒事的。」虎心希望鴿翅沒聽出他語氣裡的不安；這時的他，慌張得連自己的心跳都聽得見。他拚命聞著籠子狹小的一端，想用爪子撬開，卻發現這開口卡得死死的。

姬烈、蛛網和點點也來了。

「這是什麼？」點點驚懼地看著這籠子。

「這一定是兩腳獸設下的陷阱，」姬烈怒吼，「我聞到兩腳獸的味道。」

「牠們昨晚就是為了這事情來的，」蛛網倒抽一口氣，「專程來設陷阱。」

這時有隻怪獸呼嘯而至，虎心抬起頭看到

牠就停在草地邊緣。一隻兩腳獸從裡面走出來，朝著通往聚會所大門的那條路走去。虎心一陣不舒服，牠是來查看籠子的嗎？只見那兩腳獸繞到聚會所後面，虎心立時鬆了一口氣。「我們動作快，」他說，「那兩腳獸可能會再回來。」

點點把小光和小影拉到身邊，用舌頭輕柔舔舐，安撫他們；鴿翅則隔著鐵網安慰小撲。小撲還是慌張地瞪大眼睛，不過在鴿翅的安慰下，她的呼吸慢慢緩和下來。

蛛網蹲在虎心身邊檢查陷阱，「這裡有個縫隙，」他說，「就在這兩邊結合的地方。」他把爪子伸進去扒，縫隙開了一點，但還不夠大。他又再使勁一次，「這東西很堅固，不過我想如果我們找個東西伸進去的話，應該是可以撬開的。」

「樹枝。」姬烈建議，說完她立刻衝到樹下。

虎心轉頭望著鴿翅，她的眼光完全放在小撲身上，不斷地透過鐵網低聲安撫她，「再堅持一會兒，我們會把妳弄出來的。」

姬烈衝回來，嘴裡咬著一根樹枝，「這一端比較細，」說著就把棍子放在虎心腳邊，「另外這一端比較粗。」

蛛網聞聞這根棍子，「如果我們把細的這一端插進去，就可以把籠子撬開。」

虎心聽懂了，心中燃起一線希望，「如果我們把樹枝一直穿進去，穿到比較粗的地方，這樣就有足夠的力道撐開這鐵網。」

姬烈再次撿起樹枝，把細的那一端穿過剛剛虎心和蛛網拉開的縫隙。

「小撲，閃開一點。」虎心一邊提醒，一邊讓姬烈把樹枝插得更深。

小撲把身體擠到籠子的另一邊，不斷顫抖，鴿翅則緊靠著鐵網安撫。小撲瞪大眼睛看著那根樹枝從她身邊穿過，「這樣有用嗎？」

「希望有用。」虎心低聲咕噥，緊緊抓住籠子，他的掌心因用力而開始發熱起來。這根樹枝已經穿得夠深了，粗的那一端卡在縫隙，撐出一個足以讓腳掌擠進去的開口。「使勁拉。」他告訴姬烈。

姬烈腳掌用力抓地，使勁地拉棍子。棍子細的一端被鐵網撐住，她慢慢撬開了一個開口。

「成功了！」鴿翅豎起耳朵看著那開口，「撐住！小撲，擠過來，快。」

小撲衝向開口，像老鼠一樣鑽過去。就在她鑽出來的那一刻，棍子應聲斷裂。姬烈往後跌，陷阱啪啦一聲又關起來了。

虎心的腳掌及時抽了出來，蛛網也機警地跳開。

「小撲！」鴿翅倒抽一口氣，跳到小貓身邊，急忙查看灰色小貓的尾巴。虎心愣住了，難道她的尾巴被夾到？不過看到小撲開心地膨起一身的毛，虎心終於鬆了一口氣。

「我沒事！」她撲到媽媽的懷裡磨蹭。

「我就知道他們還太小，不應該到外面來，」鴿翅抱怨，「太危險了。」她用責怪的眼神瞪著虎心。「你是怎麼想的，他們還那麼小，你就急著要讓他們踏上旅程？」

「我又沒說——」虎心望著她，一時說不出話來。他只是**想**而已，又還沒有說出口。虎心把剛到嘴邊的話又吞回去，鴿翅被嚇壞了，其實大家都被這陷阱給嚇壞了。他自己心裡也很清楚，這時候帶小貓上路，實在太早了。

光是看他們在巢穴附近、在轟雷路旁，就知道他們有多幼小、多脆弱了。就算他們有辦法穿過城市，一旦到了荒野和森林還更危險呢。即使在部族裡，貓后不也是不讓六個月以內的小貓離開營地，以免被貓頭鷹或狐狸抓走？他平靜地望著鴿翅，「妳說的對，他們現在太小，還不能出發。」他把頭轉向姬烈，思緒盤旋著，「妳以前有看過這些陷阱嗎？」

「從來沒有。」姬烈腳掌戳著鐵網，充滿戒心。

小光從點點的懷裡探出頭來，「兩腳獸想傷害我們嗎？」

「我不知道。」虎心皺著眉頭，為什麼兩腳獸會把這麼危險的東西放在這裡？他往石板那邊的樹林望去，迷霧他們就在那裡築巢。難道是太多貓引起兩腳獸注意了嗎？「不過我想牠們可能是想抓我們。」他小時候就聽過這樣的故事，有些貓被兩腳獸抓去之後，被迫跟牠們住在一起變成寵物貓。這樣一想，他不禁不寒而慄。

一陣驚恐的嚎叫從遠方傳來，有一隻兩腳獸從聚會所後方出現，手裡還提著一個籠子。一隻白貓被困在籠子裡抓扒著，不時發出陣陣哀嚎。虎心往那張痛苦的臉望去，發現竟是條紋。

「不！」迷霧站在牆邊露出一張痛苦扭曲的臉，眼巴巴地看著兩腳獸把籠子帶進怪獸身體裡。

「快。」虎心急忙推著鴿翅往巢穴走，「我們得趕快躲起來，那兩腳獸可能也會來檢查這個籠子，不能讓牠發現我們在這裡。」

鴿翅咬著小撲頸背、蛛網拎起小光、點點叼起小影，全都蹲低身體往巢穴入口疾行。姬烈甩動尾巴召喚手套、搗蛋鬼、和其他的貓全都撤回聚會所。就在大家魚貫進入巢穴時，虎心望著迷霧，只見這隻灰貓絕望地看著困住條紋的怪獸。同時，那兩腳獸又往他們這裡走來，只見牠拿起鐵籠子低聲怒吼。虎心猜想，兩腳獸看到空空的陷阱，開口卻關上了，一定很不高興。

就在最後一隻守護貓跟隨鴿翅和點點進入巢穴時，虎心悄悄走到牆邊呆若木雞的迷霧身旁。「別讓兩腳獸看到妳，」他說，「牠可能也會把妳抓走。」說著就把她往後推，推到兩腳獸看不到的地方。

「牠把條紋抓走了！」迷霧瞪大眼睛難以接受，「他是我弟弟，牠們不能把他抓走！」

虎心看著迷霧，滿懷同情。

「我們必須救他。」她作勢往前衝，但被虎心擋住。

「不行，」他直截了當地說，「我們無能為力。」

迷霧滿眼挫折地看著他，「你見多識廣，又是一名戰士，這種事你一定見過，你一定知道兩腳獸會把抓走的貓帶去哪裡！」她被嚇得全身寒毛直豎，「告訴我，牠們會把他帶去哪裡！」

「我不知道。」虎心無助地說。

「我不能失去條紋。」

「他不會有事的。」

「你怎麼知道？」

「牠們只是會把他當成寵物貓養著，但他還是可以自己逃跑的。如果貓兒自己想逃，兩腳獸也阻止不了。他會自己想辦法回來的。」

「如果牠們不想把他當成寵物貓呢？」迷霧的憂傷突然轉為急怒，「如果牠們要殺了他呢？」

那怪獸突然發出隆隆巨響，迷霧從牆邊衝出去，虎心也跟著，他們就站在那裡，眼巴巴地望著怪獸揚長而去。

「不！」

迷霧痛徹心扉地哀嚎著，就在怪獸消失於轉角時，迷霧轉過頭來看著虎心，「都是你的錯！」

「我的錯？」虎心看著她。

「你為什麼沒告訴我們這裡有陷阱？」

「我也不知道啊。」

突然有腳步聲從牆的另一頭響起，接著鮪魚和黑鱸從轉角處跑來。

「兩腳獸把他帶走了？」鮪魚問。

迷霧眼神空洞地看著他，「我什麼都做不了。」

黑鱸緊張地四下張望，「我們還發現了更多陷阱。」

「還有更多？」姬烈的聲音讓虎心嚇了一跳，他轉頭看到這雜黃褐色的貓朝他們走來，螞蟻和蛛網也跟在後面。

「小貓都躲好了嗎？」虎心問。

姬烈點點頭，「就算巢穴被兩腳獸發現，牠們也找不到小貓的。那裡的雜物多，有很多地方可以躲藏。」接著她轉向黑鱸，「帶我們去看那些陷阱在哪裡。」
黑鱸帶著姬烈穿過草地，繞到聚會所後面。虎心、蛛網和螞蟻緊跟在後。
虎心臨走前還回頭看，只見鮪魚環繞著迷霧，試圖給與些許安慰。
「這裡。」黑鱸指著一個籠子，就跟困住小撲的籠子一模一樣。這籠子就放置在一塊石板後面，一端開開的。有股令人垂涎的獵物氣味從裡面飄出來，虎心終於明白為什麼小撲會被引誘了。
「那裡還有另外一個。」黑鱸點頭指向隔了好幾排以外的石板，接著又挪動口鼻指向遠處的一片樹林，「靠近我們營地那裡也有一個。」
蛛網走近陷阱，在那裡聞東聞西。
「別進去。」姬烈警告。
「我可不像老鼠那麼蠢，」蛛網回答，「我只是在想，小撲是怎麼被這個陷阱關住的。」
虎心透過鐵網往裡頭看，那個鮮美的氣味根本不是真的獵物，只是一團黏呼呼的東西抹在籠子最裡面，而籠子的中間有一個突起的鐵片。「那根本不算是什麼獵物。」
蛛網端詳了那塊鐵片許久，「關住小撲的籠子沒看到有這麼一個突起的地方。」
螞蟻豎起耳朵，「你們看，會不會是被她踩到之後，鐵片就擺平了？」
「然後開口就關上了！」黑鱸眼睛一亮。
「我們試試看。」蛛網趕緊轉身走到樹下，帶回一根樹枝。
虎心緊張地看著蛛網把樹枝穿進鐵網碰觸鐵片，只見樹枝一碰觸鐵片，陷阱立刻應聲關上。虎心一驚，不禁寒毛直豎。

姬烈眨眨眼，頸毛全豎起來，「真是狡猾的兩腳獸！」

蛛網得意的抬起頭，「現在我們知道怎麼把這些陷阱關起來了！」

姬烈隨即動身，「走吧，我們把其他陷阱都關上。」

「趕快！」蛛網跟在她後面，焦急地抖動尾巴，「陷阱關上的聲音可能會引起兩腳獸注意。」

他們立刻去找尋下一個陷阱，螞蟻和黑鱸跟在後面，虎心突然停下腳步。他想著，迷霧自己也看到這裡危機四伏，或許現在就是說服她的最佳時機……他叫住姬烈，「我得去處理一件事。」

她揮動尾巴回應，這時蛛網已經撿起一根樹枝走向另一個陷阱了。虎心往回走，繞過聚會所的轉角。迷霧還站在原地不動，鮪魚在一旁陪著她。只見她怔怔地望著怪獸剛剛停靠的地方，似乎還無法接受眼前的一切。

虎心走到她身邊低下頭來，「我對這一切感到很抱歉。」他溫和地說。

她轉向他，「你看了應該很高興吧！」她怒嗆。

虎心不知所措地挪動腳掌，他得小心回應。「任何一隻貓被兩腳獸抓走，我都不會高興的，」他接著說，「我是戰士，我認為所有的貓都有自由生活的權利。」他和鮪魚對到眼，「不過正如你們看到的，這裡也很危險。」鮪魚移動一下腳步，「或許妳和妳的朋友回到你們老家還比較安全。」

「怎麼可能？」迷霧質問。「那裡已經被狐狸占據了。」

虎心話鋒一轉，「妳看到我們今天的訓練吧？」

「在草地上跳來跳去叫做『訓練』？」迷霧嗤之以鼻。

「我們其實搞不清楚你們在幹嘛。」鮪魚一臉好奇。

「我們在演練戰鬥招式，這樣我們才能把狐狸從你們老家趕走。」虎心解釋。

「戰鬥招式？」鮪魚把頭歪向一邊。

「在我的家鄉，所有的貓都必須學習戰鬥，」虎心告訴他，「我們得隨時準備跟獾、狐狸、甚至老鷹對戰。跟大型動物對戰，有特殊的技巧要學習。」

迷霧看著他，「有五隻狐狸霸占了我們老家，你以為一群蠢蛋就可以把牠們趕走嗎？」

虎心的腳爪緊緊扣住地面，五隻狐狸聽起來的確非常可怕，但如果他可以讓迷霧覺得他一點都不怕，那或許她會相信他們還有機會重返家園。「如果你們和我們聯手的話，我們就辦得到。」他充滿期盼地揣度她的眼神。

鮪魚看著迷霧，「這樣的話我們在數量上占上風。」他說。

「牠們是狐狸耶！」迷霧怒斥，「牠們可以扒光你的鬍鬚，咬碎你的脊椎骨。」

「如果讓我教你們一些戰鬥技巧的話，就不會讓牠們得逞。」虎心燃起一線希望。「而且一旦你們學會了，就可以捍衛自己的領土，你們就可以高枕無憂。」

鮪魚非常感興趣地看著迷霧，「如果可以不用再睡在草叢裡，那就太好了。」

「如果到時候我身上的皮還在的話，那就太好了。」迷霧怒吼。「我才不要做無謂的冒險，你看不出來嗎?他在耍我們。」她鼻頭朝虎心不屑地一甩，「他要我們離開，所以不擇手段想趕走我們，即使把我們送去餵狐狸也在所不惜。」

「可是這計劃聽起來還不錯。」鮪魚繼續說。

「這**的確是**個好計畫，」虎心繼續鼓吹，「兩群訓練有素的貓可以勝過一群狐狸。」

「真的還假的?」迷霧嗤之以鼻。「如果真是這樣的話，先訓練你們自己啊，我才不要冒這個險。如果你們可以把狐狸趕跑，我們就回老家。」

虎心感到一陣失望，不過他還是挺起胸膛。他不想讓這隻流浪貓覺得她贏了，「妳保證?」

迷霧充滿戒心地看著他，「保證什麼?」

「保證你們會離開這裡回去你們的老家，只要我們把狐狸趕跑的話。」

「當然。」迷霧說完轉身尾巴一甩。「我保證。」

他看著她離去的背影，一顆心不斷往下沉。守護貓是絕對無法獨自對抗五隻狐狸的，一定要想出其他趕走牠們的對策……

第二十五章

「姬烈！」手套的叫聲吵醒了虎心。虎心抬起頭，看到這隻虎斑公貓正從入口跳下來。

鴿翅睜開眼，焦慮地看著虎心，「發生什麼事了？」

「我去看看。」虎心輕輕挪動身體，小撲和小影正睡在他身上。小貓喃喃自語了一會兒並沒有醒過來，鴿翅趕緊把他們一把摟到懷裡。虎心悄悄從窩裡爬出去，然後甩甩身體禦寒。大部分的守護貓都還在睡覺，幽微的晨光從透明牆壁穿進來。姬烈還睡眼惺忪地坐在窩裡，看著手套朝她走來。

這時搗蛋鬼也從入口鑽進來了，手套回頭朝他喊著，「你還有發現更多嗎？」

「三個。」搗蛋鬼也匆匆走向姬烈。

「發現更多什麼？」姬烈滿臉睡意地看著這兩隻公貓。

「陷阱。」搗蛋鬼說。

虎心也趕緊走過去。

「兩腳獸又回來了，」手套回報，「氣味還很新鮮，牠們一定才剛離開。」

「牠們把那些被我們關上的陷阱都拿走了。」搗蛋鬼緊張地寒毛直豎。

「又放了一些新的。」手套說。

「這次的籠子更大。」搗蛋鬼補充。

「大到裝得下狐狸。」手套滿眼憂慮。

虎心這時也走到了姬烈的窩邊，他看著這三隻貓，「我們要不要再去把那些籠子關上？」

手套尾巴一甩，「這樣做又有什麼意義呢？牠們只會又來放更多籠子。」

姬烈焦慮地環顧整個巢穴，「或許是我們該搬家的時候了。」

「要搬去哪裡？」手套問，「這裡是這城市最安靜的地方。」

姬烈一身蓬亂的毛髮沿著背脊豎了起來，「我也不知道，」她焦躁地說，「我還以為這裡很安全。」

「以前是很安全啊，但是自從迷霧他們來了之後就不一樣了。」搗蛋鬼低吼，「兩腳獸以前根本不知道我們在這兒。」

「我們應該把她趕走。」手套抱怨著。

姬烈看著虎心，「你的計畫進行得怎麼樣？你不是要邀他們和我們一起趕走狐狸嗎？」

虎心磨蹭了一下，他還沒有告訴守護貓他已經跟迷霧談過了。「我問過她了，」他坦白說，「她拒絕了。她說如果我們把狐狸趕走的話，他們就會回去，不過他們是不會幫忙的。」

「你知道那裡有幾隻狐狸了嗎？」姬烈問。

「五隻。」虎心告訴她。

手套生氣地抖動尾巴，「單靠我們是沒辦法趕走狐狸的！」

搗蛋鬼仰望透明牆面，瞇著眼抵擋光線，「或許**應該**趕走的是迷霧他們。」他咕噥著。

「我們應該把他們趕進那些陷阱裡，讓兩腳獸把他們帶走。」手套怒吼。

這時有個念頭突然閃進虎心腦海裡，他不禁為之一振。他們不能把貓趕進去，但或許那陷阱還有別的用處。「我們不必把貓趕進去，」他說，「但是我們可以把其他東西送進去？」

姬烈突然眼睛一亮，「你的意思是什麼？」

虎心猶豫著，這計畫也許危險，但如果成功的話，就可以解決所有問題。

姬烈從窩裡走出來，豎起耳朵，「說說看？」

「如果我們把狐狸引誘到陷阱裡——」

手套不以為然地插嘴，「怎麼可能？」

姬烈不耐煩地朝虎斑貓甩尾，「讓他講完。」她很感興趣，一雙綠眼閃閃發亮。

虎心邊說邊勾勒計畫，「我們必須讓迷霧帶我們去她老家。」但一想到昨天迷霧充滿敵意的樣子，他又猶豫了。「還是找鮪魚好了，對！就找鮪魚帶我們去。」這隻棕色公貓很想回老家。「我們只需要組織一支小巡邏隊去引誘狐狸，把牠們引到這裡，然後我們其他的成員就可以把牠們帶到陷阱裡。」

手套全身的毛都豎了起來，「牠們會殺了我們。」

「貓跑得快，」虎心說，「而且我們知道路線，可以選擇對狐狸來說比較難走的路。」

搗蛋鬼看起來還是不太能夠接受，「如果我們把牠們帶到這裡，結果牠們根本不進到陷阱裡怎麼辦？我們只是平白無故把狐狸引到自己家！」

「我們這裡貓比較多，要是牠們真的來了，我們可以二打一。」虎心想著外頭那一片草地，「而且這裡有很多石板可以躲，貓很靈巧，狐狸卻很笨拙，我們可以輕而易舉地把牠們搞得頭昏腦脹，然後再把牠們引誘到陷阱裡。就算我們沒有辦法直接把牠們趕進去，那味道也會把牠們吸引進去的。」

「兩腳獸放的那黏糊糊的東西真的很有吸引力。」手套不得不承認。

「如果計畫沒成功，」虎心繼續說，「我們還可以躲進來這裡，這裡的入口太小狐狸進不來。而且這兒也沒什麼牠們要的東西，牠們會自行回去，不會逗留太久的。但是這個計畫如果成功了，我們不光趕走狐狸，也同時趕走迷霧他們。一旦迷霧他們走了，我們只要保持低調一陣子，兩腳獸會以為我們通通都走了，就不會再布設陷阱。」

姬烈一下看著搗蛋鬼，一下又轉向手套，若有所思的樣子。「這計畫感覺很划算。」

「但很危險。」手套喃喃低語。

「我可以把狐狸引到這裡，」虎心自告奮勇，「但我需要幫手。」

「就算我有一點長短腳，但我跑得快，」姬烈一邊說，還一邊伸展那隻比較短的腳，「我可以幫忙。」

突然有喵聲傳來，虎心轉頭一看，螞蟻也從窩裡坐起來，豎起耳朵，「我也去。」

蛛網從兩腳獸的雜物堆裡走出來，「也算我一份。」

這時手套和搗蛋鬼面面相覷。

「好吧，」手套的語氣突然變得果決起來，「如果你們四個把狐狸帶到這裡，搗蛋鬼和我就負責把大家組織起來，幫忙把狐狸引到陷阱裡。」

虎心這時感到非常欣慰，大家說話的樣子總算像戰士了！「我們可以辦到的。」他尾巴一甩鼓舞大家。現在他要做的，就是去說服鮪魚帶他們去看他的老家。

⚡⚡⚡

「鮪魚。」虎心在迷霧營地的草叢邊蹲伏著。他仰望天空，看到藍天整個被烏雲吞噬了。一陣寒風吹來，又嗅到下雨的氣味。他豎起耳朵，希望別被其他的貓聽到。「鮪魚。」他又嘶嘶地叫一遍。

「你想幹嘛？」黑鱸從草叢裡鑽出來。

「我有事要找鮪魚。」虎心說。

黑鱸瞇起眼睛，「你鬼鬼祟祟的想幹嘛，」他說，「我去叫迷霧來，你有什麼話可以跟她說。」

虎心肚子一緊，迷霧可能會阻撓他的計劃。「用不著，」他很快說，「我只是來告訴鮪魚有新陷阱，我可以帶他去看陷阱在哪裡。」

「你也可以帶我去看啊！」黑鱸仰望天空打了個寒顫，這時鮪魚在草叢裡往外瞧。

他瞥虎心一眼，「我聞到你的氣味了。」

虎心看到棕色公貓出現，試圖隱藏內心的興奮。「我帶你去看新的陷阱在哪裡。」

黑鱸盯著鮪魚，「不知在搞什麼，只能讓你知道。」

「如果你想知道，也可以來啊。」虎心刻意放鬆肩膀，一副蠻不在乎的樣子。「不過，要來就要快，應該快下雨了。」

黑鱸尾巴一甩，「要淋溼就讓鮪魚去吧，我還有一些東西沒啃完。」

就在黑白貓消失於草叢之間時，虎心抖動鼻子示意鮪魚靠近些，「我有事要跟你說。」他用氣音說。

鮪魚皺著眉頭，跟著他走到最靠近的石板。「怎麼了嗎？」

「你想回老家對吧？」

鮪魚看著虎心充滿戒心，「如果那裡沒有狐狸的話。」

「我有個計劃可以把牠們趕走，」虎心告訴他，「但我需要你告訴我你的老家怎麼走。」

鮪魚瞇起眼睛，「為什麼我要這麼做？」

「因為，你一定不會那麼笨，一定能理解這樣做對大家都好？」虎心以請求的眼神望著他，「如果你不幫忙的話，那兩腳獸會用牠們的陷阱把我們全都趕走的。」

「好吧。」鮪魚弓起身體抵禦寒風，「把你的計畫告訴我。」

第二天清晨，天都還沒亮，虎心就爬出巢穴。漆黑的天空烏雲密布，他瞇著眼睛望著雨中霧濛濛的城市。姬烈、蛛網和螞蟻都跟著他穿過草地。他打了個寒顫，立時甩動全身讓毛膨起來。兩腳獸的橘光照射在潮溼路面反射出詭異的光芒；聳立的巢穴還在幽暗中沉睡著，只有零星的燈光從透明的牆面照射出來，表示裡頭有些兩腳獸已經起床開始一天的活動了。虎心加快腳步，因為夜晚出來覓食的狐狸，會在兩腳獸開始白天的活動前，回到牠們的地盤。現在轟雷路和路旁的步道都空無一人，這是把狐狸誘向陷阱的絕佳時機。

虎心嗅到守護貓恐懼的情緒，雖然很想讓他們心安，卻又不想過度承諾。昨天在鮪魚的協助下，他們規劃出兩條路線。情況如預期的話，他們會把狐狸拆開來分成兩組，以不同路線把牠們引到聚會所。各組要應付的狐狸越少，越好處理。

「虎心！」一陣微小的喵聲從雨中傳來，一團陰影跳向他們。是鮪魚！「我想跟你們一起去。」

虎心滿心感激，原來並非所有的城市貓都跟惡棍貓一樣。「其實你可以不用冒這個險。」

「我想幫忙。」鮪魚站在他面前，眼中反射著兩腳獸的奇異燈光。

螞蟻聳聳肩，「反正也沒差。」

虎心看到姬烈眼裡的疑慮。

「我們可以信任他嗎？如果他幫倒忙怎麼辦？」她質疑。

「他為什麼要那麼做？」虎心反問，「我們不是要幫他重返家園嗎？」

「而且這路線他比我們更熟。」蛛網說出重點。

姬烈盯著鮪魚打量了好一會兒，然後點點頭，「好吧。」

虎心這時候突然猶豫不前，不知道誰該帶隊。這計畫是他想出來，雖然姬烈聲稱守護貓沒有領袖，但他知道大家都尊重她的權威，他不想挑戰她。突然間他覺得自己又變成副手了。他不禁心痛地想起花楸星，不知道他父親此時站穩腳跟了嗎？領導權穩固了沒？

「走吧。」鮪魚的叫聲讓他大夢初醒，只見鮪魚一馬當先，衝往轟雷路旁一根柱子底下的一池黃光中。這隻棕色公貓就這樣穿過黃光，走入遠方陰影當中。其他的貓也趕緊跟上，他們緊張得彼此對望，而虎心就走在最後面。

鮪魚帶隊的時候，沒有任何一隻貓超越他。只見他在巷弄和街道之間蜿蜒前進，最後走到城市荒廢的角落，也就是他從前的家園。他爬上崩塌的牆垣，這道牆就在一塊寬闊的空地和兩間破敗的兩腳獸巢穴之間，那裡散置了許多兩腳獸的雜物。

「我的窩就在這裡。」鮪魚點頭指向一塊木板底下的空隙，「現在變成狐狸窩了。」

虎心也沿著牆垣輕輕走，迂迴穿過蛛網、螞蟻和姬烈，停靠在鮪魚身邊嗅著空中的氣味。狐狸的氣味非常強烈，但經過一夜陰雨洗刷，那味兒已經有點霉味了。「牠們還沒有回來。」他俯瞰幽暗的營地，在沒有兩腳獸燈光的照射下，他拚命睜眼想看個清楚。

此時頭頂的雲層透露出一絲曙光，「我們躲著等牠們回來。」虎心從牆上跳下來，蹲伏在圍牆後面；蛛網、螞蟻、姬烈和鮪魚也都隨後跟著。「計畫你們都記得吧？」他小聲問。

大夥兒都點點頭。

「鮪魚要在哪一組？」螞蟻問。

「他跟我和蛛網一組。」虎心說完看著蛛網，灰公貓點頭同意。這隻長毛公貓被雨淋得毛緊貼著身體，看起來變得很小。

他們全部蹲伏在牆邊，恐懼就像是隻被困住的小鳥，在虎心的肚子裡亂飛亂竄。這時他感覺腳底溼滑，思忖萬一他們帶著狐狸在蜿蜒巷弄跑的時候滑倒怎麼辦？「你們要隨時互相照應，」他提醒姬烈、螞蟻、和蛛網，「如果不小心跌倒了，一定要呼救，不可以讓任何一隻貓單獨面對狐狸。」他轉向鮪魚，「知道嗎？」

「知道。」鮪魚緊張地抖動尾巴。

螞蟻和蛛網這時候彼此疑惑對望。

「怎麼了？」虎心盯著他們，現在不是質疑任何命令的時候。

「你難道不怕嗎？」蛛網說出口。

「我當然也會怕，」虎心告訴他，「但這任務一定要完成。」

「或許找個新家還比較容易。」螞蟻喃喃低語。

虎心愣住了，「現在可別——」

姬烈打斷他的話，「我們不搬家。」她嚴肅地看著蛛網和螞蟻，「身為一隻貓，如果不想一輩子到處奔波躲藏，那就要站起來捍衛自己的家園。」

虎心突然全身感到一陣暖意，現在姬烈就像個族長了。

螞蟻驚訝地眨眨眼，「妳講話愈來愈像虎心了。」

姬烈噴了一下鼻息，「我喜歡我們的家，就這樣而已。你們真的以為，我們還可以找到更好的地方度過冰冷季嗎？」

「我想應該找不到吧。」螞蟻妥協了。

蛛網挪動一下腳掌，「戰士的生活是不是就像這樣？」他問虎心。

「也不全然都這樣，」虎心告訴他，「不過我們會隨時做好準備，為了保衛屬於我們的東西而戰。有必要的時候，我們絕對會挺身而出。」

鮪魚抖一抖鬍鬚挖苦地說，「我猜戰士一定不善於適應環境的改變。」

虎心皺皺眉頭，「什麼意思？」

「在城市裡，沒有什麼長久不變的東西可執著的。」他點頭指著他的老家，「在我出生以前，這裡住著許多兩腳獸。現在這裡全是狐狸了。迷霧是在垃圾堆旁邊長大的，後來又搬到橋下去住。條紋是被兩腳獸遺棄之後，才搬來這裡的。」

虎心突然非常同情這些流浪貓，不過他們似乎都不以為意。他們只是興味盎然的看著他，試圖想要理解他。

「一直為了捍衛同一塊領土而戰，你難道不覺得厭煩嗎？」鮪魚問，「你難道不想到外頭看看，探索新生活嗎？」

姬烈這時幫忙答腔，「他就在這裡了，不是嗎？他已經離開之前的環境，在這裡展開了新生活。」

「那他為什麼還表現得像是個戰士的樣子？」鮪魚問。

「因為我是戰士啊！」虎心毛髮豎立，難道這些貓以為他離開部族，是因為他厭倦了部族生活嗎？難道他們以為他想要跟他們一樣？永遠待在這裡？

姬烈歪著頭同情地說，「你要知所變通一點，如果你想在城市裡生存的話——」

突然一陣垃圾摩擦的窸窣聲打斷她說話，虎心立刻豎起耳朵。

鮪魚張開嘴，辨認空氣中的味道，「牠們回來了。」

虎心隔著牆聽著毛皮摩擦和腳掌踩踏的聲音，「你們都還記得回去的路線吧？」

蛛網、螞蟻和姬烈點點頭。

「鮪魚，」虎心對著這棕色虎斑貓眨眨眼，「跟著我。」

「好的。」

虎心躍上牆垣，微光下他看到五個移動的身影，立時全身寒毛直豎。其中三隻狐狸比較大，肌肉結實；兩隻比較小，看起來身體柔軟。那濃濃的臭味讓虎心的鼻子皺了起來。就在姬烈、蛛網、螞蟻和鮪魚也跳上牆垣站在他身邊時，虎心點頭指向最大的那隻狐狸，「鮪魚和蛛網先去把那隻圍住，姬烈和螞蟻去困住另外一隻，」說著又指向第二大的那隻。「如果我們現在就把牠們分開的話，其他的就有可能兵分兩路追過來。姬烈，你們那一組照原路回去；蛛網，我們這一組往大廣場那邊穿過去。」

大夥兒都點點頭。

「開始行動。」虎心輕巧地跳到碎石堆上，然後往下走，鮪魚和蛛網緊跟在後。姬烈和螞蟻則朝虎心指定的那隻壯碩公狐狸逼近。

虎心蹲低身體穿過陰影走向最大的狐狸，牠正在兩腳獸的雜物堆旁聞東聞西噴著鼻息。

比較小的狐狸則在一旁彼此低吼，爭奪牠們放在營地邊緣的食物。虎心的尾巴朝蛛網和鮪魚一揮，示意他們去包圍目標，自己則守在一旁等待他們各就各位。就在他們圍住那隻狐狸時，姬烈一聲淒厲嚎叫劃破早晨的天空。虎心看到所有的狐狸都定住不動，牠們如豆般的黑眼珠全瞪著姬烈，姬烈一身雜黃褐色的毛，在晨光中顯得非常耀眼。就在牠們要衝向她時，虎心也抬頭一聲長鳴。這時那隻被他們盯住的最大公狐狸把頭轉向虎心，虎心隨即一躍而上，伸出利爪劃過他的口鼻，然後立刻轉身逃跑。

這時虎心血脈賁張，巨大的恐懼朝全身襲來。他從狐狸營地衝出來，跑向空無一人的轟雷路，跳過散置一地的垃圾，再回頭張望。雨不斷淋在他臉上，只見蛛網和鮪魚都跟上來了，那隻公狐狸緊追在後，後面還跟著兩隻母狐狸。一種勝利感湧上虎心心頭，他的計畫奏效了，狐狸果然如預期被拆散了，他們現在要做的就是不斷地在牠們前面跑。「你跑前面！」他對鮪魚喊。這流浪貓對這些街道比虎心熟多了，而且虎心想要讓自己保持在狐狸和城市貓之間。他的戰鬥技巧比較好，萬一出什麼狀況，他希望自己是第一個面對狐狸的。

一間白色廢棄住所矗立眼前，旁邊有一個巷口，這裡就是第一個轉彎處。鮪魚特別選了這條路，是因為從這裡可以連接到一區如迷宮般彎來彎去的小巷弄。貓兒比狐狸更能靈巧掌握彎道，如此一來就能夠讓他們拉開與狐狸之間的距離。他們要盡可能在這一區把距離拉開，因為一旦到了大廣場，狐狸會占盡速度上的優勢。這時虎心突然一驚，萬一狐狸不追了怎麼辦？

鮪魚已經快要跑到巷口了，蛛網緊跟在他後面。就在虎心也跑到巷子口的時候，他突然停下來轉身，撐起後腿站起來。緊追在後的狐狸一時之間驚訝萬分，後方的兩隻狐狸也被前方突如其來的減速、嘶吼，感到十分困惑。

「你在幹嘛？」鮪魚驚恐的叫聲從虎心背後傳來，這隻棕色公貓仍不停地向前跑。

要確定這些狡猾的捕獵者不會放棄追捕我們。虎心一聲嘶吼，縱身跳向領頭的那隻狐狸。他連續一掌又一掌地揮出，直到爪子裡感覺到有毛髮被撕裂下來，聞到鮮血溫暖的氣味，又聽到狐狸的尖叫聲。接著一張大嘴在他臉頰邊喀擦喀擦亂咬，那森森白牙就在眼前。就在這一瞬間，他立刻掉頭飛也似地逃跑。蛛網和鮪魚這時已經停下腳步，豎起全身毛髮，弓背準備支援。「快跑！」虎心尖叫，把他們往前推。

狐狸哈出的熱氣就噴在他的尾巴上，他沿著巷子拚了命地跑，他不斷地加速往前，感覺腳底的肉墊都快要燒起來了。

鮪魚在下一個轉彎前先甩尾打訊號，讓虎心知道要轉彎了。虎心在尖角處急轉彎，跟著蛛網和鮪魚進入一條狹窄通道。這條蜿蜒的通道一下往左彎、一下往右拐，兩旁的巢穴高聳入天，巷底就在一片幽暗中。但還沒走到巷底，鮪魚又打訊號了，虎心開始準備轉彎。他一轉彎之後，終於感到拋開狐狸立即的威脅了。

虎心往後看，只見狐狸在轉彎時跌跌撞撞，笨拙地互相推擠，拚命想要保持平衡卻又不斷撞牆。看到牠們眼裡噴發的怒火，虎心的目的達到了。每一次轉彎，他們就和狐狸多拉開一段距離；但每一次虎心回頭，就看到狐狸眼中的決心，牠們是絕對不會放棄了。

大廣場就要到了，現在的廣場一片空曠，很容易通過。不過對狐狸來說，可說是占盡優勢。虎心感覺到自己的肺快要燒起來了，他聽到鮪魚上氣不接下氣，蛛網的呼吸也變得又快又急促。一陣恐懼突然閃過他腦海，萬一蛛網和鮪魚的耐力不足以撐過這一大片廣場怎麼辦？

「就快到了！」虎心大叫。就在小通道往大廣場開展的時候，虎心一馬當先，也不管路在哪裡，就拚死命的往前衝。他其實知道往哪走，就在前方的巢穴之間有一個缺口，從那兒進去，就能帶著牠們通向另一個小迷宮，最後連接到聚會所旁的那一片草地。從那裡開始搗蛋鬼、手套和小不點就會接手，負責把狐狸引向陷阱。他們會先引誘狐狸在石板間跑來跑去，讓牠們頭昏腦脹不小心撞進鐵籠裡。

狐狸的嚎叫聲已經傳到廣場了，虎心回頭看，是那隻領頭的狐狸不斷吼叫著。當牠看到廣場的時候，一副喜不自勝的樣子。蛛網有點落後了，牠們就快到廣場了。**加油啊！**虎心拚命往前跑，希望蛛網也能趕上。他感覺到鮪魚的氣息就緊跟在他身後，「蛛網跟得上嗎？」流浪貓氣喘吁吁地說。

虎心作最後衝刺，那個巷口就在眼前，只要再幾步路就可以碰上一個轉彎，他們又有機會可以拉開和狐狸之間的距離。他衝進巷子裡，接著轉了個彎。突然一陣尖叫聲傳來，蛛網被狐狸抓到了嗎？他放慢腳步，驚恐萬分。就在轉彎處，他看到鮪魚跟上來了。

不久之後，蛛網也在轉彎處出現了。他看到虎心停在那裡等，露出驚訝的眼神，「繼續跑啊！」蛛網一邊叫著，一邊衝過虎心繼續跑。

虎心聞到狐狸哈出的惡臭熱氣，立刻掉頭拔腿狂奔。前方，鮪魚和蛛網早就進入另一條橫切這巷子的小通道，已經不見蹤影了。虎心趕緊追上去。他聽到狐狸的喘氣聲就在他背後，趕緊伸出爪子抵住石板路，硬是把自己往前推進，使出這輩子最大的力氣往前飛奔。他快要喘不過氣了，到了轉角衝進小通道的時候，他的胸口簡直就要尖叫起來。這時他又看到了蛛網和鮪魚在前面奔跑，緊追在後的狐狸總算在轉彎處又打滑了。

他聞到聚會所熟悉的氣味就在前方，繼續跟著蛛網和鮪魚往前跑。一陣左彎右拐之後，終於到了最後一條巷子。他從巷弄間衝出來跨越轟雷路，奔向草地。突然，石板後伸出一隻爪子把他拽過去，他整個跌趴在地。就在被用力扯進去的過程中，他聞到鴿翅的氣息，也看到她灰色的身影。「噓！」鴿翅小聲地在他耳邊說，「接下來搗蛋鬼、手套和小不點會處理。」

他瞥見蛛網和鮪魚，他們也安全地躲在另外一塊石板後面，趴在草地上喘氣。接著狐狸的腳步聲從轟雷路那邊傳過時，手套、搗蛋鬼和小不點立刻從數排以外的石板背後跳出來，對著狐狸狂叫。只見紅色身影毫不遲疑地竄過虎心眼前，怒吼一聲，朝手套猛追。手套在石板間迂迴穿梭，故意引開帶頭的狐狸；然後又繞道折回來，伸出利爪往母狐狸的鼻頭劃過去，再引著牠往另外一個方向跑。小不點則故意在第三隻狐狸面前突然停下來，讓牠措手不及，再改變方向朝聚會所的另一邊跑。

就在這群狐狸被引開之後，虎心看到姬烈和螞蟻也從聚會所另一頭的小巷弄裡衝出來了，兩隻狐狸緊追在後。狐狸追到草地上時，點點、肉桂和花生立刻從石板後頭衝出來，很快地把這兩隻狐狸拆散開來。花生和肉桂把大狐狸引向一邊，點點把另一隻狐狸帶到別側。

虎心這時一陣頭昏眼花。

「呼吸。」鴿翅他耳邊說著。虎心就像是隻快淹死的貓，拚命地大大吸了一口氣。只聽見周圍的驚聲尖叫不絕於耳，「牠們被引到陷阱裡了嗎？」他喘著氣問。

鴿翅往雨中望去，「我也不知道。」

有腳步聲從不遠處傳來，是迷霧走過來了。「發生什麼事了？」她望著虎心，再轉向蛛網，當她看到鮪魚的時候，眼睛瞪得大大的。「你到哪兒去了？」

鮪魚坐起身來，「抓狐狸。」他喘著氣說。

迷霧無言地瞪著他，這時姬烈也走過來。螞蟻跟隨在側，四肢還不斷的顫抖。

「但願小不點他們能把狐狸引到陷阱裡，」姬烈喘著氣說，「這種事我再也不做了。」她把尾巴拽過來給虎心看，她的尾端有一撮毛不見了，「有一隻狐狸跑得出乎我意料的快。」

虎心為她感到非常驕傲，「但是妳做到了。」

就在他說話的時候，小不點穿過草地跑過來。「我們抓到牠們了！」他得意的喊著，「每一隻！熾燄、靴子、蕨肯和尖塔他們就守在陷阱邊，狐狸一下子看傻眼了，就糊里糊塗地衝到陷阱裡。」

「還有第五隻狐狸呢？」虎心焦急的問。

「手套和搗蛋鬼把牠包圍著，引向更大的陷阱裡。」他用鼻頭指向草地的另一邊。只見紅色的身軀在鐵籠裡竄動著，一陣陣挫敗的嚎叫聲不斷從聚會所那一邊傳來。

鴿翅開心地發出震動聲，「再繼續這樣叫下去，兩腳獸很快就會來把牠們帶走。」

虎心看著迷霧，這隻流浪貓吃驚地瞪大雙眼，「你們把狐狸引到這裡？」她倒抽一口氣，「帶到陷阱裡？」

鮪魚也喘著氣，「這是虎心的主意。」

迷霧看著虎心，「你比我想像的還更瘋狂。」

虎心非常得意，「現在妳得守信用，」他堅定地說，「你們必須離開。」

迷霧盯著他看了好一陣子，然後點點頭。「好的。」

「我們可以回家了。」鮪魚開心地說。

「現在那裡都是狐狸的騷味。」迷霧抱怨。

「那味道很快就會散掉的，」鮪魚說，「那裡除了有騷味之外並沒有什麼改變，事實上狐狸還幫我們多挖了好幾個窩呢。」

「你們現在得走了，」虎心告訴迷霧，「兩腳獸就要回來拿這些籠子了。」他希望讓兩腳獸認為聚會所週邊都已經淨空了，牠們會以為是狐狸把貓都趕跑了。

姬烈瞪著迷霧，眼神銳利，「別再回來，」她怒嗆，「從今以後，這裡就是守護貓的領土，我們會捍衛我們的邊界的。」

迷霧看著她，藍眼睛裡流露出訝異的神情，「好吧。」她低下頭來，顯然不敢再跟這些會抓狐狸的貓有所爭執。

鴿翅蹭蹭虎心的耳朵，「走吧，」她喃喃地說，「我們回去告訴孩子們吧。」

就在他跟著鴿翅穿過草地時，姬烈的話在他內心迴響：**從今以後，這裡就是守護貓的領土，我們會捍衛我們的邊界的。**她的想法終於像是個戰士了，虎心挺起胸膛非常自豪。他突然覺得充滿希望，守護貓不管怎麼樣都可以生存下去了。或許讓小貓在這裡成長也沒那麼糟。

第二十六章

「小貓！」鴿翅的驚聲呼喊把正在午睡的虎心吵醒，他睜開眼睛看著她。只見鴿翅一身剛睡醒的毛髮蓬亂，瘋狂地在巢穴裡尋找，「小撲！小影！小光！你們在哪？」

「他們還太小沒辦法自己搆到出口。」虎心抬起頭，很不開心就這樣被吵醒，「他們可能又在玩躲貓貓了。」

虎心和鴿翅飽食一餐之後，移到午後陽光下打盹。此時外面的天色已經漸漸轉成粉紅，太陽就快要下山了。

鴿翅圓睜雙眼看著他，「不，他們已經搆得到平台了！昨天他們在門口聞來聞去，還被我抓到。」

虎心立刻爬起來，他們已經長得那麼大了嗎？兩腳獸才剛把陷阱撤走沒幾天，狐狸和迷霧他們走了之後，生活才剛恢復平靜而已。

「熾燄！」鴿翅走到巢穴另一頭找薑白色

小貓，他正忙著把藥草葉子從樹枝上嚙咬下來。「你有看到小貓他們嗎？」

熾燄抬起頭。「對不起，」他一邊說，一邊吐掉葉渣，「我一直在忙，沒注意到。」

「姬烈？手套？」他們正躺臥在巢穴另一頭，「你們有看到我的孩子嗎？」

姬烈立刻跳起來，「他們不見了嗎？」

「我到處找都沒看到。」

手套望著入口處，「妳到外頭找了嗎？」

虎心看到鴿翅全身的毛豎了起來，趕緊走到她身邊，「我們去外面找找看。」

「你們需要幫忙嗎？」肉桂從她的窩裡鑽出來，那個窩在兩腳獸的雜物堆裡。

「我也來幫忙。」小不點把他啃到一半的骨頭擺一邊，加入他們。

「萬一他們跑到轟雷路上怎麼辦？」鴿翅坐立不安。

「不會的，他們很聰明。」小不點躍上入口處。

肉桂也隨後跳上去，「這裡有他們的味道，」她說，「奇怪！大家竟然都沒看到他們離開。」

小不點鑽出巢穴口，「他們可能是趁大家不注意的時候出去的。」

「不，我看到他們出去了。」生病的白母貓羽毛，從她窩裡抬起頭來，「不過，我不曉得他們沒經過你們同意。」

虎心突然愣住了，他從來沒跟小貓說過不能出去，他一直以為他們還太小搆不著平台。他看著鴿翅，「妳跟他們說過，不能擅自出去嗎？」

鴿翅眨眨眼，「你說過嗎？」

虎心內疚地豎起毛髮，「我應該要說的。」他很生氣自己竟然沒有想到這一點，更生氣就這樣一直被困在城市裡。如果沒被困在這裡的話，他根本不用跟小貓解釋這麼簡單的規矩。在部族裡，大家都知道，小貓不准擅自出營。如果有誰違反規定的話，那他們晉升見習生的日子就要延後一個月當作懲罰。

「我們得趕快去找他們。」鴿翅跳上窩穴口，搶先鑽出去，虎心也趕緊跟過去。

他們應該不會跑到灌木圍籬以外的地方吧？一到外頭，虎心不斷自我暗示。這時草地已經覆上一層厚重的露水，白天裡萬里無雲表示今晚將會非常寒冷，到時候露水很快就會結成冰霜了。鴿翅已經開始在石板之間到處嗅聞，小不點和肉桂把尋找的範圍擴大，嗅著圍住這片草地的石頭邊界。

突然虎心聽到兩腳獸喃喃低語的聲音，他豎起耳朵左顧右盼。有一小群兩腳獸圍繞著一塊石板聚集，那石板在最靠近聚會所的邊緣，牠們在那裡彼此低聲交談。虎心往那兒望去，小貓咪們沒笨到往那裡跑吧？

「我看到他們了！」鴿翅的聲音傳來，她總算鬆了一口氣。虎心順著她的視線望去，看到小撲、小光和小影像歐掠鳥一樣坐在一棵大樹的枝頭上，這棵大樹就在草地邊緣。鴿翅趕緊衝向他們。

虎心也跟著追過去。「謝謝，」他回頭對肉桂和小不點喊著，「我們可以自己把他們弄下來。」

肉桂焦慮地轉頭看那群兩腳獸，「你需要我們去分散兩腳獸的注意力嗎？」

「不用。」虎心慢慢地說，「你和小不點最好還是先回去，如果讓兩腳獸看到這麼多貓，他們可能又會把陷阱放回來了。」

肉桂點點頭，甩動尾巴召喚小不點。他們避開兩腳獸，回頭往巢穴的方向走。

「你們在上面做什麼？」鴿翅喊。

小撲往下看，看到虎心也朝鴿翅走過來了，不禁發出得意的喵喵聲。「看看我們！」她尖叫，「我們自己爬上來的。」

虎心對著這興奮的小貓皺眉頭，「你們知道要怎麼下來嗎？」

小撲往地面看，表情一沉。她又用鼻頭碰碰小光，「妳看！」她妹妹在枝頭上晃了一下，她正專心地看兩腳獸。小撲又戳了她一下，「鴿翅和虎心來了。」

小光往下看，當她看到他們的時候眼睛一亮，「我們在觀察兩腳獸。」小影也瞥見他們了，他看到虎心嚴厲的眼神時，非常有罪疚感，「我們本來沒有要出來那麼久的，可是小撲說兩腳獸很怪異。」

「牠們在地上挖一個洞，把一個東西放進去，」小撲說得很興奮，「你覺得牠們在藏什麼？那東西很大，可能是什麼特別的東西，用來度過冰冷季的。」

「是**禿葉季**。」虎心氣噗噗地糾正，她說起話來像是隻流浪貓。

小光興奮得豎起毛髮，「他們把好多花放在那個洞旁邊，看起來好漂亮。」

就在她說話的時候，小影驚慌地瞪大雙眼。一隻小兩腳獸脫離群眾，朝他們跑過來。

「快！」虎心命令，「從那邊下來，我們得趕快回去。」

「可是我們在這裡很安全，」小撲看著小兩腳獸愈跑愈近，「你們為什麼不跳上來？」

虎心轉向小兩腳獸，弓起背，壓平耳朵，發出嘶吼聲。

小兩腳獸停了下來，一雙小眼睛露出恐懼的神情。

一隻大兩腳獸隨後趕到，伸出前掌跟小兩腳獸講話，接著就把牠牽走了。

虎心把視線再度轉回小撲身上，「我們必須趕快回去，」他嚴厲地說，「妳想要讓兩腳獸再把那些陷阱放回來嗎？」

小撲皺起眉頭一臉不高興，「不公平！我們只能整天待在巢穴裡，那裡所有兩腳獸的雜物堆都被我們逛遍了，我們想要看一些新玩意兒。」

鴿翅把前掌伸到樹幹上，緊盯著正準備爬下樹幹的小撲，滿眼盡是憂慮。只見小撲走向樹幹，尾巴先下，開始慢慢往下爬。

「把爪子插進樹幹！」看到小撲的腳突然打滑，後腿撞擊樹幹，鴿翅不禁倒抽一口氣。

「我插進去了啊！」小撲喘著氣，像隻松鼠一樣巴著樹幹，一次一小步地慢慢往下走。

一到鴿翅碰得到的距離，她就被鴿翅一把叼下來放到地面上。「待在這裡不要動，」她嚴肅地說。然後她抬頭看小光，「換妳了。」

就在鴿翅看著小光的時候，虎心皺著眉頭訓斥小撲，「你們不應該擅自跑出來。」

小撲盯著他，琥珀色的眼睛睜得大大的，「為什麼？陷阱都已經撤走了啊。」

「萬一又被兩腳獸放回來了呢？」虎心質問。

小撲任性地瞇起眼睛，「不公平，」她說，「就因為我是第一個爬下來的，就被你罵。可是第一個爬下來的是最棒的，不是嗎？」她抬頭看著小影，他還在枝頭那兒等著小光笨拙地爬下樹幹。「他還在那裡，你怎麼不罵他。」

「我並不是在罵你們任何一個，」虎心實在無奈極了，「我只是在告訴妳，沒有鴿翅和我的允許，你們不可以擅自跑到外面去。」

「永遠？」小撲皺起眉頭。這時鴿翅咬住小光的頸背，把她放到草地上，弄得她吱吱尖叫。小撲轉過頭來，忿忿不平地看著她妹妹，「虎心說我們**永遠**不准離開巢穴。」

「永遠？」小光的眼裡充滿恐懼，「不公平！其他的貓隨時都可以出去。」

「我沒有說永遠。」虎心簡直快要抓狂了，他在想這些小貓如果生長在部族裡，還會這麼愛爭辯嗎？他可以確定的是，自己小時候絕對沒有這樣跟花楸星回嘴過。

鴿翅的視線緊盯著樹梢，只見小影還緊張地在枝頭晃動著，「你得上去把他帶下來。」她說。

小撲不屑地看著弟弟，「可憐的小影，真是個膽小鬼。」

虎心走到大樹下，爪子扣住樹幹，一步步爬到與小影等高的地方，然後咬住他的頸背，放在胸前保持平衡，小心翼翼地往下滑行。

虎心一到地面，小影就跳到草地上，「我根本不需要幫忙，」他抖抖全身的毛，「我只是還在規劃路線，我才不想讓自己像小撲和小光一樣，走得那麼難看。」他瞪著他的姊妹。

鴿翅尾巴一甩，「走吧，」她下令，「我們得趕快回去。」

「我們不能再多玩一下嗎？」小光請求。

鴿翅用鼻頭指向那群黑色裝扮的兩腳獸，「兩腳獸還在這裡，絕對不行。」

小光氣呼呼地往回走，小撲尾隨著，小影也趕緊跟上。

鴿翅和虎心對望一眼，「至少他們很有冒險精神。」她抽動著鬍鬚突然感到興味盎然。

危機總算解除，虎心蹭蹭鴿翅的臉頰，「有一天他們會成為很棒的戰士的。」

「沒錯。」鴿翅發出呼嚕嚕的聲音，也跟著孩子們往回走。

虎心遠眺草地的另一邊，想著不知還有多久才能帶著孩子們回到部族。這裡頭的空間顯然已經愈來愈擁擠了；然而到了城市外頭，卻又危機四伏。他們應該趕快回到森林裡，讓孩子們學習分別老鼠和鼩鼱的差別，辨認早晨叫醒他們的鳥和夜晚唱催眠曲的鳥不同。

就在虎心暗自思索的時候，他發現尖塔也在一旁。這治療師就坐在不遠處的石板旁，望著兩腳獸。鴿翅這時已經帶著孩子們鑽進透明牆面旁的入口了。虎心轉頭走向尖塔，躲在石板後面，不讓兩腳獸發現。

「你在這裡做什麼？」虎心小聲問。

尖塔眼神空洞地望了他一眼。**他正在異象中。**治療師的眼神根本沒在虎心身上，他接著又懶懶地轉過頭去，眼神飄向兩腳獸。

虎心左右移動腳步，他應該不要打擾尖塔吧？但如果兩腳獸的小孩又開始到處亂跑的話怎麼辦？這隻公貓發現的時候可能就來不及了。**我應該待在這邊保護他。**

尖塔閉上眼睛，開始自言自語地搖晃著，「帶小貓，還是不帶小貓。」

虎心的肚子一緊。「尖塔？」這怪貓到底在做什麼夢？

尖塔睜開眼睛盯著虎心，好像早就預料到會看到他，「你來了。」

虎心緊張地抖動尾巴，「你夢到什麼了？」

「夢？」尖塔把頭歪向一邊，一副困惑的樣子，「我聽到一個聲音。一個……來自星星的聲音……是要給你的。」

「星星？給我……？」虎心全身的毛豎了起來，尖塔之前從來沒提過星星。難道星族真的透過這隻怪貓帶給他什麼消息？他是不是應該在聽到尖塔的第一個夢的時候，就要回影族了？**但是我怎麼可以這麼做呢？小貓怎麼辦……**他開始焦慮起來。突然間，所有森林裡讓他喘不過氣的憂慮，又一股腦兒盤踞他心頭。「它怎麼說？」

尖塔看著虎心，黃色的眼睛變得清澈透亮，那眼神似乎想起某件被遺忘已久的事，「我必須告訴你，他需要你。」

「是誰需要我？」虎心向前逼近，好像快要喘不過氣來。

尖塔似乎沒聽到他的聲音，「陰影正在消失中，他沒有辦法把大家團結在一起。」

一時之間虎心驚呆了，是**花楸星！**他的父親需要他。他十分確定，就像當初他知道自己應該和鴿翅在一起一樣。這絕對是無庸置疑的，星族正設法尋找在城市裡的他……

他們要我回去！

第二十七章

虎心睡不著，凝視著一片漆黑，身邊的鴿翅跟小貓咪鼾聲平穩，而他卻千頭萬緒。該怎麼跟鴿翅說呢？已經沒有時間再拖下去了，雖然小貓還那麼小，但他現在必須回去。

天就快亮了，虎心看著還在他身旁熟睡的鴿翅。小貓已經長大了，沒辦法繼續窩在媽媽肚子旁，所以就各憑本事依偎著鴿翅。小撲把尾巴貼著她臉頰，小光前掌放在她肚皮上，小影則緊靠著她的背脊。他們現在夠大嗎？經得起旅途的奔波嗎？鴿翅會同意嗎？虎心喉嚨一緊，還是他應該自己先走呢？

他從窩裡爬出來環顧巢穴，灰色曙光已從牆面照射進來，守護貓們也開始甦醒了。

姬烈從窩裡爬出來伸伸懶腰，「誰要跟我一起去找吃的？」

「我。」螞蟻從兩腳獸的雜物堆底下鑽出來。

肉桂也走過來，「我也去。」

在巢穴入口底下伸展的手套也說，「還有我。」

虎心這時也趕緊走上前去，心想新鮮空氣有助於思考，他必須想個說法告訴鴿翅。「我也跟你們一起去。」

只見姬烈跳上木平台，走向出口；肉桂、螞蟻和手套也跟上去，就要走出洞口了。

「等一下。」鴿翅輕柔的叫聲在虎心背後響起。

虎心回頭，只見鴿翅悄悄從窩裡走出來，小貓咪們立刻翻身滾到她原來躺的位置，繼續呼呼大睡。

「我跟你一起去。」鴿翅綠眼睛在曙光中顯得很柔和。她快步跟上虎心，在熾燄的窩邊停下腳步。熾燄睡眼惺忪地抬起頭，鴿翅看著他，「你能幫我看一下孩子嗎？我們要跟姬烈他們一起去覓食。」

「沒問題。」他打著呵欠，從窩裡爬起來，走向小貓們。

「謝謝你，熾燄。」鴿翅尾巴一甩，轉向虎心，「不介意我跟去吧？」

「當然不介意。」虎心一顆心往下沉，這樣就沒有時間思考了。他再也藏不住祕密，現在就得告訴她。她會怎麼回應呢？想到這裡不禁難過了起來，如果鴿翅認為小貓還太小，禁不起長途旅行的話，那他就等於要再次拋棄她。

鴿翅跟著虎心走出巢穴，外頭的街道非常安靜。怪獸才剛開始準備巡行，步道上偶有獨自低頭逆風疾行的兩腳獸。她走到虎心旁邊，虎心還在路邊等待綠燈亮起。「我們在等什麼？」她看著空蕩蕩的轟雷路，直接就闖過去。「打從小貓咪出生後，我就沒那麼早出門過了，」鴿翅一邊說話，虎心就一邊跟著她走到對街，「我都忘了城市可以這麼安靜。」

微風裡飄來姬烈的氣味，虎心猜想這隻雜黃褐色的貓正朝向她最喜歡的垃圾桶前進。他索性往相反方向走，如果要跟鴿翅坦白，他不希望有別的守護貓在場。

「姬烈和其他的貓是往那邊走的。」鴿翅作勢要往另一邊，轉頭好奇地望著虎心。

「我必須跟妳談談。」虎心直視前方，心跳加快，現在不說清楚不行了。

「好吧。」鴿翅也沒瞧他一眼，只是一個勁兒地帶他往牆邊走。這時剛好有一隻兩腳獸轉了個彎，朝他們走過來。

虎心想等到那兩腳獸離開後，才開始說話。前方，兩腳獸巢穴之間，有個窄窄的缺口，虎心知道那個缺口通往一塊小坑地，那裡也擺了一些兩腳獸的垃圾桶。那裡的垃圾桶幾乎都沒有吃的東西，不過倒是一個談話的好地方。所以他索性轉進那缺口，走向小坑地。

鴿翅不發一語地跟著。「所以？」鴿翅焦慮地探索虎心的眼神，虎心這時站在垃圾桶旁，面對著鴿翅。「所以你要跟我說什麼？」

虎心看著鴿翅深邃的綠眼睛，**求妳了解，我是真的愛妳。**「尖塔又看到另一個異象了。」

鴿翅像石頭般，一動也不動地盯著虎心。

「他聽到一個聲音，」虎心繼續說，「尖塔說那個聲音是要傳達訊息給我的，那是有關於花楸星的消息。」

鴿翅依然一語不發，眼裡充滿焦慮。

「這個聲音說他需要我，它說他沒有辦法守住影子。」虎心看到鴿翅的身體起伏，呼吸加快，就這樣靜靜地看著他。**拜託妳說話**。他必須知道鴿翅現在在想什麼。可是鴿翅只是靜默不語，虎心只好結結巴巴地繼續解釋，「我無法無視這夢境，」虎心絕望地說，「花楸星沒辦法守護影族，我必須回去。請不要認為我不愛妳，妳跟小貓是我生命中最重要的。但如果我拋棄影族，特別是在他們需要我的時候，我將永遠無法原諒我自己。」虎心感到惆悵不已，**那麼拋棄鴿翅和孩子，我又能夠原諒我自己嗎？**

鴿翅流露出痛苦的眼神，一身的灰毛隨風波動著，「我以前說過，不管你做什麼選擇我都愛你，」她沉重地說。虎心聽了幾乎無法呼吸，鴿翅繼續說，「這一次我不會逼你要在我和部族之間做選擇。」

她的意思是要他走嗎？虎心僵住了，無法思考。只能探索鴿翅的眼神，試圖了解她到底在想些什麼。是生氣嗎？對於她和小貓咪來說，難道自己就是那個不斷說再見的角色嗎？「很抱歉，」虎心喃喃低語，一顆心如撕裂般疼痛，「請原諒我。」

鴿翅眨眨眼，「原諒你什麼？我們會一起離開啊。」

真的嗎？虎心楞頭楞腦地看著鴿翅，無法相信自己的耳朵。此時晨曦穿過兩腳獸巢穴之間的空隙，在空地上劃出一道光芒。

「你昨天自己也看到小貓了啊，」鴿翅繼續說，「他們還自己爬樹，之前也沒學過。這裡已經滿足不了他們的好奇心了，他們想要見多識廣，他們渴望冒險。」鴿翅突然停下來，眼中露出一絲恐懼，「我覺得他們已經準備好踏上回家的旅程了。」

虎心幾乎無法相信自己的耳朵，「妳是認真的嗎？」

「是的，」鴿翅尾巴一甩，「而且旅途很危險，我不能讓你自己一個去。」

「但是小貓，」如果對他而言，這是趟危險的旅程，那麼對小貓咪來說，就有可能致命。

「他們還不夠大——」

鴿翅打斷他的話，「只要跟我們在一起，他們就會安全。」她回望來時路，怪獸在缺口外移動著，「太陽一出來，這個城市就擠滿兩腳獸和怪獸；而狐狸則在夜晚出來四處遊走。這裡的貓兒已經淪落到和惡棍貓沒啥兩樣，無所謂什麼榮譽感，到處在街頭巷尾翻找食物。我們的孩子不能在這樣的地方成長，而且……」她別過頭去，豎起全身毛髮，「尖塔不是唯一會做夢的貓。」

虎心焦急上前，「妳是不是又夢到什麼了？就像妳之前做過的夢，就是那個夢把我們帶來這裡。」

她搖搖頭，「是小影，他告訴我，他夢見一隻銀白相間的虎斑貓。」

虎心愣住了，難道被尖塔說中了？難道小影是「在陰影中」看到這隻虎斑貓嗎？

鴿翅露出悲傷的眼神，「聽起來很像是藤池。在他的夢裡的，藤池生了小貓咪。如果真是這樣的話，我很想看看他們，而且讓他們跟小撲、小光和小影互相認識。我不想他們彼此形同陌路，他們必須跟自己的部族在一起。我們必須在他們成為見習生之前帶他們回家，他們得好好學習許多有關部族的生活。」

成為見習生。虎心想像著小撲爬上松樹的樣子，邊爬還邊跟她的導師爭吵說自己可以爬得多高。他突然興味盎然地發出呼嚕聲，「以後不管小撲的導師是誰，我都會很同情他。」

鴿翅也失笑地抖動鬍鬚，「不管導師下什麼指令，她都會討價還價。」「她可能會反過來告訴導師應該怎麼打獵。」此時虎心感到一陣暖意，像陽光灑在心頭。

「守護貓們對我們很好，」鴿翅說，「可是我不想讓孩子們以為，醫治病貓和躲避兩腳獸就是生活的全部。」

虎心發出呼嚕嚕聲，「我們的孩子根本不懂得躲避兩腳獸，妳看他們在那棵樹上的樣子？」

鴿翅也呼嚕呼嚕地說，「他們只會對著兩腳獸喵喵叫，吸引牠們注意。」「還好被我們及時發現。」一想到那兩腳獸小孩朝大樹猛衝過來，虎心就被驚嚇得說不出話來。如果當時他沒把兩腳獸小孩嚇跑的話，後果會怎麼樣呢？小貓們身陷險境，竟然還渾然不知情。

鴿翅眼神一沉，「真的，好險被我們找到了。他們必須回到森林去，那一次讓我了解到，小貓們竟然這麼懵懂無知，他們幾乎不知道為何要成為戰士。部族貓絕不會讓好奇心蒙蔽判斷力的，小貓們應該知道他們那樣的行為是多麼危險。」

他們必須回到森林，虎心聽了鴿翅的話開始擔心，「是哪一個森林呢？」他突然問。

鴿翅猶豫著，沒有回答。

「妳說小撲、小光和小影跟藤池的孩子不能夠形同陌路，」虎心繼續追問，「難道妳是想帶他們回雷族？」

鴿翅不自在地左右移動腳步。

「妳知道我必須回影族。」虎心說。

「我知道，」她低下頭，「我的心告訴我要跟你在一起，可是理智卻告訴我，要回到自己的部族把孩子養大。」

「他們也是我的孩子啊。」虎心說。

鴿翅露出驚恐的眼神，「如果我不加入影族的話，你就要把小貓從我身邊帶走嗎？」

鴿翅痛苦的語氣，讓虎心的心猶如刀切一般。現在他是在逼鴿翅作選擇，而且是利用自己的小孩來要脅。「對不起，」他內疚地說，「我當然不會這麼做，如果妳要回雷族的話，那麼小貓就一定得跟著妳，一直到他們大到可以做出自己的選擇為止。」

她的毛瞬間平順下來，只見她抬起頭，「現在想這個問題還太早，」她果斷地說，「到湖邊還有好長的一段路，而且不曉得到了那兒之後會怎麼樣。我們還是先到家再說吧。」

虎心走上前去，心想儘管鴿翅這麼說，其實她一定也跟他一樣焦慮吧。他們真的有辦法帶著小貓完成這樣的旅程嗎？他試圖不去想，在城市跟湖泊之間，這一路上可能面臨的各種危險。光是想到小撲走在銀軌旁的畫面，就夠讓他緊張的了。轟雷蛇帶來的強風，大到可以把小撲吹得四腳朝天。虎心試著壓抑顫抖，湊過去和鴿翅臉貼著臉，「一切會沒事的。」他輕柔低語著，想說服自己，也說服鴿翅。

姬烈對著虎心慢慢眨眼睛，虎心不曉得她到底有沒有聽見他說話。「我們必須離開了，」

虎心再說一遍，「我的部族需要我。」

姬烈站起身，向虎心點點頭，「我們會想念你的。」

這時鴿翅就坐在虎心後面，虎心聽見小撲、小光和小影在媽媽身邊坐立不安。自從虎心與鴿翅跟他們說要帶他們回到湖邊之後，這幾隻小貓就興奮到不行。

「我們就要變成戰士了！」小光尖叫。

「回到森林的時候，我們可以騎真的獾嗎？」小撲熱切地問。

小影一身灰毛緊張地波動著，「我們會看到轟雷蛇嗎？」

虎心和鴿翅盡可能回答孩子們的提問，但是小貓的聲音愈來愈吵，虎心知道他必須親自告訴姬烈這件事了，不然遲早她也會從別的地方聽到。虎心索性要小撲、小影和小光乖乖坐好，然後走過去跟姬烈說明。

這隻雜黃褐色母貓甩動尾巴，召喚其他的守護貓都靠過來。蛛網和搗蛋鬼放下嘴邊正在吃的東西；手套、螞蟻和肉桂從他們曬太陽的地方走過來；尖塔和熾燄離開他們正照顧的羽毛和斯高身邊，羽毛和斯高也從窩裡向外觀望；點點、小不點、花生和蕨肯陸續走到虎心和鴿翅旁邊；靴子則在靠近入口的木平台底下觀望。

姬烈抬起下巴宣布，「虎心和鴿翅要離開我們了。」

點點皺起眉頭，「你們要去哪裡？」

「你們找到新巢穴了嗎？」手套問。

「我們要回湖邊去，」虎心告訴他們，「我的部族需要我。」

肉桂走上前去，非常感興趣地問，「你怎麼知道？」

「我認為有星族貓透過尖塔向我傳話，」虎心想乾脆實話實說好了，儘管這些貓可能不相信，「影族遇上麻煩了。」

熾燄訝異地望著尖塔，「它是怎麼透過你傳話的呢？有現身拜訪你嗎？」

尖塔看著這隻小公貓，「我是在異象中聽到一個聲音。」

「這就是你要離開的原因？」手套睜大了眼睛。

「這太不可思議了！」搗蛋鬼說，「尖塔一天到晚看到奇奇怪怪的東西，但我們也都沒有隨之起舞啊！」

肉桂眼睛眯成一條縫，「你忘了虎心跟鴿翅是從哪裡來的嗎？他們那裡的貓都很嚴肅地看待夢境。」她的眼神轉向鴿翅，「妳不也是被夢境帶來這裡的嗎？」

「沒錯，」鴿翅用尾巴把小影摟住，這時小影被大家的眼神緊盯著，趕緊靠向媽媽。「現在又有一個夢告訴我們該回家了。我們打從心底知道，這是非做不可的事。」

手套輕蔑地說，「這樣作決定，真是太奇怪了。」

尖塔慢條斯理地看著這隻虎斑貓，「你的肚子告訴你餓不餓，喉嚨告訴你渴不渴，那麼你的心引導你的時候為什麼不聽呢？」

姬烈上前跟虎心和鴿翅互碰臉頰及道別，「我們很高興你們來，你們教了我們很多事，你們一走，我們肯定會很想念你們的。其實我早就知道你們不會一直留在這裡的，」接著她用疼惜的眼神看著小撲和小光，「有了小貓之後，歸鄉的渴望就變得更強了吧，」接著又轉向小影，「很開心他們能跟自己的同伴一起長大，成為戰士。」

「**我**也想要成為戰士！」熾餤的喵聲嚇了虎心一跳，這隻小貓已經開始退掉胎毛，可是也還沒大到可以成為見習生。

「你還太小。」虎心說。

「**他們**也還沒長大。」熾餤指著小撲和小光反駁。

「他們還得接受好幾個月的訓練。」虎心解釋。

「我也可以接受訓練，」熾餤不服輸地瞪大眼睛看著虎心，「讓我去，我可以幫忙找食物，還可以照顧小貓。」

鴿翅不安地移動腳步，「你自己都還是一隻小貓呢。」

尖塔走到熾餤身邊，「讓他一起跟去吧，」他說，「這樣子我比較容易下決定。」

鴿翅把頭歪向一邊，虎心也訝異地看著這隻瘦公貓。「下什麼決定？」

「跟你一起走啊。」尖塔回答。

我不會跟你們去住在大水邊的。虎心想起他們以前的談話。當時尖塔希望熾餤可以一起去，但是他自己並不想同行。「我會帶上熾餤的，如果他也有吃苦的決心，那麼有一天也可以成為偉大的戰士。但你自己說過，你並不屬於湖邊。」

「我屬不屬於湖邊並不重要，」尖塔輕聲說，「重要的是我走過這趟旅程。」

肉桂甩動尾巴，「那我也要去。」

「我也要。」螞蟻急忙跑到肉桂旁邊。

他們滿懷期待地看著虎心。

虎心有點招架不住，回頭望著鴿翅，本來一小群突然變成一支巡邏隊。他把鴿翅拉到一旁，「妳覺得呢？」低聲問道。

「我認為我們帶著小貓上路，」鴿翅回頭瞥見肉桂和螞蟻充滿期盼看著，「如果路上有伴的話，小貓會比較安全。」

「可是如果我把陌生客帶回去，影族會怎麼說呢？」會不會拒絕接受他們？如果他們這樣做，虎心也怪不了他們，「因為這讓他們又想起以前接納惡棍貓以後所發生的事。」

「這些貓不是惡棍貓，」鴿翅提醒虎心，「我們都親眼見過，他們為保護夥伴而戰，為夥伴找食物，他們還跟部族貓一樣會照顧病貓。」鴿翅挑釁地看著虎心，「如果影族不接納他們，雷族可以。」

只見鴿翅的綠眼睛裡閃著自豪，虎心不禁有些不安。在這裡，身邊都是守護貓，她很容易暫時忘記自己是雷族貓。但很顯然她仍以自己的部族為榮，並且強烈信守部族的價值。她有沒有辦法試著去過影族的生活呢?虎心試圖不去想這個問題。他們兩個都是戰士，目前這樣就夠了。「好吧，」虎心轉向肉桂和螞蟻，「你們可以一起來。」

肉桂的眼睛亮了起來。

螞蟻轉向姬烈，「很抱歉我們要離開了。」

「你們的位置會有其他的貓補上，」姬烈要他不要擔心，「現在還是冰冷季呢，你們的窩不會空著的。」

「那我們什麼時候出發？」熾燄興奮地問。

虎心望著透明牆面，現在陽光正好，天氣還不錯。如果等到溫度太低，小貓會吃不消；下雨的話，那就更糟糕了。「我們現在就走。」

肉桂快步走向手套和搗蛋鬼，跟他們碰觸臉頰道別。虎心和鴿翅並肩而立，看著守護貓們彼此說再見。接著螞蟻跳上巢穴出口，肉桂、尖塔和熾燄也跟上去，在平台上等待虎心、鴿翅、還有小貓們。

小撲一馬當先，輕巧地一躍而上；小光跟在後面，也跳了上去；接著是小影，他的前掌搆到了平台，但後腿卻在半空中晃盪。虎心感覺到一旁的鴿翅整個呆住了，他知道鴿翅心裡在想什麼。如果這麼簡單的動作都跳不上來，那小影要怎麼撐過這趟漫長的旅程呢？這時只見小光低身咬住小影的脖子拉他一把，小撲伸出前掌往他的尾巴後面推。虎心頓時滿懷希望。**就是要這樣，我們就是要彼此照應。**

熾燄從上往下望著他，「我們要怎麼離開這城市呢？」

虎心看著他，這個問題他想了好幾個夜晚，只有一條路保證回得了家。「我們先往車站走，找到銀軌。我就是沿著銀軌的，沿著往回走就對了。」

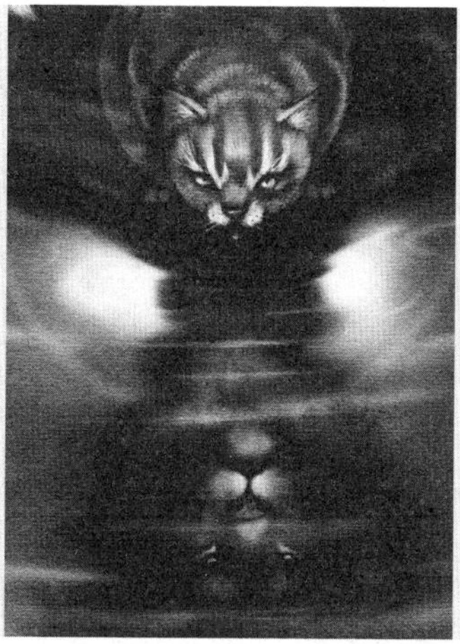

第二十八章

肉桂幫虎心找到走回車站的路線，幾個月前他就是從車站走過來的。肉桂在跟守護貓一起生活以前，原本是住在這一區的，所以對這裡很熟悉。虎心打從到了尖頂巢穴之後，就再也沒回到這裡過。不過在繞過最後一個轉角的時候，虎心立刻認出那一棟高大的轟雷蛇的營地。

虎心回頭看著鴿翅和小貓，這一路走來速度很慢。穿越轟雷路比他們想像的還要容易些，他們只要在兩腳獸的綠燈亮起時，在車潮中找到空隙，然後咬著小貓頸背穿越轟雷路就可以了。可是轟雷路兩旁的兩腳獸步道，就沒那麼容易應付了。一路上，鴿翅和螞蟻走在小撲、小光和小影的旁邊護著，熾燄和尖塔殿後，肉桂和虎心帶隊。兩腳獸走路都沒在看路的，帶著小貓穿過牠們腳下變得非常麻煩。最後，只要遇上兩腳獸對這一大群貓感到好奇的時候，鴿翅、尖塔和螞蟻就趕緊叼起小貓躲進一旁的巷子裡。

此時車站入口湧進成群的兩腳獸，車站外頭有許多怪獸趴在路邊，牠們在那不是把兩腳獸放下來、就是準備把兩腳獸載走。虎心帶著大家往前，從這裡開始他就知道該怎麼走了。他避開最擁擠的地方，往一條巷子前進，這條巷子就通向達西之前帶他去過的垃圾堆。

避開擁擠的兩腳獸走進安靜的巷弄，虎心才鬆了一口氣。他在那裡等待鴿翅、肉桂、螞蟻、熾燄和尖塔趕上來。「現在可以把小貓放下來了，」虎心對他們說，「這裡沒有兩腳獸。」

鴿翅把小撲放在地上，螞蟻和尖塔也分別把小光和小影放下。鴿翅機警地環顧四周，用尾巴把小影、小光和小撲往自己懷裡兜攏，「接下來往哪兒走？」鴿翅問虎心。

「我們得走進去，」虎心點頭沿著巷子指去，「從這裡進去就會走到入口。」

他知道鴿翅從沒來過這裡，她當初走的是另一條路線，避開郊區轟雷蛇的長隧道，穿越無數大街小巷，流浪了好幾天才找到尖頂巢穴。待會兒她到轟雷蛇巢穴內部時，不曉得會作何感想？一想到那些可怕的轟雷蛇，一隻隻臥在自己的軌道上，虎心就不寒而慄。他們要選對軌道才行，萬一搞錯了，那就只有星族才知道會通往何處了。

虎心推開內心的恐懼，往巷子裡走。那隻只剩三隻腳的怪獸還停在路邊睡覺；靠近垃圾堆時，虎心嗅一嗅空中的味道，很開心聞到了達西留下的氣味；梅、弗洛伊德和史卡瑞普顯然找到新地盤了。虎心走過垃圾堆，很快就找到了那一塊鬆脫的鐵網，他跟達西就是從這裡跑出來的。虎心用前掌掀開鐵網讓大夥兒鑽進去，「一直往前走，走到另一個有鐵網的地方。」虎心朝裡頭喊，聲音在狹窄的通道迴響著。最後虎心也跟著鑽進去，迎面襲來的五味雜陳氣味又讓他全身緊繃起來。一時之間，他又回想起剛到此處的情景，面對各種聲音和氣味的衝擊，他幾乎招架不住。而現在那種感覺又鋪天蓋地而來，但他必須勇敢，鴿翅和小貓都還得倚靠他。

「看到鐵網了嗎？」虎心看到隧道盡頭強光照射進來，勾勒出鴿翅在黑暗中的身影。

「應該是。」鴿翅的耳朵緊張地抖動著。

虎心趕緊超越螞蟻、尖塔、肉桂、熾燄和小貓走向鴿翅，此時四周中瀰漫著恐懼的氣息。虎心一把推開盡頭的鐵網，讓大夥兒進入一個明亮的大隧道。

兩隻兩腳獸快速從他們面前經過，往寬闊的廣場走去。虎心面向大夥兒，「大家一定要跟緊，」虎心警告，「這裡有很多兩腳獸，還有各種燈光、氣味、快速移動的東西，這一切都會讓你失去方向感。總之，不要跟丟了。我現在帶大家去找達西，我剛到這裡的時候他幫過我，他能帶我們找到對的軌道離開這裡。」

「我不怕。」小撲挺起胸膛大聲宣告，但她的毛卻一根根豎立著；小光也一樣毛髮直豎；小影則緊緊靠在鴿翅腳邊，驚恐地睜大眼睛。

「我們叼著小貓吧。」虎心把小影啣起，這才發現小貓的體溫有點低，索性收起下巴讓小貓緊貼自己，繼續往隧道前進。

虎心沿著當初達西帶他走過的路線往回走，終於帶著大家來到一個巨大拱形屋頂的空間，當初他就是在這裡聞到車站貓的氣味。只見來自四面八方的兩腳獸川流不息，虎心認出一間兩腳獸的明亮巢穴，達西的窩就在旁邊。他趕緊走過去，希望達西還在那裡。

車站貓的氣味竄入虎心鼻腔時，他頓時滿懷希望。趕緊往牆底下的那缺口走去，也就是當初遇到達西的地方。一到洞裡他就把小影放下，對著一片漆黑喊著，「達西。」

前方出現一對黃眼睛在虎心面前眨啊眨，沒錯，就是達西，這隻黑白公貓站了起來。

「虎心？」達西驚訝地看到虎心後面的鴿翅，以及其他一大群夥伴，「你們在這裡幹什麼？」

「我找到我的朋友了，」虎心很快回答，他並不想嚇到這隻車站貓，「我們需要你的協助。」

達西從黑暗中走出來，擠過虎心的身邊，驚訝地看著小光、小撲和小影，他耳朵抖動著，「這些是你的孩子嗎？」

「是的，」虎心點頭指向鴿翅，「這是鴿翅，我的伴侶，我們要帶小貓回家。」

「要回到森林？」達西瞇起眼睛看著尖塔、熾燄、螞蟻和肉桂，「他們也一起去嗎？」

「沒錯。」

達西把頭歪向一邊，「城市貓去森林住？」他一副難以置信的樣子。

肉桂壓平耳朵，「我們只是來請你幫忙的好嗎?不是來徵詢你的意見。」

螞蟻轉頭望著蜂擁的兩腳獸，「有禮貌一點。」他提醒肉桂。

達西看著這些小貓，「你是要我告訴你們應該要搭哪一部火車嗎？」

鴿翅豎起渾身毛髮，「我們絕不把小貓帶進轟雷蛇肚子裡。」

「那你們要怎麼回家呢？」達西很困惑。

「我們用走的。」鴿翅堅定地說。

「沒地方可以走啊。」達西反駁。

虎心左右移動腳步，他不喜歡在這裡逗留太久，這時洞外傳來一聲兩腳獸的尖叫。「我們就走轟雷蛇走的路。」

達西瞪大眼睛，「你們要走**隧道？**」

「隧道通往城外，不是嗎？」虎心看著他。

「太危險了！」

「我以前也走過隧道，」虎心故作輕鬆地回答，「轟雷蛇來的時候，我就蹲到旁邊，轟雷蛇永遠都不會離開牠們的軌道，要避開牠們並不難。」**星族啊，拜託，庇護我們！**虎心的心臟幾乎要跳出喉嚨，他希望自己的恐懼沒被識破。

達西難以置信地眯起眼睛。

「我只是想請你幫我找到當初帶我來這裡的那一條銀軌。」虎心語氣堅定。

達西看來若有所思的樣子，「我沒有看見你是從哪一部火車出來的，不過如果你能帶我去那個月台，就是你出來的地方，我就可以帶你走進那隧道。」

虎心皺起眉頭，「你也走過隧道嗎？」

「我進去裡頭抓過老鼠。」達西回答。

鴿翅懷疑地抖動耳朵，「可是你剛剛不是說，隧道裡非常危險。」

「我自己是習慣了啦，」達西回答，「不過我從來沒帶小貓或流浪貓進去過。」

肉桂壓平耳朵生氣地說，「你叫誰流浪貓。」

螞蟻左右挪動腳步，「他只是擔心我們。」他安撫肉桂。

肉桂生氣地說，「可是他講話也不需要這麼沒禮貌啊！」

達西向棕色母貓點頭致歉，「不好意思。不過，我自己一個趁火車睡覺的時候到隧道裡抓老鼠，跟帶著一大群大大小小的貓想要找到出城的路，是完全兩碼子的事。這真的是一條漫漫長路。」他看著虎心，「你們真的要用走的嗎？躲在轟雷蛇的肚子裡面快多了。」

虎心看著小貓咪，想起兩腳獸雜沓進出轟雷蛇的光景。心想那樣反而容易把小貓搞丟，只好顫慄地說，「我們要用走的。」

「那好。」達西帶頭走進熙來攘往的兩腳獸當中，虎心用探詢的眼神看了鴿翅一眼，「準備好了嗎？」鴿翅點點頭。

虎心叼起小影，肉桂和鴿翅分別啣起小光和小撲，大夥兒緊跟著達西匆忙前進。

⚡⚡⚡

這隻瘦小的黑白公貓帶著大家走到一個大洞窟，那裡有許多轟雷蛇在平台之間打盹。

虎心察看了一番，試著回想當初他是搭上哪個方向的轟雷蛇來到這裡的。他認出了一堆東西排列在平台中央，那東西裡頭裝著兩腳獸外殼和毛皮。就是這裡。他超越達西，帶著他走向當初那隻轟雷蛇停靠的地方。現在銀軌上是空的。虎心沿著銀軌望去，只見它一路延伸，盡頭消失在隧道裡。

「是這條沒錯嗎？」達西順著虎心的眼神望去。

虎心點點頭，嘴邊還叼著小影晃盪著。

「跟我來，」達西環顧貓群，「一定要跟好，我踩哪兒你們就跟著踩哪兒。我看過跑錯地方的老鼠，整個被輾糊在軌道上。」

兩腳獸開始在平台上聚集，牠們應該是在等待轟雷蛇的到來吧？虎心緊張得呼吸開始急促起來。他現在必須相信達西，相信他能平安帶領大家。虎心跟著黑白公貓沿著平台一路走到隧道口。

達西一躍而下，靈巧地落在軌道之間。他抬起頭等著大夥兒，「跟著跳下，」他下指令，「一次一個。」

肉桂第一個跳下來，嘴裡咬著小光晃呀晃的，落地的時候啪的一聲，有點站不穩，小光還嚇得驚聲尖叫。緊接著是螞蟻。達西示意大家快步走向隧道牆邊，「記住，千萬不要碰到軌道。」他警告大家。

熾燄從平台往下看，「看起來好高。」他的聲音微弱顫抖。畢竟還是一隻小公貓，也沒比虎心的孩子大多少。

「往我身上跳，」達西大喊，「我來當你的緩衝。」

虎心看著熾燄蹲在平台旁邊，緊張得直吞口水、尾巴顫抖。接著他縱身一躍，撲到達西身上。

車站貓撐起後腿，在熾燄落地時一把抱住他，然後敏捷地轉身把熾燄放到軌道間，接著用鼻子把他推向螞蟻和肉桂。尖塔隨後也跟著跳下來，此時的鴿翅在平台上來回踱步。

「別把我掉了。」小撲在鴿翅往下跳時大喊。鴿翅一落地，虎心也咬緊小影的脖子一躍，跳到鴿翅身邊。

接著，他跟隨達西和鴿翅走進漆黑的隧道，冷風不斷打在身上、灌入鼻腔。儘管迎面而來盡是轟雷蛇的臭氣，他仍然依稀聞到草地與森林的芳香。這個城市似乎也正吸著新鮮空氣，像一隻正在呼吸的活物。

達西鑽到帶頭的位置，「大家跟著我走。」

虎心把小影放下來，「到這裡就可以了，達西，」他說，「接下來我們自己可以沿著隧道走到盡頭。」

黑暗中車站貓的眼睛閃閃發亮，「你認為把你跟這些小貓丟在這邊，我會安心嗎？」他問。「我要陪你們走到重見天日為止。」

虎心對這隻黑白公貓由衷地感激，沒想到他竟如此義氣，他本來以為城市貓只在乎自己的事。這時他不由得想起迷霧，儘管她的行為像極了惡棍貓，但是她也忠於自己的夥伴，不是嗎？他還記得，當兩腳獸把她弟弟帶走的時候，她真情流露地哀嚎。或許所有的貓在本質上都是戰士，他望著肉桂和螞蟻想著。至少他是這麼希望的。

碎石子布滿軌道四周，踩起來很扎腳。當鴿翅把小撲輕輕放在地上時，虎心的心一緊，小貓只踩過聚會所內平滑的地板，還有外頭柔軟的草地而已。

「我也想下來自己走。」小光在肉桂的嘴裡扭來扭去。

肉桂把她放下來，小光立刻甩動全身的毛。

「我敢說，從來沒有像我們這麼小的貓走過轟雷蛇的隧道。」小光驕傲地宣告。

看著小光高舉尾巴，跟著達西沿著銀軌走，虎心感到驕傲不已。小撲和小影也過去靠在小光身邊，膨起全身的毛抵禦寒風。虎心挨著鴿翅，跟在小貓後面走著。尖塔、熾燄、肉桂和螞蟻也緊跟在後。

過沒多久，車站炫目的亮光已經在他們身後消失了，迎向他們的是一片漆黑。只有幽微的圓形燈光在隧道頂端忽隱忽現，這些燈一定是兩腳獸用來指引轟雷蛇回巢的。

「我們在黑暗中開始，也在黑暗中結束。」尖塔突然開口，把虎心嚇了一大跳。他回頭看看這隻公貓，他到底為什麼非得現在說話。在兩腳獸微弱的燈光下，他依稀看到尖塔的眼神似乎飄向遠方。

熾燄和虎心對到眼，「不要打攪他，」他小聲說，「他正在做夢。」

虎心不安地豎起全身毛髮，**在黑暗裡結束**，這趟旅程已經夠艱辛了，尖塔講這種可怕的話，根本在幫倒忙。他打起精神尾巴一甩，「我們很快就要出城了。小撲，我有跟你們講過兔子的事嗎？」

小撲看著虎心，「兔子跟鼬鼠一樣嗎？」

鴿翅呼嚕呼嚕地說，「鼬鼠比較像白鼬，兔子比較像野兔。」

小光抖動耳朵，「好複雜啊，怎麼可能分得清啊？」

「不用擔心，其實比你想的還容易。」虎心一想到可以讓孩子們看到松樹林，精神大振。

小影突然倒抽一口氣，定住不動。他豎起渾身的毛，「那些是什麼？」

虎心隨著他的視線望去，一群老鼠正快速穿越前方鋇軌。微弱的燈光下，牠們看起來黏黏的、動作很快。「那是可以抓來吃的獵物。」虎心一派輕鬆的樣子，但內心其實十分恐懼。這群老鼠有些甚至跟小貓一樣大，萬一還有很多怎麼辦？只要來上一大群，就能夠輕易打敗他們，而且如果被咬上一口，還可能致命。「如果我們肚子餓，就可以抓幾隻來吃。但現在要跟緊，我們可不想沾到老鼠身上的臭味。」

鴿翅看著他，眼神焦慮。虎心緊依著她，希望透過身體的溫暖緩解她的不安。

小撲突然停下來，「我走不動了，腳好痠。」接著舉起一隻前掌，小心地舔著。

「這些碎石真的非常尖銳，」鴿翅同情地說，「可是我們還是得繼續往前走，只要走出隧道就會有草地了，而且妳的腳會愈走愈有力。」

螞蟻的聲音從後面傳來，「我可以給她來個，那叫什麼來著，當獾騎？」

小撲興奮地轉頭，「真的嗎？」她滿懷期待地看著鴿翅。

虎心回應，「戰士就得自己走。」

鴿翅看著虎心，「她還不是戰士，而且這些石頭很刺。」

「這是一趟漫長的旅程，」虎心壓抑住內疚，現在不是心軟的時候，他一定要嚴格，所有的小貓都必須堅強起來。「如果想要順利到達湖邊的話，所有的小貓都必須自立自強。」

小撲不平地抽一下鼻子，「好吧，我可以堅強起來。」

小光推推姊姊，「想像走到隧道盡頭的時候，就有柔軟的草地等著妳，這樣就會忘記自己的腳有多瘦了。」

小影彈動尾巴，「城外的草會跟聚會所那裡的草一樣嗎？」

「不管是哪裡的草都是一樣的——」虎心話講到一半停下來，他感覺到風突然變強，軌道傳來一陣熟悉的嗡嗡聲。虎心的心一沉，轟雷蛇來了。

達西肯定也聽到了，他停下腳步，轉頭面對大家。「我們現在必須匍匐緊靠隧道牆邊。」

虎心看到遠方轟雷蛇閃閃發亮的眼睛。

小影對著那亮光眨眨眼，「那是隧道盡頭嗎？」他滿懷希望地問。

「不是。」虎心把他帶到牆邊，「是轟雷蛇來了，我們要躲開。」

「牠會輾過我們嗎？」小撲的語氣充滿恐懼。

「不會，」達西鎮定地回答，「這裡夠寬，不會輾過我們的。不過會很吵，而且風會很大。」

「盡量壓平耳朵。」虎心緊繃著喉嚨，想起當初在隧道裡，轟雷蛇也是這樣從他身邊呼嘯而過的。萬一轟雷蛇的強風把小貓吹走怎麼辦？「把小貓抓緊！」轟雷蛇的聲響逼近時虎心大喊，這時整條銀軌也跟著隆隆作響。強風扯著虎心身上的毛，他緊咬住小影的頸背，把他塞在自己胸前，緊靠牆緣趴著。他回頭看看其他的貓兒也都緊貼著地面。鴿翅緊咬住小撲的脖子，用前掌抱住；小光被肉桂壓在肚子底下保護著，只露出尾巴；熾燄則夾在尖塔和牆中間。虎心壓平耳朵，轟雷蛇愈來愈近，風也愈來愈強。虎心緊閉眼睛，小影在懷裡發抖。一時之間天搖地動，隧道裡盡是轟雷蛇的怒吼聲，那臭氣簡直要把虎心的肺燒焦了。轟雷蛇經過的感覺，就像整個隧道都要炸開來了，他全身毛都跟著轟雷蛇的呼嘯而顫抖。驚嚇之餘，虎心呆立在那兒，等著餘震完全消失。

過一會兒，轟雷蛇漸行漸遠。強風漸漸平息，微風再次輕輕吹拂，原本震動的軌道也恢復平靜。虎心站起身來，試圖讓自己保持鎮定。在他底下的小影不安地瞪大眼睛不斷發抖，他咬住小貓的脖子，輕輕幫助他站起來。「轟雷蛇走了，現在安全了。」

小影眨眨眼睛，「我還以為隧道塌下來了。」

達西抖抖身上的毛，「這隧道是蓋來給火車走的，絕不會倒塌。」他保證。

小光在肉桂肚皮底下扭來扭去，「那真是太刺激了！」她眼裡閃著光芒。

小撲甩著尾巴，「可以再等另一隻轟雷蛇過來嗎？我還想再來一次！」

鴿翅看著虎心，「你沒事吧？」她驚魂甫定。

「我沒事，妳呢？」

「我大概會好幾天都聽不清楚了。」鴿翅抖動耳朵。

肉桂盯著遠去的轟雷蛇，還上下起伏喘氣著，「剛剛真的好可怕。」

「下次我要把耳朵遮起來。」螞蟻說。

「轟雷蛇比我見過的怪獸都還要大，」熾焱喘息著，轉向尖塔，這隻瘦公貓還趴在地上，「你受傷了嗎？」

尖塔從兩掌間抬起頭，「剛剛是真的嗎？」

熾焱看著他說，「當然是真的，你沒聞到嗎？」

這時空氣中瀰漫著轟雷蛇濃濃的刺鼻味。

「來吧。」虎心開始繼續向前走，他想要盡快走到有新鮮空氣的地方。現在的空氣讓他的肺很難受，這樣的空氣品質肯定對小貓也不好。只聽見小碎石的聲音在身後響起，他知道大家都緊緊跟上來了。虎心注視前方，一片漆黑，希望趕快見到陽光。

走著走著，不知道過了多久，小貓咪已經不再說話，偶爾會聽到螞蟻和肉桂彼此低聲交談。達西頻頻跑到最前頭，看看是否有老鼠，或者是否已經走到盡頭。這期間又有兩隻轟雷蛇呼嘯而過，小影一次比一次顫抖得更厲害，那恐懼似乎一次比一次更深。小光和小撲卻好像精神愈來愈好，每次轟雷蛇呼嘯而過之後，他們的疲累就好像瞬間消失無蹤。

尖塔走在隊伍最後面，熾燄不時跑到後頭催促他。「加油，很快就要到空曠的地方了。」熾燄的聲音在隧道中迴盪著。

「感覺我們好像走了好幾個月了，」螞蟻不開心地說，「你確定這個隧道有出口？」

「就在不遠處了，」虎心告訴他，試圖說得很有把握的樣子。接著他眨眨眼，似乎看到前方遠處有微弱的光線，難道又是另一隻轟雷蛇？他豎起耳朵，沒有呼嘯的聲音；腳底下也感覺不到震動；張開嘴，舌尖觸及許久未曾嘗過的新鮮空氣。「我們就快到了！」虎心一陣狂喜，加快腳步。

小光跟著小撲一路往前衝，「我要趕快看到外面的世界。」

「我們會看到湖嗎？」小光問。

「湖還沒到。」虎心不知道要不要告訴他們，還要好幾天才到得了湖邊。

小影也跟在他姊妹後面跑著。

熾燄這才敢離開尖塔身邊，追上前去到小貓們身邊。他黃白色相間的毛皮因興奮而波動著，「我從來沒看過城市以外的世界。」

「我也是。」螞蟻興奮地說。

虎心不禁覺得興味盎然，不曉得螞蟻想看到什麼。

肉桂和尖塔走在最後面，腳下踩著碎石滑動，有點步伐不穩。

鴿翅看著虎心，明亮的光線下她的綠眼眸格外透亮。「我們終於離開城市了。」她看著前方快跑的小貓，有達西跟在旁邊保護他們。她開心的發出呼嚕聲，「我們終於要回到湖邊了是嗎？」鴿翅的語氣聽起來，像是這才相信這件事情終於發生了。

虎心也開心地回應，「是真的。」

尖塔在他們後面喃喃自語，虎心聽不清楚他在說些什麼。此刻他不想搭理這隻怪貓，他現在一心只想趕快看到天空。他加快腳步趕上小貓，沒多久他們就從臭氣沖天的隧道出來，走向一片開闊的天地。過了一會兒，尖塔也跟著走出來。

此時繁星滿天，銀色的月亮高掛群星之間，夜幕延伸向地平線盡頭。看到如此開闊的景象，虎心內心充滿喜悅。他大口吸著綠樹和青草的芳香，望著瀰漫露水氣息的風景在眼前展開，像是個美麗的夢境。

小影好奇地眨眼睛，「怎麼沒有高大的兩腳獸巢穴？」

放眼望去只有低矮的兩腳獸巢穴，排列在銀軌的兩旁，像是轟雷蛇的獵物。此處高聳入天的只有遠方的山巒。

小光緊靠著虎心，接著鴿翅、肉桂、尖塔和螞蟻也隨後跟上來了。「好大一片啊！」小光似乎非常害怕。

「而且很安靜。」小撲豎起耳朵，只有遠方貓頭鷹的叫聲劃破這片寧靜，「我不喜歡。」她瞪大眼睛看著虎心，露出恐懼的神情。

虎心低下頭來舔舔她的頭，「妳慢慢就會習慣的。」他說。

鴿翅用尾巴撫過小光的背脊，「再過幾天，妳就會發現其實也沒那麼大，而且還有許多的聲音。像是風吹過樹梢的時候，就像怪獸從遠方呼嘯而來的聲音；還有鳥叫聲，聽起來也很像兩腳獸在說話。」

「真的嗎？」小光充滿期望。

「這是什麼奇怪的味道？」小撲抽動鼻子。

虎心深深吸著這風和草的熟悉氣息，「這就是新鮮空氣的味道啊。」

小影沿著銀軌走了幾步，然後停下來看著天上的星星，「這裡的星星更多耶！」他興奮地抖動尾巴。

「等到我們離兩腳獸的巢穴愈遠，」虎心告訴他，「你會看到更多星星，多到你連做夢都想不到。」

小影眨眨眼問虎心，「那些是我們的祖先嗎？」

虎心嚴肅地點點頭。

小光皺起眉頭仰望天空，「我們的祖先還真多。」

達西走向他們，「我該回去了。」他說。

鴿翅看著他，「你自己一個沒問題嗎？」

「沒問題。」達西甩甩身上的毛，「我從來沒到過這麼遠的地方，真的很開心。」

「你也可以跟我們一起走啊。」鴿翅突然開口。

虎心訝異地看著她，這樣好嗎？他們不是已經帶了四個陌生客回去了嗎？

「謝謝妳的好意，」達西說，「不過我比較喜歡城市生活。」

虎心滿懷感激地看著他，「謝謝你，達西，你有一顆戰士的心。」

「這點我自己倒不清楚，」達西尾巴一抖，顯然很開心。「很高興能幫上忙，」他點頭致意，「祝大家好運。」接著他一一環顧每隻貓，然後轉身走進隧道。

虎心伸伸懶腰，月光照在身上感覺真好，彷彿洗滌了一身城市的臭氣。「我們找個地方過夜。」他望著軌道兩旁的草地，兩腳獸的巢穴聚集在更上方處，但是巢穴旁邊有一片空地，空地上長著幾棵樹，樹底下有灌木叢，他們應該能在那裡過夜。等天一亮就可以打獵，吃上溫飽的一餐後再上路。他對鴿翅眨眼睛說，「我們明天一大早再出發。」

鴿翅用鼻子碰碰虎心的臉頰，「好，」她開心地說，「我們明天再上路。」

第二十九章

傍晚時分，蒼白的月亮出現在灰白的天色中。這些日子走著走著，月亮變得一天比一天更圓；半個月過去了，天氣一天也比一天更冷。虎心膨起一身的毛抵擋寒冷，看著小撲、小光和小影。他們今天很安靜，都緊挨著鴿翅走。

「不要忘記，」鴿翅輕聲交代，「如果腳掌卡到砂礫要立即舔掉，不然陷到肉墊裡會很痛的。」

小光垂著尾巴說道，「我的腳底已經很痛了。」

「可是會變得更耐磨喔，」小撲鼓勵她，「昨天晚上妳睡覺的時候，腳底碰到我的鼻子，感覺已經跟石頭一樣硬了。」

小影一副若有所思的樣子，「如果腳墊變得比較硬，碎石子是不是就不容易卡進去？」

「沒錯。」鴿翅一邊走一邊低頭輕舔小影的額頭。

「還有多遠呢？」小光問。

鴿翅焦慮地看著虎心。

虎心沿著銀軌一眼望去，兩腳獸巢穴已經愈來愈稀疏，只剩一些零星散布在四周。昨天他們走過一個平台，虎心就是在那裡被擠進轟雷蛇肚子的。他努力回想這一路已經走了幾天了，

「不管怎麼樣，我們就是要繼續走，」虎心說，「如果抓緊時間，月圓那天就到得了。」

「**月圓那天！**」小撲不開心地尾巴一甩，「昨天你說**月圓之前**就會到。」

帶著小貓旅行的速度比虎心原先想像得還要慢，「如果不要閒晃的話，**或許**就可以早點到家。」虎心告訴她。

肉桂趕上小貓們說，「我們來玩遊戲，消磨時間吧！」

小光看著她，這才開心起來，「什麼遊戲？」

「我們來幫看到的樹、植物或是動物取名字，然後讓虎心跟鴿翅告訴我們有沒有猜對了。」肉桂一臉期盼地看著虎心。

虎心滿心感激地看著她。她和螞蟻一直使出各種招數分散小貓咪的注意力。昨天螞蟻還說服小撲、小光和小影跟他賽跑；他指定前面的樹，叫小貓們跟他比賽看誰先跑到。這一路上，虎心還發現守護貓原來也是打獵高手。虎心之前還在想，沒有垃圾桶可以找吃的，他們該怎麼辦？結果打獵對他們來說絲毫沒有困難，他們的毛色已經變得愈來愈有光澤，眼睛更明亮，肌肉也愈來愈發達。

熾燄也逐漸蛻變成打獵高手，兩天前他抓到了生平第一隻兔子。他抄捷徑阻攔兔子的去

路，就算那兔子的體型幾乎跟他一樣大，但他狙擊時一點也不含糊。打獵似乎是他最開心的時候；白天走路時，他話不多緊跟著尖塔，亦步亦趨地保護他。尖塔幾乎不說話，只顧看著沿途的原野和山丘，好像在尋找什麼。虎心有一種感覺，他認為尖塔之所以踏上這旅程是有他隱藏的理由。虎心覺得有些不安，這隻怪貓總是帶著迷霧般的眼神，卻從不說到底做了什麼夢、看見了什麼。

「荊棘！」

小影大叫一聲，把虎心拉回現實。他看到小影熱切望著他的眼神，納悶著到底出了什麼事。

小撲跑到虎心身邊，「他在猜一種植物的名字。」她一邊解釋一邊用鼻子指著前方頂部綴著紅點點的茂密樹叢。

「那是多花薔薇，」虎心公布答案，「不過說荊棘也算猜得很接近了。」

小影驕傲地挺起胸膛，小光穿越軌道爬上邊坡，走向棕色蕨叢之間的那株多花薔薇。她聞聞一根下垂枝頭頂部的紅色花苞，「這些可以吃嗎？」她問。

「應該不行，」鴿翅急忙跑到她身邊，「不過，如果是松鴉羽的話，有可能會採來做藥。」

「松鴉羽是誰？」小光困惑地看著媽媽。

小撲高舉尾巴，「妳不記得了嗎？鴿翅跟我們說過，他是一隻瞎眼治療師。」

尖塔突然眼睛一亮，「治療師！」他說，「我想起來了，你說過每個部族都有像我這樣的治療師。」

「有點像是這樣，」虎心告訴他，「不過巫醫要從見習生開始接受訓練。」

「我們到湖邊的時候也會成為見習生嗎？」小撲熱切地問。

「不是馬上，」虎心告訴她，「你們必須等到六個月大才能夠成為見習生。」

「可是你說過，我們走的路比任何小貓都還要多，」小光走下軌道回到姊姊旁邊，「難道我們不能提早接受訓練嗎？」

鴿翅走過來，「不行。」就在她一臉嚴肅地看著小貓的時候，尖塔突然停了下來。

虎心回頭看這隻瘦公貓，「你累了嗎？我們很快就可以停下來打獵了，不過現在還要再多走一會兒。」

尖塔又露出迷茫的眼神，他的眼神越過軌道兩旁的樹，飄向遠處平緩起伏的山巒。

「我們必須離開軌道。」他的喵聲尖銳，嚎叫起來，「就是這裡！我們必須離開這裡，我們必須從這裡去追尋那橘色太陽。」

虎心警戒地看著他，這隻瘋貓正望著火球般的夕陽逐漸落入地平線。沒時間了，他們必須往回家方向走。但他此刻也不想跟這治療師多費唇舌，「沿著軌道走比較安全。」

尖塔躍上軌道旁的邊坡，「往這兒走，」他的語氣焦急，「橘色太陽在這個方向，我們必須找到它。他們需要我們。」

虎心感到一陣不安，**萬一這是個很重要的異象呢？**

肉桂趕緊走到治療師身邊說，「別這樣，尖塔，還是沿著軌道走吧，我們可不想迷路。」

熾燄的毛沿著脊椎豎了起來，「你們必須相信他。」他以請求的眼神看著大家，「他這樣子的時候，你們真得要相信他。」

「可是他把我弄糊塗了，」鴿翅說，「橘色太陽在那一邊，」她挪動口鼻指著太陽下山的方向，「那裡怎麼可能有誰會需要我們？那兒又沒有我們認識的貓。」

「我們的家才需要我們。」已經沒有時間再顧及其他異象了，而且肉桂說的沒錯，如果我們偏離軌道迷路了怎麼辦？這樣就回不了家了？

熾燄挺起胸膛，「我們必須聽他的話。」

螞蟻走上前，「我們現在又累又餓，」他說，「為什麼不先找個地方過夜，我們可以打個獵，先填飽肚子再說。」他壓低聲音看著虎心，「尖塔經常看到一些有的沒的，隔天早上就會忘得乾乾淨淨了。」

虎心這時覺得心煩意亂、左右為難。他不相信尖塔是隻瘋貓，不過也開始懷疑，沒受過正式巫醫訓練的尖塔，真能解讀自己看見的**異象**嗎？

就算尖塔沒瘋……但難道不會犯錯嗎？

螞蟻仍然望著虎心，虎心對這瘦小棕黑色公貓點頭，「我們休息吧。」太陽一旦下山，空氣會變涼；小貓們會很冷，雖然虎心知道他們不會抱怨。他從風中嚐到冰冷的氣味，今晚的地面會很凍，明早醒來可能會有厚重的霜降；此刻他們需要食物和溫暖的窩。或許這樣尖塔就會有足夠的時間釐清異象，想想是不是真的有必要去尋找那顆橘色太陽。

他跟著尖塔走上邊坡，在到達坡頂前趕上他。只見一片草原延伸向遠方的山巒，山邊有樹籬環繞著。他還看到一處花楸樹林底下長滿灌木叢，「我們就在那裡過夜。」他指向前方的花楸樹，對跟著爬上坡來的夥伴說。

尖塔露出恐懼的眼神，「那橘色太陽怎麼辦？」

「明天早上再說吧，」虎心告訴他，「太陽會在那個地方升起，」他指著尖塔想要去的那山丘，「等明天早上再過去。」

尖塔心神不寧地移動腳步，「不是早晨的太陽！」他生氣地說，「是橘色太陽！」

虎心用尾巴環繞住尖塔，「我們明天再去找。」他一邊安撫，一邊把瘦公貓推向草原。

他們走到樹叢之後，尖塔就在一棵花楸樹下休息。熾燄走向虎心，皺起眉頭警告說，「沒找到橘色太陽，他就無法靜下來。」

「肚子填飽了又有溫暖的窩，他就會放鬆下來的。」虎心說著，只見尖塔雖然緊閉雙眼，卻好像依然注視著什麼。

就是因為沒有貓指導過他，虎心告訴自己，**沒有導師，他當然就無法理解看到的異象是什麼意思。我們的方向是正確的。**

我們必須……

虎心睡意愈來愈濃，小貓咪們緊緊靠著他，鴿翅的尾巴在窩邊不安地彈動著。他們打獵完後，就把落葉掃成一堆當床。現在小貓咪都睡著了，肉桂和螞蟻鼾聲平穩，尖塔也終於不再喃喃自語。

鴿翅的尾巴還是在那兒搖來晃去。

「怎麼了嗎？」虎心低聲問。

「你怎麼知道，說不定尖塔又看到另一個有關影族的異象？」

虎心抬起頭看著鴿翅，她綠眼珠在月光下閃閃發亮，「因為這異象裡沒有陰影。」他說。

「所以你認為他看到的異象只有部分是真的？」鴿翅一臉擔憂。

「我認為星族透過他跟我傳遞訊息，」虎心說，「不過妳也聽過他說話啊！即使他自己，也不清楚哪一部分是有用的。」

鴿翅的眼神一沉。

「那你又怎麼知道回到湖邊的決定是正確的呢？萬一尖塔跟星族一點關聯都沒有呢？」

「他有！」虎心頓時覺得非常挫折，「或者他**從前有**！」

鴿翅伸直尾巴站起來，眼裡充滿憂慮。「虎心，萬一我們只是毫無意義地拿孩子們的生命在冒險——」

「虎心！」熾燄焦急的聲音在耳邊響起。虎心轉頭看著這隻年輕公貓，他正在另一頭四處張望，「他不見了！」

「誰不見了？」

「尖塔！」熾燄的聲音很焦急，「我去上個廁所回來，他的窩就空了，我想他一定是去找那顆橘色太陽了。」

「可是現在是半夜耶，」虎心從小貓咪堆裡頭走出來，「怎麼可能找到太陽？」

熾燄看著虎心，只見他一身毛皮映著星光熠熠發亮，「早就跟你說過應該聽他的。」

「所以你早就知道他會跑掉？」虎心膨起身上的毛抵擋寒冷。

「如果我知道的話，就會盯緊他，」熾燄透過花楸樹叢往草原望去，「我剛剛聞過了，他往那個方向走。」

虎心伸伸爪子，走了一天渾身痠痛，實在不想在大半夜裡去找一隻脫隊的貓。「我們必須在他凍僵之前找到他。」熾燄說話時口中還呼出霧氣。

「好吧，」虎心也不希望這隻瘦公貓受到傷害。他看著鴿翅，「妳跟孩子留在這裡，我們去找尖塔。」

鴿翅不開心地站起身，身上的毛還波動著，「我也要去，」她怒吼，「你不是這營裡唯一的戰士。」

「那孩子們怎麼辦？」

「肉桂和螞蟻會照顧他們。」鴿翅低頭咬住小影的脖子。

這隻深灰色小貓被帶到螞蟻和肉桂的窩裡時，睡眼惺忪地問，「發生什麼事了？」

鴿翅把小貓放在守護貓窩裡，「你跟姊妹們今晚就睡在肉桂的窩裡。」她簡潔地交代。

螞蟻睜開眼睛。

「你跟肉桂可以照顧小貓嗎？」鴿翅說，「尖塔跑掉了，我們得去把他找回來。」

螞蟻睡眼惺忪地看著她，「好的。」

肉桂抬起頭，「發生什麼事了？」

「我們今晚要照顧小貓，」螞蟻打了個呵欠，「尖塔跑掉了。」

肉桂坐起來，露出憂慮的眼神。

接著鴿翅又把小撲啣過來放進窩裡，「不要緊的，」她要肉桂放心，「我們會把他找回來。」

小撲迷迷糊糊地四下張望，「發生什麼事情了？」

肉桂用尾巴把她摟住，接著鴿翅再去把小光帶過來，「孩子們，別擔心。虎心跟鴿翅要去找尖塔，你們趕快睡覺。」鴿翅把小光放在小撲旁邊，肉桂再把小光拉到身邊抱緊。

「我們很快就會回來。」鴿翅看著小貓，只見他們圓睜雙眼回望著，像是焦慮的貓頭鷹，「要乖乖睡覺，不要鬧事。」

「我們會照顧他們的。」肉桂要鴿翅放心。

螞蟻往草原望去，「尖塔走不遠的，今晚那麼冷，他的氣味應該很好追蹤。」

「我們會把他帶回來。」鴿翅說完，隨即轉身去找虎心。

虎心聞到熾燄充滿恐懼的氣息，這年輕公貓在他身邊不安地徘徊踱步。「走吧！」他走出營地，「告訴我，你在哪裡聞到尖塔的味道？」

熾燄快步向前，不斷聞著地面。「氣味還很新鮮，是剛留下的。他好像是用跑的，你看草地上的腳印。」

虎心看到地上的腳印，尖塔的腳爪翻踢起結凍的地面，他一定移動得很快。「照這樣子的速度前進，應該沒辦法撐很久。」虎心開始小跑步，心裡對這隻瘦公貓很不爽。尖塔不但害他跟鴿翅吵架，現在還害他在大半夜離開溫暖的窩。讓這隻笨貓受凍一下只是剛好而已。

鴿翅和虎心並肩走著，穿過一片沐浴月光下的草地。熾燄在他們前方不遠處拚命想加快腳程，他頻頻回望卻看到虎心慢吞吞的拖延時間。熾燄走到山腳下的時候，虎心才感到一絲罪惡感，這隻年輕的公貓真的很擔心。就因為尖塔這個怪咖讓熾燄無辜受累，實在有點不公平。

虎心加快腳步，不一會兒就追上了熾燄，鴿翅緊緊跟隨在後。這時山坡突然變得陡峭，岩石之間長著石楠，腳下的草也愈來愈粗糙。很快地他們來到了一條碎石路，兩旁有風化的岩石。「你還聞得到他的氣味嗎？」虎心問熾燄。

「你聞不到嗎？」熾燄回看他一眼。

虎心不想承認，守護貓的氣味和之前巢穴裡混雜的兩腳獸氣味太像了，搞得他根本分不清守護貓到底本來是什麼味道。不過現在，風雨洗滌了城市的氣味，即使沒看見，虎心也開始能分辨得出肉桂和螞蟻的味道。他不禁擔心，回到家時會不會也面臨同樣的問題？松林樹汁的氣味是不是也會掩蓋了其他味道？

「你看！」鴿翅趕上來時戳了他一下，她往碎石路放眼望去，這條路通往一處岩石高地，一隻貓頭鷹正在上方盤旋。「我們也許不應該把小貓留在那裡。」這隻貓頭鷹很大，翅膀展開後就跟樹枝一樣長。

「他們躲在花楸樹底下，而且有肉桂和螞蟻看著他們，」虎心告訴鴿翅，但他自己其實也一樣焦慮。「而且這隻貓頭鷹在這裡，不是那裡。」

熾燄走到他們兩個身邊，隨著他們的視線望去，「為什麼那隻貓頭鷹在那裡繞來繞去？是不是看到獵物了？」他圓睜雙眼，恐懼地看著虎心；虎心猜出了他內心的擔憂。像尖塔這麼瘦小的公貓很容易被貓頭鷹抓走的。

「我們快去看看。」虎心避開熾燄的問題，衝上坡頂。他迅速翻越坡頂，眺望山谷。谷底有一條蜿蜒的轟雷路，這又寬又平的轟雷路就夾在兩山之間。轟雷路上有一隻怪獸正奔向遠方，那發亮的眼睛是整片大地中唯一的燈光。

虎心環伺整片下坡的草原，試圖找出任何蛛絲馬跡。「你看到了他嗎？」虎心問熾燄。

「沒看到。」熾燄的毛在風中波動著。

「那是什麼？」鴿翅的聲音把虎心嚇一跳，**難道她看見尖塔了嗎？**他朝著她的視線望去，有一個奇怪的東西矗立在轟雷路旁。從這裡看很小，不過，他猜，實際上應該有兩腳獸巢穴的牆面那麼高大、扁平、單獨立在轟雷路邊的一面牆。鴿翅瞇起眼睛，「兩腳獸在那裡蓋一道牆做什麼，難道是要給怪獸看什麼訊號嗎？」

熾燄盯著那一道牆，「牆上有些形狀，很像尖塔以前把他的異象畫在地上給我看的樣子。」

虎心拚命想看清楚，平滑的牆面上的確塗著各種顏色，不過月光下實在看不清是什麼。

熾燄突然快步向前，「是尖塔的味道！」

虎心跟著年輕公貓一路往下坡衝，腳下的草地非常滑，他只好跟著熾燄曲折地在岩石跟石楠叢之間奔跑。等到跑到轟雷路旁的時候，他已經上氣不接下氣了。

鴿翅也氣喘吁吁地跟了上來，她仔細察看這谷地，「尖塔是沿著轟雷路走、還是過到對面去了？」

熾燄鑽到草叢裡，沿著草裡的一條小徑聞。不一會兒他停下來，高舉尾巴，「他從這裡穿越到對面了。」這時年輕公貓就站在兩腳獸那面牆的對面，那面牆就矗立在轟雷路的另一邊。

虎心眨眨眼看著牆上的色塊，皺著眉頭想辨認出是什麼東西。月光底下那些色塊看來灰灰的。接著他內心一震，上頭的形狀看來很熟悉。牆上畫的東西看起來像是城市的天際線，在曲折高矮參差的屋頂上，虎心看到了一輪又大又圓的太陽，他再仔細一看，驚訝得全身的毛都豎起來。難道這就是尖塔說的那顆橘色太陽嗎？

熾燄已經穿越空曠的轟雷路，停在那道牆前方，仔細端詳。「這一定就是尖塔看到的異象！」他轉身，四下搜尋。「這裡有他的氣味！」

鴿翅看著虎心，「我想他一直都是對的。」她眼中似乎露出了如釋重負的眼神？

「走吧。」虎心帶著她穿越轟雷路，路上平滑的地面已經開始結霜，看上去閃閃發亮。他停在那一面彩繪牆下，熾燄則在牆底努力嗅著。

虎心豎起耳朵，他聽到附近有貓交談的聲音。他驚呆了，「牆後有貓。」他低聲告訴熾燄。

熾燄抬頭傾聽，「是尖塔，」他說，「他在跟另一隻貓講話。」

「有誰會在這裡呢？」鴿翅看著熾燄。

就在鴿翅說話的時候，虎心全身的毛豎了起來。一股好幾個月以來沒聞到的氣味觸及鼻腔，引發他出乎意料的思念。他心跳加速，跟著熾燄繞過牆；在布滿月光的草地上，看到尖塔和另外兩隻貓。熾燄停下來望著尖塔，這治療師似乎正試圖把草叢貓窩裡的兩隻貓叫出來。

「你們沒必要留在這裡，」尖塔向他們喊話，「我帶你們去找我朋友。」

虎心往尖塔那邊的熟悉身影望過去，「漣漪尾？」這隻白色公貓在月光底下看起來幾乎是藍色的。

漣漪尾扭過頭去，看到虎心時驚訝得瞪大眼睛，「虎心？」

「你還活著！」自從暗尾的那場戰役之後，虎心就再也沒有看過漣漪尾。暗尾的惡棍貓來攻擊的時候，漣漪尾就待在影族裡。一場大戰之後，他跟其他幾個影族成員就消失不見了。虎心還以為他們都死了，要不然還有什麼原因會讓戰士不回部族呢？**還有什麼原因呢？**虎心的心一沉，滿腹疑懼。

鴿翅站在虎心身邊，豎起全身的毛。「那是漣漪尾嗎？」接著又往漣漪尾背後的另一隻貓看去，那是他妹妹莓心。

虎心幾乎不敢相信自己的眼睛，他再走近一點，直到看清楚那母貓黑白相間的毛色才確定。莓心胖了不少，看來他們離開影族以後的日子過得還蠻不錯的。但再仔細一瞧，虎心嚇呆了。**她不是胖——她是懷孕了！**這表示，麻雀尾也一定在這裡。

他瞇起眼睛心中出現一個念頭，他們為什麼不回去影族呢？他冷冷地看著漣漪尾，「你們現在……都成了惡棍貓嗎？」

第三十章

漣漪尾瞪著虎心，「惡棍貓？不！」他震驚地說，「難道影族就是這麼想的嗎？」

「我們都以為你們死了，」怒氣讓虎心的語氣嚴厲，「你們為什麼要讓大家傷心那麼久？」虎心來回看著漣漪尾和莓心，「你們是雪鳥和焦毛的孩子，你們知道他們有多痛苦嗎？」

莓心緊靠著哥哥漣漪尾，眼中閃著希望，「不是還有著草葉嗎？」

「和暗尾打完仗之後，我們認為她跟著惡棍貓走了。」一陣刺骨寒風從山邊吹向虎心。

莓心露出難以置信的表情，「我們以為她回族裡去了！」

「像**你們**一樣，有嗎？」虎心撇著嘴。

漣漪尾上前護著妹妹，露出防衛的眼神，「我們本來要回去的，但是——」

「你們**背叛**了影族！」

就在虎心劍拔弩張時，鴿翅走到他身邊，

「別這樣！」她低聲說，「我們不知道他們經歷了什麼。」

虎心突然感到一陣內疚，鴿翅是對的。這些戰士離開部族已經好幾個月了，他自己不是也這樣子嗎？也許他們在外頭滯留是有原因的，就跟他一樣。他向莓心和漣漪尾點頭，「對不起！蓍草葉的選擇並不干你們的事。不過影族死傷慘重，霧雲、獅眼和刺毛……」莓心驚恐地瞪大眼睛聽著虎心繼續說，「拜託告訴我，至少麻雀尾還跟你們在一起。」

漣漪尾豎起耳朵，「麻雀尾和苜蓿足是跟我們一起沒錯！」

「真的嗎？」虎心語帶哽咽。

漣漪尾點頭指向山丘旁的陰影處，「我們一直住在那邊，那是一間兩腳獸廢棄的巢穴。」

「他們現在在那裡嗎？」虎心幾乎不敢相信自己的耳朵，竟然找到了四個失蹤的影族戰士。

「他們去打獵了，」漣漪尾說，「我們本來也打算要出發的，可是就在這時候碰上這隻貓。」他點頭指向尖塔，此時這治療師正眼神空洞地望著那廢棄的兩腳獸巢穴。

熾燄站在虎心旁邊，月光下睜大雙眼看著漣漪尾和莓心。「他們也是戰士嗎？」

「他們是我以前影族的夥伴。」虎心回答。但他們現在還是嗎？

漣漪尾繼續說，「莓心懷的就是麻雀尾的孩子。」

鴿翅走上前去，用溫暖的眼神看著懷孕的母貓，「什麼時候要生？」

「就快了。」莓心不安地挪動腳步。

漣漪尾瞇起眼睛看著虎心，「你在這裡做什麼？為什麼跟**他們**在一起？」他一臉狐疑地看著鴿翅、熾燄和尖塔。

熾燄挺起胸膛，「我要成為戰士，尖塔以後也會當上巫醫。」

但願事情有這麼單純就好了。虎心看著這年輕公貓，想像著這趟旅程結束時，可能所面臨的質疑跟指控。「說來話長。」他告訴漣漪尾，突然覺得很累。一旦漣漪尾發現他跟鴿翅的孩子們在山的另一頭等著他們，虎心不知道他會怎麼想？「在這裡講不完。」

在他說話的同時，冰凍的地面傳來腳步聲。虎心認出了是苜蓿足和麻雀尾的身影，他們的毛色在月光下閃閃發亮，愈跑愈近。

黑暗中苜蓿足焦急地喊著，「漣漪尾？莓心？誰跟你們在一起？」這隻灰色虎斑母貓走近後，詫異地看著虎心。

麻雀尾跟著衝到她身旁停下腳步，嘴裡還咬著一隻肥兔子。他看到虎心時，把兔子放到地上。「你在這裡做什麼？」訝異的眼神接著轉向尖塔和熾燄，「你們是誰？」

漣漪尾膨起全身的毛，「我們去暖一點的地方聊吧。」

莓心滿眼疲憊，感激地對她哥哥眨眨眼。

「去我們的巢穴吧。」苜蓿足點頭指向那廢棄的兩腳獸巢穴，麻雀尾則跑向莓心與她臉頰靠著臉頰。

鴿翅焦急地看著虎心，「我們的孩子，」她低聲說，「他們會擔心我們。」

熾燄甩動尾巴，「螞蟻和肉桂大概會想知道尖塔是不是平安。」

「螞蟻和肉桂？」苜蓿足皺起眉頭。

莓心豎起耳朵，「孩子？」

漣漪尾甩動尾巴走到貓群中，「看來真的是說來話長呢。」

尖塔不耐煩地抖動尾巴，「過去的事情不重要，既然找到你們了，你們就得跟我們一起走。」

「走去哪裡？」漣漪尾覺得很詫異。

「當然是回部族去。」尖塔說。

漣漪尾和麻雀尾焦慮地互望一眼。

「其實我們一直很擔心，」苜蓿足解釋，「我們加入過惡棍貓，還跟部族打過仗。不知道影族還能接受我們嗎?這就是我們一直在外面遊蕩的原因。」

虎心看了灰色虎斑貓一眼。經過這樣的背叛，任誰都覺得很難再回去了。可是現在影族有難，虎心內心掙扎著，不曉得還能再信任他們嗎?這時他跟苜蓿足對到眼，「你們會再加入惡棍貓？」

只見她一臉驚恐，麻雀尾和莓心都緊靠在一起。

漣漪尾抬起頭說，「絕對不會。」他語氣堅定，「我們當初做了錯誤的選擇，沒想到暗尾是個騙子、是個惡霸，我們還以為他可以讓影族更強大、更安全。事實證明我們錯了。如果影族願意再次接納我們，我們會用下半輩子來補償。」

「影族怕是也沒有太多選擇，」虎心冷冷地說，「跟惡棍貓打完那一仗，我們損失太多戰士了，以至於到現在連巡防領土的成員都不夠，我們還把部分土地讓給天族。留下來的貓對花楸星也失去信心，我……我只好離開影族，讓他有機會好好當個族長。」

漣漪尾一臉茫然，「但你是他兒子啊！你一向都是花楸星最堅強的後盾。」

「我留在那裡就只會製造麻煩，」虎心唐突地說，「夥伴們只想聽我的號令，這樣會讓花楸星失去威信。沒有我的話，部族會比較有向心力的。而且鴿翅……懷了我的孩子，我們到了一個很遠、有很多兩腳獸的地方把小貓生下來，在那裡沒有貓會對我們品頭論足。」他看著這些影族貓，準備接受責難。畢竟，他不只是離開部族，還跟雷族戰士有了孩子。但他把話說得這麼坦白，其他貓也沒什麼立場批評他；而且虎心覺得，如果再重來一次，他還是會做相同的抉擇。

麻雀尾往虎心背後望去，「你們的營地在哪裡？」他顯然不想多談過去的事情，「如果你們有小貓，那我們當然應該過去。」

熾燄眨眨眼睛看著他，「他們是要跟我們一起回部族嗎？」

虎心看著他們，「是嗎？」

苜蓿足、麻雀尾、莓心和漣漪尾彼此交換眼神，接著點頭，「我們準備要回家了。」漣漪尾回答。

鴿翅焦慮地在莓心身旁繞來繞去，「妳的狀況可以旅行嗎？」她眼光盯著母貓的大肚子。

尖塔代替她回答，「小貓裝在肚子裡，比跑出來外面更適合旅行。」他說得一副理所當然的樣子。

莓心覺得很好笑，「你的朋友講的沒錯。」她蹣跚地走向前，「只是我擔心會拖慢大家的腳程；但如果真等到小貓咪出世，那就可得再等上好幾個月才能夠回去湖邊了。」

虎心不得不同意，「好，那就回我們的營地，」他說，「今晚我們先休息。」他看著苜蓿足抓到的兔子，鮮美的香氣撲鼻而來。「你們可以先填飽肚子，休息一晚，我們明天一早出發。」

尖塔抬頭仰望，虎心沿著他的視線望去，發現他正盯著矗立在他們頭頂上方的彩繪牆。虎心對這隻瘦公貓點頭，「橘色太陽，」他說，「你是對的。」

一連下了兩天的雨，接著是乾爽晴朗的一天。蔚藍天空延伸到地平線的彼端，冷冽寒風吹動白雲匆匆掠過天際。虎心沿著銀軌越過蜿蜒寬闊的山谷，鴿翅走在他身邊。原野上只有零星的幾戶兩腳獸巢穴點綴其間。尖塔不時憂慮地望著銀軌，刻意與銀軌保持距離。熾燄緊跟在他旁邊，還頻頻回頭看著漣漪尾和莓心。

那懷孕的母貓就如她自己說的，的確拖慢了大家的腳程。她挺著大肚子上氣不接下氣，非常容易感到疲倦。小撲、小光和小影跟著漣漪尾和苜蓿足一路走在前頭；他們見到影族戰士興奮得不得了，急著想表現給他們看。螞蟻和肉桂看起來也很開心，跟小貓咪一樣不斷問著新夥伴各種關於部族生活的問題。虎心並沒有告訴他們，之前這些戰士站在惡棍貓那一邊，威脅要消滅所有部族。這時候虎心望了漣漪尾一眼，自從找到他們以來，他就一直毛髮直豎，非常不自在。

鴿翅碰了一下虎心，隨著他的目光看向漣漪尾，「你已經原諒他們了吧？」她語氣不太確定。

「我們都會犯錯，」虎心低聲說，「可是我還是無法忘記惡棍貓來的時候，我們的夥伴」——這時他的語氣滿是苦楚，「竟然沒有任何貓阻止花楸星、褐皮和我離開，他們都要我們走，轉身選擇了暗尾。」

鴿翅的綠眼溫柔地看著虎心，「這種感覺一定很糟，但一切已經改變了，他們知道他們錯了。」

虎心抖動身體，知道必須拋開內心攪擾的負面情緒。如果影族要存活，就要把以前的恩怨擺一邊。「我離開影族的時候，部族裡的信任幾乎蕩然無存，我很擔心把叛徒帶回去只會雪上加霜。」

鴿翅抖動尾巴，「那你就得帶頭，不要再把他們當成叛徒了。」她看著小撲在苜蓿足的身體底下鑽來鑽去；小光也躲在她後面發出呼嚕嚕的聲音。「他們顯然已經非常懊悔了，你現在做的正是重新把大家團結在一起。你必須以身作則，告訴大家：舊傷口是可以癒合的，之前的分裂也能夠被原諒。」

虎心想起那些城市貓，想起姬烈最不喜歡記恨，她總是對其他流浪貓敞開心胸；他也還記得鮪魚說過的話：**在城市裡，沒有什麼長久不變的東西可執著的**。或許部族貓就是太執著於過去了，「我原本以為這些守護貓們沒有值得學習的地方，」虎心若有所思地說，「但是他們擅於適應改變。過日子就是要把當下過好，不要一味執著過去。」

鴿翅輕推虎心的肩膀，「你愈來愈像個族長了。」她低聲說。

虎心看著鴿翅，「是嗎？」他想起花楸星說過要退位，把族長讓給他當。當時他覺得自己還沒準備好，但現在呢？他趕緊把這念頭推開。因為這念頭又讓他想起尖塔不祥的預兆。**陰影正在消失中，他沒有辦法把大家團結在一起。**如果連影族都沒了，哪來什麼族長？

「虎心！」小影的聲音讓他回過神，小灰貓停下來等虎心跟鴿翅趕上他。小光和小撲則是衝到前面，在軌道間追逐拍打一顆橡實，「漣漪尾想知道，我們是想成為雷族貓還是影族貓？」他看著虎心跟鴿翅想知道答案。

鴿翅回答，「現在還不知道，」她接著說，「等到了湖邊再說吧。」

說不定到時候已經沒有影族可以加入了。虎心很高興鴿翅沒把話挑開，沒必要讓小貓們為了不確定的事擔憂。

「那我們可以**自己選**嗎？」小影走到爸爸身邊，「因為我想選影族。」

「為什麼呢？」虎心看著兒子。

「我不知道，」小影聳聳肩，「我只是覺得影族需要我，而且我的名字叫做小影。」

虎心用尾巴輕撫過小貓的背脊，「等到了湖邊見到部族的時候，我們再決定你們要住哪兒。你們大一點可以開始訓練時，再讓你們自己決定要當哪一族的貓。」

「其他部族的小貓也都是這樣做的嗎？」小影問。

虎心想起紫羅蘭掌和嫩枝掌，「不是的，」他回答，「但偶爾也會有這樣的情形，特別像是小貓在部族外面出生的時候。」

小影皺起眉頭，「那他們會覺得我們很奇怪嗎？」

虎心還沒來得及回答，就聽見一聲嚎叫。虎心扭過頭往邊坡望去，尖塔正盯著銀軌，眼裡充滿恐懼。「來了！速度太快！趕緊的！來了！速度太快！」

虎心豎起耳朵，聽到遠處轟雷蛇的呼嘯聲，銀軌也開始隆隆作響。這治療師為什麼要這樣大驚小怪？轟雷蛇不是一天之內會經過好幾次嗎？「大家趕快離開軌道。」虎心大喊。

麻雀尾扶著莓心避開銀軌，走到旁邊安全的草地；螞蟻、肉桂、苜蓿足和漣漪尾迅速跳離銀軌；鴿翅也咬起小影的脖子跟著大家一起跑。轟雷蛇突然出現，就像狐狸從陰暗處衝出來一般，速度非常快。

虎心肚子一緊，只見小光和小撲追著那顆橡實朝著轟雷蛇的方向跑，難道他們沒有聽到他在喊嗎？「趕快離開銀軌！」轟雷蛇的呼吼淹沒了他的喊叫。虎心心一沉，趕緊衝向小貓。「快跑！」他們終於聽到了，先眨眨眼看著他，然後再轉頭看轟雷蛇。

小撲驚恐地睜大眼睛，橡實一丟下，被軌道絆倒在地。虎心衝向她，一口叼起，跑到軌道旁的邊坡放下。接著他又回去找小光，只見她站在軌道間嚇呆了。那轟雷蛇以虎心從未見過的飛快速度，衝向小光。

「小光！」虎心衝向她，只見一黑色身影竄過身邊。是尖塔，他在轟雷蛇逼近時，嚎叫一聲衝向銀軌。那叫聲隨即淹沒在呼吼的隆隆聲中，他一把把小光拖離軌道。這時轟雷蛇疾駛而過，那強風就像瀑布般傾瀉而來，虎心被吹得幾乎無法站穩腳步，只見小光在轟雷蛇發亮的腳掌邊撲倒，骨瘦如柴的治療師緊緊咬住小貓。小光緊扣著地面，讓轟雷蛇的強風狂扯她身上的毛，而尖塔則緊抓著她不放，壓平耳朵，肚皮緊貼地面。

虎心驚恐地目睹眼前這一幕，接著，就跟來時一樣突然，轟雷蛇瞬間就往遠方呼嘯而去了。小光爬了起來，全身毛髮豎立。「虎心！」小貓衝向他，眼裡盡是恐懼；虎心趕緊用尾巴把她摟住，讓她緊靠在懷裡。

鴿翅這時也衝向他們，全身跟小光一樣抖得厲害。「剛剛差一點就沒命了。」鴿翅上氣不接下氣地說，把小貓一把拉過來緊緊抱住，用力舔著她的頭。

「妳沒聽到轟雷蛇來了嗎？」虎心看著小貓咪，心有餘悸。

「我們在玩橡實。」小光眼裡閃著驚恐。

「牠的速度太快了。」小撲也跑過來，小影跟在後面。「我們根本來不及。」

鴿翅把小貓們兜攏在身邊，發出呼嚕呼嚕的震動聲安撫他們。虎心則走向尖塔，這治療師僵硬地撐著身體站起來。

這時熾燄已經在尖塔身邊，「你受傷了嗎？」

「我沒事。」尖塔甩甩身體，沿著銀軌望去。

「你救了我的小孩。」虎心充滿感激。

尖塔回望虎心，眼底露出不祥的徵兆，「下一次，我恐怕就無能為力了。」

「還有下一次？」虎心毛髮豎立。

「如果我們繼續沿著銀軌走，就會有死亡。」他繼續盯著虎心，「突如其來的死亡，死得沒有意義。」

虎心感到一陣毛骨悚然，全身發抖。

「我們必須離開銀軌。」尖塔眼神堅定地看著他。

螞蟻跟肉桂這時候也跑過來，「剛剛他說什麼？」

莓心、麻雀尾、漣漪尾和苜蓿足也全都走過來圍著虎心、熾燄和治療師。

死得沒有意義。虎心想著尖塔的這番話，愈來愈害怕。

「剛才好驚險啊。」漣漪尾小聲說。

「尖塔沒事吧？」莓心焦慮得寒毛直豎。

「轟雷蛇為什麼跑得這麼快？」苜蓿足開口問。

熾燄環顧大家，好像沒聽到他們的提問。「尖塔說我們必須離開銀軌。」

苜蓿足眨眨眼，「可是虎心說沿著銀軌才能回到湖邊。」

「我們必須走另外一條路。」熾燄告訴她。

我們應該聽尖塔的話嗎？虎心感到口乾舌燥。

漣漪尾不安地移動腳步，「剛剛真的很可怕。」他說，「但這意味著我們以後要多加小心，其實也沒必要離開銀軌。」

「如果離開銀軌我們就會迷路。」莓心附和著。

麻雀尾走到伴侶莓心的身邊，「我們必須在莓心生小貓之前回到湖邊，冒不起迷路的風險。」

尖塔依然定睛看著虎心，「我們必須離開銀軌，」他再次重申，「如果不這麼做，就會有生命危險。」

虎心刻意忽略大家焦慮的眼神。「但是離開了銀軌，我們就不知道該怎麼走回湖邊。」虎心告訴尖塔。

「我知道路。」尖塔不為所動。

虎心眨眨眼，「但是你從來沒有離開過城市，怎麼可能會知道路？」

「夢境會引導我。」

莓心嚇呆了，「我知道他算得上是——某種巫醫吧，但是……我們能確定，他知道自己在講什麼嗎？」

熾燄瞪著這隻黑白花母貓說，「他的夢不就找到了你們嗎？」

虎心很快把事情想一遍。離開銀軌是危險的，不過他們可以鎖定日落的方向；但是如果銀軌改變方向，離落日愈來愈遠呢？**當初我離開湖邊的時候，為什麼不多注意一點呢？**他當時應該留心觀察落日，並且記下當時地景的改變。但他只是盲目地跟著銀軌走，就像松鼠追尋山毛櫸堅果的蹤跡一樣。

虎心打量著尖塔的眼神，他聽過他說的夢境：倒下的樹，花楸星的聲音。況且異象中的那橘色太陽，讓他們找到了失散的影族貓。「你真的認為你的夢境能引導我們回家嗎？」

「我相信可以的。」尖塔語氣堅定。

恐懼沿著虎心脊椎蔓延至全身，**我必須信任他。**

漣漪尾咕噥地說，「但願你是對的。」

「他是對的。」虎心看著尖塔的眼睛，「他的夢與星族同在。」

熾燄高舉尾巴，「我們要讓尖塔帶路嗎？」

「是的。」虎心點頭。他想起小光差點就死在轟雷蛇的腳下，心臟就怦怦直跳。絕對不能再冒險沿著銀軌走了。「我們跟著尖塔走。」

第三十一章

虎心追蹤尖塔和熾燄的氣味來到一片草原的圍籬底下，那草原上有羊群放牧著。一路走來他的腳掌已沾滿泥巴，雖然羊群在草地的遠處聚集，但草地的這一邊早就被牠們踩得一片爛泥。鴿翅帶著小撲、小光和小影繞過那一片爛泥，螞蟻和肉桂則跟在一旁幫忙；虎心急著追上去，不想失去尖塔和熾燄的蹤影，此刻他倆正要穿越一片樺樹林。

漣漪尾、苜蓿足、莓心和麻雀尾已經跟上他們，穿梭在林木之間。此時陽光透過光禿的樹枝，在林地上灑下一片斑駁的金黃。虎心望著走在最前面的熾燄和尖塔，還不斷回頭看鴿翅和小貓們有沒有跟上來。鴿翅在圍籬底下用鼻子推著小撲。螞蟻跟著小撲穿過圍籬之後，回頭幫忙小光和小影跨過樹根，鴿翅和肉桂則從圍籬的兩端鑽過去。

小撲高舉尾巴，跑到林子裡面喊著，「葉子好脆喔！」她開心地踩踏幾乎結冰的落葉層，腳底沾滿泥巴的小光和小影也衝上前去。虎心望了鴿翅一眼，看到她似乎很疲憊，「妳要我陪著妳和小貓嗎？」

「不用。」她望著前方樹林，「盯好熾燄和尖塔，他們走得很快。」

尖塔不顧一切地向前衝，其他的貓在後面追趕得很辛苦。虎心心想這治療師是不是忘了還有懷孕的母貓跟一群小貓在後頭。這幾天走下來，大家都很辛苦，不過還好雨停了。打從他們離開銀軌之後就開始下雨，一連下了兩天，把草地變得泥濘不堪；虎心開始懷疑，離開銀軌是不是明智的決定。儘管軌道的碎石子對貓的腳掌來說很辛苦，但踩著爛泥巴走，更讓他們精疲力盡。

苜蓿足停在一棵樹下休息，莓心也在那兒喘著氣。「你能叫他放慢腳步嗎？」苜蓿足在虎心走近時開口問，「莓心趕不上這樣的速度。」

「我去跟他說。」虎心說完回頭看小貓。小光正抓起一把泥土丟向小影，弄得小灰貓直仰頭打噴嚏；小撲則衝向乾草堆，在上面溜過來滑過去。「現在不是玩耍的時候！」虎心大喊。

小撲從乾草堆裡抬起頭，失望地眨眨眼，「可是這裡很好玩，我們不能在這邊待一會兒嗎？」

「今天不行。」虎心看到尖塔和熾燄已經消失在山坡的那一邊。尖塔到底在急什麼呢？難道影族真的這麼需要他們嗎？還是急著要在莓心生產前回到湖邊？虎心讓莓心和苜蓿足跟鴿翅、肉桂、螞蟻和小貓們在一起，自己則加快腳步趕上前去。他必須追上尖塔請他放慢腳步。樹林愈來愈茂密，林地上都是斑駁的樹影。虎心走到一處杜松樹叢時，聽到漣漪尾和麻雀尾的聲音。透過樹叢虎心依稀看到他們停下腳步低聲交談，他索性停下來側耳傾聽。

「萬一那隻怪貓根本搞錯了怎麼辦？」麻雀尾噴著鼻息。

「我不喜歡他自言自語的樣子，」漣漪尾說，「他經常眼神空洞地喃喃自語，好像在跟誰說話。我從來沒有看過這樣……瘋癲的巫醫。」

「我不覺得尖塔瘋了，」麻雀尾似乎很擔憂，「但我也不覺得他知道該往哪裡走。昨天他叫我們過的那一條河很危險，莓心幾乎快要從木頭上跌下去，湍急的河水可能把她沖去撞岩石。」

「他可能會把我們帶到天涯海角。」漣漪尾喃喃地說，似乎很疲憊。

「萬一我們永遠都回不去了呢？小貓就要出生了，萬一莓心到家前就要生了怎麼辦？」

虎心慢慢後退，不想讓他們發現他一直在偷聽。他非常想讓他們安心，可是打從離開銀軌愈走愈遠之後，連他自己都開始懷疑尖塔真的知道該往哪兒走嗎？

他翻越了尖塔和熾燄消失的山頭，在下坡途中看見他們。他邁開大步衝過去，趕上他們的時候已經上氣不接下氣。

「嗨，虎心，」熾燄尾巴一甩跟他問候，「大家都好吧？」

「莓心還有小貓追得很辛苦。」虎心告訴他。

尖塔停下腳步，眼神空洞地望著虎心。

「你聽到我說話嗎？」虎心一陣不悅，「你得放慢腳步。」

「我沒辦法，」尖塔心不在焉地回答，「沒時間了。」

虎心開始焦慮起來，「難道影族有麻煩了?還是你擔心莓心在到家以前就要生了呢?」

尖塔皺起眉頭無法集中精神的樣子，「我不曉得，我只知道有種力量不斷叫我前進，一刻都不能耽擱。」

「你確定你知道要往哪裡去嗎?」虎心問尖塔。此時他瞥見熾燄眼中也閃現一絲憂慮，這讓虎心驚惶不已。如果連熾燄都有所保留的話，那肯定有什麼地方不對勁了。

尖塔尾巴一甩，「我當然知道，」他怒嗆，「我不是早就告訴你了。」

「可是你是**怎麼**知道的?」虎心追問，「難道你每天都會夢到隔天要走的路線?」

「不，」尖塔簡短回答，「但我可以感覺到我們走的路是對的。」

「所以你完全是憑**感覺**帶路?」虎心覺得腳底發麻，他們有可能會在這山區遊蕩好幾個月。

尖塔開始繼續前進，「我們必須加快腳步，前面有一條河，過河會很危險，但我們不能停下來。」

虎心看到前方樺樹林之外有亮光，他瞇起眼睛仔細看，難道尖塔看到河水了?只見前方是一片起伏的山坡，虎心益發擔心了。「你確定那裡有河流嗎?」

尖塔回頭瞟了虎心一眼，繼續往前走。

「熾燄，」虎心伸掌拉住這隻公貓，「你覺得我們讓尖塔帶路對嗎?」

熾燄迴避虎心的眼神，好像在思索些什麼。接著他看著虎心，「我信任他。」

虎心點點頭，畢竟尖塔的異象已經帶著他們走那麼遠了，不如就繼續走下去吧，難道還有什麼其他選擇嗎？

虎心跟著熾燄和尖塔走到樹林盡頭之後，停下來等待大夥兒；熾燄和尖塔則繼續往前穿越廣闊的原野，轉往原野邊緣山腳下的一處窪地。麻雀尾和漣漪尾這時候追上虎心，停下腳步望著前方穿越原野的尖塔。

「他現在要去哪裡？」漣漪尾問。

「他說前方有條河。」虎心回答。

「可是我沒看到。」漣漪尾發牢騷。

麻雀尾回頭往樹林望去，「我們在這裡等大家都趕上。」

正當大腹便便的莓心從林間走過來，麻雀尾趕緊過去陪在她身旁，鴿翅、螞蟻、肉桂和小貓們緊跟在後，走在隊伍最後的是苜蓿足。

「我們要休息了嗎？」鴿翅一看到虎心就開口問。

虎心看著天空，太陽雖然已經漸漸往地平線落下，可是距離落日還有一段時間。「天黑之前還要趕路。」

「可是孩子們都累了，」鴿翅望著前方在原野上的尖塔和熾燄，「他們需要休息。」

「我不累！」小撲抬起下巴，但虎心看得出她一臉倦容。

「妳要騎獾嗎？」虎心問。

她眼睛一亮，「要，我要！」

「那我來背小光。」苜蓿足說。

鴿翅滿眼感激地望著這隻母貓。

螞蟻走到小影的身邊蹲下，「你想騎到我背上嗎？」

小影立刻爬上這隻公貓的肩膀上，舒服地趴著。

虎心也蹲伏下來，讓小撲爬上他的背。

「你覺得我們還得走上幾天啊？」鴿翅輕聲問虎心。

「我不知道，」虎心調整一下重心，讓小撲能舒適平穩地趴在他兩肩之間。「我一離開銀軌就失去方向感了，不過尖塔好像急著要趕快走到湖邊。」

「你覺得他真的知道路嗎？」鴿翅問。

「但願如此。」虎心凝望著地平線的彼端，希望能認出遠方的山丘。然而一切景象都那麼的陌生，他只得相信尖塔真的知道路。

他們繼續趕路，就在繞過山丘的時候，虎心看寬闊的谷底有條河蜿蜒流過。他頓時鬆了一口氣，「尖塔就說前面有河流，」他對鴿翅說，「所以他一定知道我們該怎麼走。」**過河會很危險**。虎心想起治療師講的這句話，不敢再多想。

這條河流幾乎跟湖泊一樣寬，水流平緩混濁，兩岸有成排的樹木。水面上不時看到小漩渦以及翻騰的水紋，可以推測平靜的河面下其實暗潮洶湧。

「看！」小撲在虎心肩膀上大叫一聲，「有一隻怪獸在河上漂！」只見一隻巨大、沒腳掌的怪獸正朝上游軋軋前進，周圍翻起巨大水花；怪獸上頭還有兩腳獸在走來走去。

鴿翅沿著河流望去，「尖塔是不是想找個地方繞過去？」這治療師正沿著河岸往下游走。

虎心看著鴿翅，「他說過我們必須過河。」但治療師的警告他不敢說出口。

「我們可以搭那隻漂浮的怪獸過河嗎？」小撲興奮地問。

「不行。」虎心絕對不想再進到另一隻怪獸肚子裡。他往尖塔的方向望去，看見一座大型的兩腳獸橋樑跨越河流，許多怪獸橫行其上。「我猜他大概想從那座橋走過去。」那座橋一定也是條轟雷路，就像之前城市裡那座橫跨於藥草草地上方的拱橋。

尖塔開始往橋頭那兒的邊坡爬，爬到頂端時回頭往後看。他看到隊伍遠遠落後時，不耐煩地甩動尾巴。

鴿翅望著這座橋，「我們要怎樣避開這些怪獸呢？」

虎心並肩靠著她，「我們在城市時都撐過來了，」他鼓勵她，「這些一定也沒問題。」

當虎心跟鴿翅走到橋頭時，漣漪尾、莓心、麻雀尾和苜蓿足早就已經在尖塔身邊了，螞蟻和肉桂也隨後跟上來。

治療師坐在轟雷路旁的草地上，虎心把小撲從肩膀上放下來，看著橋上雙向熙來攘往的怪獸。只見怪獸時緩時快，加速的時候發出咆嘯聲，減速時後方排出許多的煙，虎心趕緊上前護著小撲。他看到轟雷路邊有一條狹窄的步道通向橋的另一端，有高高的圍籬圍著。虎心一想到要被困在怪獸跟圍籬之間，就緊張得寒毛直豎。「我們應該等到太陽下山，」虎心建議，「那時候的怪獸比較少。」

尖塔瞇起眼睛隨著虎心目光往橋的方向望去，「不能再拖下去，我們進度落後了，必須趕快繼續走。」

漣漪尾和麻雀尾彼此交換一下眼神。

螞蟻把小影從背上放下來，走到橋頭，「是有點狹窄，」他思索著，「不過總比轟雷蛇隧道好多了。」

就在他說話的當頭，突然傳來鏗鏘巨響，上方兩腳獸的燈光不斷閃爍，虎心不禁豎起全身的毛，大夥兒趕緊圍住莓心和小貓保護他們，這時旁邊的怪獸全都停了下來。接著又一聲巨響，兩片長長的柵欄像是慢慢傾倒的樹木，緩緩下降擋住橋的兩端。

「出什麼事了？」苜蓿足四下張望，眼露驚慌。

怪獸排放的臭氣一股腦兒向他們襲來，鴿翅趕緊把小撲、小光和小影拉到一邊。肉桂從降下的柵欄隙縫往裡頭看，橋面空蕩蕩沒有怪獸，「我們趁現在快過橋。」

「在怪獸又擠到橋上以前，快啊！」漣漪尾衝向柵欄，從中間縫隙鑽過去，他甩動尾巴要大家趕快跟上。

虎心猶豫著，「這樣安全嗎？」他看著尖塔，想起之前他說過的話，**過河會很危險**。

「我們必須趕快過去，已經沒有時間了。」尖塔跟著漣漪尾，從柵欄縫隙鑽過去，熾燄也尾隨在後。

鴿翅猶豫地看著虎心，小貓們緊緊靠在她身邊。

「快走，」虎心帶著鴿翅走到柵欄前面，「現在橋上面沒怪獸。」

跟在麻雀尾後面的莓心挺著大肚子擠過去了；螞蟻和肉桂則從柵欄的兩側鑽過去。就在大夥兒跟著漣漪尾、尖塔和熾燄過橋時，被擋在柵欄外的怪獸開始像鵝一樣發出叭叭叭的叫聲。

虎心胸口一緊，「快！」他回頭看兩腳獸，只見牠們面露驚恐的表情，「我猜牠們生氣了。」他推著小撲鑽過柵欄，小影、小光和鴿翅則從縫隙的兩側擠過去。虎心領著鴿翅和小貓走在空曠的橋面上，總算鬆了一口氣。而他們背後，怪獸叭叭叭的鳴叫聲愈來愈激烈。牠們為什麼這麼憤怒呢？

橋中央有一道堅硬的銀色長條橫跨其間，虎心一躍而過，深怕是什麼陷阱。莓心、麻雀尾、螞蟻和肉桂這時幾乎快要走到橋的另一頭了；漣漪尾和苜蓿足則已經鑽過對面的柵欄。

「動作快！」虎心轉頭對鴿翅和小貓喊，就在此時橋面突然震動了一下。轟雷路開始往上升，虎心渾身顫慄，腳下的橋面開始向橋頭平坦的轟雷路傾斜，已經到了對面橋頭的漣漪尾和苜蓿足他們在那兒佇足觀看，全身的毛都豎了起來。

發生什麼事了！虎心一時天旋地轉，努力保持平衡。他回頭看，這座橋就跟折斷的棒子一樣，從中間那個銀色長條的接縫處折成兩半。鴿翅在虎心身邊尖叫，努力抓住不斷傾斜的轟雷路。小光和小影也驚恐地叫著，在他們下方的莓心、麻雀尾、螞蟻和肉桂笨拙地蹤身跳向平坦的轟雷路，熾燄和尖塔早就已經在那裡等了。

虎心倒抽一口氣，看著小光和小影從自己身旁快速下滑。肉桂撐起後腿接住小影，漣漪尾則一把抱住小光。

虎心趴在橋面上努力用爪子抓住，只見鴿翅拚命地往上爬。「妳要去哪裡？」虎心大喊，「我們現在必須趕快離開這座橋啊！」

「小撲！」鴿翅的呼喊裡盡是驚恐。

虎心抬頭一看，小撲竟卡在橋面斷裂的地方晃來晃去，壓平耳朵恐懼哀號。

鴿翅全身散發恐懼的氣息，「她快要掉下去！」

「小撲！」就在小撲要翻跌過去時，虎心幾乎喘不過氣來。他的心一沉，**她不見了！**虎心爪子緊扣地面，拚命想把自己往上推進，卻徒勞無功。**小撲！**他往頂端望去，內心驚恐至極。只見兩隻小掌勾住銀色長條，虎心頓時燃起一線希望，小撲還扒在那裡！他再次試圖往前爬，可是他的爪子就是扎不進地面。鴿翅絕望地哀號，不斷往下滑，離自己的孩子愈來愈遠。

突然間，虎心看到有爪子從身邊刮過，是尖塔黑色的身影快速竄過。他不斷往上爬，然後跳上升起的橋面頂端。他一定是卯足力氣從橋頭的平地就開始衝刺，累積足夠的力道一口氣衝到頂端。他後腿不斷踢蹬，讓自己扒在頂端，保持平衡；然後下肢顫抖著，趨身下探把小撲拽上來，讓她沿著傾斜的橋面滑向鴿翅。小撲尖叫一聲，往下翻滾。

虎心看著小貓咪往下掉，心臟都快跳出喉嚨。螞蟻及時接住小撲，把她平安地拽到轟雷路上，虎心這才鬆了一口氣。

「尖塔！」鴿翅驚惶失措地叫著，虎心抬頭望上看。這時橋面持續上升，陡峭得連虎心都快抓不住了。就在他開始向下滑時，尖塔在頂端搖搖晃晃的。接著，這隻瘦削的黑公貓張開嘴，連哀號聲都來不及喊出來，就往後翻跌。只見原先他站立的地方，空蕩蕩一片死寂。

第三十二章

「尖塔！」虎心簡直不敢相信，尖塔不能就這樣消失！虎心的肚皮磨擦著轟雷路路面不斷往下滑。啪搭一聲跌到橋頭時，他仍茫然凝望橋面頂端。

鴿翅滑到他身邊，叫了一聲。「小撲！」她立刻衝向小貓狂舔。

虎心一時之間無法移動，「尖塔。」他感到萬念俱灰。

「我們必須趕快離開這座橋。」螞蟻推推他肩膀。

虎心看著他，「那尖塔怎麼辦？」

「他掉到河裡了！」熾燄說這話時已衝到轟雷路邊，沿著河岸坡堤往下爬到河邊。

漣漪尾、苜蓿足和肉桂也都跟過去；麻雀尾則扶著莓心、鴿翅、以及小貓們走到路邊。

虎心緊張得口乾舌燥，「他不會游泳。」這條河那麼寬，任誰都很難活命啊？

「走吧，」螞蟻推著他往前走，「說不定

他已經自行爬上岸了。」

虎心實在無法相信剛剛發生的事，只是麻木地跟在螞蟻後面，腳踩著溼滑草地尾隨其他的貓沿河堤走下去。

熾燄俯望湍急的河水，焦慮地搜尋河面。

肉桂和苜蓿足在橋底下走來走去，目光緊盯著河水。虎心茫然地望著浮在水面上的怪獸，那怪獸正駛過橋面分開後的空隙。只見牠的兩側及尾巴激起翻騰的水花，就算尖塔掉下水裡沒事，浮起來後，也可能被這怪獸吃掉。

「我看不到他！」熾燄的語氣驚慌失措。他不停來回走動，拚命搜尋黑公貓的身影。

難道尖塔預知這一切？他叫大家過橋的時候，就已經知道自己會死嗎？**為什麼他不走另外一條路呢？**虎心強忍住內心的悲痛。他不能放棄，熾燄需要他，這一整支回家的隊伍都需要他，他一定要挺住。水裡沒有尖塔的跡象，岸邊也不見黑色的身影，河流已經吞噬他了。

虎心走到熾燄身邊，等他停下腳步。這隻年輕公貓凝望著混濁的河水，琥珀色的眼裡盡是痛苦的神情。那隻漂浮的怪獸已經走了，上方的那座橋又慢慢合了起來。虎心聽到橋頭柵欄舉起的鏗鏘聲，怪獸又駛上橋面呼嘯而行了。「是他救了我女兒。」虎心喃喃地說。

熾燄看著虎心，一臉悲傷無助。「他為什麼不找另一條路過河呢？」

虎心迎向他的目光，「沒有其他的路。」此處河面寬闊，舉目所及都是遼闊的水域。虎心用鼻子碰碰熾燄的耳朵，「我們會永遠記得他的，星族也會紀念他。」虎心看著逐漸籠罩的暮色，星星已經開始在天空閃耀，「他的異象幫助了我和鴿翅，也讓我找到失散已久的族貓。」

漣漪尾走到虎心身邊，「現在失去了尖塔，我們要怎麼找到回家的路？」這隻白貓眼裡充滿憂慮。

熾燄聽了怒髮直豎，「喔，**現在**你相信他了？」他瞪著漣漪尾，「尖塔為了**幫**你們犧牲了自己，現在你卻只擔心沒了嚮導？」

漣漪尾低著頭，「當然不是這樣的，不過我們要怎樣才能找到……」

漣漪尾的聲音愈來愈小，麻雀尾走向前去說，「漣漪尾無意冒犯。」他望著莓心，莓心這時已經跟鴿翅和小貓走到邊坡，和大家一起在那兒等待。「但我們的確必須在莓心生產前回到家。」

「尤其現在尖塔不在了，」肉桂走到熾燄身邊，「他是我們這裡唯一的治療師。」

「我們應該再回到銀軌那裡，」苜蓿足的尾巴焦慮地抽動著，「銀軌會帶我們回到湖邊。」

「走回頭路會浪費太多時間。」螞蟻反對。

「可是沒有嚮導，我們可能會一直都在流浪，」肉桂望著河流對岸，「花較久的時間走對的路，應該是比較聰明的選擇。」

「我認為我們應該繼續走這條路，」熾燄抬起下巴指著轟雷路穿過的山谷，「尖塔說過沿著這條路走會經過一處兩腳獸地盤，我們必須從那裡繞過去。」

「繞過去之後呢？」虎心搜索年輕公貓的眼神。

熾燄低頭看著地上，「尖塔沒有再多說了。」

虎心停了一會兒，強打起精神，「我離開影族的時候也經過一處兩腳獸地盤。」他語帶一絲希望，「或許這兩腳獸地盤跟我當時看到的是同一個……」

「我想我們可以繼續，」肉桂讓步了，「如果真的迷路了，再回頭去找銀軌也不遲。」

苜蓿足的毛沿著脊椎豎了起來，「這麼一來可能要走上好幾個月。」

「我們已經走了那麼久，」鴿翅的綠眼眸在暮光中閃耀著，「現在一定更靠近湖邊了吧？或許再過不久就能看得到湖了。」

虎心環顧所有成員，大家眼中都帶著一絲憂慮。「我們沿著尖塔先前帶我們走的路持續走下去，」他語氣堅定地說，「如果這條路不是通往湖邊，他一開始就不會往這兒走。」

螞蟻移動腳步，「尖塔一定預知我們會找到路的。」

肉桂和熾燄贊同點頭，苜蓿足、莓心、麻雀尾和漣漪尾則不情願地同意。

小光緊張地望著轟雷路穿過山谷的方向，「所以我們要跟著怪獸走到那兩腳獸地盤？」

「不。」虎心點頭指向轟雷路旁邊的山丘。山坡上樹木茂盛、綠草如茵。似乎走起來腳不痛，又有遮蔭可以躲避。

漣漪尾沿著虎心的視線望去，「那裡好像是個打獵的好地方。」

虎心看著鴿翅，「小貓還好吧？」小撲、小光和小影緊依在媽媽身邊，瞪大眼睛充滿憂慮。

「他們很好，不過今天的確太累了，」鴿翅回答，「我們應該趕快找地方休息。」

「好，等我們離開這條河，就找地方休息。」熾燄看著川流的河水，眼中再度浮現憂傷。

「我們走到太陽下山，然後打獵填飽肚子，再休息一晚。」螞蟻建議。

「好，就這麼辦。」虎心挺起胸膛，帶領隊伍離開河邊。一想到失去尖塔，虎心每踏出一步心情就愈沉重；他竟然還懷疑尖塔說的話，這更讓他內心糾結不已。

儘管尖塔不是部族貓，他想，**但是一旦我們回到湖邊，重新壯大影族，那麼他對影族的貢獻可說是其他影族戰士無法相比的。**

山坡愈來愈陡，虎心帶著大家繼續往前，在樹叢間鑽來鑽去。一路上大夥兒都靜默無語，茂密樹林中只有風吹過樹梢的聲音。很快的，他們走過一片森林，頭頂樹梢的鳥兒們開始唱著夜歌。等到他們到達一處林間空地時，升起的月亮在暗夜裡燃起亮光，虎心這才停下腳步。

「我們今晚在這裡過夜嗎？」漣漪尾停在虎心身邊。

虎心從林間望去，那條寬闊的河流映照著月光閃爍著。他們離開河岸後，那景象仍鮮明地在虎心腦中，如火焰般愈燒愈烈——尖塔把小撲拉上來，接著自己搖搖晃晃的，然後就消失了……他犧牲自己去搭救才沒認識多久的貓，去成全他從未體驗過的生活方式。「我們應該紀念他。」

漣漪尾訝異地看著虎心，「什麼？」

熾燄走過來，「你說的是尖塔嗎？」

「沒錯，」虎心看著自己的孩子們靜靜待在一旁。他們看來很累，但至少是安全的。「尖塔從轟雷蛇的腳下救出小光，又在過河時救了小撲，」他接著說，「他比任何戰士都勇敢，我們應該以戰士的身份來紀念他。」

「怎麼紀念呢？」苜蓿足皺起眉頭。

麻雀尾歪著頭，「我們今晚要為他守靈嗎？」

「光守靈還不足以表達感謝，」虎心看著夥伴們，「他既忠誠又勇敢，應該成為我們部族的一員。」

漣漪尾看著天上的星星，「那該怎麼做呢？」

「我們現在就舉行一個命名儀式，幫他取一個戰士的名字。」

熾燄豎起耳朵，這時他不再愁容滿面，「取戰士名？」

「可是他已經死了，」苜蓿足說，「來不及了。」

虎心從樹蔭底下走出來，讓月光灑在他身上。「星族認識他，祂們此刻正在看著。祂們一定能理解，即使他生前來不及當上戰士，一旦有了戰士名，他就有辦法以戰士的身份與星族同行。」

「但是你不是族長，」麻雀尾說，「怎麼能幫貓取戰士名？」

鴿翅走上前，「虎心是我們這支隊伍的領袖。」

莓心疲倦地坐下來，「一隻對影族毫無概念的貓，怎麼能成為影族戰士呢？」

熾燄看著她，「他認識妳、認識虎心、還認識漣漪——」

苜蓿足打斷他的話，「沒錯，他透過我們認識了影族，而且還找到了我們、保護虎心的孩子。這些日子以來，他為影族做的比我們做的都還要多。」**說得好，**虎心想。苜蓿足以內疚的眼神環顧著莓心、漣漪尾和麻雀尾，接著滿心期待地看著虎心，「他值得擁有一個戰士名。」

漣漪尾低下頭來，「好吧。」

麻雀尾和莓心也點頭同意。虎心此時抬頭仰望眾星，「我，虎心，影族的副手，這支隊伍的領袖，召喚我戰士的祖先紀念尖塔。他不知道戰士守則，也未曾有過戰士生活。但他醫治病患，保護弱小，並且犧牲自己成就別的生命。在此我向祢們推薦他成為影族戰士，從此刻起，他將因他的遠見和智慧，被稱為尖塔望。」

「尖塔望。」熾燄輕聲喚著他老友的新名字。

「尖塔望！」鴿翅看著小撲大喊。

「尖塔望！尖塔望！」大夥兒齊聲高喊尖塔望的戰士名，呼聲淹沒了夜鳥的鳴唱。

虎心再次眺望遠方河流，隨著呼聲漸漸消散，默默地向星族祈禱。**但願他此刻安息於祢們當中，備受尊崇，有朝一日希望我能再次與他相遇。**

他睜開眼睛轉向群貓，他們全都帶著興奮的眼光——能夠在這裡舉行睽違已久的部族儀式，這種感覺真好。

螞蟻不自在地移動腳步，「我們可以去打獵了嗎？」這隻棕黑色公貓偷偷瞄著空地四周的灌木叢。

虎心聽到樹叢裡發出獵物的沙沙聲，松鼠的氣味竄入鼻腔，小貓一定都餓了。「去吧。」

「我就待在這裡。」熾燄嚴肅地看著虎心。「麻雀尾說你們會為死去的戰士守靈，我想坐在這裡為尖塔望守靈。」

虎心點點頭，「等小貓吃飽睡著之後，我也會來跟你一起守靈。」

熾燄感激地望著他，這時莓心突然痛苦呻吟起來。
鴿翅趕緊走到莓心的身邊，母貓這時已經趴在地上。「怎麼了？」
莓心持續痛苦呻吟著，「小貓！我想小貓要出生了。」

⚡⚡⚡

莓心不斷地哀嚎呻吟，虎心趕緊閃到一旁，讓麻雀尾和苜蓿足趕快把母貓的窩鋪好。虎心和熾燄就待在窩旁守候，看著漣漪尾和螞蟻進進出出，忙著把青苔拿到附近溪邊沾溼、忙著找樹枝、還焦急地來回踱步；而鴿翅和肉桂則蹲在莓心身邊，協助她生產，肉桂看起來有一點緊張。

隨著月亮漸漸爬上枝頭，熾燄一直靜默不語。儘管周遭夥伴都忙翻了，他依然在沉浸在自己的思緒當中，為老友守靈。

虎心這時的情緒既為尖塔望悲傷，又為莓心擔憂。小貓怎麼能這時候來到呢？他們現在連影族的邊界在哪裡都不曉得，四周的地景也非常陌生，沒有尖塔望的帶領，前途一片未知。他在那兒等著等著，憂慮漸漸轉為恐懼；不過，隨著夜愈來愈深，他又逐漸釋懷了。尖塔望如今已卸下他世上的勞苦與星族同在；莓心的孩子到清晨就會生出來了。

反正現在憂慮也沒用，他只能做目前能做的事。新生的小貓沒辦法旅行，所以他們必須等莓心的孩子長大一些再說。這個山坡地是暫時停留的好地方：螞蟻在附近找到一條小溪，從山頂上潺潺地流下來，清澈見底；樹林裡的空氣清新，完全沒有受到轟雷路的汙染，就連一點怪獸的聲響都聽不見；這裡抓到的獵物會很新鮮，樹叢也提供了絕佳的遮蔽，就算下雪了也不成問題。

當他聽到莓心第一個孩子的喵聲，立刻感受到這些日子以來難得的平安。這讓他不禁想起小撲、小光和小影剛出生的幸福時光。反正這時候什麼都不能做，倒不如好好享受這兒暫時的舒適生活。就在天邊曙光乍現時，他爬上更高處觀看日出。一隻兔子突然闖進他面前，他立刻追上去，輕輕鬆鬆地手到擒來，自從當上見習生以來，他好久沒那麼愉快了。他把兔子放在腳邊，遠眺橘紅色的太陽從山邊緩緩升起。

「虎心？」鴿翅的聲音從樹林裡傳來。

他並沒有移動，只是讓出個位置讓她一起坐下。「莓心還好吧？」

「她很好。生產的過程很辛苦，但她很勇敢。」鴿翅坐了下來，「她生了三隻小貓，已經開始餵奶了。」

「取名字了沒有？」

她依偎著虎心，虎心隨即感覺全身暖暖的。「小穴、小太陽和小尖塔*。」

「小尖塔？」虎心盯著她看。

鴿翅伸伸前腿，「莓心堅持要取這個名字，其他名字都不行。」

虎心思索著，以過世的貓的名字來為孩子命名，這樣的情況並不多見；不過一想到他可以帶另一個尖塔回影族，他就快樂地發出震動聲。「我覺得這個名字很棒，妳告訴熾燄了嗎？」

「我跟他說了，」鴿翅喃喃地說，「他馬上就跑去莓心窩裡看小貓。」

虎心焦慮望著鴿翅的綠眼眸，「妳覺得熾燄還好嗎？打從他出生以來都是尖塔望在照顧他。」

「傷心難過是一定的。」鴿翅溫柔地告訴他。

「妳覺得他後悔跟我們回影族了嗎？」

「一點也沒有。」鴿翅把視線轉向緩緩上升的太陽。「你還記得嗎？尖塔望也希望他來。我覺得熾燄一定會想完成老友的心願，同時也是他自己的願望。」

虎心用鼻子碰碰鴿翅的臉頰，她的溫柔中帶有智慧。

鴿熾發出一陣呼嚕呼嚕聲，然後停下來。「我覺得很奇怪，尖塔望是怎麼找到莓心他們的。」

「我猜是星族引導他的吧。」虎心喃喃地說。

「我在想星族也會引導部族以外的貓嗎？」鴿翅看著他，「還是祂們只會跟走失的戰士遇上的貓接觸？」她又停頓了一下，虎心納悶著她到底要說什麼。「你覺得我們是不是**注定**要走城市這趟旅程？」她望著他眨眨眼，綠眼眸映著晨光閃閃發亮。

虎心從來沒有想過鴿翅的夢是不是受了星族的影響，他一直認為那是懷孕母親的焦慮。他之所以跟過來，是因為他相信鴿翅的直覺。但她或許是對的，他想起在聚會所與尖塔望初次見面時，尖塔望所說的話，**現在他們兩個終於都到了，**不禁為之一震。他看著鴿翅，「我想妳是對的。」他全身毛髮豎起，「我離開影族時只有我自己一個，而我現在卻要帶著一群夥伴回去，而且有新夥伴也有老夥伴。影族現在正是迫切需要戰士的時候。」他感受到一股回家的催迫感拉扯著他。**我回來了，花楸星**。他的父親需要他。

我可以等莓心的孩子長大一點再出發嗎？虎心的尾巴一甩，**我一定得等**。他好不容易才找到老夥伴，不可以把他們丟在這裡自己回去。他回去的時候，一定要帶著足夠的貓讓影族再次強大起來。他遠眺緩緩上升的太陽，**您會以我為榮的，花楸星，我保證**。再堅持一下，我就回來了。

＊ 在六部曲之六名為「小尖」，但由於是為了紀念尖塔望。特此更名為小尖塔。

第三十三章

虎心豎起耳朵，前方覆蓋了晨霜的蕨叢，傳來了一陣清脆聲響，他立刻擺出狩獵的蹲伏姿勢。

「我們抓的獵物已經夠了。」在他背後，苜蓿足腳下擺著一隻松鼠，熾燄嘴裡還咬著一隻肥鴿子。

「噓。」虎心不耐煩地尾巴一甩，要虎斑母貓安靜別出聲。「能抓多少就抓多少，在小貓完全斷奶前，莓心得吃多一點。」

一個月過去了，小穴、小太陽和小尖塔已經開始吃獵物。雖然他們長得很快，一天比一天更想到外頭探索，但他們晚上也還在吸奶。

蕨叢又傳出清脆聲響，虎心興奮地豎起全身的毛，縱身一跳。他跳進羊齒植物叢中，撲向一隻老鼠。只見他掌中的老鼠驚惶扭動，虎心立刻予以致命一咬，那鮮美的滋味令他口水直流。就算離開城市都快兩個月了，他還是非常希望能讓森林野味一直留在口腔，真不知道那垃圾桶的味道何時才能從舌尖去除。他叼起老鼠，走向苜蓿足。

苜蓿足發出呼嚕呼嚕的震動聲，「你很開心又可以為部族夥伴打獵了吧？」

「其實我從來都沒停過。」虎心把老鼠放在松鼠旁邊，「守護貓對我來說就像部族一樣，只不過翻垃圾桶比較沒尊嚴。我覺得獵物才是像樣的食物，值得帶回去給夥伴們。」

他說完叼起老鼠，走回他們蓋在兩株荊棘叢之間的營地。他們在樹根間挖了窩穴，拔了一些蕨葉搭營牆，讓荊棘穿不進來。莓心的窩在樹叢的最底部，以防掠食者侵襲。這片山坡還算平靜，貓頭鷹的叫聲遠在森林深處的橡樹林和樺樹林那一頭，狐狸的嚎叫聲則在山谷底部，而營地附近虎心做了記號的範圍內，並沒有掠食者的氣味。

虎心並沒宣稱自己是這小部族的族長，但大家也都沒有質疑他的號令，每天的狩獵編隊和邊界巡邏都會聽從他的安排。肉桂也開始儲存了一些藥草，在熾燄的協助下，她試著回想尖塔望和其他治療師用過藥草的樣子跟味道。還好，除了天氣很冷之外，大家都沒生什麼大病。肉桂只偶爾處理一些肚子痛和喉嚨痛的問題，她的技術也大概僅止於處理這些小疾病而已。

大家在這裡被迫休息一段時日，鴿翅輕鬆地看著小撲、小光和小影在營中玩耍，虎心也感到很放鬆。這樣的長途跋涉對小貓來說的確很辛苦。不過隨著日子一天天過去，虎心感到愈來愈耐不住了。花楸星的訊息不斷在他內心響起。**請跟花楸星說對不起久等了**。星族把花楸星的訊息交託尖塔望的時候，祂們知道這趟旅程會拖這麼久嗎？到時候虎心還來得及幫助影族嗎？回家的催迫感愈來愈強烈，虎心一天比一天更擔心影族，開始感覺到自己被困在這裡。

虎心回到營地的時候，聽到小貓的尖叫聲。他往蕨叢望去，不禁興味盎然地抽動鬍鬚。小穴和小尖塔正匍匐著想偷襲小撲和小光，而小太陽則窩在莓心的懷裡。他們長得夠大了嗎？可以上路嗎？

「小心！」小撲警告小光，小尖塔正朝她撲過來。就在小尖塔扯住她尾巴的時候，小光假裝要逃走的樣子。小太陽也開心地尖叫一聲，撲向小撲。他撐起後腿，用爪子猛撲她的肩膀，小撲則誇張地哀號跌到地上。

「你抓到我了！」小撲呻吟著，她讓小太陽爬到身上得意洋洋地站著。

「虎心！」小光看到爸爸走進營地時眼睛一亮，她掙脫小尖塔跑到虎心身邊，興高采烈地聞著他帶回來的獵物。「你抓到老鼠了！」她繞著他跳來跳去，「我可以吃嗎？我最喜歡老鼠了。」

虎心把獵物放在坑地邊緣，「這也是小影的最愛，」他告訴她，「你們要分享才行。」虎心環顧營地，螞蟻和肉桂在一處陽光穿透枝葉的地方休息；漣漪尾正在修補蕨葉圍牆上的一個洞，由麻雀尾把荊棘枝條從上方遞進來，再讓漣漪尾把枝條穿過去。「小影在哪裡？」他一直沒看到這隻灰色小公貓。

「他和鴿翅到營地外頭講話。」小光還在聞著老鼠，心不在焉地回答。

小穴和小尖塔也趕快湊過去一起聞。

「都是毛。」小尖塔皺眉頭。

小撲也走過來加入他們，「我喜歡毛，」她說，「比較有嚼感。」

就在小穴皺起鼻子的時候，虎心從營地低矮圍牆上方望去，他看到鴿翅和小影在外面交頭接耳。虎心跟小光點頭示意，「妳來教小尖塔怎麼把肉剝開，如何？」他建議，「但記得要留一些給小影。」

「好啊。」她把老鼠從獵物堆裡拉到一邊，開始扯開它的毛皮，小尖塔看得興味盎然。

虎心跳過營牆走到鴿翅和小影身邊，他們在講什麼，講得這麼專注？

他走近的時候，鴿翅正好抬起頭來。一看到虎心，鴿翅總算鬆了一口氣，「你回來了。」語氣中帶著憂慮。

「一切都還好嗎？」虎心看看鴿翅、又看看小影。只見灰色小公貓圓睜雙眼、非常焦慮。

「小影做了一個夢。」鴿翅告訴他。

「是惡夢嗎？」難道小貓也會做惡夢？

「不是。」鴿翅用尾巴輕輕撫過小影的背脊。「把你跟我說的都告訴虎心。」

「我知道回湖邊的路怎麼走。」小影認真地說。

虎心眉頭一皺。「真的嗎？」是小貓自己跑去探索嗎？

「我夢到的，」小影解釋。「我夢到尖塔望說的景象，在轟雷路盡頭有兩腳獸地盤，還夢到更遠的地方。有一個山谷上頭長著樺樹，一條小溪從邊緣流過，然後是爬升的山坡一直延伸到一片荒原。」

荒原？虎心愣住了。小影說的難道是風族的領土嗎？他湊近小影身邊繼續聽。

「那片荒原延伸到山頂之後，就往下坡延伸到湖邊。」

虎心的喉嚨一緊，興奮異常。難道他們已經離家這麼近了嗎？「那座湖是什麼樣子？」

「一邊有松樹林，一邊有橡樹林，另一邊靠近蘆葦沼澤地的地方，還有一個小島。」

虎心抬起頭望著鴿翅，「我們的湖，」他激動地說，「他在夢裡看到我們的湖。」

他能看穿陰影。虎心想起小影出生的那一天，尖塔望看著小影所說的話。這個夢一定是個異象，要不然小影怎麼可能把這座湖的景象描述得這麼清楚？他的毛沿著背脊豎了起來，盯著鴿翅，「妳有告訴過他湖邊的樣子嗎？」

「沒說得這麼仔細，」她告訴他，「我只說湖邊有森林，可是我沒有說有哪種樹，而且我也沒有提到蘆葦沼澤地和小島。」

虎心的眼神熱切的轉回小影身上，「你覺得你有辦法帶我們走到那裡嗎？」

「我夢到全部的路徑，」小影告訴他。「就像是老鷹在天上看到一樣的。」

「但你在地上也有辦法認得路嗎？」虎心繼續追問。要求一隻小貓帶領整支的隊伍回家，簡直是把巨大的責任放在幼小肩膀上。他想確定小影真的有辦法做到，「你有辦法指認出路線來嗎？」

「可以的。」小影認真地點點頭，「這就是我做這個夢的理由，我做夢的時候就已經知道了，這個夢就是為了要告訴你回家的路。」

虎心的肚子一緊，小影和影族的聯繫一定非常強烈。他不知道這樣的關係會繼續維持下去嗎，還是這只是星族藉由他來引導他們回去的腳步而已。他用疼惜的眼光看著兒子，「謝謝你，小影。我們會把你告訴我的事情和大家一起討論。」

小影不安地豎起全身毛髮，「我們該上路了吧，不是嗎？」

「當然，」虎心說。「我們只是需要決定什麼時候出發。」

「要趕快。」小影的眼裡充滿焦慮。

「我們會盡量。」在小影的注視下，虎心尾巴一甩把他支開。他必須跟鴿翅和大夥兒討論。「小光在幫小尖塔剝老鼠皮，她答應要留一些給你。趕快去吃，你一定餓了。」

小影又盯著他好一會兒，然後才轉身走回營地。他離開之後，虎心看著鴿翅，「妳覺得真的是星族託夢給他嗎？」

「要不然他怎麼可能把湖邊的景象描述得這麼精確。」

「可是這簡直難以置信。」

「你自己也聽到了，」鴿翅說，「他說得那麼真誠。他相信他的夢是真的，我也相信。或許他和星族真的有緊密聯繫，說不定我會夢到要去城市，就是因為我懷了他。」

虎心挪動腳步，尖塔望說過小影很特別。「你覺得他會是巫醫嗎？」

「我們回家再說吧。」鴿翅的綠眼裡閃現著喜悅的光芒，「沒想到我們已經離家這麼近了。」

虎心從這裡遠望營牆裡面的一切。小尖塔吃掉小光為他撥開的老鼠肉之後，遊走到他爸爸身邊看著爸爸的尾巴，這時麻雀尾正在忙著修補營牆。麻雀尾的尾巴在小尖塔眼前搖來望去，小貓一陣興奮，尖叫一聲猛撲上去。只見小貓整個翻倒在地，用腳掌環抱住爸爸的尾巴，後腿不斷地連環踢。麻雀尾似乎根本沒注意到。

虎心轉向鴿翅，「妳覺得莓心的孩子可以上路了嗎？」

「他們還很小，」鴿翅低聲說，「就算只是走個兩天，對他們來說也很辛苦。尤其現在又這麼冷，他們身上都還只是絨毛而已。」

「我們去問問看大家的意見好了。」虎心朝營地走去，鴿翅也緊跟過去。當他們走到小坑地的時候，虎心抬起頭。「我有話跟大家說。」他環顧營地，螞蟻、肉桂、苜蓿足和熾燄都轉過來看他。「小影做了一個夢。」

漣漪尾放下他補牆的工作。

麻雀尾甩掉黏在他尾巴上的小尖塔，舔舔他的頭。「去跟其他小貓玩。」他說。

「你也是。」莓心把懷裡的小太陽推開站起來。

鴿翅向小撲點頭，「我們講話的時候，妳可以幫忙照顧小貓嗎？」

「我們可以聽嗎？」小撲問，這時小太陽、小穴和小尖塔都跑向她。

「你們可以聽，」鴿翅說，「但不可以插嘴。」

小貓都集合在一起時，莓心才走過來。螞蟻、肉桂坐在苜蓿足旁邊看著虎心。

「小影夢到湖邊的景象。」虎心開口說。

漣漪尾豎起耳朵，「你確定是我們那一座湖？」

「他描述得很精確，」虎心告訴他，「他還看到路線圖，而且說他可以帶我們走。」

大夥兒都轉過頭去看小影，小影趕緊靠向他的姊妹們。

「他跟尖塔望一樣能看到異象嗎？」螞蟻問。

「我猜是的。」虎心感到一陣自豪。

苜蓿足懷疑地歪著頭，「你真的覺得一隻**小貓**可以帶領我們回家？」

「我想是星族選擇透過他跟我們說話，」虎心說。「我們總得知道要怎麼回家。」他看著莓心，「妳覺得妳的孩子可以上路了嗎？」莓心的眼光投向她的孩子，虎心這時內心滿懷希望。**我來了，影族，我就快要回來了**。

莓心不安地移動腳步，「還沒，」她說，「他們都還沒斷奶。」

小影愣住了，他全身的毛豎立，「可是——」

虎心蓋過他的話，「這段路並不長。」他們離家已經很近了，而且影族急需他的協助。回家的催迫感就像芒刺在背。「我們可以背著他們走。」

「如果你真的急著走，就不要管我們了。」莓心說。

「不行，」虎心堅定地說。「要走大家一起走，要不然就都不走。」

鴿翅溫柔地看著莓心。「如果再等十五天他們應該可以上路了吧？」

小影抽動尾巴。「我們必須在那之前離開！」

鴿翅跟他使了個眼色，要他安靜。「我說過不能插嘴。」

「但是在**我的**夢裡——」

鴿翅打斷他的話，「你是小貓，不能指示戰士該怎麼做。」

小影只好尾巴環繞著腳掌，低頭盯著地上。

鴿翅又把頭轉向莓心，「十五天？」

「好吧。」莓心焦慮地看著她的孩子，「如果天氣好的話就可以。」

虎心熱切地抽動尾巴，「那就這麼說定了，再十五天，我們就回家。」

黃昏時分，森林上方的雲彩轉為一片粉紅。微風吹動樹梢，天色漸漸變暗，虎心望著月亮。十五天已經過去了，他們明天清晨就要出發。虎心一肚子焦慮，不知到了湖邊之後，面對的會是什麼樣的景況？**陰影正在消失中，他沒有辦法把大家團結在一起**。他不相信花楸星會讓影族分崩離析，他們一定還在等他。森林裡沒有影族，就像森林裡沒有樹木一樣。

鴿翅從營牆內往樹林望去，「狩獵隊就快回來了。」她說。苜蓿足、麻雀尾、漣漪尾和螞蟻出去打獵了。虎心要他們盡可能多抓一些：他希望大家在出發前要吃飽一點。

熾燄和肉桂出去採藥草，幫助大家增強體力。莓心開心地跟小尖塔玩青苔球；小穴和小太陽則跑到營牆外探索。鴿翅看著他們在山毛櫸樹根下聞東聞西，小撲和小光則在旁邊跳來跳去，試圖抓樹叢裡飛舞的蛾。

「你為什麼不去跟其他小貓一起玩？」虎心看著小影。這隻小公貓就蹲在荊棘叢樹蔭下，眼裡盡是憂慮。

小影沒有回答他的問題。「我們今晚就應該離開。」他的眼神望著天空。「明天就太晚了。」

虎心肚子一緊。「星族有跟你透露什麼嗎？」

小影別過頭去，「但願有，」他喃喃自語，「這樣我就可以解釋為什麼了。」

「解釋什麼？」

「這種感覺，」小影不安地挪動腳掌，「我們不應該還待在這裡。」

「我們明天早上就要離開了，」虎心安撫他。跟星族有這麼強的聯繫，對一隻小貓來說實在太辛苦了，他連真實世界的許多事情都還不懂呢。不過虎心還是忍不住刺探。「在你的夢裡，」他輕聲地問，「有沒有看到一隻薑黃色公貓嗎？」

小影鄭重其事地看著他，「沒有？我應該看到嗎？」

「不。」虎心甩甩全身，他實在給這隻小公貓太多壓力了。這樣刺探有沒有任何花楸星的消息，對小影實在不公平。**小影如果知道的話就會告訴我啊**。為什麼就一定要有他父親的消息呢？現在花楸星說不定早就已經解決影族的問題了。

「虎心！」鴿翅的叫聲非常急切。他望著她，她還盯著小貓。她看到狩獵隊回來了嗎？

「什麼事？」只見她又抬頭望著天空，虎心沿著她的視線望去。

一團黑影掠過樹梢，虎心驚訝得全身的毛都豎了起來。

貓頭鷹。

牠靜悄悄地在小貓上空盤旋。只見牠俯衝下來，虎心心一沉。他倒抽一口氣，隨即衝向營牆，跳向小撲。「快躲起來！」小光和小撲立刻鑽進樹叢裡；小太陽看著他，眼睛瞪得大大的；小穴則像腳底長了樹根一樣，一動也不動。虎心感覺到貓頭鷹翅膀鼓動的風傳來，抬頭一看，這隻巨大的貓頭鷹幾乎遮住了天空。他嚇得毛髮直豎，只見牠的爪子伸向小穴，他立刻衝上前去，把小貓推開，然後撐起後腿，想擊退貓頭鷹。

這時他感覺眼角餘光有灰色身影閃過，鴿翅利爪全開，躍向貓頭鷹。她尖叫一聲，就在貓頭鷹要往上飛時，劃過牠的翅膀。虎心瞥見貓頭鷹的圓眼，只見牠拍動巨大的翅膀，把鴿翅擊退。虎心趕緊伸爪劃過牠的胸部，又立刻被翅膀拍打的風弄得暈頭轉向。然後他的身體一陣劇痛，感覺爪子緊緊箝住他，接著驚覺自己的身體逐漸上升，貓頭鷹抓到他了。不管他怎麼扭打掙扎，他的腳掌還是逐漸遠離地面，隨著貓頭鷹攀升滑翔於樹林之間，虎心感到疾風拂掠身邊。沒多久樹林整個在他腳底下，虎心被強風灌得快喘不過氣。只見地面逐漸消失成陰影，他一陣驚恐暈眩。

鴿翅和莓心尖叫著，她們的叫聲在下方迴響。小貓驚恐地喵喵叫，虎心感到驚悚萬分。他被嚇到麻木了，使勁全力在貓頭鷹的爪子裡不斷扭打揮拳。他利爪全開，往貓頭鷹的腹部劃過去。貓頭鷹痛得尖叫一聲，鬆開爪子。

虎心感覺自己從貓頭鷹爪間滑落下墜，他的心簡直就快跳到喉嚨了。隨著不斷下墜，強風持續拍打著他的身體，整個世界天旋地轉。他不斷拳打腳踢，什麼也抓不到。接著樹枝劃過他的臉、擊打他的背，他已經掉到樹林了。他看到樹幹在眼前模糊晃過，然後掉到地上。

碰一聲，他胸部著地，隨即暈了過去。

接著周遭一片黑暗。

第三十四章

劇烈的疼痛讓虎心醒了過來，這劇痛從胸口燃燒到全身的每一根毛。他想躲到睡夢中，但卻痛得無法入睡。他不情願地睜開眼睛，發現自己正四肢僵直、側躺在地。此時黑夜已籠罩四周森林。

「虎心。」鴿翅似乎鬆了一口氣。她把鼻頭蹭進他的頸毛裡，那重量壓得虎心不斷呻吟。鴿翅抬起頭，「你有辦法動嗎？」

虎心強忍疼痛，翻身勉強站起來。一時之間天旋地轉，他幾乎無法呼吸。只覺得胸口似乎有千斤重擔，肚子裡有老鼠囓咬。他應聲倒了下來。

「你的腳斷了嗎？」漣漪尾湊過來，語帶恐懼。

「讓我看看。」肉桂蹲下來，開始用她顫抖的腳掌檢查虎心全身。

他們講話的聲音似乎很遙遠。在疼痛的迷霧中，虎心開始辨認周遭的夥伴。苜蓿足、漣漪尾、螞蟻和熾燄擠在一起；小穴、小太陽和小尖塔躲在莓心後面，莓心盯著虎心，整個被嚇呆了；小光、小撲和小影站在鴿翅旁邊，露出恐懼的眼神。

肉桂坐下來。「應該沒有骨折，」她降低音量不讓虎心聽見，「但他的肚子裡有腫塊。」

「這是什麼意思？」鴿翅慌張地問。

「可能有什麼內臟破裂了。」肉桂眼神一沉。

「妳能做些什麼嗎？」鴿翅不斷地顫抖。

「我只能用百里香幫他舒緩鎮定。」肉桂低聲說。

鴿翅盯著她，「妳在守護貓那兒，沒學到其他的嗎？」

肉桂無助地看著她，鴿翅滿臉沮喪。她轉頭問熾燄，「那你呢？你一直跟尖塔望在一起，他有教過你什麼嗎？」

熾燄緊張地對她眨眨眼，「我們從來沒有處理過這麼嚴重的傷勢。」

苜蓿足目光接觸到虎心的眼神。「他可能只是被劇烈搖晃到，讓他休息一下。」

虎心從她的語氣中聽出她在說謊。**我不要死**。他試圖定睛看著鴿翅，一時之間恐懼超越了疼痛。**千萬不要讓小貓看到我這樣**。

鴿翅把小影推上前，「你有辦法治療他嗎？」她不顧一切地盯著小公貓，「你跟星族有聯繫，祂們會告訴你該怎麼做。」

小影對她眨眨眼，接著驚惶地望著虎心。「我不知道。」他心虛地說。

肉桂嚴厲地看著鴿翅，然後尾巴攬住小影。「這麼小的孩子，怎麼知道如何醫治他？」

鴿翅滿眼憂慮，「誰能救救他啊！」她仰望星空，「不能這樣啊！」

虎心拚命想要說話，但又吸不到氣！**對不起**。一時之間，他渾身的疼痛又蒙上一層憂傷。他傷了鴿翅的心，也傷了孩子們的。他們都在看著，充滿恐懼。虎心試圖接觸他們的眼神。

「你救了小穴。」莓心靠近虎心說話，他感受到了她的氣息，「我要怎麼感謝你才好？」

這時，那一幕又重回虎心腦海裡。小穴很輕，他一下就把他從貓頭鷹的利爪推開。然後他自己整個被利爪箝住，帶到空中。想到這裡，那股恐懼又一股腦兒襲向他。他趕緊閉上眼睛，試圖阻擋翻騰的思緒，也希望把疼痛抵擋在外。或許睡一覺會好些。

「不！」有腳掌搖晃著他。鴿翅看著他的眼睛，「你不能睡！」她眼神堅定，一掃之前的悲傷，綠眼中已打定主意。「我們要帶你回去找巫醫。」

「要怎麼回去？」漣漪尾驚訝地倒抽一口氣。

鴿翅沒理會那虎斑公貓，只是看著小影，「從這裡到湖邊還有多遠？」

「我不——不知道。」小影往後退，「會經過兩腳獸地盤、水，還有荒原。」

「虎心說過，不到兩天的腳程。」苜蓿足提醒她。

鴿翅還是盯著小影，「你夢裡看到的是這樣嗎？」她急迫地問。

小撲衝去護著弟弟，「不要嚇到他。」她氣噗噗地看著媽媽，「如果能幫得上忙，他早就幫了。」

鴿翅挪動腳步，深吸一口氣。「妳說的沒錯，對不起，小影。」

虎心聽得出她強迫自己冷靜下來，眼前的鴿翅看起來十分模糊，冰冷的森林似乎在對他耳語。他聞到霜雪的味道，好像一步步朝他逼近正想偷襲他，吸取他身上最後一絲溫暖。疲倦感慢慢拉扯著他向下沉淪。

「保持清醒，虎心。」鴿翅的臉龐靠著他，輕柔呼喚。「我們會救你的，我不能失去你。我們一起經歷這一切，還有好多事我們可以一起做。我們的未來就在湖邊，我們不是一直都這麼想。我絕對不會讓我們的未來就這樣斷送了。」她定睛在他身上，「你想活嗎？」

「想。」他不斷顫抖呼吸。

「那你就得站起來。」她挺起胸膛，尾巴一甩。「我們現在就出發，往湖邊前進。」

「他沒辦法走那麼遠！」麻雀尾張大眼睛。

苜蓿足走上前，「如果我們幫他就可以。」

「這是他唯一的機會。」鴿翅環顧貓群，半哀求與半命令地說。虎心對她強烈的愛，支撐他站了起來。他嚥回幾乎要從喉嚨裡叫出來的哀嚎，不想讓孩子知道他有多痛。

漣漪尾靠著他身體的一邊，麻雀尾緊倚著另一邊。他們一起抬著他走，虎心的腳只要輕輕掠過草地就好。這樣的移動讓虎心痛得幾乎看不清楚，他就這樣被困在疼痛的隧道裡，試圖聚焦向前。這隧道的盡頭就在湖邊，他必須撐住。

他失去時間感，匆匆掠過腳底地面與天上星光。跌跌撞撞的痛楚，伴隨著夥伴們的輪流支撐，虎心不斷感受到有新的身體緊靠著他。接著晨曦到來，陽光灑向地面。他默默期盼上升的太陽可以把那白熱的痛楚蒸發。但那疼痛依然存在，讓他思緒模糊，眼睛看不清楚。

他還可以忍多久呢？有時他乾脆閉上眼睛，讓同伴抬著他；但每次，鴿翅都會湊過來輕聲說，「你不能睡，虎心，醒過來！」

她的話語中有一股能量，他就像飢餓的小貓從中吸取力量，深藏體內。有時候，甚至還能奇妙地止住疼痛。

然後他聞到水的味道，「到湖邊了？」他呻吟著，讓同伴把他輕輕地放到地上。接著他往草地望去，一小塊水塘邊上長著成排的樺樹，他胸中燃起一線希望。

「我們還沒到，」鴿翅在他身邊說，「但你看。」她抬頭用下巴指向地平線的一邊。只見山巒起伏，他認出了風族的荒原，弓著背就像貓的脊椎。在胸口陣陣痛楚中，他依然感受到湧上心頭的喜悅。「家。」他氣若游絲地說。

他臉頰感受到鴿翅臉頰的溫度，「要到家了。」她也低聲回應。

「我們為什麼停下來？」虎心試圖看著大家。大夥兒都走開了，走向水塘邊的草叢中。

「他們去打獵了，」鴿翅告訴他，「我們得吃東西。」

「小貓呢？」他環顧四周，尋找小撲、小光和小影。他們正蹲伏在距離他一條尾巴遠的草地上。「過來。」他沙啞地叫著。

他們抬起頭，瞪大眼睛恐懼地望著他。

「沒關係的。」鴿翅輕柔地說，「你們可以靠近。」

虎心看他們不情願地慢慢走向他，「沒什麼好怕的。」

「你會死嗎？」小撲走近時顫抖地問。

他伸出腳掌碰碰她的掌子，「我現在不能死。」他喘著氣，「已經離家這麼近了。」

「你會好起來的，對吧？」小光眼裡蒙上一層恐懼。

小影靠在他身邊，「你說過要帶我們去看松樹林的。」

「我會的。」虎心答應，又強忍住一陣痛楚。

莓心走過來，她的孩子圍繞身邊，「我可以去找一些罌粟籽，」她帶著一線希望，「罌粟籽在禿葉季很難找得到，不過對止痛很有用。」

「不行，」鴿翅嚴厲拒絕，「罌粟籽會讓他睡著，但他絕不能睡。」

鴿翅講話的同時，熾燄朝她跳著過來，嘴裡叼著一隻老鼠。他把老鼠放在鴿翅前面，「這給虎心，」他說，「讓他補充體力。」說完又轉頭沒入草叢中。

鴿翅在虎心旁邊蹲下，開始仔細地把老鼠肉扒下來。

虎心聞到新鮮獵物溫暖的味道，「給孩子們吃吧，」他喃喃地說，「他們愛吃老鼠。」

鴿翅把嘴裡的一塊肉嚼得爛爛的，吐到掌中，然後像餵小貓咪一樣塞到虎心嘴裡。「吃下去。」鴿翅命令。

虎心吃一口含在嘴裡，閉上眼睛努力想吞下去，過程中感到渾身疼痛難耐。鴿翅又要餵他一口的時候，他別過頭去，「讓孩子們吃吧。」

虎心感到精疲力竭，閉上眼睛。

「別睡！」鴿翅把虎心的臉轉向自己，拚命想把虎心的眼神找回來，好像在找尋她看不到的東西，「記得在那些黑暗森林的貓來之前，我們經常在影族的邊境上約會嗎？」

鴿翅繼續講，虎心努力地回想。

「那時候的你充滿自信。」鴿翅撒嬌地發出呼嚕聲。

「當時妳一副自命清高。」虎心開著玩笑，但卻氣若游絲。

「而且在黑暗森林的時候……」

隨著虎心逐漸墜入夢境，鴿翅的聲音也愈飄愈遠。四下一片黑暗，星光閃爍，他睜開眼睛看到陽光照耀的草坪，如綠葉季般一片綠意盎然。他把腳掌踩進柔軟的草地，痛苦消失不見，似乎被遠遠地推到九霄雲外。

一隻公貓這時走上斜坡，橘黃色皮毛在綠草之間猶如火焰。虎心心跳加速，「花楸星！」他父親看起來非常健壯，正是虎心兒時記憶中高貴戰士的樣子。虎心趕緊上前問候，「影族都平安嗎？」

花楸星停下來看著虎心，他綠眼中閃著光芒，「現在的我是花楸爪。」

虎心皺起眉頭感到困惑，「為什麼？」身為部族族長怎麼會把名字改了？

「我原諒你當初離開。」花楸爪用堅定的眼神看著虎心。

虎心一時滿臉通紅，渾身不自在，**我離開了我的部族**。他幾乎忘了這件事，那墜地的疼痛讓他一時失憶。「我別無選擇，」虎心脫口而出，「是我遮住了太陽，我必須把地騰出來給你，好讓影子再度強大起來。」

「不必多做解釋，」花楸爪現在的眼神溫和，沒有一點責備的意思。「現在我跟星族在一起，所以我懂，我都看到全部了，所有事情的發生都有其道理。」

虎心的思緒一團混亂，「難道你……死了嗎？」虎心感到陽光照在身上，一陣和風吹拂過來，「這裡是星族嗎？」一陣憂傷襲來，但虎心分不清自己到底是為了失去父親而悲，還是為了自己身在此處與鴿翅和孩子生死兩相隔而慟，「我也死了嗎？」

頃刻之間地動天搖，黑幕瞬間吞噬整片綠地，虎心發現自己被大水席捲下拉，淹沒了耳朵跟鼻子。他不斷扭動身體，努力掙扎到水面，這時有隻橘貓在他身邊，**花楸星嗎？不是**。眼前在混濁水中漂浮的這張臉是焰尾，他弟弟睜大眼睛充滿恐懼。他拚命掙扎，口鼻一直冒出泡泡，不斷往幽暗深淵下沉。

虎心的肺燒起來了，正當他恐慌得每根毛髮似乎都要著火時，一睜開眼，他又再次躺臥池塘邊，夜色悄悄爬過草原，吞沒了他周遭的草地。虎心想大口吸氣，卻像是抽搐般地呼吸，胸腔疼痛難耐，「我吸不到氣。」他喘著。

鴿翅蹲在他身邊，綠眼中充滿恐懼；螞蟻跟肉桂也嚇得睜大雙眼；苜蓿足、漣漪尾和麻雀尾也圓睜眼睛；莓心試圖護著小貓咪。

「影族。」虎心感到黑暗壓迫著他的思緒，花楸星已經死了，還有很多事情尚未完成。「影族必須存活下去。」他絕望地看著漣漪尾，「你必須拯救影族。」

鴿翅緊貼著虎心顫抖著，「不要死，」她哀求，「你不能死。」

小影把鼻頭埋在虎心毛皮裡，小撲和小光緊抓著虎心的脖子。

「把孩子們帶去雷族。」虎心說了最後一句話就再也吸不到氣。**我會永遠愛妳，鴿翅**。這時平靜的潮水淹沒他，痛苦消融了，除了看不到自己的孩子成為戰士，虎心沒什麼好懊悔的。**我會在星族守望他們的**。接著就像戰士鬆口放開獵物，虎心也放鬆了，讓黑暗將他吞噬。

第三十五章

虎心側躺著挪動身體，感到自己躺在清脆熟悉的松針上，松樹汁液的味道充滿鼻腔，他突然意識到自己已經不再疼痛了。他如釋重負地睜開雙眼，眼前一片松林，荊棘嫩枝爬滿樹幹周圍，林間陽光斑駁處滿是翠綠蕨叢。**我回家了**。

然而這森林是溫暖的，禿葉季的酷寒不再，溫暖的空氣中飄蕩著獵物的氣味。虎心困惑地站了起來，他閉上眼的時候，不是感到又冷又痛嗎？

他內心一驚突然懂了，**這裡是星族**。他已經死了。過去種種就像是場夢，但此刻卻非常真實。他猛然轉身掃視著這片樹林，**鴿翅！小撲！小光！小影！**他的心被憂傷掏空了，事情不應該是這樣的，他答應過要帶他們回家。

虎心一路在林地狂奔，衝向森林邊緣陽光斑駁之處。衝出森林之後，逆光往前看，只見一片廣大無邊的草地，上頭有貓群鑽動。一陣恐懼油然而生。**帶我回去！**

他試著讓自己不要緊張，深吸一口氣，抑制住全身的顫抖。這是星族的意志，他一定要接受。他想起臨終時的痛苦，他真的還想再回去嗎？

「虎心？」突然有訝異的叫聲從背後傳來。

他轉頭看，一陣驚喜，尖塔望從蕨叢中走過來。「你真的來到星族了！」虎心趕緊走過去問候這隻黑公貓，和他互碰鼻子和臉頰。「所以戰士的命名儀式是有用的。」

「沒錯！」尖塔望說，「謝謝你。」

「其他的貓呢？」虎心往他身後望去，仔細搜索還有沒有其他認識的影族貓。一時幸福感洋溢心中，為什麼他以前要那麼害怕呢？來到這裡就可以跟老朋友相聚了啊。鴿翅有一天也會加入，從此不必再忍受痛苦，不必挨餓受凍，不用背負一堆責任。這裡不需要族長、戰士或是巫醫，只有安詳平和。「花楸星在哪裡？我是說花楸爪，還有焰尾？他們也在這，對吧？」尖塔望似乎有些困擾，「你不能跟他們碰面。」

虎心眨眨眼，「為什麼？」

「這裡不是你該來的地方。」

「但我不是已經死了嗎？」

「聽我說。」尖塔望用腳掌撥了一下地上的松針，松針撥開時，虎心看到下方出現閃閃發光的景象。

他看到了風族的荒原，像隻黑貓般蜷伏在禿葉季的天寒地凍中。而在荒原邊上有座湖，在冬陽底下閃著金光。**這一定是飛鳥俯瞰的角度。**「你為什麼讓我看這個？」

「你仔細看。」尖塔望看著地上的景象。

虎心仔細眺望，只見荒原上有身影移動著，就像螞蟻列隊穿過枝條光禿的石楠欉。虎心再仔細看，景象就愈來愈清晰，也愈來愈靠近，近到可以辨認出誰是誰。**鴿翅！**她步履蹣跚地走在螞蟻身邊，漣漪尾和麻雀尾並行兩側，他們的背上扛著一個軀體。虎心一驚，原來那是他自己，「他們扛的是我！」

走在後面的是莓心，背上托著她的孩子，孩子們都緊緊抓住她的毛。小撲、小光和小影走在隊伍最後面，眼神空洞；肉桂和苜蓿足在一旁幫他們抵擋刺骨寒風。

小撲望著鴿翅的背影，眼光落在媽媽背上的軀體。看到小貓悲傷的眼神，虎心胸口一緊，她以前從來沒有這麼傷心過。而小影只是盯著自己的腳，小光的眼睛則泛著淚光。往湖邊緩緩前進的路上，大家都靜默無語。

虎心看著尖塔望，「他們為什麼要把我扛回家？」沒必要讓旅途更加艱難。「他們應該把我就地埋葬就好了啊。」

尖塔望堅定地看著虎心，「你放得下他們，但他們卻放不下你。」

「不是這樣的！」虎心生氣駁斥，「我別無選擇。」

尖塔望看著他，「現在你有得選了，你時候未到，虎心。」

「可是我的身體殘破不堪，回不去了。而且那種疼痛難以承受，我不想再回去了。」恐懼頓時湧上心頭，他感到自己無法承受更多痛苦了。

「那你的孩子怎麼辦？」

虎心低頭再次看著小撲、小光跟小影，他們背負著超乎他們年齡能承受的悲痛。頓時一股憂傷撕裂他的心，「鴿翅夠堅強，」虎心告訴尖塔望，「她是個偉大的母親，她會在雷族把他們帶大，小貓們再也不用經歷我們曾經有過的那種部族間的拉扯糾葛。」

尖塔望嚴峻地看著虎心，「如果沒有影族，也就不會有雷族、風族、河族、天族。五族必須共存，要不然就一族也不剩。影族需要你，虎心，你還沒到死的時候，你必須回去。」

虎心看著治療師，思緒翻騰。下面的世界有痛苦、掙扎和責任。他在世時的所有沉重負擔都還在等著他，但等他的不是還有鴿翅和小貓們嗎？難道能與他們共度一生，還不足以對抗生活的艱辛嗎？虎心推開眼前豐沛獵物與綠草如茵的假象。舒適安逸的生活是給小貓咪的，小撲、小光和小影應該過安全、溫暖與飽足的生活。**我是戰士，我的責任就是為他們受苦。**他點點頭，「你說的沒錯，」虎心說，「我的時候未到，我必須回去。」

就在他開口的當下，森林逐漸變得模糊。重重黑影席捲而來，把他往上托高到眾星間打轉。虎心閉上眼睛，做好承受痛苦跟酷寒的準備，接著就慢慢落在冰冷的岩石上。

他睜開眼睛，腳掌下的岩石從四面八方延伸向夜空。他眨眨眼訝異地發現有許多星光閃耀的貓兒在他周遭活動。「是星族嗎？」祂們的身體發著光，既像是火又像是冰，同時散發出四季的味道，有冰冷的雪混合著花朵芬芳，又有樹葉清香帶著嗆鼻樹汁氣味。

「虎心。」花楸爪走向前。

數不清的眼睛映著星光，一起注視著花楸爪走向虎心。

「兒子，」他在虎心面前停下來，眼裡充滿愛，「我們知道今天的事會發生。」

虎心皺起眉頭一臉困惑，「你們早就知道我會死？」

花楸爪歪著頭，柔和地看著他，「你知道現在要發生什麼事嗎？」

在眾目睽睽下，虎心不安地挪動腳步，「我……我正要被送回去，可是要怎麼回去呢？」

「只有一種方式能讓貓兒重獲新生。」花楸爪暫停了一下，讓虎心想個明白。

族長受封儀式！虎心焦慮地豎起全身的毛，「我還沒有準備好！」他脫口而出，「我還沒有強大到足以領導一個部族。」

「真的嗎？」花楸爪凝視虎心眼眸深處，許多記憶像被父親的眼神喚醒一般從眼前掠過。他說服焦毛和刺柏爪留在影族；他踏上旅程到城市裡找尋鴿翅和他的孩子；他幫助那些守護貓學習如何捍衛家園；他帶自己的親友夥伴踏上返鄉之路。花楸爪眨一下眼睛，中斷凝視，「沒有比現在更恰當的時機了。」他向前用鼻子碰觸虎心額頭。

虎心渾身灼熱，身上的毛就像著了火的草原一樣，但他不能逃，他的腳掌跟石頭一樣沉重。

「透過這新生命，我將力量賜予你。不要讓軟弱阻擋你該為部族盡的責任。」花楸爪將鼻子移開，那烈火也跟著消退，留下堅定的決心在虎心胸中沸騰。

他睜開雙眼，渾身顫抖。星族群貓正靜靜看著他，虎心開始辨認出一些面孔。松鼻、扭毛和焰尾。他弟弟看起來是那麼年輕又強壯，只見他挺起寬闊的胸膛，驕傲地看著虎心。

花楸爪轉身離開時，扭毛走向前。

這隻影族長老看起來毛皮光滑又年輕，虎心幾乎認不出她來。但她那世故的眼神透露出她其實是很長壽的。她把鼻子貼在虎心額頭，「透過這新生命，我賜予你勇氣。儘管恐懼會讓你駐足不前，但此刻我給你的勇氣將會幫助你奮勇向前。」

極度的痛苦拉扯虎心的身體，讓他肌肉僵硬，全身顫抖。

此時松鼻來到他身邊，用鼻子碰觸他額頭，「透過這個新生命，我將憐憫之心賜予你。愛你的族貓如同愛你自己的小孩，原諒他們的過犯，即使他們讓你失望了，也能夠愛他們。」

一股暖流湧入虎心內心，深深觸動了他，強烈的感動幾乎讓他無法呼吸。松鼻把鼻子移開的時候，虎心看到她眼中的深情，這種眼神他在鴿翅的眼中看過。就在小撲、小光和小影出生的那個夜晚，鴿翅就是用這種眼神看他們的。虎心回望著她，希望松鼻也能從他回應的眼神中看出他的承諾。**我會的。**

另一隻貓從星光閃閃的貓群裡走出來，這熟悉臉龐他剛剛一直沒發現。他一直盼望有一天可以與她再相逢，沒想到竟然是在星族。

曦皮！他妹妹的眼睛如星星般閃亮。虎心想上前問候，但他動不了也開不了口。**妳真的死了。**虎心一直在懷疑，到現在才確認了當時的猜測。當他妹妹用鼻子碰他額頭的時候，虎心既高興又悲傷。「透過這個新生命，我賜給你希望。只要你內心有希望，就一定能夠點燃夥伴們內心的希望。」

虎心頓時覺得全身充滿能量。他開始在內心奔馳、穿越大地，兩旁的松樹變得模糊。他心跳加速，幾乎喘不過氣來，就在身體發抖抽搐時，他妹妹把鼻子移開，緊接而來的是另一隻毛髮凌亂的母貓。

「我是黃牙，以前也是影族的貓。」

虎心屏氣凝神看著她，想起小時候聽的床邊故事裡就有她。黃牙被自己的部族放逐，被兒子背叛，最後在雷族找到了安身立命的地方。她到底會給他什麼樣的祝福呢？

黃牙靠近他，口氣濃濁，把鼻子貼在虎心額頭，「透過這新生命，我將寬恕賜予你。」虎心頓時覺得全身冰冷，把他凍得幾乎無法呼吸。痛苦像石頭崩裂般貫穿全身，突然這劇痛開始緩解，全身再度被溫暖包圍，黃牙繼續說，「比起報復，寬恕會帶給你更多的力量。」

當黃牙離開時，有一隻雪白色的母貓從星光閃爍的星族隊伍裡走出來。她跟黃牙點一下頭，然後看著虎心，「我是鼠尾鬚。」她靠近虎心時藍眼睛閃閃發亮，「透過這新生命，我將堅忍賜予你。」一道充滿能量的強烈閃電劈入他身體。他頓時全身僵硬痛苦，不過這痛苦慢慢轉化成一股暖流，透過這道暖流他感受到自己強壯而穩定的心跳聲。「不要讓失敗阻斷了你的決心，也不要讓挫敗改變你的心意。一個真正的領導者就是要不斷嘗試，直到成功。」

「虎心。」小雲的聲音讓虎心嚇了一跳。看到這隻老巫醫，他內心充滿喜悅。那雙熟悉明亮的眼睛讓虎心感到非常溫暖。頃刻間，他回想起從前影族團結強大時的生活。「害怕失敗已經讓你脫離領導位置太久了，不過你注定要成為族長，而且如果你想拯救你的部族，你就非接受不可。所以透過這新生命，我賜予你接納。全心接納你不能改變的事，恐懼將會消失。」他用鼻子觸碰虎心額頭，虎心隨即感到平靜安穩。這幾個月以來壓在心中的憂慮，就像陽光下的冰雪一樣開始融化。所以就算他拯救不了影族又如何？真正的失敗在於未曾嘗試。而且真正重要的是，他們已經回到森林裡了。

一隻深色虎斑公貓走到小雲的位置，他身上有局部區塊掉毛，而且鼻頭有一道疤。「我，鋸星，賜予你忠誠的新生命。」當他的鼻頭碰觸虎心額頭時，虎心頓時感到如臨萬丈深淵，腳掌吸入徹骨寒冰。他抽動鬍鬚等著鋸星繼續說，「族長的忠誠只屬於自己的部族，讓這份忠誠成為你的心跳。當忠誠不再，你的心跳也會停止。」

忠誠？虎心喉嚨一緊，那鴿翅怎麼辦？她是雷族的，那他的孩子呢？難道身為族長就必須與他們分離？他無法再多想了，焰尾已經走上前來。

「真希望我還可以和你並肩同行，」焰尾低聲說，「真希望我還能幫你統一我們的部族。」弟弟碰觸他額頭時，虎心感受到他的氣息，接著他繼續說，「透過這新生命，我賜給你愛。你已經經歷了很多，不過還需要給出更多。沒有愛的領導，絕對無法把你的部族從陰影中拉出來。當你的理智不知該何去何從時，聆聽你內心的聲音。」這時虎心滿腔感觸，既堅強又脆弱，強烈的糾葛讓他的心似乎要破碎了。他閉上眼睛，沉浸在這樣的情緒中，不禁悲從中來。他將得到許多，也會失去許多，他簡直快要承受不住。

九條命。焰尾離開後，他內心激動無法平息。虎心踉蹌著，夥伴們給予的恩賜過於厚重，他幾乎要承受不住。他環顧貓群，裡頭有他認識的，也有他以前沒見過，只有在生命結束後才得以相見的。

花楸爪再度走上前來，他鄭重其事地看著虎心，「像你這樣的情況以前從來沒有過，你已經用掉一條命了，還剩下八條。好好善用每一條命，為了貓群的福祉勇敢地走下去。」

鋸星尾巴一甩，「讓影族再度團結合一。」

「一定要有五族，」曦皮說，「有天族、雷族、風族、河族的地方，就一定要有影族。」

焰尾用閃亮的眼神看著他，「你是唯一能把影族再帶回來的。」

帶回來？虎心盯著他，「影族去哪裡了？」

四下靜默不語，只見星族群貓抬頭仰望漆黑的天空，「虎星！虎星！」他們開始齊聲高呼，那聲音在寒夜中迴響。接著祂們身上的星光開始在他眼前閃爍移動，群貓的形體逐漸模糊，漸漸融入廣漠星空中。就像被風吹起的樹葉，盤旋而上，飄散到廣大黑暗的天空。

帶回來？虎星的腳動彈不得，倒臥在冰冷岩石上，他看到身邊水光閃耀，心想這一定就是月池。水塘光站在他旁邊，看到虎星抬頭看他，高興地說，「成功了！」

虎星遲疑了一下，本以為會感到疼痛，但此刻卻覺得身體比以前更強壯。他站起來看著巫醫，「我怎麼會來這裡？」

水塘光點頭指向山谷邊緣，「漣漪尾、苜蓿足，和其他夥伴把你扛回家，他們都在等你。」

虎星的肚子一緊，「鴿翅和小貓也跟他們在一起嗎？」她沒有聽他的指示把孩子帶回雷族嗎？

「大家都在等你。」水塘光看著他，眼中閃著月光。

巫醫帶著他沿著蜿蜒小徑走出月池，爬上岩石平台，平台上環形的峭壁朝星空展開。虎星走過那被無數貓兒踩踏出歲月凹痕的地面時，仰望星空。他才剛受封為影族族長，星族還在看著他嗎？**花楸爪！尖塔望！**他停下腳步，凝望天空。**你們在那兒嗎？**

「快點！」水塘光已經在山谷頂端等待，「他們急著想見你。」他眺望著山谷邊緣，虎星趕緊跟過來。

虎星沿著他的視線望去，只見一塊陡峭懸岩底下，有條閃亮小溪蜿蜒流過荒原和森林之間。就在那溪水邊，有群貓聚集，全都引頸看著山谷這一邊。

當他們看到他的時候，全都驚訝地瞪大眼睛。

虎星先是看到螞蟻和肉桂站在最前面；接著是熾燄、漣漪尾和苜蓿足，他們和莓心、麻雀尾、以及小貓們擠在一起；而其他影族貓則聚集在最後。看到這麼多熟悉的面孔，他內心的喜悅不可言喻。他趕緊超越水塘光，半跳半滑地溜下岩石坡地，在螞蟻旁邊的草叢輕巧著地。

他掃視貓群，幾乎快喘不過氣來。他在找尋他最想看到的臉龐，「鴿翅！」

她從漣漪尾和苜蓿足之間走出來，「你活過來了！」她驚訝得倒抽一口氣，似乎不敢相信。

虎星真想立刻與她耳鬢廝磨、感受她身上的溫暖，但苜蓿足就是一個勁兒興奮地穿梭在他們之間。「把你帶來月池是水塘光的主意，他說要讓你的鼻子碰到月池的水，這樣你才能在夢裡連繫上星族。」

「但那時候我都已經死了。」虎心看著大家，滿心感激。他感受到全族夥伴的眼光全都在他身上，他該跟大家致詞嗎？他該說些什麼呢？他就這樣看著大家，一時之間不知道該怎麼辦才好。此時，小影從鴿翅後面走過來，小撲和小光也跟上去，他們的眼睛撐得跟月亮一樣大。

虎星趕緊衝上前去，輪流和他們碰碰鼻子，開心地發出呼嚕聲。就在小撲和小光環繞著他的時候，小影貼著他的鼻頭說，「尖塔望說的一點都沒錯。」

虎星狂舔著這小公貓額頭，「我看到他了，」他說，「他和星族在一起。」

小影開心地發出呼嚕呼嚕聲。

這時虎星感到身邊有貓摩娑而過，一陣鴿翅的氣息襲來。他內心狂喜，迎面貼上她的臉頰。「妳真是勇敢又堅強。」

「還比不上你呢。」她喃喃耳語。

族長的忠誠只屬於自己的部族，鋸星的話語突然在心中響起。**我必須優先考慮我的部族，然後才是鴿翅和小貓**。他把自己抽開身來，然後盯著她，一陣憂傷刺痛著他的心。「妳現在要回雷族了嗎？」

鴿翅訝異地看著他，「為什麼？」

「妳的理智告訴妳要在雷族把小貓扶養長大，不是嗎？」

「但我的心告訴我要跟你在一起。」她眼中帶著滿滿的愛，「在我們一起經歷這麼多事，我怎麼可能離開？」她看著孩子們，全都開心的在他們身邊環繞。「孩子們有這麼棒的父親，我又怎麼能硬生生拆散呢？」她發出呼嚕聲，與虎星耳鬢廝磨。

虎星閉上眼睛，沉醉在她的溫暖中。周遭有腳步聲響起，他抽離鴿翅，只見族貓們盯著他看，眼中充滿疑惑。

褐皮走上前，尾巴一甩指向肉桂、螞蟻和熾燄。「你帶回了新夥伴和老夥伴。」

虎星試圖解讀她的眼神，**她在生他的氣嗎？**

褐皮看著鴿翅和小貓，「看樣子，還有雷族貓。」

他遲疑了一下，明顯感受到族貓的不安。接著他想起族長受封儀式：力量、勇氣、憐憫之心、希望、寬恕、堅忍、接納、忠誠和愛，這些恩賜是他現在所具備的。他抬起下巴環顧所有盯著他的貓，尤其石翅、爆發石和刺柏爪的眼神充滿戒心。「我之前離開了你們，」他語氣平和地說，「但現在我回來了，而且帶回來許多貓，可以讓我們的部族再度強大起來。接納他們，就像我接納你們一樣；忠誠待他們，正如我忠誠待你們一般。我已經準備好要領導大家了。」

一時之間山谷一片靜默，虎星屏住呼吸看著族貓。

「虎星！」刺柏爪的聲音首先劃破夜空，雪鳥也接著加入。石翅和焦毛望著虎星眨眨眼，然後也仰頭同聲高呼族長名號，沒多久山谷中眾貓的叫聲響徹雲霄。

褐皮臉頰碰碰虎星耳朵，「你錯過了許多事，」她的話裡充滿悲傷，「你不在的日子，這兒一片黑暗。而且還有更陰暗的日子，在眼前等著我們。」

虎星的毛沿著背脊豎了起來，「該來的就來吧，」他舉起尾巴，「我們會準備好應戰的。」

國家圖書館出版品預行編目資料

貓戰士外傳之XIII- 虎心的陰影 / 艾琳．杭特（Erin Hunter）著；鐘岸真譯 . -- 初版 . -- 臺中市；晨星 , 2020.03
面；　公分 . --（貓戰士；53）
譯自：Warriors super edition : tigerheart's shadow
ISBN 978-986-443-971-3（平裝）

873.59　　108023024

貓戰士外傳之XIII Warriors Super Edition

虎心的陰影 Tigerheart's Shadow

作者	艾琳．杭特（Erin Hunter）
譯者	鐘岸真
責任編輯	陳品蓉
文字校對	陳品蓉
封面繪圖	萬伯
封面設計	陳柔含
美術編輯	張蘊方
創辦人	陳銘民
發行所	晨星出版有限公司 407台中市西屯區工業30路1號1樓 TEL：04-23595820　FAX：04-23550581 行政院新聞局局版台業字第2500號
法律顧問	陳思成律師
初版	西元2020年03月01日
再版	西元2023年07月10日（三刷）
讀者訂購專線	TEL：（02）23672044 /（04）23595819#212
讀者傳真專線	FAX：（02）23635741 /（04）23595493
讀者專用信箱	service@morningstar.com.tw
網路書店	http://www.morningstar.com.tw
郵政劃撥	15060393（知己圖書股份有限公司）
印刷	上好印刷股份有限公司

定價399元

（缺頁或破損的書，請寄回更換）

ISBN 978-986-443-971-3

☐ 我已經是會員，卡號 ____________________

☐ 我不是會員，我要加入貓戰士會員

姓　名：________________ 性 別：________ 生 日：________________

e-mail：____

地　址：☐☐☐______縣／市______鄉／鎮／市／區______路／街

______段______巷______弄______號______樓／室

電　話：____

☐ 我要收到貓戰士最新消息

貓戰士鐵製鉛筆盒抽獎活動

將兩個貓爪和一顆蘋果一起貼在本回函並寄回，就可以獲得晨星出版獨家設計「貓戰士鐵製鉛筆盒」乙個！

貓爪在貓戰士書籍的書腰上，本書也有喔！蘋果則是在晨星出版蘋果文庫的書籍書腰上！

哪些書有蘋果？科學怪人、簡愛、法布爾昆蟲記、成語四格漫畫...更多請洽少年晨星官方Line ID：@api6044d

點數黏貼處

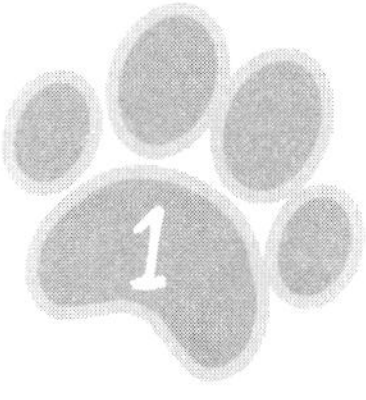

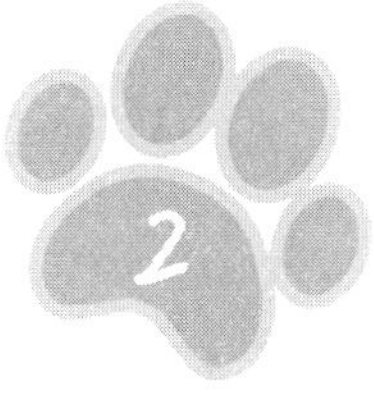

請填妥後對折裝訂，再貼妥郵票寄出

請黏貼
8 元郵票

407

台中市工業區30路1號

晨星出版有限公司

TEL：（04）23595820　FAX：（04）23550581
e-mail：service@morningstar.com.tw
http://www.morningstar.com.tw

請沿虛線摺下裝訂，謝謝！

加入貓戰士俱樂部

【貓戰士會員優惠】

憑卡號在晨星出版社購書可享優惠、擁有限定商品、還能獲得最新消息等會員福利。

【三方法擇一，加入貓戰士會員】

1. 填妥本張回函，並寄回此回函。
2. 拍照本回函資料，加入官方Line@，再以Line傳送。
3. 掃描後方「線上填寫」QR Code，立即填寫會員資料。

Line ID：
apl6044d

「線上填寫」
QR Code

★寄回回函後，因郵寄與處理時間，需2～3週。